Nancy Holder & Debbie Viguié

# Witch

## Hexenblut

Nancy Holder & Debbie Viguié

# Witch
# Hexenblut

Roman

Deutsch von Katharina Volk

PENHALIGON

Die Originalausgabe erschien 2009
unter dem Titel »Wicked – Resurrection« bei Simon Pulse,
an imprint of Simon & Schuster Children's Publishing Division, New York

MIX
Papier aus verantwortungsvollen Quellen
FSC® C014496
FSC
www.fsc.org

Verlagsgruppe Random House FSC-DEU-0100
Das FSC®-zertifizierte Papier *Super Snowbright* für dieses Buch
liefert Hellefoss AS, Hokksund, Norwegen.

1. Auflage

Published by arrangement with Simon Pulse,
an imprint of Simon & Schuster Children's Publishing Division
Satz: KompetenzCenter, Mönchengladbach
Druck und Bindung: GGP Media GmbH, Pößneck
Printed in Germany
ISBN: 978-3-7645-3103-4

www.penhaligon.de

Für die vielen Fans, die sich dieses Buch so sehr gewünscht haben. Wir danken euch von ganzem Herzen. Seid gesegnet.

Nancy Holder und Debbie Viguié

# Prolog

Are you going to Scarborough Fair?
Parsley, sage, rosemary and thyme,
Remember me to one who lives there,
For she once was a true love of mine.

Englisches Volkslied

Teil eins

# Melchior

Am Ende der Tage werden Könige und Fürsten gestürzt und ihre Schätze jenen gegeben werden, die um ihre Macht nicht wissen und erst zu spät begreifen die Schrecken vor ihren Augen und den Fluch, der auf ihnen liegt.

Keltische Prophezeiung

# Eins
# Gold

Alles tanzt und wirbelt. Voll Sorgen
Verwundet, haben wir uns verborgen
Noch seid ihr vor unserer Macht nicht gefeit
Wo Deveraux sind, herrscht die Dunkelheit

Cahors vertraut dem Frieden noch nicht
Kein Fest, kein Tanz bei Mondeslicht
Wir fürchten das lauernde Verderben
Doch mehr noch, was wir selbst verbergen

*Frankreich, im Mittelalter:*
*Fantasme, Pandion, Jean und Isabeau*

*Barrumm, barrumm, barrumm.*

Das Schicksal entließ Fantasme, den uralten Bussard, das mächtige Hexentier des Hauses Deveraux, in den freien Wind. Die Glöckchen an seinem Geschüh klingelten wie die einer Tempeltänzerin, während er sich hoch über das Waldland Frankreichs hinaufschwang. Er witterte die Hitze von Pandion, dem Falkenweibchen der Cahors. Wollte man behaupten, dass ein Bussard lächeln kann, so grinste Fantasme in lüsterner Vorfreude. Der Sohn seines Herrn, Duc Laurent, würde bald bei der Tochter des Hauses Cahors liegen. Vielleicht sollte Fantasme deren Hexentier auf die gleiche Weise nehmen. *Peut-être* würde er sie auch einfach nur in Fetzen reißen.

*Barrumm, barrumm, barrumm …*

Unter ihm scheuchten die Treiber die Leibeigenen auf. Sie droschen mit Stangen auf die Zweige der Eichen ein, um die unfreiwilligen Menschenopfer aus ihren Löchern und Verstecken zu treiben. Anderes, gewöhnliches Fleisch würde für den großen Festschmaus vor der Vermählung von Jean Deveraux und Isabeau aus dem Hause Cahors genügen: Wild, Schwein, Geflügel. Erzfeinde, im Stand der Ehe vereint – das Ergebnis jahrzehntelanger Komplotte, Planung und Meuchelei.

Die Deveraux behaupteten, Nicolette aus dem Hause Cahors habe hundert Jahre zuvor Elijah, Sohn und Erbe der mächtigsten Hexerfamilie in ganz Frankreich, ermordet und seinen Leichnam in einem Graben versteckt.

Das Haus Cahors hingegen klagte, Elijah habe ihre Hexenprinzessin zum Jahrmarkt in Scarborough gelockt und sie dort in Stücke gehackt.

Beides war nie bewiesen worden, doch Fantasme wusste, dass sich jetzt, hundert Jahre später, die Geschichte wiederholen würde. Ein Deveraux und eine Cahors, in Liebe aneinander gebunden? Wahrscheinlich würden sie sich gegenseitig im Schlaf ausbluten.

Unter ihm hob der prächtige junge Jean einen Arm, sein Signal an Fantasme, zu ihm zurückzukehren. Weiter hinten in der Jagdgesellschaft ritt Jeans Mätresse Karienne ganz allein in dem Wissen, dass man sie bald fortschicken würde.

*Barrumm, barrumm, barrumm* ... Tränen auf Leder, pochende Herzen und das hämische Gelächter unsichtbarer Mächte, die wieder einmal im Begriff waren, die beiden Familien aufeinanderzuhetzen.

In einem Schloss einige Wegstunden entfernt ließ das Falkenweibchen Pandion gereizt die Glöckchen an dem Geschüh klimpern, mit dem sie an ihrem Sitz festgebunden war, obwohl sie doch lieber nach Beute spähen wollte. Sie witterte Fantasme im Wind und hätte ihm lieber mit ihren Klauen die Augen aufgeschlitzt, als ihn später bei der Vermählung sehen zu müssen.

Gehüllt in viele Ellen schwarzer Schleier, mit Silber durchwirkt, bereitete Catherine, die Hexenfürstin der Cahors, ihre Tochter Isabeau für die Hochzeit mit Jean Deveraux vor. Sie verlieh ihr Kraft durch Opferungen und reckte die blutigen Hände ihrer Göttin entgegen, während Isabeau weinte vor Angst und Hass. Sie würde Jean heiraten, doch er würde nicht lange ihr Gemahl bleiben.

Wenn die Deveraux den Cahors nicht das Geheimnis des Schwarzen Feuers enthüllten, würde die gesamte Hexerdynastie im Schlaf ermordet werden, noch ehe das Jahr zu Ende ging. Das hatte Catherine geschworen, und Isabeau war ganz ihre Tochter, dazu erzogen, keinem Gemahl oder Herrn zu gehorchen, nur ihrer Herrin und Schöpferin. Isabeaus Vater Robert spielte keine Rolle im Hause der Cahors, wo die Frauen regierten. Männer waren dazu da, Kinder zu zeugen, kaum mehr – entbehrlich und bedauernswert.

*Gegenwart: Jer, ohne sie*

»Holly«, flüsterte Jer Deveraux, der im Dunkeln trieb. Und in Träumen …

*Gehst du zum Jahrmarkt in Scarborough?*

*Könnten wir doch die Zeit umkehren … könnten wir nur dorthin zurückkehren … hätte ich irgendetwas anders machen können … den anderen Weg wählen sollen …*

Sein Leben bestand aus Reue. Er kannte keine Freude mehr, nur noch Schmerz.

*Wenn ich sie doch noch einmal sehen könnte, ehe ich sterbe … aber wenn nicht, würde ich lieber sterben …*

*Holly Cathers. Holly aus dem Hause Cahors. Du hast mich behext. Mich ins Verderben gestürzt.*

*Beim Gehörnten Gott, verdammt sollst du sein, liebst du mich noch? Liebe mich noch, ich flehe dich an.*

*Barrumm, barrumm, barrumm,* pochte sein Herz, flatterte seine Seele.

*Seattle: Dr. Nigel Temar und Hecate*

Kaum zu glauben, dass alles mit einer Katze angefangen hatte. Und nicht irgendeiner Katze, sondern einem wiederauferstandenen Hexentier. Die Zombiekatze, die er fauchend und spuckend und unter Trümmern eingeklemmt in den Überresten eines Hauses gefunden hatte, war das größte Geschenk seines Lebens. Er hatte das Tier mitgenommen und untersucht. Er verstand nicht viel von Magie, aber eine Menge von Naturwissenschaft, und er war sicher, dass er mit Hilfe dieser Katze seinen größten Traum wahr machen konnte. Ein Leben lang hatte er gesucht und geforscht, und die Antworten, die er brauchte, steckten in diesem kleinen, pelzigen Körper.

Vielleicht das Erstaunlichste war seine Entdeckung, dass das Geschöpf nicht erneut getötet werden konnte. Ganz gleich, was mit ihm geschah, es stand wieder auf, genauso zornig, genauso wundersam. *Neugier ist der Katze Tod …* Er hatte keine Ahnung, wie das Tier ums Leben gekommen war, doch anhand dessen heftiger Reaktion auf Wasserschüsseln vermutete er, dass es möglicherweise ertrunken war. Seine monatelangen Studien an der Höllenkatze hatten endlich Früchte getragen: Vor zwei Tagen war es ihm gelungen, die Auferweckung zu wiederholen – aber durch Wissenschaft, nicht Magie. Jetzt hatte er zwei zornige, wiederbelebte Katzen in seinem Labor, und er hätte nicht glücklicher sein können.

Um ihn herum qualmten die Ruinen von Seattle. Das Ausmaß der Zerstörung, die Michael Deveraux in seinem Kampf gegen Holly Cathers und ihre Cousinen angerichtet hatte, war so groß, dass die Stadt Jahre brauchen würde, um sich zu erholen, sofern sie es überhaupt schaffte. Es gab Tausende von Toten und Vermissten, Opfer unnatürlicher Unwetter und Höllenkreaturen. Und dennoch wollten die Leute so weitermachen wie bisher, sie belogen sich selbst und taten so, als seien ihre Albträume nicht Wirklichkeit geworden.

Dr. Nigel Temars Büro lag in einem der wenigen Gebäude der University of Washington, die intakt geblieben waren. Auf dem Weg dorthin galten seine Gedanken nicht den vielen Opfern, nicht einmal den beiden toten Katzen, die ihn in seinem Labor erwarteten. Er achtete gar nicht auf die bizarr verzerrten Eisenträger, die von ehemaligen Unterrichtsräumen übrig geblieben waren, auf den klaffenden Krater, wo einst das Chemie-Institut gestanden hatte, oder auf die vielen hundert kleinen, improvisierten Mahnmale zum Gedenken an Studenten, die hier ihr Leben verloren hatten.

Nein, seine Gedanken galten nur einer einzigen Studentin. Kari Hardwicke war eine seiner Doktorandinnen gewesen, und sie war die Einzige, nach der er sich sehnte, die Einzige, die er vermisste.

Er betrat sein Institutsgebäude und ging die Treppe hinunter in sein Arbeitszimmer im Keller. Er schloss die Tür auf, schaltete das Licht ein und sperrte rasch wieder hinter sich ab. Ein unirdisches Jaulen drang an seine Ohren, und er lächelte die Katze an, die sich gegen das Gitter ihres Käfigs warf. Die andere funkelte ihn missmutig aus ihrem Zwinger an und hatte sich wohl noch immer nicht ganz an ihr anscheinend unbehagliches Leben nach dem Tod gewöhnt.

Monatelang hatte er so eng mit Kari zusammengearbeitet, Vorlesungen vorbereitet, Seminararbeiten korrigiert, über Mythologie diskutiert. Und während all der Zeit hatte er nur eines tun wollen: sie in die Arme nehmen und die Geheimnisse seiner wahren Forschungstätigkeit mit ihr teilen. Er hätte der Versuchung vielleicht sogar nachgegeben, wenn Kari nicht zur Unzeit diese Affäre mit dem übellaunigen Hexer Jeraud Deveraux angefangen hätte.

Aber wenn Nigel eine Tugend hatte, dann war das Geduld. Er verstand sich darauf zu beobachten und abzuwarten. Er hatte es erkannt, als die Leidenschaft des Hexers erloschen war. Er hatte Karis vergebliche Versuche beobachtet, das Interesse ihres Liebhabers wiederzuerwecken.

Dann war etwas geschehen, das Nigel nicht hatte vorhersehen können. Kari war in eine jahrhundertealte Fehde zwischen den verfeindeten Häusern Deveraux und Cahors hineingezogen worden. Vor ein paar Monaten hatte er sie aus den Augen verloren, doch er war zuversichtlich, dass er sie wiederfinden würde.

Er räumte ein wenig Platz auf seinem Schreibtisch frei und legte dann vorsichtig einen Laptop darauf ab, *ihren* Laptop. Endlich hatte er ihn gefunden, unter einem riesigen Schutthaufen, dem ehemaligen winzigen Arbeitszimmer, das sie sich mit zwei anderen wissenschaftlichen Mitarbeiterinnen geteilt hatte.

»Kari, Liebes, du wirst kaum glauben, was ich geschafft habe«, flüsterte er und strich sanft über den Deckel. Dann klappte er den Laptop auf und schaltete ihn ein. Er hoffte sehr, dass er es ihr bald wirklich zeigen würde. Wenn er sie nur finden könnte!

Eine Stunde später hatte er ihre sämtlichen Dokumente durchgesehen, ihre E-Mails überflogen und sogar ihren Messenger gestartet. Das Adressbuch war zwar da, doch er wusste nicht, nach welchen Namen er suchen sollte. Schließlich begann er, sich durch ihre Lesezeichen zu klicken.

Es dauerte eine Weile, aber er fand die Website, die er suchte. Eine Wicca-Plattform, nicht rasend interessant, doch sie hatte auch ein Forum, in dem Kari aktiv gewesen war. Er fand einen Thread, in dem Kari mit einer Userin namens Circle Lady kommuniziert hatte. Diesen Namen erkannte er wieder, er öffnete ihren Messenger und schickte eine Nachricht an Circle Lady, die aber anscheinend offline war. Also ging er wieder auf die Website und sandte ihr eine Nachricht über das Forum.

Gleich darauf gab der Instant Messenger ein »Ping« von sich, und Hoffnung flammte in Nigel auf. Doch er stellte enttäuscht fest, dass die Nachricht nicht von Circle Lady kam, sondern von jemandem, der sich English Rose nannte. Er tippte eine kurze Antwort.

»*Hi.*«

Vorwurfsvoll kam es von English Rose zurück: »*Du bist nicht Kari.*«

»*Nein, aber ich suche nach ihr*«, gab er ohne zu zögern ein.

»*Ich suche nach Circle Lady*«, kam ihre wenig hilfreiche Antwort.

»*Vielleicht sind sie zusammen irgendwo?*«, schlug er vor.

»*Göttin bewahre ... Kari ist tot.*«

Er starrte den Bildschirm an, bis er die Worte erfasst hatte. Es drehte ihm den Magen um, und sein Herz fühlte sich an wie taub. Tot? Er hätte es wissen müssen, hätte es fühlen müssen. Lange saß er starr vor dem Monitor.

Und dann drang das Gejaule der Katzen durch den Nebel seiner Trauer. Es gab Schlimmeres, als tot zu sein. Zum Beispiel *tot zu bleiben.*

»*Bist du sicher?*«

»*Ja. Tut mir leid.*«

»*Wie lange schon?*«

»*Ein paar Tage.*«

»*Wo ist der Leichnam?*«

Er wartete ungeduldig auf die Antwort, denn dies war die wichtigste Frage. English Rose ließ sich Zeit, und allmählich fragte er sich, ob sie es ihm überhaupt verraten würde.

»*Ist noch nicht ... geborgen worden.*«

Er hielt den Atem an und blinzelte.

»Kari«, flüsterte er. »Geh nicht. Geh nicht fort.« Er begriff, dass er mit ihrer Seele sprach. Oder es zumindest versuchte. Glaubte er überhaupt an so etwas?

»*Ich glaube, wir müssen miteinander reden*«, schrieb er English Rose.

Sie wollte ihm ihre Telefonnummer nicht geben, also nannte er ihr seine Durchwahl im Institut und wartete ungeduldig darauf, dass sein Telefon klingelte. Als er endlich drangehen konnte, überraschte es ihn sogar ein wenig, dass die Anruferin tatsächlich Engländerin zu sein schien.

Da sie sich so geziert hatte, was ihre Telefonnummer anging, wunderte er sich nicht darüber, dass sie offenbar auch sonst nichts preisgeben wollte. Er atmete tief durch. Er musste Kari finden, und wenn diese Frau recht hatte und Kari tot war, durfte er keine Zeit verlieren.

»Ich weiß, dass Kari in großen Schwierigkeiten steckte. Sie ist in einen Krieg zwischen zwei Coven hineingeraten, der halb Seattle in Trümmer gelegt hat«, sagte er.

»London hat er auch nicht gerade gut getan«, erwiderte sie schnaubend.

Nigel schloss die Augen. London also. Er bemühte sich, bei der Sache zu bleiben, strategisch zu planen, sich wie ein Wissenschaftler zu verhalten. »Ich muss ihren Leichnam hierher überführen lassen … für eine ordentliche Beerdigung in ihrer Heimat«, erklärte er.

»Dann sollten Sie sich mit den hiesigen Behörden in Verbindung setzen. Aber vielleicht warten Sie damit lieber noch ein paar Tage.«

»Ach ja, der Leichnam ist ja noch nicht geborgen worden.«

»So ist es.«

Er hörte den Argwohn in ihrer Stimme. Wenn er von irgendwelchen Leichen wüsste und sie der Polizei nicht gemeldet hätte, wäre er wohl auch misstrauisch gegenüber Leuten gewesen, die solche Fragen stellten.

Er beschloss, alles auf eine Karte zu setzen. So schwach diese Verbindung auch sein mochte, English Rose war sein einziges Band zu Kari. »Also, das Problem ist, dass der Leichnam so gut wie möglich erhalten sein muss. Die Familie wünscht einen offenen Sarg bei der Trauerfeier, verstehen Sie?«

»Warum lassen wir die Spielchen nicht bleiben?«, erwiderte die Frau.

Er spürte, dass sie eine Entscheidung getroffen hatte oder zumindest dazu bereit war. »Sehr gern. Sie zuerst. Sie könnten mir zum Beispiel sagen, wer Sie sind.«

»English Rose reicht als Name völlig aus. Und Sie, Professor?«

»Da ich Sie nur mit Ihrem Usernamen anreden kann, nenne ich Ihnen gern meinen. Man kennt mich als Dr. Frankenstein.«

Er hörte, wie sie scharf den Atem einsog. »Ich glaube, ich verstehe, Doktor. Aber das, was Sie wollen, dürfte sehr schwierig sein.«

»Es ist mir egal, wie. Mir kommt es einzig und allein darauf an, dass der Leichnam schnell geborgen und überführt wird. Ich zahle gut für Ihre Zeit und Ihre Mühe.«

»In diesem Fall, denke ich, werden wir uns einigen können. Allerdings interessieren mich Informationen mehr als Geld.«

Er hatte jetzt ihre volle Aufmerksamkeit, so viel war sicher. Die Katze, die er gefunden hatte, war zwar offensichtlich durch einen Zauber wiederbelebt worden, doch er war davon ausgegangen, dass die meisten Hexen keinerlei derartiges Wissen besäßen.

Und jetzt war er sich dessen sicher.

*In der Nähe von Köln, Deutschland:*
*Holly, Pablo, Armand, Alex und der Tempel der Luft*

Holly nahm an, dass sie kein Herz mehr besaß, denn wenn sie eines gehabt hätte, wäre es schon vor langer Zeit gebrochen. Sie hatte alle zurückgelassen, die ihr etwas bedeuteten: Amanda, Nicole, Onkel Richard, Jer und Owen, Nicoles Baby. Na ja, Jer war selbst gegangen, ohne ein Wort des Abschieds. Während Nicole Owen geboren hatte, war Holly gezwungen gewesen, ihr eigenes Schicksal zu wählen.

Ihr Cousin Alex Carruthers hatte ihr angeboten, sich mit ihm zu verbünden und weitere Stützpunkte des Obersten Zirkels aufzuspüren – dem erbitterten Feind sowohl des Mutterzirkels als auch von Hollys Coven. Der Mutterzirkel setzte sich aus weiblichen und männlichen Hexen zusammen, die die Göttin verehrten. Sie hatten Holly praktisch dazu gezwungen, sich ihnen anzuschließen. Nachdem sie sich widerstrebend darauf eingelassen hatte, hatte der Mutterzirkel zwei Mal darin versagt, Hollys Coven gegen Angriffe ihrer Erzfeinde, der Deveraux, zu schützen.

Deshalb hatte Holly sich dafür entschieden, sich mit Alex zusammenzutun. Amanda, Tommy, Richard und Nicole wollten Frieden. Und den verdienten sie auch. Sie hatten schon genug für die magische Welt getan.

Philippe, als männliche Hexe ein Anhänger der Göttin, wäre bereit gewesen weiterzukämpfen, doch er war durch die magische Hochzeit an Nicole gebunden, also galt seine Treue zuallererst ihr … und dem Kind, das von ihm sein könnte oder auch nicht. Es kamen auch Eli Deveraux und Nicoles inzwischen toter Ehemann James Moore als Vater in Frage. James hatte seinen Vater, Sir William Moore, den Anführer des Obersten Zirkels in London, verraten.

Er hatte geglaubt, er hätte seinen Vater ermordet, doch im letzten Augenblick hatte sich ein grausiger Dämon aus Sir Williams reglosem Körper geschoben wie eine riesige Kobra. Bei der Erinnerung daran lief Holly ein kalter Schauer über den Rücken, und sie wünschte, sie wäre mit Nicole und Amanda zu Hause geblieben. Ihre Zwillingscousinen und Holly selbst waren die drei Lilienfürstinnen, von denen es hieß, sie seien sehr mächtige Hexen. Von den dreien besaß Holly die größte magische Macht … erworben zu einem schrecklichen Preis. Teile ihrer Seele waren inzwischen dunkel, so finster wie die Seele eines Deveraux oder Moore.

Von denen, die an ihrer Seite gekämpft hatten, begleiteten sie nur Pablo und Armand auf dieser neuen Reise mit Alex. Ihr Cousin, von dem sie lange nichts geahnt hatte, war blond und blauäugig, ein starker Gegensatz zu Jer. Auch in anderer Hinsicht: Alex liebte Holly. Das war klar zu erkennen in jedem Lächeln, jedem Blick, in der Art, wie er sich vergewisserte, dass ihr nichts fehlte, nachdem sie wieder einmal eine Enklave oder eine Festung von Hexern angegriffen hatten, die zum Obersten Zirkel gehörten. Und wie er Wein und gutes Essen für sie herbeizauberte, Kissen und weiche Matratzen aus dem Nichts erscheinen ließ und dafür kostbare magische Energie aufwandte, die er bei ihrem nächsten Zusammentreffen mit dem Feind dringend brauchen könnte.

Und da sie gerade an Energie dachte …

*Ich brauche Urlaub*, dachte Holly grimmig, während sie im Schutz der Dunkelheit irgendwo in der deutschen Landschaft herumstapften. *Holly Cathers, Sie haben soeben Ihren Erzfeind besiegt, den Mann, der Ihre Eltern ermordet und Ihnen das Leben zur Hölle gemacht hat. Was haben Sie jetzt vor?*

Es sah ganz so aus, als würde sie mit alledem wieder von vorn anfangen.

Sie hätte doch lieber nach Disneyland fahren sollen. Die Gruppe bewegte sich nun noch langsamer und leiser als zuvor, und sie fragte sich, ob es zu spät sei, sich das noch anders zu überlegen.

Insgesamt waren sie sechzehn. Neben Holly, Pablo und Armand reiste Alex mit zwölf Mitgliedern seines Covens, den er Tempel der Luft genannt hatte. Das war ein guter Name. Die Luft war zweifellos Alex' Element, und er konnte ihr auf ganz erstaunliche Weise gebieten.

*Ich frage mich, was mein Element ist*, überlegte Holly. Die Einführung in ihre Identität als Hexe und in das Erbe, das sie damit antrat, war buchstäblich ein Blutbad gewesen. Sie hatte seither keine Gelegenheit gehabt, all die Feinheiten und Nettigkeiten der Zauberkunst zu erkunden. Sie besaß unglaubliche Macht, hatte aber meistens keine Ahnung von dem, was sie gerade tat.

*Wahrscheinlich ist es Wasser*, dachte sie grimmig. Das wäre schön ironisch und morbide. Immerhin waren alle, die eine Cathers-Hexe liebten, zum Ertrinken verdammt. So waren ihre Eltern ums Leben gekommen, bei einem Rafting-Ausflug. *Und so ist es auch Nicoles Katze Hecate ergangen. So habe ich sie getötet.*

*Nicole. Wie es ihr wohl geht?* Das Element ihrer Cousine Nicole war ganz sicher Feuer. Sie war eine wahre Drama Queen, so wild und leidenschaftlich. Nicoles Zwillingsschwester Amanda mit ihrer praktischen, besonnenen Art glich eindeutig der Erde, nährend und fürsorglich.

Die Gruppe blieb so plötzlich stehen, dass Holly gegen Armand stieß und beide stolperten. Der Mond glitt hinter den tief hängenden Wolken hervor, und einen Moment lang konnte sie die anderen deutlich erkennen. Alex beriet sich gerade mit einem seiner Männer, Stanislaus, der als Kundschafter vorausgegangen war.

Ein Stützpunkt des Obersten Zirkels, berüchtigt für seine finstere Magie und bösen Absichten, sollte sich angeblich ganz in der Nähe befinden. Alex hatte Jer zwar einmal belehrt, Zirkel oder Familien bräuchten einander nicht zu bekämpfen, doch das stimmte nicht ganz. Unheil war Unheil, und Alex beharrte darauf, dass das Böse ausgemerzt werden müsse, damit die Welt für sie alle ein Stück sicherer wurde.

*Aber ich bin auch böse*, dachte Holly. Das war die nagende Angst, die sie stets zu verdrängen versuchte. Manchmal träumte sie nachts, dass der wahre Grund, weshalb Jer nicht mit ihr zusammen sein wollte, nicht sein entstelltes Gesicht oder sein eigenes schwarzes Herz war – sondern ihres.

*Du bist nicht böse*, erklang plötzlich Pablos leise Stimme in ihrem Kopf.

*Danke*, sagte sie, zu müde, um ihn anzuschreien, weil er ihre Gedanken gelesen hatte. Das war die besondere Gabe des Jungen, die ihnen beim Ausspionieren ihrer Feinde schon sehr nützlich gewesen war. Aber Holly war es unheimlich, dass er ihre geheimsten Gedanken kannte.

Alex beendete seine Besprechung mit Stanislaus und wandte sich ihr mit erwartungsvoller Miene und leuchtenden Augen zu. »Wir haben sie«, verkündete er.

»Oh, toll«, brummte Holly leise.

Pablo warf ihr einen scharfen Blick zu, doch Alex hatte ihren sarkastischen Kommentar nicht mitbekommen.

»Wir schlagen jetzt zu«, fuhr Alex fort. Er wirkte frisch und munter. Sein blondes Haar schimmerte im Mondlicht, und seine blauen Augen blitzten. Er grinste sie an. »Bereit?«

»Jetzt?«, fragte Holly verblüfft. »Sollten wir nicht vorher ein bisschen planen, uns vorbereiten, einen Zirkel abhalten oder so?«

»Keine Zeit«, erwiderte Alex ungeduldig. »Das Überraschungsmoment ist ein großer Vorteil für uns. Wenn wir jetzt nicht zuschlagen, könnten wir den verlieren.«

Armand und Pablo blickten so unbehaglich drein, wie Holly sich fühlte. Aber sie fand, dass Alex noch nie zuversichtlicher gewirkt hatte. Widerstrebend nickte sie. Eigentlich wollte sie nur noch ein schönes, weiches Bett finden, in das sie kriechen konnte. Wenn er meinte, dass sie angreifen sollten, dann würden sie das eben tun. Immerhin hatte sie schon einige Kämpfe mit weniger Vorbereitungszeit überstanden.

Holly wirkte einen Zauber, der ihre Bewegungen dämpfte, und sie gingen dicht zusammengedrängt weiter. In einer Senke sah sie ein großes schwarz-weißes Gebäude mit einem Silo daneben inmitten eines kleinen Irrgartens aus Gattern und Pferchen. Holly blinzelte überrascht. Ein Stall?

»Bist du sicher, dass wir hier richtig sind?«, fragte sie Alex.

»Nicht alle Mitglieder des Obersten Zirkels sind so dreist wie die Zentrale in London«, erklärte er. »Manche ziehen es vor, ganz unauffällig zu bleiben.«

Holly betrachtete kopfschüttelnd das hölzerne Stallgebäude. Pablo und Armand sahen sie mit undurchdringlichem Blick an, und sie konnte nicht einmal erraten, was sie gerade dachten.

Eine Eule rief, als Stanislaus sie um die Westseite des Gebäudes herumführte, um dem großen Eingangstor auszuweichen. Drinnen schnauften und stampften Pferde in ihren Boxen. Spürten die Tiere, dass gleich Gewalt und Tod über ihre Besitzer hereinbrechen würden?

Schiefe Falltüren auf Bodenhöhe schienen zu einer Art Kartoffelkeller zu gehören. Mehrere von Alex' Leuten waren schon dabei, lautlos Löcher in die Banne zu schlagen, die Holly in der Luft schimmern sah. Sie halfen ihr, sich zu beruhigen und zu konzentrieren. Denn plötzlich war der friedvolle Stall eine Festung des Bösen, die ihre Feinde beherbergte.

*Die Feinde meines Hauses und meiner Freunde,* dachte sie. *Sie verdienen keine Gnade.*

Als sich die Banne lösten, wurde ihr bewusst, dass sie sich immer mehr wie ihre Ahnfrau Isabeau anhörte. Als einzige Tochter einer blutrünstigen, erbarmungslosen Hexe war Isabeau von klein auf dazu erzogen worden, hart und gnadenlos zu sein.

Maeve und Janet, zwei von Alex' Hexen, rissen die beiden Flügel der Kellertür auf. Alex stürmte eine Steintreppe hinab, die vor gebrochenen Bannen nur so troff. Holly rannte ihm nach, und das Blut in ihren Adern begann zu singen. Sie hörte Schreie unten und beschwor Feuerbälle in beiden Händen.

Der erste Hexer kam in Sicht, ein großer, dünner Mann in einem schwarzen Pyjama.

»Verdammt!«, brüllte er und warf sich Alex entgegen.

Holly, noch ein paar Stufen oberhalb, schleuderte ihm einen Feuerball ins Gesicht. Der Mann kreischte, stürzte zu Boden und rollte bis zum Fuß der Treppe. Er brannte lichterloh, und sie unternahm nichts, um ihm zu helfen.

Maeve, Janet und Stanislaus rannten um Holly herum die Treppe hinunter. Alex sprang über den brennenden

Mann hinweg, drehte sich um und streckte Holly die Hand hin. Sie ließ sich von ihm über den Hexer hinwegziehen, der sich nicht mehr rührte.

»Rechts!«, rief Pablo.

Holly und Alex wandten sich nach rechts und blickten in einen großen, höhlenartigen Raum. Mindestens zwei Dutzend Hexer stürmten auf sie zu. Manche schleuderten Banne, einer griff Holly mit einem Schwert an, andere hatten Revolver oder Maschinenpistolen.

Lachend schlug sie das Schwert ihres Gegners mit einer einfachen Handbewegung beiseite. Gleich darauf erschütterten Explosionen den Raum, dann schossen Feuerwände empor. Sie hustete und würgte von dem Rauch, bis Alex sie beide in einen Schutzzauber hüllte, eine Luftblase. Er grinste sie an, und sie warf in schamloser Freude den Kopf in den Nacken.

Und dann war es vorbei. Das Feuer erlosch und gab den Blick auf völlige Vernichtung frei. Holly blickte auf die verkohlten Leichen ihrer Feinde hinab und empfand unwillkürlich Enttäuschung. Das war viel zu einfach gewesen.

Es war gerade erst Mitternacht, als sie die Kellertüren schlossen, die Banne wieder darüberlegten und mit der Nacht verschmolzen. Alles war so schnell passiert, dass Holly beinahe glauben konnte, sie hätte das Ganze nur geträumt.

»Ich kenne ein wunderbares Hotel in Köln«, sagte Alex. »Dort bin ich schon ein paar Mal abgestiegen. Es ist nicht weit.«

Wunderbar, noch ein Fußmarsch. Holly wünschte sich allmählich ernsthaft einen fliegenden Besen. Das erinnerte sie an frühere Kämpfe, in denen sie auf mächtigen Geisterpferden in die Schlacht geritten war.

Ein gespenstisches Schlachtross würde jetzt auch bedeuten, dass sie nicht weiterlaufen müsste. Sie seufzte. Eines zu beschwören würde leider mehr Konzentration und Kraft erfordern, als sie aufbringen konnte. Der Adrenalinstoß des kurzen Scharmützels war abgeflaut, sobald der Kampf vorüber war. Also senkte sie den Kopf und zwang sich weiterzugehen, immer einen Fuß vor den anderen. Und als sie wieder aufblickte, waren sie bereits in der Stadt.

So erschöpft sie auch war, sie konnte nicht anders, als die Schönheit der historischen Gebäude im Kontrast zu gläsernen Hochhäusern zu bewundern. Köln glitzerte vor Geschäftigkeit und Licht.

Sie kamen zu einer alten gotischen Kathedrale mit reich verzierten Doppeltürmen, Bleiglasfenstern und prachtvollen Heiligenfiguren. Holly hielt inne, tief bewegt von der Schönheit dieser Kirche. So etwas hatte sie noch nie im Leben gesehen.

*Ich wünschte, wir Hexen hätten solche Gebäude*, dachte sie. *Wunderschöne Plätze, wo wir uns versammeln könnten, um die Göttin zu verehren, und wo Touristen Fotos machen und damit angeben würden, dass sie da waren.*

»Das ist der Kölner Dom«, erklärte Alex ihr mit gedämpfter Stimme. »Die Heiligen Drei Könige sollen darin ruhen.« Er nahm ihre Hand, und sie ließ es zu.

»Glaubst du, dass es die drei Weisen aus dem Morgenland gegeben hat?«, fragte sie.

»Die meisten Menschen sind Narren«, erwiderte er mit schwachem Lächeln. »Sie vergeuden ihre Macht und … ihre Chancen auf das Glück.«

*Er spricht von Jer*, dachte sie mit einem Flattern im Magen.

Plötzlich gab Pablo einen erstickten Laut von sich. Er taumelte, brach zusammen und sackte auf die Knie. Holly ließ Alex' Hand los und stürzte zu ihm.

»Pablo!«, rief sie und packte ihn am Arm. Seine Augen waren verdreht, so dass man nur noch das Weiße sah.

»Phi-lippe«, keuchte er, dann sank er aufs Pflaster.

*London: Rose*

Rose freute sich sehr über den Kontakt zu Dr. Frankenstein. Seinen richtigen Namen kannte sie immer noch nicht, aber den würde sie leicht herausfinden. Das brachte sie bei ihrer Suche nach Sasha zwar nicht weiter, aber wenn sie in Erfahrung bringen konnte, was er über die Wiederbelebung von Toten wusste, dann wären ihre Zeit und ihre Mühe gut angelegt.

Luna, die Hohepriesterin des Mutterzirkels, hatte Rose persönlich darum gebeten, nach Sasha zu suchen. Roses besondere Gabe bestand darin, Menschen zu finden, vor allem Personen, denen sie schon einmal begegnet war. Doch trotz all ihrer Fähigkeiten hatte sie die Frau nicht aufspüren können, die einmal Michael Deveraux' Ehefrau gewesen war, ehe sie vor ihm geflohen und im Mutterzirkel untergetaucht war.

Als Rose Sasha zuletzt gesehen hatte, hatte sie Hollys Zirkel angehört. Luna selbst hatte die Gruppe zu Rose geschickt. Roses Haus diente dem Mutterzirkel als sicheres Versteck, und mit dem Cathers-Coven hatte auch Kari Hardwicke bei ihr Schutz gesucht. Rose hatte die junge Frau als unbeständig und verängstigt in Erinnerung – kein Hexenblut, und sie nutzte nicht einmal die magische

Macht anderer. Sie war nur … wütend und ganz erpicht darauf, dem schrecklichen Krieg zu entkommen, in den sie hineingestolpert war.

Der Mutterzirkel würde Roses Abmachung mit Dr. Frankenstein nicht gutheißen, also musste sie sich genau überlegen, welchen ihrer Hexenfreundinnen sie trauen konnte. Ehrgeiz war im Mutterzirkel verpönt, denn er galt als Eigenschaft der Hexer. Im großen Coven hatte jede Hexe ihren Platz, ihre Rolle, auf die sie sorgfältig vorbereitet wurde. Im Gegensatz zu den Angehörigen des Obersten Zirkels wurden sie sogar ermuntert, sich auf etwas zu spezialisieren und nicht allzu viel zu lernen, was über ihre Funktion hinausging. Daher besaßen nur sehr wenige Hexen im Mutterzirkel eine breite Machtbasis oder genug Wissen und Fähigkeiten, um die Hohepriesterin Luna herauszufordern.

Rose hatte keineswegs die Absicht, das zu tun, aber sie hatte das Gefühl satt, in einem Käfig zu leben. Sie war Versteck-Haushälterin, Personen-Peilradar, weiter nichts. Aber wenn sie Dr. Frankensteins Geheimnisse erfahren könnte … Sie schob den Gedanken beiseite. Eines nach dem anderen. Zunächst einmal musste sie sich etwas einfallen lassen, wie sie Karis Leichnam bergen sollte.

Sie brauchte zwei Tage, um die Hexen zusammenzubekommen, die sie brauchte, und einen weiteren Tag, um sich zu vergewissern, dass diese die Banne um das ehemalige Hauptquartier des Obersten Zirkels brechen und hineingelangen konnten. Bei Nacht zogen sie los, in dunkler Kleidung.

Was sie drinnen vorfanden, war ein Albtraum. Die Leichen von Menschen und Dämonen lagen verrenkt und leblos in wirren Haufen übereinander, aus denen Glieder hervorragten, als hätte eine riesige Hand sie geschüttelt. Der Gestank war unerträglich, und Rose hatte Mühe, sich nicht zu übergeben.

»Bei der Göttin«, hauchte Sarah, eine junge Hexe, voller Entsetzen.

»Ich wusste gar nicht, dass es im Obersten Zirkel so viele Hexerinnen gibt«, murmelte Kyle, einer der Männer in Roses Gruppe, und drehte eine weitere Leiche um.

»Ich auch nicht«, entgegnete Rose grimmig. Kari zu finden, stellte sich als sehr viel schwieriger heraus, als sie erwartet hatte.

Endlich, eine ganze Stunde später, fiel Roses Blick auf eine vertraute Gestalt. Sie brauchte einen Moment, bis sie sicher war, wen sie vor sich hatte. Körper sahen oft ganz anders aus, wenn der Funken des Lebens erloschen war. Außerdem hatte jemand dieser Frau die Kehle aufgeschlitzt, und ihr Gesicht war mit Blut verkrustet.

»Das ist sie«, sagte Rose schließlich.

Sarah legte einen Unsichtbarkeitszauber um die Leiche, und dann bückte sich Kyle, um sie aufzuheben.

»Leicht wie eine Feder, steif wie ein Brett«, witzelte er.

Sarah rümpfte die Nase, und Rose schüttelte den Kopf. »Verschwinden wir von hier«, befahl Rose angespannt.

»Ich fühle mich beschmutzt«, sagte Sarah mit einem Schaudern, während sie auf dem Rückweg zum Ausgang Leichen umrundeten. »Wenn ich daran denke, dass ich auf dem Grund und Boden des Obersten Zirkels gestanden habe ...«

»Ja, das ist ein beunruhigendes Gefühl«, stimmte Kyle zu, der ausnahmsweise einmal ernst wirkte.

Sobald sie draußen waren, atmeten alle auf. Ein paar Minuten später erreichten sie ihr Ziel ohne Zwischenfälle.

Der Oberste Zirkel hatte London eindeutig verlassen. Das sollte gefeiert werden.

Als sie wieder sicher in Roses Haus angekommen waren, legten sie Kari im Wohnzimmer auf den Boden. Ihr Gesicht war grau und fleckig, und Maden wimmelten in der tiefen Schnittwunde, die quer über ihre Kehle verlief.

»Die Verwesung ist schon recht weit fortgeschritten«, stellte Kyle fest. »Das wird nicht einfach.«

»Tu, was du kannst«, wies Rose ihn an. Kyle war die einzige Hexe, von der sie wusste, dass sie tote Dinge liebte. Seine Fähigkeit, Leichen vor der Zersetzung zu bewahren, wurde oft für Zeremonien und Riten eingesetzt, und falls ihm einmal eine Konservierung merkwürdig erschien, stellte er niemals Fragen.

»Es ginge leichter, wenn wir die Organe entfernen«, schlug er vor, hob einen von Karis Armen an und inspizierte ihre Fingerspitzen.

»Wie bei einer Einbalsamierung?«, fragte Sarah.

»Ich würde das eher mit einer Taxidermie vergleichen – wie beim Tierpräparator. Aber im Prinzip, ja«, sagte er, ließ ihren Arm sinken und betrachtete stirnrunzelnd das klaffende Loch in ihrer Brust.

»Nein, die Familie will sie so intakt wie möglich«, erwiderte Rose. Sie bezweifelte, dass Dr. Frankenstein einen Körper würde wiederbeleben können, der seit mehreren Tagen tot und so schwer beschädigt war wie dieser hier. Falls er das tatsächlich konnte, würde sie sein Geheimnis zu gern erfahren.

»Ich brauche das Übliche«, sagte Kyle. »Salze, Myrrhe, Bernstein.« Er verzog das Gesicht und wiederholte: »Das wird nicht einfach.«

Vier Stunden später war es geschafft. Kari war so gut

einbalsamiert wie möglich. Rose und Kyle packten sie in eine große Kiste, und Sarah versah sie mit einem Illusionszauber, damit niemand die Leiche darin bemerkte.

Als alles fertig war, wählte Rose die Nummer, die der Doktor ihr genannt hatte. Sobald er sich meldete, sagte sie: »Wir sind bereit zum Versand. Bitte nennen Sie mir die Adresse.«

*Seattle: Dr. Temar und Hecate*

In seinem Labor öffnete Dr. Temar vorsichtig, ja ehrfürchtig, die schlichte Holzkiste. Beim Inhalt schien es sich um Dutzende Sträuße aus getrockneten und vergoldeten Kräutern und Blumen zu handeln. Sie waren hübsch, zart und vollkommen unwirklich. Das war also der Illusionszauber, den English Rose benutzt hatte, um sicherzustellen, dass jemand, der die Kiste öffnete, die Leiche darin nicht sehen konnte. Er murmelte leise ein paar Worte, die sie ihm genannt hatte, um die Illusion zu brechen.

Die Luft schien kurz zu schimmern, die Umrisse der Blüten leuchteten auf, verblassten dann wieder, und er sah Karis wunderschönes Gesicht. Die Hexen hatten Wort gehalten. Kari war zwar schon seit über zwei Wochen tot, ihr Leichnam aber gut erhalten, wenn auch keineswegs makellos.

Irgendetwas war in ihrer Brust explodiert und hatte Fleisch und Knochen so zerfetzt, dass nicht viel davon heil geblieben war. Außerdem war ihr die Kehle aufgeschlitzt worden, und eine hässliche Linie zog sich quer über ihren Hals. Er hatte sich auf einen möglicherweise unschönen Anblick gefasst gemacht, konnte aber dennoch nicht verhindern, dass ihm die Tränen aus den Augen liefen und auf ihre leblosen Wangen tropften.

»Kari, ich hole dich zurück, das schwöre ich.«

Die Katzen in ihren Käfigen kreischten.

## *Avalon: Eli*

Eli Deveraux wandelte am Strand der Insel Avalon entlang wie in einem Traum. Nach dem Kampf im Hauptquartier des Obersten Zirkels in London war er irgendwie hier gelandet. Er wusste immer noch nicht recht, wie und warum. Er wusste nur, dass er jetzt anders war.

Er war stärker, mächtiger. Er konnte die Lebenskraft spüren, die auf ihn übergegangen war, als er in jener Nacht seinen Vater Michael Deveraux und seinen Rivalen James Moore getötet hatte. Das war zu Windmond gewesen – wer in der Nacht des Windmonds eine Hexe oder einen Hexer tötete, erlangte die Macht seines Opfers.

Er drehte sich um, und ohne einen Finger krumm zu machen oder eine einzige Silbe auszusprechen, setzte er eine Eiche in Brand. Dann löschte er das Feuer ebenso leicht mit einem plötzlichen, heftigen Windstoß. Offenbar beherrschte er jetzt drei der vier Elemente, doch das vierte, Wasser, blieb ihm versagt. Ebenso wie eine Möglichkeit, von dieser Insel wegzukommen.

Zumindest hatte er es nicht besonders eilig. Von seinen früheren Aufenthalten auf der Insel wusste er, wo sich alles befand, auch Küche und Speisekammer. Die meisten dämonischen Bewohner der Insel waren anscheinend verschwunden. Ob sie ausgezogen waren, um ihren Herren in der Schlacht beizustehen, oder die erstbeste Gelegenheit zur Flucht genutzt hatten, wusste er nicht. Jedenfalls spazierte er meist ungestört über die Insel, sah zu, wie sich die Wellen am Strand brachen und das Schilf im Wind wogte. Hoch aufragende Felsen blickten wie Festungstürme auf ihn herab, und die Seevögel kreischten.

Doch auf der nun fast völlig verlassenen Insel war es einfacher ... *etwas* zu spüren. Nicole hatte ihm von irgendeiner Präsenz hier erzählt. Er hatte sie damals nicht wahrgenommen, als er hergekommen war, um Nicole zu retten, doch jetzt konnte er sie fühlen. Es war, als beobachte ihn etwas, spähte ihm durch Ritzen und Spalten nach, ja selbst durch die Zeit hindurch. Was immer das sein mochte, es strahlte eine Bösartigkeit aus, die sogar ihm Angst einjagte ... und er war fast so böse, wie man nur sein konnte.

Seit einem Monat war er jetzt hier, und jeden Tag suchte er durch Weitsicht nach Nicole. Jeden Tag fand er wieder nichts. Er wollte nicht glauben, dass sie tot war. Er war sicher, dass er das irgendwie fühlen, irgendwie wissen müsste. Selbst wenn das Baby nicht von ihm war. Bei der Magie, die ihm jetzt zur Verfügung stand, bräuchte man schon unglaublich mächtige Banne, um sie für immer vor ihm zu verbergen.

Er durchkämmte die Insel zentimeterweise, drehte Felsbrocken um, tastete die Ritzen in uralten Mauern ab und suchte nach irgendetwas, das ihr gehört haben könnte. Mit einem persönlichen Gegenstand würde er einen Findezauber durchführen können. Aber er fand nur Sachen von James, die sie berührt haben könnte – einen juwelenbesetzten Kelch, James' zurückgelassene Kleidung. Er fand auch das Versteck von James' Athamen – Ritualdolchen, die für magische Zeremonien verwendet wurden.

Er verbrachte übermäßig viel Zeit in dem Schlafzimmer,

in dem Nicole gefangen gehalten worden war. Es war im Stil der Hexer gestaltet, die dem Gott huldigten, mit geschnitzten Darstellungen des Pan und dem riesigen, lüstern grinsenden Gesicht des Gehörnten Gottes.

Eli schlug das Bett kurz und klein – das Bett, in dem James sich Nicole aufgezwungen hatte. Er fand den kleinen Hohlraum, der im Kopfteil verborgen war. Das Geheimfach war leer, doch er spürte, dass es einmal mächtige magische Gegenstände enthalten hatte. Ihm wurde eiskalt, als er sich an die Geschichten erinnerte, die sein Vater ihm von der stillschweigenden Abmachung zwischen den Deveraux und den Cahors erzählt hatte: das Geheimnis des Schwarzen Feuers im Tausch gegen einen Sohn, in dessen Adern das Blut beider Familien strömte. James wäre mächtig genug gewesen, um Nicole dazu zu zwingen, ihm ein Kind zu gebären. Hatte er es geschafft?

Solche Vorstellungen quälten Eli, während sich ein Tag nach dem anderen auf der Insel dahinschleppte. Bald war er besessen von dem Schlafzimmer, untersuchte jeden Zentimeter, und eines Tages stellte er sich in seiner Verzweiflung mitten in den Raum und drehte sich mit geschlossenen Augen langsam um sich selbst.

»Öffne mir die Augen für den Schatz, der meiner Liebsten gehörte«, flüsterte er. Als ihm auffiel, wie sehr das nach einem Gebet an die Göttin klang, verzog er das Gesicht. In vielerlei Hinsicht war Nicole seine Göttin. Und nach allem, was geschehen war, müssten sie beide inzwischen Fürst und Fürstin sein. Zähneknirschend dachte er erneut an James, der sie geheiratet und genommen hatte. Seine Fingernägel bohrten sich in seine Handflächen, bis er Blut hervorsickern spürte. Die Tropfen fielen auf den Boden, eine passende Opfergabe.

»Das Blut an diesem Platz soll meine Gabe sein. So schenk mir einen Schatz aus meiner Liebsten Kämmerlein.«

Er schlug die Augen auf und drehte sich langsam weiter in der Hoffnung, dass sein Blick auf irgendetwas fallen würde, das ihr gehört haben könnte. Langsam hob er den Kopf und blickte wie unter Zwang zur Decke auf. Sie war mit geschnitzten Symbolen des Gehörnten Gottes geschmückt.

Und da, genau in der Mitte der Zimmerdecke, glänzte etwas Rundes, Metallenes.

Er hob die Hand und befahl es zu sich herab. Der Gegenstand löste sich leicht aus der Vertäfelung, als hätte er nur auf einen solchen Ruf gewartet, und fiel ihm in die Hand. Es war ein schmaler Goldring mit sehr geringem Durchmesser. Er fragte sich, ob er Nicole auch nur am kleinen Finger passen könnte. Er schloss die Hand darum, so dass der Ring von seinem Blut umhüllt wurde.

In dieser Nacht versuchte er seinen Zauber ein letztes Mal, doch diesmal mit dem goldenen Ring als Fokus. »Durch diesen Ring gewähr mir die Schau auf die zur Mutter gewordene Frau, und sag mir, wo sie sich befindet, die an Herz und Geist mich bindet.«

Der schrille Schrei einer Frau zerriss die Nacht. Eli sprang auf und wirbelte herum. Sein Herz hämmerte gegen die Rippen, und er fragte sich, ob er es irgendwie geschafft haben könnte, Nicole zu sich zu holen.

Noch ein Schrei erscholl, und diesmal kam er von draußen. Eli rannte so schnell hinaus, wie er konnte, und erleuchtete seinen Weg mit Feuerbällen. Ein dritter Schrei – jetzt von der Höhle her, in der Nicole und er sich versteckt hatten, um von der Insel zu fliehen.

Die Schreie wurden schwächer, und die Angst drängte

ihn, noch schneller zu laufen. Was, wenn er sie nicht hierhergebracht hatte, sondern gleich sehen würde, was in diesem Augenblick anderswo mit ihr geschah?

Und dann: Stille.

Fluchend rannte er die letzten dreißig Meter und stürmte in die Höhle. Dann blieb er abrupt stehen. Eine gespenstische Frau lag vor ihm, zitternd vor Schmerz und Erschöpfung, ein neugeborenes Baby an der Brust.

Nicole? Nein, das war nicht sie, sondern jemand anders. Ihrer Kleidung nach war sie schon vor sehr langer Zeit gestorben. Der Ring musste also ihr gehört haben. Er sank auf die Knie, überwältigt von Wut und Enttäuschung.

Da wandte die geisterhafte Frau den Kopf und sah ihn an.

Er blinzelte, und sie ebenfalls.

»Kannst du mich sehen?«, fragte er sie.

Sie runzelte die Stirn, und er begriff, dass sie ihn nicht verstand. Langsam hob er die Hand. Er deutete erst auf sie, dann auf seine Augen und schließlich auf seine eigene Brust.

Sie nickte. Der Ausdruck in ihren großen, jungen Augen war unglaublich zärtlich. Er wusste genau, dass er sie noch nie zuvor gesehen hatte, doch irgendetwas an ihr kam ihm so … bekannt vor.

Wieder zeigte er auf sich selbst. »Eli.«

Sie lächelte ihn schwach an und deutete auf ihre Brust. »Maria.«

Ein Schauer rieselte ihm über den Rücken, und schreckliche Angst durchfuhr ihn. Langsam hob er die Hand und deutete auf das Baby, das sie umklammert hielt.

Ihr Lächeln wurde breiter, als sie auf das Kind hinabschaute. »Jesus.«

Und plötzlich veränderte sich die Höhle. Wo er auch hinsah, drängten sich Tiere und Menschen. Maria und ihr Kind standen im Mittelpunkt der Aufmerksamkeit. Er drehte sich in die Richtung um, in der sich der Höhleneingang befand. Wahrscheinlich würden seine Beine ihn nicht tragen, aber dann musste er eben versuchen hinauszukriechen. Aber da standen Männer, die große Macht und Reichtum ausstrahlten. Ihre Kleidung war mit Edelsteinen besetzt. Sie hielten Kästchen in den Händen. Die magische Energie, die von den Männern ausging, knisterte spürbar in der Luft.

Sie schritten an ihm vorüber, ohne ihn zu bemerken. Niemand hier außer Maria schien ihn zu sehen. Ihr Ring – es musste wohl ihrer sein – und sein Zauber hatten offenbar eine Art Portal zwischen seiner und ihrer Zeit geöffnet. Er drehte sich wieder zu ihr um und beobachtete, wie die Weisen aus dem Morgenland – denn niemand anders konnten sie sein – Maria ihre Geschenke zu Füßen legten.

Die Bibelgeschichten gingen ihm durch den Kopf, während er zusah, wie sie Gold, Weihrauch und Myrrhe darbrachten … und Silber. Und da traf es ihn wie ein Schlag.

Es waren vier Könige.

# Zwei

# Petersilie

Wir suchen und suchen und werden sie finden
Gifte, zu schaden Körper und Sinnen
Doch wächst unsere Kraft, während wir uns zügeln
Um bald der Feinde Schicksal zu besiegeln

Überall verborgene Dinge
Locken uns, dass man sie finde
So gilt denn unser Suchen und Streben
Himmel und Hölle, und kost' es das Leben

*Frankreich im Mittelalter:*
*Jean, Karienne und Isabeau*

»Ich werde dich nie verlassen«, flüsterte Jean Karienne zu, als er sein Ritualgewand auszog und zum letzten Mal zu ihr ins Bett kam. Sie roch das Blut der Geopferten an ihm und blickte nach oben auf das Deckengemälde von dem Höllenpfuhl, in dem seine Ahnen weilten. Und dann spürte sie seine Hitze und seine Kraft, als er erschauerte, und dieses köstliche Gefühl überwog für den Augenblick ihren Kummer. Ja, sie musste hintanstehen, weil ihm keine andere Wahl blieb, doch seine Liebe gehörte ihr. Und die Liebe Jeans als dem Erben der mächtigsten Familie in der gesamten Hexenwelt war ihre Mitgift. Mit dieser Aussteuer würde sie auf die Burg des Grafen ziehen, der ihr Gemahl werden sollte. Auf diese Weise hatte Jean ihren Schutz während der kommenden, einsamen Jahre gesichert.

»Sobald Isabeau mir einen Sohn geboren hat, werde ich sie ermorden«, versprach ihr Jean. »Dann werde ich kommen und dich holen.«

»Schwöre es mir, bei deiner Seele«, flehte sie, als er sich auf sie herabsenkte.

Seine Augen glitzerten böse, und er lachte. »Weib, du müsstest inzwischen wissen, dass ich keine Seele habe.«

*Gegenwart: Holly, ohne ihn*

Holly schrak aus einem Traum hoch und wälzte sich in der Dunkelheit herum. Ihr Herz hämmerte, und ihr Gesicht war tränennass. Sie hatte wieder einmal von Jer geträumt. Beinahe konnte sie seine Lippen auf ihren geschlossenen Lidern, ihren Wangen, ihren Lippen spüren.

*Für mich ist er gestorben*, sagte sie sich. Doch ein winzig kleiner Teil ihrer Seele flackerte auf, wann immer sie von ihm träumte, an ihn dachte. Dann, und nur dann, fühlte sie sich wahrhaft lebendig.

Aber ihre Liebe lag in Schutt und Asche, und Holly wusste das. Ihre Liebe war so tot wie dieser Teil ihres Herzens.

*Reich der Ewigkeit*

Über den mystischen grünen Wald jenseits von Raum und Zeit flog Fantasme dahin, in den Klauen ein Extrakt der Seele der Cahors-Hexe. Er kreischte triumphierend.

Von der anderen Seite des ewigen Waldes nahm Pandion die Verfolgung auf.

*Köln, Deutschland: Pablo*

Pablo, der kleine Hexenjunge, der Gedanken lesen konnte, rief voll Qual und Grauen immer wieder nach seinem Zirkelbruder Philippe, obwohl er bewusstlos war.

Und obwohl Philippe verliebt und an seine Frau gebunden war und von Krieg nichts mehr wissen wollte, beantwortete er den Ruf.

*Einen Monat später in North Berwick, Schottland: Nicole, Amanda, Tommy, Richard, Owen*

Nicole Anderson-Moore hatte also einen Hexer zum Anwalt. Wenn ihre Zwillingsschwester Amanda neben ihr nicht drohend einen Feuerball auf den Fingerspitzen balanciert hätte, wäre Nicole vielleicht in Lachen ausgebrochen. So jedoch blickte sie ihm fest in die Augen und fragte: »Und wie kommen Sie darauf, dass Sie mein Anwalt wären?«

Derek Jeffries lächelte Nicole an und schien Amanda und dem drohenden Feuertod keinerlei Beachtung zu schenken. »Ich komme von der Kanzlei Hackem, Hackem und Derringer. Wir verwalten den Nachlass der Familie Moore.«

Allein die Erwähnung dieses Namens bewirkte, dass Nicole übel wurde.

»Wie haben Sie uns gefunden?«, wollte ihr Vater Richard wissen.

Das war eine gute Frage, die Nicole ebenfalls nur zu gern beantwortet haben wollte. Während der vergangenen zwei Monate waren sie ununterbrochen auf der Flucht gewesen, ständig von einem Ort zum nächsten gezogen und nirgends länger als ein, zwei Nächte geblieben. Das war für alle sehr anstrengend, aber sie hatten das zerstörte Hauptquartier des Obersten Zirkels in London so weit hinter sich lassen wollen wie nur möglich. Sie hatten es lediglich bis nach Schottland geschafft, weil sie nicht sicher waren, wie gefährdet sie in öffentlichen Verkehrsmitteln wären und ob sie versuchen sollten, nach Seattle zurückzukehren.

»Einer der besonderen Services unserer Kanzlei für Praktizierende der Künste ist das Auffinden von Verwandten im Todesfall. Als Sir William und seine beiden Haupterben verstarben, griff augenblicklich der familiäre Findezauber. Als James Moores Witwe ist Nicole Anderson-Moore die nächste lebende Verwandte.«

*Was ich auch tue, James kann ich einfach nicht entkommen,* dachte Nicole verbittert. *Anscheinend nicht einmal seinen Anwälten.*

»Um Holly aufzuspüren, bräuchten Sie also nur uns umzubringen?«, fragte Amanda mit argwöhnisch zusammengekniffenen Augen.

Holly, ihre Cousine und Hohepriesterin, war sofort nach der Schlacht verschwunden.

»Ganz so einfach ist das nicht. Zunächst müssten Sie uns als Anwälte der Familie beibehalten. Sie müssten ein Testament oder Ähnliches verfassen. Damit könnten wir dann Ihre Verwandten verknüpfen, entweder in einer von Ihnen gewünschten Reihenfolge oder nach Verwandtschaftsgrad. Wie Sie also sehen, kann Ihnen und Ihrer kostbaren Holly nichts passieren.«

»Nur haben Sie sich bereits als Nicoles Anwalt vorgestellt«, knurrte Richard.

Derek lächelte. »Nun, das stimmt. Dann wird sie die Abfassung ihres Testaments wohl noch ein wenig hinausschieben müssen. Als ihr Rechtsbeistand kann ich ihr davon allerdings nur abraten. Jetzt, da sie ein Kind zu versorgen hat, ist ein Testament unumgänglich, damit das Kind abgesichert ist und ein passender Vormund bestimmt wird.«

Nicole zwang sich zu lächeln. »Um Owen brauchen Sie sich keine Sorgen zu machen. Er wird sehr gut versorgt.«

Derek lächelte schmierig. »Daran zweifle ich nicht.«

»Also, was geschieht jetzt?«, fragte sie.

»Ich bin hier, um Sie nach Hause zu bringen.«

»Nach Seattle?«, fragte Tommy hoffnungsvoll.

»Nein, nach Scarborough.«

»Was ist denn in Scarborough?«, fragte Amanda misstrauisch.

»Der Stammsitz ihres *verstorbenen* Mannes.«

Sein Blick ließ Nicole die Hitze in die Wangen schießen. »Schauen Sie mich nicht so an. Ich habe ihn nicht umgebracht.«

»Nein, Sie haben es geschafft, einen Ihrer Liebhaber, Eli Deveraux, dazu zu bringen. Ganz alte Schule, das muss ich schon sagen.«

»Wagen Sie es ja nicht zu glauben, ich hätte das so geplant«, fauchte Nicole.

»Und fassen Sie meine Bewunderung nicht als Verurteilung auf«, erwiderte Derek.

*Mein Leben ist wirklich zu kompliziert*, dachte Nicole. Das Baby weinte, und sie war froh, sich einen Moment lang auf den Kleinen konzentrieren zu können. Immer noch spürte sie Dereks Blick. Der Gedanke schoss ihr durch den Kopf, ob man über diesen Familien-Findezauber seiner Kanzlei vielleicht feststellen könnte, ob James der Vater ihres Kindes war.

Sie schüttelte den Kopf. Sie würde Derek nicht die Befriedigung gönnen, ihre Unsicherheit in dieser Frage selbst anzusprechen. Ganz gleich wie oft sie alles in Gedanken durchging, sie kam einfach nicht weiter. Die ersten acht Monate ihrer Schwangerschaft waren so neblig und verschwommen wie halb erinnerte Träume. Sie war nicht einmal sicher, wer der Vater sein könnte. Eli, James, ihr geliebter Philippe. Das kam zeitlich alles nicht richtig hin. Und dann war da noch dieses Ding, diese *Präsenz* in dem Zimmer gewesen, in dem James sie auf der verschollenen Insel Avalon gefangen gehalten hatte.

Sie blickte ihrem Sohn tief in die Augen und fragte sich, wie sie in diese verrückte, paranormale Version von *Mamma Mia!* hineingeraten war. Doch vor allem wünschte sie, Philippe wäre bei ihr. Eine Woche nachdem Holly, Armand und Pablo mit Alex Carruthers aufgebrochen waren, um verschollene Cahors zu suchen und gegen das Böse zu kämpfen, hatte Philippe einen übersinnlichen Notruf von Pablo erhalten. Aus Angst um den Jungen war Philippe mitten in der Nacht abgereist und hatte ihr versprochen, so bald wie möglich zurückzukommen. Seither hatte sie nichts mehr von ihm gehört. Sie seufzte schwer und wandte ihre Aufmerksamkeit wieder Derek zu.

»Neben dem Grundbesitz umfasst der Nachlass beträchtliche Geldbestände. Ich werde Ihnen alles unterwegs erläutern«, sagte er.

*Ich will Philippe,* dachte sie, als Owen sich an sie schmiegte.

Einen Privatjet und zwei Helikopter später waren alle bei dem Herrenhaus angelangt, das ihren Feinden gehörte. Es wurde schon dunkel, als sie schließlich vor dem Tor zur Auffahrt stehen blieben. Trotzdem konnten sie das massige Gebäude noch erkennen, und Nicole bemühte sich, dessen bösartige Ausstrahlung zu ignorieren.

Derek gab einen Sicherheitscode ein, und das Schloss öffnete sich. Er zog das Tor auf und blieb einen Schritt hinter Nicole stehen.

»Nach Ihnen, Mrs. Moore«, sagte er in leicht spöttischem Tonfall.

Nicole musste all ihre Willenskraft aufbieten, um ihm nicht einen Feuerball an den Kopf zu schleudern. Stattdessen machte sie einen spöttischen Knicks und sagte: »Nicht doch, nach Ihnen. Ich bestehe darauf.«

Derek schüttelte den Kopf. »Bedauerlicherweise funktioniert das so nicht.«

»Das sollten Sie uns lieber erklären«, warf Amanda ein und rückte näher an ihre Zwillingsschwester heran.

»Meine Kanzlei vertritt die Familie Moore schon seit Generationen. Ich selbst bin seit fünf Jahren hauptsächlich für die Angelegenheiten der Familie zuständig und habe dieses Anwesen schon oft betreten.«

»Na, dann betreten Sie es doch jetzt«, sagte Tommy. Er reckte das Kinn und verschränkte die Arme, als wollte er den mächtigen Hexer herausfordern.

»Ich fürchte, so einfach ist das nicht. Sir William Moore und alle seine Vorgänger waren sehr mächtige Männer. Und keineswegs dumm. Es gibt nur eine Möglichkeit, wie man dieses Grundstück gefahrlos betreten kann: auf Einladung eines Moore hin.«

Nicole hatte auf einmal ein ungutes Gefühl.

»Und ob es Ihnen gefällt oder nicht, Sie sind anscheinend die letzte noch lebende Moore«, beendete Derek seine Erklärung und fixierte Nicole mit starrem Blick. Er hatte die Augen eines Hexers: hart, kalt und mit einem beinahe reptilienhaften Glitzern darin. Alles, was sie wusste, sagte ihr, dass sie ihm nicht trauen durfte. Doch sie sah in diesen Augen noch etwas, das sie von der Glaubhaftigkeit seiner Worte überzeugte.

»Gibt es ein magisches Passwort?«, fragte sie und erlaubte sich kurz, diese Vorstellung amüsant zu finden.

»Wenn er jetzt ›Sesam, öffne dich‹ sagt, gehen wir«, erklärte Amanda.

»Nein, eigentlich müssten Sie das Anwesen ohne Weiteres betreten können. Dann müssen Sie uns alle einzeln und namentlich hereinbitten.«

»Was denn, sind wir jetzt Vampire? Ich dachte, wir wären bloß Hexen«, warf Tommy ein und verdrehte die Augen.

»Ich würde niemals so leichtfertig von den Verdammten sprechen, und es wäre klug von Ihnen, meinem Beispiel zu folgen«, entgegnete Derek höflich.

»Ach, Mann, das war ein Scherz. Und das mit den Vampiren ist doch nicht Ihr Ernst, oder?« Tommy stöhnte.

Derek antwortete nicht, sondern wandte sich wieder Nicole zu.

Sie holte tief Luft und trat vor. Sie hatte damit gerechnet, dass … na ja, irgendetwas … dass ein Alarm losschrillte, Dämonen aus Portalen hervorplatzten … oder die Erde bebte. Doch es geschah gar nichts. Sie drehte sich argwöhnisch zu Derek um und ertappte ihn bei einem offenbar erleichterten Aufseufzen.

»Voilà«, sagte sie und warf die Hände in die Luft. Einen Moment lang war sie nicht Nicole, die Hexe, oder Nicole, die Mutter, oder Nicole, die unfreiwillige Braut. Sie war nur Nicole, Schauspielerin und Drama Queen.

Zumindest Amanda grinste. Die anderen starrten sie nur an.

»Und jetzt rufe ich euch einfach beim Namen?«

»So ist es«, sagte Derek.

Ihr fiel auf, dass sie seinen Nachnamen vergessen hatte. Er stand auf der Visitenkarte, die sie in ihre Hosentasche geschoben hatte, aber sie wollte ihm nicht die Freude machen, jetzt danach zu kramen.

»Also gut, Anwalt Derek, kommen Sie rein.«

Er trat zu ihr. Nichts geschah. Doch Nicole entspannte sich keineswegs. Was, wenn irgendein grässlicher Trick dahintersteckte und nur Moores oder Hexer das Grundstück betreten konnten? War sie bereit, das Leben der anderen aufs Spiel zu setzen? Sie sog scharf den Atem ein. Einen Moment lang schwankte sie unentschlossen hin und her. Sie konnte immer noch mit einem Satz zu ihnen zurückkehren, und dann könnten sie zusammen weglaufen.

Doch sie wusste, dass es ihr nicht gelingen würde, sich vor dem Zauber zu verbergen, den diese verfluchten Anwälte gebrauchten. Und bisher war keinem von ihnen etwas geschehen. *Das Heim unseres Feindes ist der letzte Platz auf Erden, wo sie uns vermuten würden, ma petite,* flüsterte eine Frauenstimme mit starkem französischem Akzent in ihrem Kopf. Isabeau, ihre längst verstorbene Ahnfrau, wollte wieder einmal ihre Weisheit mit ihr teilen oder ihren Willen durchsetzen.

Nicole betrachtete die Menschen, die sie liebte. Ihre Schwester Amanda, Tommy, Amandas Seelengefährten, und ihren Vater Richard, der den kleinen Owen in den Armen hielt. Sie stand vor einer schrecklichen Entscheidung, doch letztendlich war es ganz einfach. Sie setzte das einzige Leben aufs Spiel, das sie riskieren konnte.

»Tommy Nagai, ich lade dich ein, zu mir zu kommen«, sagte sie mit zitternder Stimme.

Er löste sich von Amanda und trat mutig vor. Ein Blick in seine stahlharten Augen sagte Nicole, dass er ganz genau wusste, warum sie ihn zuerst aufgerufen hatte.

Er ging durch das Tor, und ein Blitz zuckte über den Himmel. Nicole ließ sich zu Boden fallen und erschuf einen schützenden Schild um sie beide. Donner grollte, und dicke Regentropfen klatschten plötzlich auf den Boden.

»Nur ein Gewitter«, sagte Derek. »Schlechtes Timing.«

Sonst geschah nichts, aber der Himmel öffnete alle Schleusen, und der Regen prasselte herab. Die anderen hätten vielleicht noch länger im eisigen Regen herumstehen und darüber diskutieren können, aber Owen musste sofort ins Trockene.

»Richard Anderson, ich lade dich ein hereinzukommen. Owen Anderson-Moore, ich lade dich ein hereinzukommen. Amanda Anderson, ich lade dich ein hereinzukommen.«

Gleich darauf rannten sie alle gemeinsam die Auffahrt zum Haus entlang. Die dunklen Fenster klafften ihnen entgegen wie abscheuliche Mäuler, die nur darauf warteten, sie zu verschlingen.

*Sollen sie es ruhig versuchen*, dachte Nicole grimmig, als sie die Vordertreppe hinaufpolterten.

Derek zückte einen Schlüssel und schloss die mächtige Haustür auf. Nicole hatte erwartet, dass sie sich mit einem unheimlichen Quietschen öffnen würde, doch sie schwang geräuschlos auf. Sie drängten ins Haus und blieben auf dem Marmorfußboden stehen, während sie sich zu orientieren versuchten.

Derek drückte den Lichtschalter, und ein Kronleuchter über ihren Köpfen erwachte zum Leben. Er erhellte eine gewaltige Treppe, die drei Stockwerke emporreichte. Flure führten links und rechts vom Foyer weg.

Tommy flüsterte: »Wo ist denn der Butler?«

»Sir Williams Bedienstete waren sämtlich Kreaturen aus der Verdammnis. Als er … starb … wurden sie in die Hölle zurückgeholt.«

Nicole entging das kurze Zögern nicht. Diese Zweifel hatten sie selbst schon gequält. Sie war nicht ganz sicher, ob Sir William wirklich tot war. Immerhin hatte sie gesehen, wie ein Dämon aus seinem Körper hervorgebrochen und dem Massaker am Obersten Zirkel entkommen war. Dieses Geschöpf machte ihr noch mehr Sorgen als die anderen Hexer, die womöglich nach ihnen suchten. War das Sir Williams wahres Gesicht? Und wenn ja, wie lang würde es dauern, bis er zurückkehrte, um Anspruch auf seinen Besitz zu erheben? Sie erschauerte.

»Sie sollten sich etwas Trockenes anziehen«, riet Derek, der ihr Schaudern bemerkt, aber falsch interpretiert hatte.

Die anderen schwärmten aus und schalteten weitere Lichter an. Nicole wollte sie warnen, ja vorsichtig zu sein. Wer konnte wissen, was für Banne oder magische Fallen hier installiert sein mochten? Aber sie war müde, und trockene Kleidung war tatsächlich nötig. Sie hob den Rucksack auf, den sie hinter der Tür hatte fallen lassen, und wandte sich nach rechts. Die erste Tür, die sie probierte, führte zu einer Toilette, und sie ging hinein, um sich umzuziehen.

Zehn Minuten später fand sie alle in der Küche versammelt. Amanda saß mit Owen in den Armen auf einer Küchentheke, Tommy hatte sich an sie gelehnt. Richard lief unruhig auf und ab, und Derek hatte Unterlagen auf einer Arbeitsfläche ausgebreitet. Nicole ging zu ihm hinüber.

Er reichte ihr einen Kugelschreiber und schob ihr das erste Dokument hin. »Ganz gleich, in welcher Welt wir leben, der Papierkram nervt«, scherzte er.

Nicole warf einen Blick auf die erste Seite. »Das ganze Ding ist klein gedruckt«, bemerkte sie.

Er kicherte. »Lassen Sie sich ruhig Zeit, und lesen Sie alles durch, wenn Sie wollen. Aber das hier ist nur der weltliche Papierkram. Den besonderen Teil heben wir uns bis zum Schluss auf.«

»Wunderbar«, sagte Nicole seufzend und begann das Dokument zu überfliegen.

»Es ist nicht richtig, was Ihnen da geschehen ist«, sagte Derek plötzlich mit weicherer Stimme.

Nicole verzog das Gesicht. »Was denn, soll ich jetzt glauben, dass Sie ein Hexer sind, aber ein goldenes Herz haben?«

Er lächelte, und sie unterdrückte ein Schaudern. »Wie immer im Leben gibt es nicht nur Schwarz und Weiß. Denken Sie mal an die Hexen: Einerseits gibt es da das edle, selbstlose Wesen, das tugendhaft Gutes tut.«

Nicole nickte und musste sofort an Anne-Louise Montrachet denken.

»Andererseits gibt es machtgierige Hexen, die sich in ihrem Wahn und Ehrgeiz der Finsternis hingeben.«

Nicole stand auf einmal Holly vor Augen, und sie errötete und wich Dereks Blick aus.

»So ist das auch auf unserer Seite. Es gibt die Verkörperung des schwarzen Hexers, durch und durch böse Magier wie Sir William. Aber es gibt auch solche unter uns, die Opfer darbringen, um mit der gewonnenen Macht das Leben anderer Menschen zu verbessern.«

»Das klingt ja geradezu edel«, höhnte Amanda von ihrer Küchentheke herab.

Er zuckte mit den Schultern.

»Sie sind also einer von diesen besseren Hexern?«, fragte Nicole.

Sein Lächeln wurde düsterer. »So weit würde ich nicht gehen.« Er warf Amanda einen Seitenblick zu. »Und Sie können Ihrem Gespielen da sagen, dass er lieber nicht einmal daran denken sollte, mit einem Eispickel auf mich loszugehen.«

Nicole schüttelte sich unwillkürlich. Das war eine Anspielung darauf, wie Mitglieder ihres Covens vor der Schlacht im Hauptquartier des Obersten Zirkels die Hexer getötet hatten, die als Wachen am Eingang postiert gewesen waren.

Richard trat vor und säuselte: »Nein, solche Spielsachen überlassen wir den Erwachsenen. Wissen Sie, was das Dumme an Magie ist? Als Verteidigung taugt sie nur gegen andere Magie.«

Das stimmte nicht ganz, doch die Halbwahrheit in Verbindung mit dem Ruf des tödlichen Kriegers, den ihr Vater sich erworben hatte, ließ Derek sichtlich zusammenzucken.

»Dad, er will doch nur nett sein«, seufzte Nicole. »Ob es uns passt oder nicht, er ist vorerst unser Anwalt, wenn man so will. Und irgendetwas sagt mir, dass das der wahre Altar ist, auf dem er seine Opfer darbringt.«

Derek neigte den Kopf. »Gut erkannt, Lady Moore.«

*Das war ein Kompliment. Nimm es einfach an,* dachte Nicole und rang sich ein Lächeln ab.

*Pembrokeshire, Wales: Jer*

Die Delfine brachen im Halbkreis durch die Wasseroberfläche der kalten, aufgewühlten See, im selben Moment wie Jeraud Deveraux. Sie schnatterten ihn mit ihren fröhlichen Gesichtern an, pfiffen und quietschten in ihrer besonderen Sprache. Er wusste, dass manche Hexer mit Tieren sprechen konnten, doch er gehörte nicht dazu.

Er wusste auch, dass Menschen, die von einer Cahors-Hexe geliebt wurden, zum Tod durch Ertrinken verflucht waren. Zu diesen gehörte er ebenfalls nicht, denn er schwamm schon seit Stunden gegen die Strömung an, die ihn ansonsten gewiss längst in die Tiefe gezogen und das Leben beendet hätte, das er nur zu gern losgeworden wäre.

Aber trotz seiner Bitterkeit fand er Trost in diesem eiskalten Wasser. Sein Gesicht und sein Körper waren eine zerronnene Narbenlandschaft, versengt vom Schwarzen Feuer, der magischen Geheimwaffe des Hauses Deveraux, die nun wieder einmal verloren war. Beim Schwimmen mit den Delfinen konnte er den Schmerz vergessen, der ihn unablässig quälte. An Land tat jede Bewegung höllisch weh, auch jetzt noch, ein Jahr danach. Und den Delfinen war es gleichgültig, ob er ein Ungeheuer war, so grässlich entstellt, dass er die magische Hochzeit mit Holly Cathers abgelehnt hatte – der einzigen Frau, die er je geliebt hatte.

*Nein. Das war nicht der einzige Grund, wie du sehr wohl weißt.*

Natürlich belog er sich nur selbst. Er war ein Deveraux, und die Deveraux-Hexer setzten seit Jahrhunderten auf Lug und Trug, um zu überleben. Holly war verdorben, wie er selbst. Sie hatte sich auf abscheuliche Tauschhandel mit der Finsternis eingelassen, um ihre Familie und ihren Coven zu schützen. Das Gute in ihr war schattenhaft und so eisig wie das Wasser, in dem er schwamm. Wenn man ihre Magie mit seiner vermischte, würde die Erde beben.

*Das spielt keine Rolle. Ich liebe sie nicht mehr. Diese Liebe ist gestorben, als sie sich dafür entschieden hat, mit Alex Carruthers und seinem verdammten Tempel der Luft loszuziehen. Der schmierige Dreckskerl. Er und ich haben geschworen, dass einer von uns beiden zu Windmond sterben würde. Holly hat das böse Blut zwischen uns als Testosteron-Vergiftung abgetan, aber wenn ich das Schwarze Feuer besäße, hätte ich es an jenem Tag gegen ihn verwendet.*

*Wenn ich es besäße, würde ich ihn jetzt aufspüren und abfackeln.*

*Nein, würde ich nicht. Sie hat ihre Wahl getroffen. Soll sie damit leben. Falls von der Holly, die mich einmal geliebt hat, noch etwas übrig ist, wird sie bald erkennen, dass sie einen Fehler gemacht hat.*

Abgesehen davon besaß Jeraud Deveraux das Wissen um das Schwarze Feuer gar nicht. Sein Vater, Michael Deveraux, hatte die schwarzen Flammen beschworen, die Jer entstellt hatten, doch er war tot. Jers Bruder Eli, der

Michael dabei geholfen hatte, hatte sich gegen ihren Vater gewandt und ihn in der letzten Schlacht im Hauptquartier des Obersten Zirkels in London getötet. Seither war Eli verschwunden, und man hielt ihn für tot.

*Er lebt. Ich weiß es. Und ich werde ihn finden.*

Der Ozean grollte, als missbillige er das. Wolken wälzten sich heran und verbargen die Sonne, für Hexer das Symbol der Manneskraft. Jer hatte drei Monate lang die Runen befragt und Findezauber gewirkt … und noch immer keine Spur von Eli. Vielleicht war es besser, die Toten von den Toten begraben zu lassen. Michael und Eli hatten sich ganz dem Gehörnten Gott verschrieben, und ohne sie war die Welt besser dran.

*Und was ist mit mir? Welcher höheren Macht schulde ich jetzt treue Gefolgschaft?* In seinen Adern floss Hexerblut – er war keine männliche Hexe, der Göttin verpflichtet. So wie Alex Carruthers.

Seine Mutter jedoch war in den Tempel der Göttin eingetreten. Und Holly glaubte, dass es auch in ihm das Gute gab. Er selbst hatte seinen männlichen Verwandten den Rücken gekehrt …

*Und sieh, wohin dich das gebracht hat.*

Es begann zu regnen, Regentropfen schossen ihm wie Kugeln um den Kopf, und er tauchte wieder ab. Die Delfine begleiteten ihn, geschmeidig und unbekümmert. Er wünschte, er könnte sich für immer im Meer verlieren. Wenn er ertränke, wüsste er, dass Holly ihn wirklich geliebt hatte.

*Das ist für mich vorbei. Für uns. Ich bin … frei.*

Ein Delfin stupste ihn mit der Nase an, als wollte er ihn daran erinnern, dass er ein Landlebewesen war und bald heimkehren sollte. Früher einmal hätte ihm der Kontakt mit einem so magischen Geschöpf große Freude bereitet, aber alle Begeisterung, alles Glück war aus ihm herausgebrannt worden.

Er schwamm zurück zur Küste, überwand die Brecher und schleppte sich nackt an den felsigen Strand. Die scharfen Muschelschalen ritzten die Narben an seinen Fußsohlen auf, doch im Gegensatz zu seinem restlichen Körper waren die meisten Nervenenden dort abgestorben.

Jemand beobachtete ihn. Er spürte es, ehe er irgendwen sah. Er murmelte ein paar lateinische Worte, und vor seinem geistigen Auge erschien ein Punkt an den Klippen hoch über ihm, so nah wie in einem Fernrohr. Eve, die Hexerin, die Sir William Moore damit beauftragt hatte, Michael Deveraux zu ermorden. Eli hatte sie ihres Ziels beraubt, und sie trieb nun ebenso haltlos durch die Welt wie Jer. Sie war eine der wenigen, die nicht zusammenzuckte, wenn sie ihn ansah.

Sie erinnerte ihn an Kari, damals am Anfang. Getrieben, ehrgeizig, lustvoll. Er war nicht sicher, ob sie wusste, was Liebe war.

Aber das wusste er ja selbst nicht.

Offensichtlich wusste sie, dass er sie entdeckt hatte, denn sie stieg nun einen schmalen Pfad hinunter. Er ging zu seinem kleinen weißen Handtuch und trocknete sich ab, wobei er es vermied, seine verkrüppelten Hände anzusehen. Seine Finger waren dick geschwollene Klumpen von Narbengewebe. Es war erstaunlich – vielleicht ein Wunder oder nur eine Ironie des Schicksals –, dass das Schwarze Feuer seinen Unterleib nicht berührt hatte. Eine Verschwendung, aus seiner Sicht.

Als Eve ihn erreichte, war er vollständig angezogen. Sie trug einen schwarzen Fischerpullover und eine schwarze

Jeans. Sie hatte sich das kurze Haar länger wachsen lassen, und die riesigen Augen in dem zarten Gesicht verliehen ihr ein feenhaftes Aussehen. Doch Eve war keineswegs ein Elfchen. Sie war eine ausgebildete Mörderin und hätte ihn, Jer, beinahe erledigt in ihrem Eifer, ihrem Herrn Sir William Moore zu gefallen.

Obwohl sie das Gegenteil behauptete, vermutete Jer, dass sie immer noch Sir William diente. Moore hatte sich während der Schlacht in einen abscheulichen Dämon verwandelt und war verschwunden, und Jer hatte ihn seither nicht mehr gesehen. Jetzt kreuzten sich Eves und Jers Wege zum dritten Mal, und zuvor hatte er sich stets auf einen Angriff gefasst gemacht. Es war nichts geschehen.

*Vielleicht sind aller guten Dinge drei.*

»Guten Morgen«, sagte sie mit ihrem britischen Oberschicht-Akzent.

»Was willst du?« Jers Stimme klang tonlos und kalt.

»Beim Gehörnten, bist du heute gereizt.« Sie lächelte ihn schwach an. »Hast du deinen Bruder gesehen?«

»Wenn ich ihn gesehen hätte, würde ich es dir nicht sagen. Ich wette, Sir William macht euch Feuer unterm Hintern. Er will Rache für das Massaker.«

Sie begann den Kopf zu schütteln, seufzte dann aber nur schwer und verschränkte die Arme. Als sie ihr Gewicht auf einen Fuß verlagerte, spürte er Begehren in sich aufflackern, das er entschlossen und mit magischer Hilfe löschte.

»Ich komme zwar vom Obersten Zirkel, aber nicht von Sir William. Niemand hat ihn mehr gesehen. Und da James Moore, sein Sohn und Erbe, tot ist, sitzt das Haus Moore nicht länger auf dem Totenkopf-Thron.«

Sie löste die verschränkten Arme und senkte den Kopf –

eine ehrerbietig wirkende Geste. Der Wind zerzauste ihr Haar, und Möwen flogen vor der Sonne vorbei und warfen Schatten auf ihr Gesicht.

»Man hat mich bevollmächtigt, dir den Thron anzubieten«, verkündete sie. Dann blickte sie lächelnd zu ihm auf. »Der Tempel der Luft macht Jagd auf uns.«

Er starrte sie an. »Ist das dein Ernst? Ich war unter den Angreifern.«

Sie trat näher, und er roch frische Seife und weiche Haut. Spürte ihre Körperwärme. »Ach, komm schon, Jer. Wir sind Hexer. So etwas wie Loyalität gibt es für uns nicht. Nur vorurteilsfreies Eigeninteresse.«

»Tja, ich bin nicht interessiert.«

Ein Lächeln umspielte ihre Lippen. Sie hatte Grübchen, wenn sie lächelte. Das war ihm noch nie aufgefallen. »Eli vielleicht schon.«

»Frag ihn. Wenn du ihn findest«, entgegnete Jer. Er fragte sich, ob das von Anfang an Elis Plan gewesen sein könnte. Was Michael wohl empfunden hatte, als er begriff, dass sein Sohn ihn gleich umbringen würde? Zweifellos Stolz auf seinen ältesten Sohn, weil er genauso skrupellos war wie er selbst.

»Vielleicht könnte ich dir das Angebot noch ein bisschen versüßen«, schlug Eve vor und legte eine Hand auf seinen Unterarm. Es schnürte ihm die Brust zu. Niemand berührte ihn mehr.

»Lieber sterbe ich«, sagte er mit fester Stimme und schob sich an ihr vorbei.

»Auch das lässt sich einrichten.« Die Möwen übertönten sie beinahe mit ihrem Gekreische.

Er blieb stehen. »Haben sie solche Angst vor ihr?«

»Und du?«

Er lief weiter. In dem Gasthaus, in dem er abgestiegen war, würde es Tee geben. Und ein Kaminfeuer.

Ihm war kalt.

*In der Nähe von Warschau, Polen:*
*Holly, Alex, Pablo, Armand und der Tempel der Luft*

Pablo erholte sich von seinem übersinnlichen Schrecken, und der Tempel der Luft reiste weiter. Alex fragte ihn wiederholt danach, was den Zusammenbruch verursacht hatte, doch Pablo wusste es nicht. Alex warf ihm vor, das sei eine Lüge. Aber weshalb hätte er lügen sollen?

Pablo wusste, dass Holly Cathers sich Sorgen machte. Man brauchte keine übersinnlichen Fähigkeiten, um die Anspannung in ihrem Gesicht zu lesen, die Angst in ihren Augen. Doch da er ihre Gedanken lesen konnte, wusste er, dass diese Sorge nicht ihr selbst galt oder ihm, Armand oder Philippe, nicht einmal Alex Carruthers. Nein, ihre Gedanken kreisten um ihre Cousinen Nicole und Amanda. Sie hatte allen Grund, Angst um die beiden zu haben. Und Pablo hatte allen Grund, sich um Holly zu sorgen.

Die Entscheidung, sich mit Alex und seinem Tempel der Luft zusammenzutun, war ein Fehler gewesen. Armand und er waren mit Holly losgezogen in der Hoffnung, dass sie das Böse bekämpfen und etwas bewirken würden. An manchen Tagen wünschte Pablo, er hätte nie von der Göttin gehört, nie in den Geist eines anderen Menschen schauen können. Er hätte alles darum gegeben, seine Kindheit mit Angeln zu verbringen statt mit Kämpfen.

Doch ihnen standen noch mehr Kämpfe bevor, eine Menge. Als er in dem Hotelzimmer in Köln wieder zu sich gekommen war, hatte er nur noch gewusst, dass er in die Zukunft geschaut hatte. Er konnte sich nicht erinnern, was er gesehen hatte, aber das Ganze machte ihm Angst. Holly hatte ihm erzählt, dass er nach Philippe gerufen habe, aber das wusste er auch nicht mehr. Wie stets in letzter Zeit, wenn Pablo an Philippe dachte, schloss er die Augen und sprach ein kurzes Gebet für das Oberhaupt seines Zirkels.

Er vermisste Philippe, aber noch mehr vermisste er Richard Anderson. Wenn die ganze Welt verrücktspielte, zog Richard sich an einen friedvollen Platz in seinem Geist zurück und durchlebte Erinnerungen an Angelausflüge mit seinem Vater. Richard wusste nichts davon, doch Pablo hatte ihn mehrmals in diese Erinnerungen begleitet, und obwohl er noch nie eine Angelrute in der Hand gehalten hatte, war Angeln jetzt für ihn der Inbegriff von Frieden und Ruhe. *Eines Tages werde ich angeln gehen,* versprach er sich.

Holly hingegen wollte nur noch eines: ins Bett gehen und dann aus dem Albtraum aufwachen, in dem sie lebte. Seit der Schlacht in London hatte sie das Gefühl, völlig die Kontrolle zu verlieren. Alles, woran sie geglaubt, woran sie sich geklammert hatte, war auf den Kopf gestellt worden. Sie hatte geglaubt, wenn der Kampf in London erst vorüber sei, würden Ruhe und Frieden herrschen und sie und Jer könnten zusammen sein. Nichts davon war eingetroffen.

Das Leben war stressiger als je zuvor, und Jer war unauffindbar. Sie bereute ihre Entscheidung nicht, sich Alex Carruthers und dem Tempel der Luft anzuschließen, aber sie wünschte, sie hätte vorher gewusst, was sie erwartete. Als Alex gesagt hatte, sie würden weiterhin gegen das Böse kämpfen, hatte sie geglaubt, sie würden kleine schwarze

Zirkel eliminieren. Stattdessen hatte sie feststellen müssen, dass das Hauptquartier des Obersten Zirkels in London, dessen Zerstörung einen so hohen Preis gefordert hatte, nur eine von vielen solcher Zentralen auf der ganzen Welt war. Ja, London war nicht einmal die wichtigste oder größte gewesen, oder die schrecklichste.

»Nur ein kleiner Stützpunkt unter vielen«, murmelte sie.

»Wie bitte?«, fragte Alex, der gerade den Raum betrat.

Sie schüttelte den Kopf. »Habt ihr irgendwelche Cahors gefunden?«, fragte sie und wies auf die Landkarte, die er in der Hand hielt. Die Aussicht, weitere lange verschollene Verwandte zu finden, war ebenfalls ein Anstoß für sie gewesen, sich mit Alex zusammenzutun.

»Nein, aber ich habe einen weiteren Hexerzirkel gefunden, um den wir uns kümmern können«, antwortete er lächelnd.

Holly seufzte. Bisher hatten sie ein halbes Dutzend kleinere Zirkel vernichtet, ohne eigene Verluste. Sie hinterließen nur immer mehr Tote, waren aber mit der Suche nach anderen Cahors kein Stück weitergekommen.

Alex setzte sich zu ihr. »Keine Sorge, wir finden sie schon. Aber erst einmal haben wir eine Aufgabe zu erfüllen.«

»Können wir diesen Zirkel nicht einfach auslassen?«, fragte sie.

Sein Blick verfinsterte sich. »Nein, können wir nicht. Schau, jedes Mal, wenn wir einen dieser Coven vernichten, versetzen wir dem Obersten Zirkel einen weiteren Schlag. Sieh dir nur an, für welches Chaos und für wie viele Tote die verantwortlich sind. Wie viele Menschen hast allein du verloren?«

*Zu viele*, dachte Holly, und die Gesichter traten ihr vor Augen. Sie sah ihre Eltern, Tina, Barbara, Marie-Claire, Eddie, Kialish, Dan, Silvana, Tante Cecile, Josh, Sasha, Kari, Alonzo, José Luis, den sie nicht einmal persönlich kennen gelernt hatte, und Hecate, die sie eigenhändig ertränkt hatte. Sie könnte dieser Liste auch gleich Jer hinzufügen. Er war für sie verloren, so sicher, als wäre er tot.

Alex küsste sie. Sie wehrte sich nicht dagegen, erwiderte den Kuss aber auch nicht. Sie kannte seine Pläne für sie, für sie beide. Aber sie brauchte Zeit. Vielleicht würde sie eines Tages, wenn er sie küsste, nicht mehr an Jer denken müssen. Oder an die anderen in seinem Coven – sie konnte ihn noch nicht als *ihren* Coven betrachten –, die ihn nicht nur gern küssen, sondern auch jederzeit mit ihm ins Bett gehen würden. Bisher hatten Pablo, Armand und sie nur wenig Kontakt mit Alex' Gefolgsleuten, obwohl sie alle zusammen unterwegs waren.

Zwölf Mitglieder vom Tempel der Luft waren mit ihnen aufgebrochen, Männer und Frauen. Sie waren nicht unhöflich zu Holly, Pablo und Armand, aber auch nicht offen oder freundlich. Manchmal konnte Holly beinahe vergessen, dass sie dabei waren, denn sie hielten Abstand zu ihr. Alex verbrachte immer mehr Zeit mit Holly. Sie hingegen hatte sich an Pablo und Armand gehalten. Die beiden kannte sie, sie vertraute ihnen, und das war wichtig, weil ihre Welt ein einziges Chaos zu sein schien.

»Kopf hoch, Holly. Ich habe Neuigkeiten, über die du dich sehr freuen wirst«, sagte Alex und riss sie aus ihren Gedanken.

»Was denn?«

»Ich habe ein weiteres Hauptquartier des Obersten Zirkels aufgespürt, und wenn wir den Coven hier ausgeräumt haben, ist das unser nächstes Ziel. Zusammen sind wir mächtig genug, es zu zerstören.«

Holly holte tief Luft. »Wo?«

Alex beschwor einen Globus herbei, der sich langsam vor ihr in der Luft drehte. Darauf bemerkte sie einen roten Punkt. Sie konnte ihren Erdkundelehrer aus der Highschool förmlich schreien hören, aber sie war zu müde, um zu raten oder etwas aus dem Gedächtnis hervorzukramen, das so lange zurückzuliegen schien. Sie sah Alex fragend an.

Er lächelte. »Es ist in Bombay.«

*Paris: Eli*

In einen Unsichtbarkeitszauber gehüllt, mit einer Jeans und einem dicken schwarzen Kapuzensweatshirt gegen die winterliche Kälte geschützt, schirmte Eli die Flamme seiner schwarzen Kerze mit einer Hand ab. Mit der anderen warf er Salz und Klumpen von getrocknetem Hasenblut in den Wind und murmelte einen Zauber in der alten Sprache – Die Verlorene Finden. Drei ahnungslose deutsche Touristen gingen an ihm vorbei. Eine Nonne in schwarzweißer Ordenstracht blieb stehen und neigte den Kopf, als versuchte sie den Ursprung ihres plötzlichen Unwohlseins zu ergründen.

*Ja, ich habe auf deinem geweihten Grund und Boden ein Blutopfer dargebracht,* höhnte er im Stillen. *Na und? Deine Religion trieft nur so vor Blutopfern.*

Sofort musste er wieder an Maria denken, und er verzog das Gesicht. Weil er sie in dieser Höhle gesehen hatte, hatte er auch ein Boot entdeckt, das dort verborgen gewesen war. Am nächsten Morgen war er wieder hingegangen, voller Angst davor, was ihn erwarten mochte, aber ihr gespenstisches Abbild war verschwunden. Er hatte sich bemüht, das Boot nicht als eine Art Geschenk zu betrachten, das auf magische Weise über Jahrhunderte hinweg dorthin gebracht worden war, für ihn. Doch das war schwierig, vor allem, weil er diese Höhle schon an seinem zweiten Tag auf der Insel abgesucht hatte.

Okkulte Energie pulsierte auf seiner Haut wie eine Aura. Er hatte seine neue Macht immer besser zu lenken gelernt. Mit solchen Kräften ausgestattet, würde er doch wohl eine Hexe und ihr Kind finden können.

Ungesehen glitt er durch den schwachen Sonnenschein und spazierte auf dem Dach von Notre-Dame entlang. Das alte Paris breitete sich unter ihm aus, klassische Bauwerke und Hochhäuser und endlose Autoschlangen. Schnee und Nebel wirbelten um den Fuß des Eiffelturms und strichen über die Seine. Er hatte das Gefühl – oder die Hoffnung – gehabt, dass Nicole mit ihrem Baby hierhergeflohen sein könnte.

*Dieses Baby könnte mein Kind sein*, dachte er und ballte in den langen Ärmeln des Sweatshirts die Fäuste. *Und die beiden sind in Gefahr.*

Hollys gesamter Coven stand auf der Abschussliste des Obersten Zirkels. Sie hatten die Banne des Londoner Hauptquartiers überwunden und unzählige Hexer ausgelöscht. Jetzt führten Holly und Alex offenbar eine Art Kreuzzug, spürten weitere Hexerzirkel auf und vernichteten sie. Soweit Eli wusste, waren Nicole und das Baby nicht dabei. Zumindest so vernünftig war Holly also.

*Ich muss sie finden, ehe der Oberste Zirkel sie erwischt*. Ihm war schlecht vor Angst. Und er erkannte sich kaum wieder.

Sein machtgieriger, grausamer Vater hatte ihn nicht dazu erzogen, an so gewöhnliche Fantasiegebilde wie Liebe zu glauben. Eli war ein Deveraux-Hexer, dem Gehörnten Gott geweiht, und sogar ihm selbst war klar, dass die Sorge, die ihn auffraß, irrig und schädlich war. Er war davon so abgelenkt, dass sich jederzeit beliebig viele Feinde an ihn heranschleichen könnten, und er würde sie nicht bemerken, bis sie ihn erledigt hätten.

*Und deshalb muss ich sie finden.*

Die Stadt glitzerte, und die Sonne spiegelte sich in Tausenden Windschutzscheiben von Autos, Lastwagen und Bussen, die durch die schmalen Pariser Straßen rasten, doch enthüllte kein rotes Glühen das Ziel seines Findezaubers: Nicole Anderson-Moore, Witwe von James und Schwiegertochter von Sir William. Und ihr Kind.

*Dieses Kind ist von mir. Es muss meines sein. Weil Nicole mein ist.*

*Sie muss mir gehören.*

Er legte die Handflächen auf eine Mauerzinne der Kathedrale und lauschte dem Blut, das in seinen Ohren rauschte. Magie vibrierte in ihm. Früher einmal war er sehr geschickt darin gewesen zu beobachten und abzuwarten. Aber jetzt nicht mehr.

Jetzt nicht mehr.

Frustriert trottete er zurück zu seinem Hotel. Er knallte die Zimmertür zu und ließ sich aufs Bett fallen. Mit einem lauten Schnauben begann er zu überlegen, was er als Nächstes tun sollte.

Während Philippe in der Kathedrale von Notre-Dame kniete, wurde ihm bewusst, dass er sich noch nie so allein gefühlt hatte. Er zündete zwei weiße Kerzen an und betete voller Inbrunst, während er in die beiden Flammen starrte. Sie symbolisierten zwei Gruppen von Menschen, die er verzweifelt suchte. Er betete darum, dass er beide finden würde, aber schon über eine wäre er sehr glücklich.

Es war sehr dumm von ihm gewesen, Nicole von der Seite zu weichen. Doch als er den Notruf von Pablo erhalten hatte, war das einer der lebhaftesten, erschreckendsten magischen Augenblicke seines Lebens gewesen, und er hatte ihn wie aus tiefem Schlaf geweckt. Philippe hatte ein paar Wochen gebraucht, um der Spur der anderen bis nach Köln zu folgen. Doch danach schien es, als wären sie wie vom Erdboden verschluckt.

Schließlich hatte er aufgegeben und versucht, zu Nicole zurückzukehren, aber feststellen müssen, dass er sie aus irgendeinem Grund auch nicht mehr finden konnte. Das war kaum möglich, sie war seine Fürstin, und das Band der magischen Hochzeit war unzerstörbar. Irgendetwas Dunkles schien sie vor ihm zu verbergen. Etwas Dunkles huschte durch seinen Geist, und eine unsichtbare Hand löschte die beiden Kerzen.

Eli erwachte mit einem Schrei. Er war schweißgebadet und konnte nicht aufhören zu zittern. *Der Glöckner von Notre-Dame* lief im Hotelfernseher, aber auf Französisch. Er wusste nicht, wer den Fernseher eingeschaltet hatte, konnte sich nicht erinnern, eingeschlafen zu sein, aber jetzt war es zwei Uhr nachmittags, und er hatte mindestens eine halbe Stunde lang geschlafen. Er fühlte sich völlig ausgelaugt, wie er es noch nie erlebt hatte. Er hatte sich schon früher an den Rand der Erschöpfung getrieben, aber das war nichts im Vergleich hierzu. Es fühlte sich an, als sei alles Leben aus ihm entwichen und dann plötzlich wieder eingehaucht worden. Das machte ihm entsetzliche Angst.

Er stand auf, ging im Zimmer umher, streckte sich und versuchte ein paar kleine Zauber. Alles schien zu funktionieren, aber er wurde das Gefühl nicht los, dass er irgendetwas verloren hatte.

»Anscheinend nur meinen Verstand«, sagte er zu sich selbst.

Er war davon ausgegangen, dass sein uralter Findezauber inzwischen Ergebnisse erbracht haben sollte. Immerhin war er ein sehr mächtiger Hexer. Vielleicht wollte Nicole nicht von ihm gefunden werden. Dieser Gedanke traf ihn bis ins Mark, was beinahe so ärgerlich war wie das Versagen seines Zaubers.

»Ich verlange Antwort«, knurrte er die kühle Luft an.

Magie knisterte. Auf dem Fernseher zoomte die Kamera auf einmal ganz nah an die Kathedrale von Notre-Dame heran, dann schaltete das Gerät sich urplötzlich aus.

Eli starrte den Fernseher noch einen Moment lang überrascht an. Er wusste es besser, als nach einer rationalen Erklärung zu suchen. Magie lag in der Luft, er konnte sie spüren. Anscheinend führte ihn der nächste Schritt seiner Suche in eines der berühmtesten Wahrzeichen von Paris. Welche Ironie, wenn man bedachte, dass er den halben Vormittag auf dessen Dach verbracht hatte.

»Warum muss es ausgerechnet eine Kirche sein?«, seufzte er.

Eli praktizierte schon lange genug schwarze Magie, um zu wissen, dass man manchmal einfach nicht bekam, was man wollte, ganz gleich, was man tat oder wen man opferte. Während er ganz hinten in der alten Kathedrale stand und all die Leute beobachtete, die Kerzen angezündet hatten und inbrünstig davor beteten, kam ihm der Gedanke, dass alle Religionen einiges gemeinsam hatten. Alle boten ihren Gläubigen ungeklärte Fragen, unauffindbare Dinge und bittere Enttäuschungen, damit die Freuden nicht überhandnahmen. Außerdem erzogen sie ihnen die Liebe zum Ritual an. Die Leute, die da betend vor ihren Kerzen knieten, erinnerten ihn an so manche Nacht, die er auf fast dieselbe Art verbracht hatte.

Er wusste immer noch nicht genau, was er eigentlich in einer Kathedrale machte oder was er hier finden sollte. Doch die Botschaft war sehr deutlich gewesen. Er ging ein bisschen herum und ließ die alten Mauern und die schiere Größe des Gebäudes auf sich wirken. Da er nichts Besseres anzufangen wusste, nahm er sich schließlich eine Kerze, zündete sie an und suchte sich einen Platz ein wenig abseits von den anderen Betenden. Als er vor der Kerze niederkniete, verzogen sich seine Lippen zu einem Lächeln.

Ein paar Minuten später ließ sich neben ihm ein alter Mann auf die Knie nieder. Seine Lippen bewegten sich in stummem Gebet, und Eli kämpfte gegen den Drang, seine eigenen Gebete – an den Gehörnten Gott – laut fortzuführen. Das wäre amüsant, aber letztlich nutzlos, denn es würde ihm bei der Suche nach Nicole nicht helfen.

Ein silbriges Blitzen in der Hand des alten Mannes erregte Elis Aufmerksamkeit. Er wandte leicht den Kopf und erwartete, einen Rosenkranz zu sehen – und starrte stattdessen auf ein Pentagramm. Der Mann schaute auf und begegnete Elis Blick.

»Das ist ein Symbol der Hexerei«, bemerkte Eli milde, wobei er absichtlich von Hexerei und nicht von Wicca sprach.

»Ursprünglich nicht. Es war lange Zeit ein christliches Zeichen. Es symbolisiert die fünf Wunden Christi und die fünf Sinne des Menschen.«

»Davon habe ich noch nie gehört.«

»Das wissen die wenigsten. Aber da, wo ich herkomme, junger Mann, gibt es Christen, die nicht so unwissend sind, was ihre eigene Tradition angeht. Sie wissen, wer sie sind und wonach sie suchen.«

Eli sträubten sich die Haare im Nacken. Irgendetwas an dem alten Mann war ihm so unheimlich, dass er sich fürchtete wie ein kleines Kind. Eli wusste, dass der Alte ein Bote war, aber von wem?

Der junge Hexer fuhr sich mit der Zunge über die plötzlich trockenen Lippen. »Und wo ist dieser *magische* Ort?«

»Bombay«, sagte der alte Mann, ehe er sein Gebet wieder aufnahm.

*Bombay. Dahin also muss ich.* Eli verharrte noch einen Augenblick auf den Knien, ehe er seine Kerze löschte.

# Drei

# Nelke

Wir lachen, während Hexen sterben
Die Deveraux werden sich erheben
Gehörnter, mach uns stark, hauch Leben
In unvergessene blutige Fehden

Es tanzen, wirbeln nach allen Seiten
Gedanken an lang vergangene Zeiten
Geheimnisse müssen wir enthüllen
Eh alles verloren in kalten Wellen

*Haus Moore, Scarborough: Amanda*

*Von den Decken der Flure tropfte Blut, und die Wände dehnten sich und zogen sich wieder zusammen, lub-dub, lub-dub, lub-dub. Es war ein lebendiges Ding mit einem schlagenden Herzen, und niemand außer ihr wusste das. Und sobald sie aufwachte, würde sie es vergessen.*

*Amanda stieg schwankend die Wendeltreppe in den Keller hinunter, tief, tief hinab in die Erde, wo die Geheimnisse verscharrt waren, wo die Gefahren im Dunkeln sprossen wie Pilze.*

*»Amanda, komm nicht allein.« Die Stimme klang unmensch-*

*lich, zischelnd und kalt. Die Worte formten sich vor ihren Augen wie schwarze Schneeflocken, die dann aufplatzten und zersprangen. »Du weiß, was du mitbringen sollst. Was ich will.«*

*Der Boden unter ihren Füßen warf Falten wie schuppige Eidechsenhaut …*

Amanda fuhr aus dem Schlaf. Keuchend schaltete sie die Nachttischlampe an und verzog das Gesicht beim Anblick der lüstern grinsenden Fratzen an den Pfosten ihres rot-grünen Betthimmels. Der Grüne Mann mit seinen gierigen hohlen Augen, der ausgestreckten Zunge und dem Grinsen, das sein Gesicht zu spalten schien, war in jeden der vier Ebenholz-Pfosten geschnitzt. Sein Abbild war überall – wunderte sie es da, dass sie Nacht für Nacht vom Haus Moore träumte?

Das Problem war, dass sie sich nach dem Aufwachen an keinen dieser Träume richtig erinnern konnte. Und anscheinend träumte niemand sonst so etwas.

Sie trug ihren hellrosa Schlafanzug mit Füßen – Nicole und Owen hatten die gleichen, Owen allerdings in Gelb. Sie war froh über die zusätzliche Wärme, als sie aus dem Bett stieg und über den schwarzen Marmorboden tapste. Sie zog an der Seidenkordel, um die schweren Vorhänge zu öffnen. Schwächliches bläuliches Licht fiel durch die Bleiglasfenster herein. Eine weitere Nacht war um, und sie war froh darüber, obwohl Hexen eigentlich die Stunden vorzogen, in denen der Mond den Himmel beherrschte.

Sie ging zurück zum Bett und tastete unter dem Kopfkissen nach dem Talisman, den sie dort hingelegt hatte. Ein kleiner Traumfänger aus Silbergarn schimmerte in ihrer Hand. An schwarzen und silbernen Bändern hingen kleine Stückchen blauer und grüner Aventurin. Schwarz und Silber waren die Farben des uralten Hauses Cahors, des französischen Adelsgeschlechts, dessen Hexenblut in Amandas, Nicoles und Hollys Adern floss. Ihr Zweig der Familie hatte irgendwann den Namen Cathers angenommen, und die drei Cousinen hatten erst vor zwei Jahren von der Verbindung zu den Cahors erfahren, als Hollys Eltern ertrunken waren.

*Damals hielten wir das für einen Unfall. Heute wissen wir es besser.*

Amanda legte den Traumfänger in eine kleine silberne Schatulle. Blauer Aventurin war ein vielfältig wirksamer Heilstein, der die Fähigkeit für Visionen steigerte. Den grünen nannte man auch den Himmelsstein, denn er besaß heilende und schützende Kräfte, vor allem beim Beginn neuer Abenteuer.

Sie klemmte sich die Schatulle unter den Arm, nahm ihre Taschenlampe vom Nachttisch und verließ auf Zehenspitzen ihr Zimmer. Tommys Tür, direkt gegenüber auf dem Flur, war geschlossen. Sie schliefen noch getrennt, und das machte es ihr leichter, das Wesen ihrer schlimmen Träume zu erforschen.

*Wir sind Fürst und Fürstin, aneinander gebunden. Wir sollten das zusammen machen*, dachte sie schuldbewusst, während sie an seiner Tür vorbei und weiter den Flur entlangschlich. Nicoles Tür war ebenfalls geschlossen. Amandas kleiner Neffe Owen schlief in seiner Wiege neben Nicoles Bett. Richard, ihr Vater und Owens Großvater, hatte das Zimmer daneben bezogen. Amanda wusste, dass er eine schussbereite Maschinenpistole neben seinem Bett liegen hatte – zusätzlich zu den vielen schützenden Bannen, mit denen sie, Nicole und Tommy den ganzen Raum gefüllt hatten.

Seit sie vor einem Monat hier eingezogen waren, hatten

sie endlose Diskussionen darüber geführt, ob sie in diesem Haus bleiben sollten oder nicht. Amanda hatte gehen wollen, und Tommy war derselben Meinung gewesen. Aber Nicole glaubte, dass Owen hier am sichersten sein würde. Dank Derek, dem Anwalt, hatte Nicole feststellen können, dass Banne, die das Anwesen gegen Eindringlinge schützen sollten, bei ihr und Owen nicht griffen – und auch nicht bei jenen, die Nicole eingeladen hatte, über die Schwelle zu treten.

Aber auch das konnte eine Falle sein.

Nicole hatte dafür plädiert, dass sie hierblieben, zumindest so lange, bis alle nach der Schlacht im Londoner Hauptquartier des Obersten Zirkels wieder ganz zu Kräften gekommen waren. Sie wussten nicht, was die Zukunft für sie bereithielt, und sie konnten Owen nicht beschützen, wenn sie ständig auf der Flucht waren. Sie mussten schließlich irgendwo leben. Sie hatten das Anwesen mit ganzen Schichten von weißmagischen Bannen und Schutzzaubern umgeben. Und dennoch …

Und dennoch.

Amanda fragte sich, ob Nicole vor allem deshalb hierbleiben wollte, damit Philippe sie wiederfinden konnte. Er hatte sie kurz nach Owens Geburt verlassen und versprochen, sich täglich zu melden, bis er Holly und die anderen gefunden hatte. Damals waren sie noch ständig auf der Flucht, ständig unterwegs gewesen. Es würde leichter sein, ihren Aufenthaltsort durch einen Zauber zu bestimmen, wenn sie kein bewegliches Ziel waren.

Es sah Philippe gar nicht ähnlich, Nicole allein zu lassen. Sie waren durch die magische Hochzeit verbunden, und ihre Treue galt zuallererst einander. Pablos übersinnlicher Notruf hatte ihn offensichtlich sehr erschreckt. Womöglich bedeutete Pablos Notfall, dass auch Nicole und Owen in Gefahr waren.

Amanda betete in jeder wachen Stunde zur Göttin um Schutz und Führung für Philippe. Doch es vergingen Tage und Wochen ohne jede Nachricht von ihm, und ihre Sorge wuchs.

Sein Schweigen ließ nur zwei Schlüsse zu. Entweder hinderte irgendjemand ihn daran, mit ihnen in Kontakt zu treten, oder er war tot. Dass sie so etwas auch nur denken konnte, machte sie schaudern.

Das Haus Moore war von mächtiger Magie durchdrungen, dessen war Amanda sich sicher. Und wenn sie die benutzen konnte, um herauszufinden, was Philippe zugestoßen war, dann würde sie es tun. Das war *ihrer* Ansicht nach eines der wenigen Argumente, die dafür sprachen hierzubleiben.

Der Strahl ihrer Taschenlampe glitt über die Ahnengalerie der Familie Moore. Viele der Porträts waren jahrhundertealt. Beim Anblick so vieler böser Hexer, männlicher wie weiblicher, die auf sie herabstarrten, kribbelte Furcht in ihrem Magen. Ein Lichtzauber würde sie etwas kosten – Magie hatte immer ihren Preis –, und einige Flügel des viele hundert Jahre alten Gebäudes hatten noch nicht einmal Strom. Wenn sie hierblieben, würden sie das ändern müssen.

Am Ende des Flurs blieb sie stehen und betrachtete die Wendeltreppe vor ihr. In ihrem Traum war eine Treppe vorgekommen. Daran zumindest erinnerte sie sich.

Sie biss die Zähne zusammen und stieg die Treppe zum Erdgeschoss hinunter, wo schwere Brokatvorhänge das Morgengrauen aussperrten. Trotzig zog sie sie auf und schaute in den Garten hinaus. Formschnittbäume, Bussarden und Löwen nachempfunden, hoben sich vor einer weiten, winterlich braunen Rasenfläche ab, umgeben von wahren Irrgärten aus Ligusterhecken. Pan – ein Aspekt des Gehörnten Gottes – war als Marmorstatue mit der Flöte an den Lippen dargestellt. Aus den Rohren der Panflöte plätscherte Wasser in einen spiegelnden Teich, auf dem trotz der Kälte Seerosen trieben.

Wo war Sir William jetzt? Hatte der Dämon, zu dem er geworden war, noch immer seine Persönlichkeit? Würde er zurückkehren?

Amanda durchquerte im Halbdunkel den großen Raum, wobei sie bewusst die Ritterrüstungen umging, die wie Wachen herumstanden. Waffen bedeckten die Wände wie seltsame Mosaiken. Die Geschichte der Moores war auch die Geschichte Englands, in der das Recht des Stärkeren gegolten hatte – Hunderte Schlachten hatten sie geschlagen und gewonnen, um Land, Ehre und Macht.

*Und das tun sie immer noch,* dachte sie, als sie endlich ihr Ziel erreichte – die Küche. Sie drückte auf den Lichtschalter und erhellte eine luxuriöse Mischung aus Alt und Neu: Marmorboden und steinerne Bögen mit prächtigen Mahagonischränken, Arbeitsflächen aus Granit und modernste Küchengeräte.

Sie stellte die Schatulle mit dem Traumfänger neben dem Herd ab und suchte aus der glänzenden Girlande von Kochgeräten über ihrem Kopf einen schimmernden Kupfertopf heraus. Sie füllte ihn mit gesegnetem Wasser, gab Salz hinzu und stellte ihn auf den Gasherd. Dann schaltete sie den elektrischen Wasserkocher ein, um sich einen Tee zu machen.

Als das Wasser auf dem Herd kochte, bewegte sie den Traumfänger durch den aufsteigenden Dampf über dem

Topf und sprach: »Lass mich sehen, trenn die Säume, zeig mir die Stoffe meiner Träume.«

Aus einer Schublade nahm sie ein schlichtes Notizbuch, das sie im Dorfladen gekauft hatte, schlug eine leere Seite auf und versah sie mit dem Datum – 1. August. Sie nahm einen ebenso gewöhnlichen Stift, hielt ihn über das Papier und wartete darauf, dass aus den feinen Fäden Bilder hervorzuschweben begannen. Zuerst erschienen die verschwommenen Gesichter von Tommy und den anderen, wie sie erwartet hatte; von ihnen träumte sie immer. Dann kamen ein paar zufällige Erinnerungen an den vergangenen Tag – wie sie den Fußboden wischte, ein Käsesandwich toastete, mit Owen spielte.

Und schließlich Andeutungen scheinbar sinnloser Bilder, die hoffentlich den Schlüssel zu ihren Albträumen enthielten, und zu diesem Haus:

Eine Lilie – Symbol der drei Lilienfürstinnen – Nicole, Holly und sie selbst.

Ein ungeschlachter schwarzer Dämon mit Fangzähnen aus glühenden Kohlen und schwarzen Echsenaugen – Sir William? Oder sein toter Sohn James?

Ein kristallener Schlüssel – hm, weiße Magie? Eine Enthüllung?

Ein Kaninchen – Fruchtbarkeit. Owen?

Und dann kam nichts mehr. Überrascht blieb sie stehen und wartete ab. Normalerweise stiegen aus dem Traumfänger Dutzende oder gar Hunderte von Bildern auf. Seit sie das Ritual durchführte, hatte sie nie weniger als neununddreißig Bilder in ihrem Notizbuch aufgelistet – eine magische Zahl, dreizehn mal drei. Vier war – einfach falsch.

Sie sprach die Zauberformel noch einmal.

Das Wasser im Topf sprudelte und spritzte und zischte wie eine zornige Katze. Amanda wich ein Stück zurück, um nicht verbrüht zu werden. Einen Moment lang nahm ihr dichter Dampf die Sicht, und dann stieg ein Bild nach dem anderen aus dem Topf auf, sie wirbelten und gingen rasch ineinander über. Hastig kritzelte sie in ihr Notizbuch: *»blaues Auge, ein liebliches Lächeln, Owens Gesicht, ein Stechpalmenzweig, Wasser (Meer? See?), Pyramide, gelbe Blume, blaues Gewand mit Gold, eine Schlucht, Bus fährt an einer Burg vorbei, noch mehr Blumen, Schatten, Bäume, Sonnenlicht …«*

Kurz darauf war das Wasser im Topf vollständig verdampft, und sie hatte drei Seiten vollgeschrieben. Während ihr Tee zog, murmelte sie Zauber über dem Traumfänger, die ihn von der Ausbeute dieser Nacht reinigten und darauf vorbereiteten, die Träume der kommenden Nacht einzufangen. Dann betete sie zur Göttin in ihrer Inkarnation als Athene um Erkenntnis, was die Bilder zu bedeuten hatten. Viele Hexen waren überzeugt davon, dass jeder Traum verschlüsselte Botschaften des Unterbewusstseins enthielt, die den Träumenden führen und schützen sollten.

Als Holly noch den Zirkel geleitet hatte, hatte sie ihnen praktisch verboten, mit Träumen zu arbeiten. Sie hatten in ihren wachen Stunden wahrlich genug zu tun gehabt, und Holly hatte befürchtet, ihre Feinde könnten versuchen, die Mitglieder ihres Covens durch deren Träume und Albträume anzugreifen. Aber Holly war nicht hier.

*Und wo sie steckt, wissen wir auch nicht.*

Amandas Vater hatte vorgeschlagen, dass sie möglichst keinerlei Kontakt zueinander aufnehmen sollten, außer, wenn es dringend nötig war. Je weniger Menschen wussten, wo sie sich aufhielten, desto besser.

*Aber was ist mit Philippe?*

Seufzend ging sie zum Kühlschrank, um schon einmal das Frühstück vorzubereiten. Amanda, immer die Brave, Stille, sei es in ihrer Familie oder im Zirkel, diejenige, die Frühstück machte und hinterher aufräumte. Amanda, die erst jetzt lernte, ihre Meinung zu sagen und – mit wackeligen Knien – für das einzustehen, woran sie glaubte.

*Amanda.*

Sie neigte den Kopf zur Seite. Hatte jemand nach ihr gerufen? Sie lauschte, zuckte dann mit den Schultern und öffnete den Kühlschrank. Eier, Milch, Toastbrot. Sie würde Arme Ritter machen. Nicole mochte sie sehr, und da sie Owen stillte, brauchte sie reichlich Kalorien. Er war unersättlich.

Amanda stellte die Zutaten auf die Arbeitsfläche und drehte sich um, um eine Rührschüssel aus dem Schrank zu holen. Sie ging an einem Doppelspülbecken aus Edelstahl vorbei, hinter dem Keramikfliesen mit grünen und roten Falken die Wand vor Spritzern schützten. Darüber hing der Mahagoni-Wandschrank, in dem sie ein paar getrocknete Kräuter und Owens Schnuller aufbewahrten. Ganz kurz huschte das schwache Bild einer *Tür* durch den Rand ihres Gesichtsfelds.

Stirnrunzelnd blickte sie sich um, dann musterte sie die Spülbecken, die Fliesen, die Schränke. Den Karton mit den Eiern noch mit einer Hand an die Brust gedrückt, fragte sie laut: »Habe ich gerade etwas gesehen?«

Sie bekam keine Antwort. Nichts sah irgendwie ungewöhnlich aus. Ein angenehmes Gefühl der Ruhe überkam sie, und sie schüttelte erleichtert den Kopf. Alles war in Ordnung. Sie waren in Sicherheit.

Sie kümmerte sich um das Frühstück.

»Du bist vielleicht mies gelaunt«, bemerkte Marie-Claire schmollend.

Daniel Cathers wandte sich seufzend seiner Schwester zu. Sie trug ein langes schwarzes Kleid, schulterfrei und mit Nackenband. Silberne Armreifen schimmerten an ihren zarten Handgelenken. Sie hatte sich auf der Couch im Wohnzimmer drapiert, und der Kontrast zu dem schneeweißen Bezug war sehr wirkungsvoll.

»Du ruinierst noch meine Party«, fuhr sie fort.

»Muss sich denn immer alles nur um dich drehen?«, erwiderte er barsch.

»Ja«, antwortete sie und zuckte mit den zarten, weißen Schultern.

Marie-Claire war schon immer eitel und egoistisch gewesen. Damit hatte er sich vor Jahren abgefunden. Sie war wunderschön, und darauf ruhte sie sich aus, um sonst nichts sein zu müssen.

Er wandte sich ab, entschlossen, nicht mit ihr zu streiten. Er wusste aus Erfahrung, dass er damit nichts erreichen würde. Mit einer fließenden Bewegung stand sie auf und legte ihm eine Hand auf den Arm. Als er sich doch wieder zu ihr umdrehte, bemerkte er überrascht, dass sie die Stirn gerunzelt hatte. Sie war nervös.

»Weißt du, Richard kommt heute Abend, und ich will nur, dass alles perfekt ist«, sagte sie.

Daniel lächelte. »Ah, der Favorit des Tages«, spottete er.

Sie errötete. »Nenn ihn nicht so«, fauchte sie.

Er konnte sich seine Sticheleien nicht verkneifen. Immerhin war sie seine Schwester. Da durfte man sticheln.

»Ja, entschuldige, du triffst dich tatsächlich schon seit über zwei Wochen mit ihm.«

»Nur zu deiner Information, wir sind seit drei Monaten zusammen«, sagte sie mit zornig blitzenden Augen.

Etwas in diesem Blick ließ ihn innehalten. »Es ist dir ernst mit ihm, nicht wahr?«

Sie nickte mit großen Augen.

»Er ist verrückt, macht ständig Ärger – nicht gerade der ideale Ehemann.«

»Ich sehe das anders.«

»Und wie sieht er das?«

»Er hat mich bereits gefragt, ob ich seine Frau werden will.«

»Ach, jetzt verstehe ich! Und du hast Mom noch nichts davon gesagt. Das wird lustig«, scherzte Daniel mit einem schiefen, schelmischen Grinsen. Er konnte die Gardinenpredigt beinahe schon hören, die Marie-Claire mit Sicherheit bevorstand.

»Ich habe vor, es ihr heute Abend zu sagen«, informierte sie ihn.

Daniel seufzte. »Du weißt doch, dass das Militär ihn jeden Moment einziehen kann.«

Marie-Claire reckte das Kinn. »Na und?«

»Und was, wenn er nicht zurückkommt?«

»Er kommt zurück.« Sie wirkte nicht so zuversichtlich, wie sie klang. Ihre zarten Armreifen klimperten, als sie die Arme vor der Brust verschränkte.

»Was, wenn du ihn dann nicht mehr willst? Ich meine, selbst wenn du es schaffst, auf ihn zu warten, könnten ihm alle möglichen Körperteile fehlen, wenn er aus Vietnam zurückkommt.«

Sie knallte ihm eine. Obwohl seine Wange brannte – oder

vielleicht gerade deshalb –, wuchs seine Achtung vor ihr. Vielleicht wurde sie doch endlich erwachsen. Trotzdem konnte er sich seine Schwester kaum als Ehefrau vorstellen. Er lächelte sie mit schmalen Lippen an und verließ den Raum.

Er ging hinauf in sein Zimmer, schloss die Tür ab und setzte sich an seinen Schreibtisch. Aus der Schublade, versteckt unter der Ablage mit Stiften und Büroklammern, nahm er das heraus, weshalb er sich zurückgezogen hatte. Es war ein uraltes Buch, eine in Leder gebundene Handschrift. Es war in ein schwarzes Seidentuch eingeschlagen, das mit Silberfaden prachtvoll mit einem Falken und Lilien bestickt war. Er wickelte es aus.

Mit einem Schaudern schlug er das Buch auf und las an der Stelle weiter, wo er aufgehört hatte. Die Handschrift war in Altfranzösisch abgefasst. Daniel besaß eine besondere Begabung für Sprachen. Französisch hatte er schon mit sechs Jahren lesen und schreiben können. Obwohl dies eine sehr alte Form war, hatte er festgestellt, dass es ihm keinerlei Schwierigkeiten bereitete, sie zu lesen und zu verstehen.

So hatte er erst an diesem Vormittag erfahren, dass er eine Hexe war.

Wenn er sich selbst gegenüber ganz ehrlich war, musste er zugeben, dass ihn das nicht komplett überraschte. An seiner Familie war schon immer irgendetwas anders gewesen. Sie alle besaßen offenbar die Fähigkeit, Dinge zu spüren, ehe sie geschahen, und er selbst hatte mehr als einmal etwas geträumt, das genau so eingetreten war. Seit dem Tod seines Vaters vor zwei Jahren war seine Mutter – schon immer der stärkere, beinahe erdrückende Elternteil – nur schlimmer geworden. Sie hatte begonnen, ständig vor sich hinzumurmeln, und verbrachte endlose Stunden allein auf dem Dachboden. Er hatte sie einmal dort oben überrascht, und sie hatte hastig etwas in eine alte Truhe gestopft und ihn angeschrien, er solle verschwinden.

Dieses »Etwas« war das Buch, das er jetzt las. Das ganze Ding klang wie ein krankes Märchen. Nur, dass es statt einer bösen Hexe gleich eine ganze Familie davon gab. Ihr Name war Deveraux, und dem Buch zufolge waren sie Hexer, keine Hexen, doch er war noch nicht dahintergekommen, wo genau der Unterschied lag.

Ein kratzendes Geräusch vor seiner Zimmertür ließ ihn zusammenfahren. Er drehte sich auf dem Stuhl halb um, sah aber nur seine geschlossene Tür. Was auch immer das Geräusch verursacht hatte, hatte offenbar aufgehört. Immer noch lauschend wandte er sich wieder dem Buch zu, und gleich darauf hörte er auf dem Flur hastige Schritte davonlaufen.

»Sehr witzig, Marie!«, schrie er.

Dann ertönte wieder dieses Kratzen, und er erhob sich und stieß die Tür auf. Der Flur war leer. Die Härchen in seinem Nacken sträubten sich, und ihm brach der kalte Schweiß aus. »Das verdammte Buch macht mich noch verrückt«, brummte er und schloss die Tür wieder.

Plötzlich erbebte das Zimmer so heftig, dass er zu Boden geschleudert wurde, und ein irres Lachen zerriss die Luft. Überwältigender Schmerz packte die Knochen seines Brustkorbs. Er rollte sich auf den Rücken und presste die Hände an die Seiten. Als er aufblickte, hing ein kleines weißes Gesicht über ihm.

»Marie?«

»Marie issst's nicht, Marie issst's nicht. Bin nur ich, bin nur ich«, antwortete etwas in einem seltsamen Singsang.

Daniels Blick wurde klarer, und er sah ein kleines, schuppiges, grünes Geschöpf, etwa dreißig Zentimeter groß, mit spitzen Ohren und einer langen, spitzen Nase auf dürren Beinchen auf seinen Stuhl hopsen. Mit knochigen Fingern schlug es das Buch zu. Das koboldartige Wesen trug keine Kleidung, und der längliche Kopf war kahl.

Dann sauste es vom Stuhl unter sein Bett.

Daniel rappelte sich stöhnend vor Schmerzen in eine sitzende Position hoch. Verzweifelt blickte er sich nach etwas um, was er als Waffe benutzen könnte, fand aber nichts.

»Wer bist du?«, fragte er, während er sich weiter suchend umsah.

»Kakoph. Mein Name, mein Name, oh Daniel aus dem Hausss Cahors!«

»Mein Nachname lautet Cathers. Was bist du?«, rief Daniel zu laut, obwohl er sich bemühte, Ruhe zu bewahren. Er kroch zum Bett und lupfte eine Ecke der überhängenden Tagesdecke. Er war auf einen Angriff gefasst, als er unter das Bett schaute.

»Wasss für eine Hexe bissst du denn, dass du nicht weissst, wasss ein Wichtel issst?« Das Ding – Kakoph – fauchte und bleckte die Zähne.

»Ich bin keine Hexe. Meine Mutter …«

Kakoph kreischte und sprang ab. Daniel versuchte ihm auszuweichen, doch Kakoph landete auf seiner Brust, packte ihn am Hemdkragen und beugte sich vor, so dass sein Gesicht nur zwei Fingerbreit von Daniels entfernt war. Er stank nach fauligem Gras.

»Sssie spielt, sssie probiert. Sssie sssucht zu wisssen, wie sssie deinen Vater von den Toten zurückholen kann. Aber diesss Wisssen steht ihr nicht zu. Sssie issst keine echte Cahors. Sssie ist nicht vom wahren Blut. Du bissst's, doch dir werd ich'sss auch nicht sssagen! Deinesssgleichen sssag ich nichtsss!«, endete Kakoph kreischend.

Der Wichtel rammte die Faust in Daniels gequälte Rippen, und Daniel schrie vor Schmerz. »Mein Herr wird dich töten und deine Kinder und deine Kindessskinder.«

»Ich habe keine Kinder!«, brüllte Daniel und versuchte, Kakoph abzuschütteln. Doch der bohrte die Klauen in Daniels Brust, bis dieser sich vor Schmerzen wand.

»Nicht?«, fragte das Ding und neigte den Kopf zur Seite. »Dann wird mein Herr dich einesss Tagesss vor den Augen deiner Kinder töten und sssie aussslöschen, alle Cahors überall.«

»Es gibt doch keine Cahors mehr. Sie sind schon vor langer Zeit gestorben.«

»Ich glaube nicht«, fauchte der Wichtel, der nun Schaum vor dem Mund hatte. »Aber dasss werden sssie, alle.«

Das Geschöpf grub die Zähne in Daniels Schulter. Es fühlte sich an wie tausend Nadeln mit Widerhaken in seinem Fleisch. Plötzlich hörte er sich aus voller Kehle auf Französisch schreien: »*Tais-toi!*«

Der Wichtel riss die Augen auf, dann löste er sich in einer Rauchwolke auf. Daniel rappelte sich hoch und schleppte sich ins Bad. Er schloss die Tür ab und zog sein Hemd aus. Blut bedeckte seine Schulter und eine Seite der Brust, und er versuchte stöhnend, die Wunde zu reinigen.

Es klopfte an der Badezimmertür, dann hörte er die Stimme seiner Schwester. »He, alles in Ordnung?«

Er verbiss sich einen lauten Fluch. Nichts war in Ordnung, aber auf gar keinen Fall würde er Marie in diese Welt der Hexen und Kobolde und des Wahnsinns hineinziehen.

»Ja«, stieß er mit zusammengebissenen Zähnen hervor.

»Fehlt dir wirklich nichts?«, fragte sie zögerlich, und ein Hauch von Angst schwang in ihrer Stimme mit.

Er atmete tief aus, um sich zu beruhigen. »Nein, nein. Ich bin nur gestolpert und habe mir die Schulter gestoßen. Es geht gleich wieder.«

»Soll ich dir einen Eisbeutel bringen?«, fragte sie.

Er zögerte kurz. »Ja, das wäre toll.«

Er lauschte ihren Schritten, die sich den Flur entlang in Richtung Treppe entfernten. Sie war äußerst selten so hilfsbereit. Wahrscheinlich ahnte sie, dass er etwas vor ihr verbarg.

»Aber das ist ein Geheimnis, das du von mir nie erfahren wirst«, schwor er halblaut.

Als sie zurückkam, schaffte er es, die Tür nur ein Stück zu öffnen und die dunkelblaue Kühlkompresse entgegenzunehmen, ohne dass sie die hässlichen Bisswunden an seiner Schulter zu sehen bekam.

»Danke«, sagte er mit der Grimasse eines Lächelns.

Sie versuchte, an ihm vorbei ins Bad zu spähen. »Brauchst du sonst noch was?«

»Nein. Mach du dich ruhig für deine Party fertig.«

Sie wandte sich ab, doch da kam ihm ein Gedanke. »Falls du Mom siehst, sag ihr, dass ich mit ihr sprechen möchte.«

Sie blickte ihn mit schmalen Augen an. »Du willst ihr doch nicht von Richard und mir erzählen?«

»Nein, nein, das überlasse ich natürlich dir.«

»Alles klar.«

Als er sich gesäubert und umgezogen hatte, blieb nur noch eine halbe Stunde, bis die ersten Gäste eintreffen sollten. Er versuchte sich einzureden, dass das alles nie passiert war. Er hatte sich das Ganze nur eingebildet. Leider bewiesen die Bisswunden an seinem Hals das Gegenteil.

Also versuchte er, es zu verdrängen, es wegzusperren, um sich später damit zu beschäftigen. Er konzentrierte sich auf das normale, alltägliche Hier und Jetzt – auch wenn diese Normalität nur Schein war. Marie-Claires Geburtstagspartys waren immer völlig übertrieben, und diese würde offenbar nicht anders werden. Eine glitzernde Discokugel drehte sich an der Decke ihres ausgebauten Kellers über der eigens angemieteten Tanzfläche. Die Bee Gees hallten durchs ganze Haus. Spiralförmige Girlanden, die im Dunkeln leuchteten, hingen von der Decke, und oben hatte sie Lavalampen auf kleine Tische mit Batiktüchern und fuchsiafarbenen Servietten gestellt. Sie trug lächerlich hohe Plateauschuhe und glitzernde Schminke um die Augen und auf den Wangen.

Während sie oben letzte Hand an ihre Lockenmähne legte, zwang er sich, den Stapel LPs im Wohnzimmer durchzuschauen in der Hoffnung, er könnte etwas von Jethro Tull unter ihre gnadenlos oberflächliche Musikauswahl schmuggeln. Aber seine Hände zitterten. Er fürchtete, sich übergeben zu müssen. Ständig hielt er inne, um unter das Sofa und die Sessel zu schauen, Türen zu öffnen und in leere Räume zu spähen.

*Etwas hat mich angegriffen. Ein Ding aus der Hölle.*

Seine Mutter kam herein, und er spürte, wie die Spannung im Raum förmlich hochschoss.

»Was gibt es, Daniel?«, fragte sie mit harten, glitzernden Augen.

*Sie weiß es*, erkannte er.

»Dürfte eine interessante Party werden heute Abend«, bemerkte er beiläufig.

»Ja. Zweifellos hat Marie eine ganze Schar von Verehrern eingeladen.« Sie klang ein wenig höhnisch.

Er legte eine Jefferson-Airplane-Platte beiseite und wandte ihr seine volle Aufmerksamkeit zu. »Und das stört dich?«

»Sie stören mich. Ich will, dass sie sich in jemanden verliebt, der M …« Sie verstummte abrupt und beäugte ihn argwöhnisch. Er wusste nicht, ob sie nur versuchte, ihm Informationen zu entlocken, oder ob sie sich tatsächlich fast verplappert hätte.

»Der was?«, fragte er.

»Ach nichts«, murmelte seine Mutter hastig und wandte sich ab.

»Magie?«, setzte er nach.

Sie fuhr zusammen und drehte sich mit blassem Gesicht zu ihm um.

»Ja, Magie. Ich weiß Bescheid«, sagte er. »Du weißt sehr wohl, dass ich Altfranzösisch lesen kann.«

»Ich will dir das erklären …«, begann sie.

Etwas in ihm fühlte sich wie ein Wolf, der zum tödlichen Sprung ansetzt. Seine Mutter hielt es nie für nötig, ihre Handlungsweise zu erklären. Es war, als könnte er auf einmal ihre Angst, ihre Schwäche spüren.

»Lass gut sein, Mom. Ich finde, das erklärt sich praktisch von selbst. Du hast ein Buch über Dads Familie gefunden. Jetzt hältst du dich für eine Art mächtige Hexe, die ihre Kinder *wirklich* kontrollieren kann. Vielleicht sogar die Schwerkraft überwinden. Oder den Alterungsprozess aufhalten.«

Sie lächelte dünn, und auch an ihr kam etwas von dem Wolf zum Vorschein. »Du hast ja keine Ahnung, was ich alles geschehen lassen kann.«

Er stand auf. »Doch, ich glaube schon.« Er knöpfte sein Hemd auf und zeigte ihr die frischen Verbände. »Hast du dieses Ding in mein Zimmer geschickt, damit es mich daran hindert, dein Buch zu lesen?«

»O Gott, Schätzchen«, keuchte sie. »Was … was …?«

Ihre Reaktion überraschte ihn. Und sie machte ihm Angst. Wenn seine Mutter das Ding *nicht* in sein Zimmer geschickt hatte, wer dann?

»Mom«, sagte er. »Das ist nicht bloß ein Buch. Es ist gefährlich. Es war aus gutem Grund lange verloren. Hör auf. Hör sofort damit auf.«

»Sag mir nicht, was ich zu tun habe«, erwiderte sie und klang dabei mehr wie ein Kind denn wie eine Mutter. »Du kannst mich nicht daran hindern, die alte Religion zu praktizieren.« Ihr Blick huschte zu seiner Schulter. »Erzähl mir genau, wie das passiert ist. Was für ein Ding war in deinem Zimmer?« Sie überlegte kurz. »War es ein Wichtel?«

»Was wirst du erst tun, wenn du mal richtig wütend auf mich bist – irgendwas mit größeren Zähnen beschwören?« Er bebte am ganzen Leib. »Marie!«, rief er. Er musste sie warnen.

»Lass das«, stieß seine Mutter hervor. »Sie weiß nichts davon.«

»Marie!«, brüllte er.

Da drehte seine Mutter sich halb um und zeigte zur Tür. »*Raus*«, knurrte sie. »Verschwinde, oder ich werde dir *wirklich* wehtun.«

Nun war sie wieder seine Mutter, die Frau, die stets alle unter Kontrolle hatte und niemals nachgab – niemandem.

Er schauderte und wollte einen Rückzieher machen, wie der brave kleine Junge, der er immer gewesen war. Stattdessen starrte er mit schmalen Augen fest in die ihren und betonte jedes einzelne Wort.

»Hör auf, oder ich sage es ihr.«

»Sie wird dir nicht glauben«, erwiderte sie und reckte das Kinn. »Da kannst du sicher sein.«

Die Haustür ging auf. Sie warf ihn also hinaus. Schön. *Schön.*

Er wandte sich ab und ging zur Tür.

Das war das letzte Mal, dass er mit seiner Mutter gesprochen hatte.

Und soweit er wusste, erfuhr Marie nie von alledem. Er hörte von Freunden, dass Richard aus Vietnam zurückgekehrt war, dass Richard und Marie heiraten würden. Doch er wurde nicht zur Hochzeit eingeladen, und nach einer Weile hatte er das Buch, den Wichtel und seine eigene Familie beinahe vergessen.

Dann heiratete er selbst, und sie bekamen ein kleines Mädchen. Sie nannten sie Holly.

*Und ich habe dich geliebt, mein Schatz. Ich wollte dir kein Hexenblut vererben. Ich habe es vor mir selbst geleugnet und dir nie etwas davon gesagt. Ich hatte solche Angst davor, und dann hat sich deine Begabung allmählich gezeigt. Auf dem Rafting-Ausflug haben deine Mutter und ich uns furchtbar gestritten, weil ich es ihr auch nicht gesagt hatte. Es tut mir so leid. Ich wollte so unbedingt ein normales Leben für dich, dass ich dich nicht vorbereitet habe. Dir das Erbe unserer Familie nicht enthüllt habe. Und dann bin ich gestorben …*

*Wer eine Cahors liebt, der ist zum Tod durch Ertrinken verdammt, und ja, ich war selbst eine Hexe, aber ich habe dich so sehr geliebt*

*sehr geliebt*

*sehr geliebt*

*Holly … verzeih mir … könnte ich doch nur die Zeit umkehren.*

*Unterwegs nach Bombay:*
*Holly, Armand, Pablo, Alex und der Tempel der Luft*

Holly fuhr keuchend hoch. »Daddy?«

Dunkelheit umfing sie, und als sie ganz wach wurde, fiel es ihr wieder ein. Er war tot, ertrunken bei der Rafting-Tour, ehe sie erfahren hatte, wer sie war. Er und ihre Mutter und ihre beste Freundin waren die ersten Menschen gewesen, die Holly in diesem höllischen Krieg verloren hatte. Doch für einen Augenblick war ihr Vater ihr so nah erschienen. Es war beinahe, als hinge noch ein Hauch von seinem Aftershave in der Luft.

Das wäre nicht die erste Vision von ihm, die sie im Traum gehabt hatte. Sie legte sich wieder hin, versuchte ihre Gedanken zur Ruhe zu bringen und sich an irgendetwas zu erinnern, irgendein Stückchen dieses Traums oder der Erscheinung oder was immer das gewesen sein mochte.

Bruchstücke kamen ihr wieder in den Sinn, aber zum Teil konnte sie sich keinen Reim darauf machen. Nachdem sie es mehrere Minuten lang versucht hatte, stand sie schließlich auf und beschloss, vor dem Haus, in dem sie für heute Nacht untergekommen waren, ein wenig spazieren zu gehen. Vorsichtig schlich sie zur Tür, um die anderen nicht zu wecken. Doch dann stellte sie fest, dass die Tür nicht abgeschlossen war. *Es muss noch jemand wach sein.*

Sie schlüpfte nach draußen und atmete tief die kalte, klare Luft ein. Der Mond schien ihr von dort oben zuzuzwinkern. Früher hatte sie gern zu ihm hochgestarrt. Aber es war so viel geschehen, dass sie kaum mehr Freude an dem Anblick fand. Er erinnerte sie nur an die Göttin, der sie so viel geopfert hatte und die ihrerseits Holly so viel genommen und Teile ihrer Seele verschlungen hatte.

Sie spürte, dass noch jemand anwesend war. Schließlich drehte sie sich um und sah Armand. Er stand groß und still in der Nacht wie ein ominöses Vorzeichen.

»Du bist ja wach«, sagte sie.

»Da war etwas im Haus«, entgegnete er schlicht.

»In meiner Nähe?«, fragte sie.

»*Sí.*«

»Was war es?«

»Ich dachte, es könnte ein Dämon sein«, erklärte Armand mit sichtlichem Unbehagen.

Holly nickte verständnisvoll. Armand hatte sie befreit, als sie in der Traumzeit von Hunderten Dämonen besessen gewesen war. Sie wusste, dass er dazu jedes Quäntchen seines Wissens und seiner Kraft hatte aufbieten müssen. Er war schon immer still und nachdenklich gewesen, doch in letzter Zeit hatte er sich noch mehr zurückgezogen. Das zu übersehen war ihr leichtgefallen, denn sie wusste, dass auch sie sich ein wenig zurückgezogen hatte. Einer der Gründe, weshalb sie entschieden hatte, sich diesem Kreuzzug anzuschließen, war Alex' Hoffnung, auch ihren Geist und ihre Seele heilen zu können … nach so vielen Kämpfen, so viel Tod, *den Opfern, die ich gebracht habe, um meinen Zirkel zu schützen.*

»Und?«, fragte sie.

»Es war keiner. Ich glaube, du hattest im Traum Besuch, aber die Göttin war es nicht.«

Tränen brannten ihr in den Augen, und sie fiel ihm spontan um den Hals. »Danke«, flüsterte sie. »Das war mein Vater.«

Er schlang die Arme um sie und hielt sie einfach fest. Es fühlte sich gut an, jemanden zu spüren, der sie verstand und nichts von ihr verlangte.

*Fünfzehn Kilometer von meinem Luxushotel entfernt, und ich befinde mich im erbärmlichsten Slum*, dachte Anne-Louise, als sie gebückt durch den niedrigen Eingang in die Hütte des alten Hexers trat. Sie atmete den starken Duft von Sandelholz-Räucherstäbchen ein, während sie in ihrem tiefblauen Sari mit goldener Borte über einen echten Blütenteppich aus Ruellien und zarten Gardenien schritt. Sitarmusik vibrierte an den starken magischen Strahlungen in der Luft. Der niedrige Raum lag im Halbdunkel, obwohl das bezaubernde Dämmerlicht draußen die von Armut gezeichnete Gasse mit dem Versprechen auf bessere Zeiten erleuchtete.

Seit Anne-Louise durch eine Traumvision erfahren hatte, dass Alex Carruthers nicht der war, als der er sich ausgab, suchte sie vergeblich nach den Cathers-Hexen. Der Mutterzirkel wusste nicht, wo sie waren, und Anne-Louise war nicht bereit, ihr Wissen mit irgendjemandem außer den drei Mädchen zu teilen. Wisper, die Katzengöttin, die sie durch ihre Visionen geführt hatte, wartete im Hotelzimmer, während Anne-Louise ausgegangen war, um einen Mann aufzusuchen, der ihr vielleicht helfen konnte.

Der runzelige alte Mann saß auf einem roten Seidenkissen und trug nichts außer einem Dhoti, dem traditionellen rockähnlichen Beinkleid, und Dutzenden von Ketten um den Hals. Seine Füße waren nackt. Sein linkes Auge war milchig-weiß, und das Lid des rechten hing halb herab. Obwohl er kahlköpfig war, rollte sich sein langer weißer Bart in seinem Schoß zusammen wie eine Schlange.

Anne-Marie kniete sich vor ihn auf den Boden aus gestampfter Erde und bot ihm einen Korb voller Trockenfrüchte und frischer Mangos dar. *Ich bete darum, dass die*

*Göttin mich zu meinen Antworten geführt hat.* Sie presste die Handflächen aneinander und senkte den Kopf.

»Großer Swami, göttlicher Seher«, begann sie, »danke, dass Sie mich empfangen.«

»Die Waage geneigt«, flüsterte er mit starkem Akzent. »Muss berichtigt werden.« Seine zitternde Hand glitt zu dem Korb und huschte wie eine Spinne über die Schale einer Mango. Er packte sie und lachte gackernd. »Gleichgewicht.«

Sie wartete schweigend ab. Er biss in die Mango, ohne sie zu schälen. Duftender Saft rann ihm übers Kinn. Er grinste sie zahnlos an und wiegte sich vor und zurück. Dann ließ er die Mango in seinen Schoß fallen und griff nach der nächsten.

»Swami«, versuchte sie es vorsichtig, »wir wollten über die Hexen sprechen, die ich suche. Holly, Amanda und Nicole.« Der Swami und sie hatten bisher nur Briefkontakt gehabt.

»Handel.« Er wackelte wie tadelnd mit dem Zeigefinger und schnupperte an der Frucht. »Gleichgewicht.«

Il est fou. *Er ist verrückt. Schon wieder eine Sackgasse,* dachte Anne-Louise zutiefst enttäuscht. Sie war sicher, dass die Runen ihr geraten hatten, nach Indien zu reisen, nach Bombay, das man heutzutage Mumbai nannte. Und ihre Kristallkugel hatte sie zu diesem Mann geführt, Swami Mukherjee.

Aber … starke magische Fähigkeiten ließen einen Menschen manchmal nach außen hin verrückt erscheinen. Wenn sie zu ihm durchdringen, sich ihm verständlich machen könnte …

»Swami, diese Frauen sind in großer Gefahr«, sagte sie. »Ich muss sie finden.«

Er nickte. »Tempel der Sonne, suche dort. Aber ... Gleichgewicht, Frau!«

*Tempel der Sonne?* »Meinen Sie Machu Picchu?«, fragte sie. »Den Sonnentempel in der Ruinenstadt in Peru?«

Er brach in schallendes Gelächter aus. Der Boden unter ihren Füßen wackelte ein wenig. War er das? Oder ein Erdbeben? Sie spannte sich an und beobachtete ihn, um zu sehen, ob er es auch gespürt hatte. Zu ihrer Überraschung schlang er die Arme um sich und begann zu wimmern.

»Still!«, flüsterte er und schüttelte den Kopf. »Zu viel, zu viel!«

Er sprang auf. Die beiden Mangos fielen zu Boden und hüpften wie Tennisbälle. Der Korb voller Trockenfrüchte kippte um. Ein Stück Plastikplane riss von dem Dach aus Bambuspfosten und Strohmatten ab und blieb an Anne-Louises Kopf hängen wie ein Banner.

»Swami Mukherjee«, sagte sie und streckte die Hand nach ihm aus. Er wich zurück und schüttelte den Kopf. »Wir müssen hier raus.«

Er begann zu brabbeln. Unsicher stand sie auf, und ihr Blick fuhr hoch, als ein Pfosten umkippte und sie fast an der Schulter traf. Sie schnappte nach seiner Hand, doch sie wurde rücklings auf den Boden geschleudert, als die Hütte heftig erbebte. Eine weitere Plastikbahn senkte sich auf ihr Gesicht herab, so dass sie nichts mehr sehen konnte. Der Boden bäumte sich wellenartig auf, und sie schrie.

»Swami!«, rief sie, schob die Plane beiseite und setzte sich auf ...

... gerade rechtzeitig, um mit anzusehen, wie sich der Boden in der Mitte der Hütte spaltete, so dass zwei Inseln entstanden, getrennt durch einen Spalt voll brodelndem Dampf. Mit einem letzten, schrillen Schrei verschwand

Swami Mukherjee in dem rauchenden Abgrund, und Anne-Louise schwankte am Rand.

»*Ma Déesse!*«, schrie sie, als sie abzustürzen drohte.

»*Alors!*«, rief ein Mann, und eine starke Hand schlang sich um ihre Taille. Jemand riss sie zurück, während der Rauch, der aus dem Abgrund hervorquoll, ihr die Kehle zuschnürte und in ihren Augen brannte.

Der Mann führte sie hastig nach draußen und murmelte dabei Zaubersprüche. Anne-Louise erkannte die einmalige Mischung aus Katholizismus und weißer Magie, die männliche Hexen aus Europa gebrauchten. Schließlich erkannte sie auch seine Stimme, ehe ihre tränenden Augen ihn sehen konnten.

»Du bist Philippe vom spanischen Zirkel«, sagte sie, krümmte sich und hustete erstickt.

»*Oui.*«

Er eilte zurück in die Hütte. Sie sah und spürte das perlweiße Leuchten seiner Magie in der Luft und hörte ihn auf Französisch heiser fluchen.

Dann tauchte er wieder auf. »Fort«, sagte er. Er fügte seine magische Kraft ihrer hinzu und half ihr, Lunge und Augen mit einem Heilzauber zu beruhigen.

»Suchst du auch nach den dreien?«, fragte sie. »Nach Holly, Amanda und Nicole?«

Er fuhr sich mit der Hand durchs Haar und nickte. »Ursprünglich nach Holly. Ich erhielt eine Nachricht von Mitgliedern meines Zirkels, dass sie in großer Gefahr schwebten. Ich wollte zu ihnen, konnte sie aber nicht finden. Und jetzt habe ich auch noch Amanda, Nicole und das Baby verloren«, sagte er mit einem Ausdruck der Verzweiflung in den Augen.

Leute von der Straße rannten auf Swamis Hütte zu.

Philippe und Anne-Louise zogen sich um die Ecke in eine Gasse zurück und beobachteten das Gewimmel, während beide Zauber murmelten, die dem Swami helfen sollten, falls ihm denn noch zu helfen war.

Nach einer Stunde brachen die Nachbarn die vergebliche Suche ab. Philippe ging voran, zurück zu der Hütte, und die beiden starrten auf die Stelle hinab, an der sich der Spalt aufgetan hatte. Der gestampfte Boden der Hütte war wieder fest und glatt, ohne jeden Hinweis darauf, dass er je aufgerissen war.

»Nicole hat ein Baby?«, fragte Anne-Louise schließlich.

*»Oui.«* Seine Stimme zitterte. Er war verzweifelt, außer sich, und konnte sich nur noch mühsam zusammenreißen.

»Vielleicht hat … der Vater des Kindes es mit mächtigen Zaubern umgeben, um es zu schützen. Vielleicht erwartet jeden, der es zu finden versucht, eine schroffe Abwehr.«

Er schwieg lange. Sie beobachtete ihn, und ein Muskel zuckte in seiner Wange. Sein Kiefer war verkrampft, der Blick bekümmert und wie versteinert.

»Ich habe Grund zu der Annahme, dass ich der Vater bin«, erwiderte er schließlich.

Sie nahm seine große Hand in ihre kleine. »Dann könnte es sein, dass Alex Carruthers sie alle vor dir verbirgt«, sagte sie. »Ich hatte eine Vision. Er ist ein Betrüger. Er ist kein Cousin von Holly, Amanda und Nicole.«

Er fuhr zusammen. »Ist er nicht? Wer ist er dann?«

Sie holte tief Luft. »Das weiß ich nicht.« Sie blickte auf die Überreste einer Mango hinab, die zermatscht am Boden lag. »Aber offensichtlich will er nicht, dass wir es herausfinden.«

»Mich wird er nicht aufhalten«, verkündete Philippe.

»Mich auch nicht.« Sie wechselten ein schwaches Lächeln.

*Scarborough: Nicole und Owen*

Nicole war langweilig. Ihr fiel auf, wie lange sie dieses Gefühl nicht mehr gekannt hatte, und lächelte. Was sie früher einmal genervt hätte, erschien ihr jetzt als wahrer Luxus. Amanda und Tommy waren in den Ort gefahren, um einzukaufen, und ihr Vater machte Schießübungen und – vermutete sie – überprüfte wieder einmal die Fallen, mit denen er das Anwesen umgeben hatte. Ganz gleich, wie viele Zauber, weiß oder schwarz, einen Ort schützten, ihr Vater baute immer seine Sicherungen ein, die er in der alltäglichen Welt gelernt hatte.

Also war sie mit Owen und ein wenig Hausarbeit allein, und das fühlte sich beinahe normal an. Wenn sie die Augen schloss, konnte sie sich einbilden, sie sei eine normale Frau mit einem normalen Baby und einem normalen Ehemann, der bald von der Arbeit nach Hause kommen sollte. Sie würde das Abendessen kochen – Spaghetti, eines der wenigen Dinge, die sie essbar hinbekam. Dann würden sie zusammen mit dem Kleinen spielen, ehe sie ihn ins Bett brachten. Vielleicht bliebe sogar noch ein bisschen Zeit, um vor dem Fernseher zu kuscheln, ehe sie schlafen gingen. Das erschien ihr so himmlisch langweilig, dass sie hätte weinen mögen.

Sie nahm Owen auf den Arm und flüsterte ihm zu: »Daddy kommt bald nach Hause«, nur um einmal auszuprobieren, wie sich das anfühlte.

Owen lächelte sie an. Und Nicoles Lächeln erstarb.

Irgendetwas stimmte nicht. Plötzlich machte er den Mund weit auf und sagte: »Ja.«

Sie schnappte nach Luft und ließ ihn beinahe fallen. Er begann zu lachen, schrill und wild, und sie setzte ihn hastig auf dem Sofa ab. Er starrte sie nur an und lachte weiter.

»Hör auf, Owen!«

Er lachte nur noch lauter. Schaudernd hielt sie sich mit beiden Händen die Ohren zu. Sie überlegte, welcher Zauber seine Stimme dämpfen könnte, doch ihr gesamtes magisches Wissen schien wie weggeblasen.

Owen reckte die kleinen Händchen in die Luft und schloss sie, als versuchte er, ihre entfliehenden Gedanken aufzufangen. Und dann schimmerte sein babyblauer Schlafanzug und verwandelte sich in ein langes schwarzes Gewand. Symbole aus schwarzem Rauch, die Nicole nicht kannte, erschienen um ihn herum in der Luft, verschwanden, bildeten sich erneut.

»Aufhören!«, schrie sie immer wieder. Sie traute sich nicht, ihn anzufassen, und konnte sich nicht einmal mehr erinnern, wie sie sich oder ihn mit einem magischen Schutzschild abschirmen könnte.

Plötzlich hörte sie hinter sich eine tiefe Männerstimme donnern: »Owen, nein!«

Der schreckliche Augenblick schien in tausend Stücke zu zerspringen. Der schwarze Rauch verschwand, Owen trug wieder seinen blauen Schlafanzug mit den Füßlingen, und alles, was Nicole je über Magie gelernt hatte, kehrte zurück. Owen verzog das kleine Gesicht und begann zu weinen, und Richard ging zu ihm und hob ihn hoch.

»Danke, Dad«, sagte Nicole. »Ich weiß nicht, was …«

Er schüttelte den Kopf. »Sprechen wir darüber, wenn ein gewisser Jemand schläft.«

Sie betrachtete ihren Sohn und konnte nicht vergessen, wie er sie angesehen hatte, als er so irre gelacht hatte. »Das klingt vernünftig.«

Eine Stunde später kamen Tommy und Amanda nach Hause. Nicole lud sie wie üblich auf das Grundstück ein, und die beiden eilten lachend ins Haus, neckten und kitzelten einander. Tommy sang aus voller Kehle »Scarborough Fair«.

Als Nicole ihn verwundert ansah, zuckte er mit den Schultern. »Na ja, da wir jetzt hier wohnen, dachte ich, ich sollte mal mehr als den Refrain lernen.«

»Das ist nicht die Nationalhymne«, sagte Amanda und verdrehte die Augen.

»Nein, die Regionalhymne.«

»Das Wort gibt es gar nicht«, erwiderte Amanda und boxte ihn in die Schulter.

»Woher willst du das wissen? Hast du es nachgeschlagen?«

Richard betrat die Küche und verkündete mit grimmiger Miene: »Familienkonferenz.«

Amandas und Tommys Lachen erstarb, was Nicole sehr schade fand. So sehr sie sich manchmal ein normales Leben wünschte, hätte sie erst recht alles darum gegeben, dass Amanda und Tommy irgendwo glücklich und in Frieden leben konnten.

Tommy wirkte verunsichert und ging langsam zur Tür.

»Bleib«, befahl Richard.

Tommy kehrte zurück, mit ernster Miene, aber leuchtenden Augen. *Wenn er inzwischen nicht zur Familie gehört, wer dann?*, dachte Nicole.

»Owen liegt oben und schläft. Vorhin hatten wir ein kleines Problem mit ihm«, begann Richard.

»Ist er krank?«, platzte Amanda heraus.

Richard hob die Hand. »Soweit wir das beurteilen können, geht es ihm gut … jetzt.«

»Was ist passiert?«, fragte Tommy.

Nicole holte tief Luft und schilderte, was sie gesehen und gespürt hatte. Die anderen hörten aufmerksam zu. Amanda wurde immer bleicher, und zum Schluss zitterten ihre Hände.

»Wow«, sagte Tommy, als Nicole fertig war.

»Ja, wow«, echote Nicole.

»Was hat das zu bedeuten?«, fragte Richard direkt.

Keiner der drei, die magische Fähigkeiten besaßen, konnte ihm diese Frage beantworten. Sie wanden sich unbehaglich unter seinem Blick.

Schließlich wagte Tommy einen Vorstoß. »Also, bei dem Kleinen manifestiert sich die Magie eben früh. Und Babys bekommen alles, was sie brauchen, von ihrer Mutter …« Er errötete und verstummte.

»Du meinst so etwas wie Milch?«, fragte Nicole.

»Das ist gar nicht dumm. Denk mal darüber nach«, sagte Amanda, den Blick an die Küchentheke geheftet. »Alles, was er zum Leben braucht, hat er aus deinem Körper gezogen, als er noch in dir steckte. Und in gewissem Maße tut er das immer noch.«

»Wenn er also anfängt, Magie zu gebrauchen, entzieht er ihr die Kraft dazu, bis er alt genug ist, um sich selbständig damit zu versorgen?«, fragte Richard nach.

Tommy und Amanda nickten, aber Nicole war nicht überzeugt. »Ich hatte schon das Gefühl, dass er mir Kraft entzogen hat, aber die Sachen, die er damit gemacht hat – die kann ich gar nicht. Ich beherrsche kleine Illusionszauber, ja, aber ich kann nicht blitzartig meine Kleidung verwandeln! Und diese Zeichen und Symbole in der Luft – ich kannte nicht eines davon, und sie hatten nicht gerade eine fröhliche Ausstrahlung.«

»Vielleicht kommen sie von seinem Vater«, schlug Tommy vor.

Im Raum herrschte vollkommene Stille. So vollkommen, dass sie Nicole in den Ohren rauschte. Da war die Frage wieder. Wer war der Vater ihres Babys? Falls diese Symbole tatsächlich schwarzmagisch gewesen waren und Owen sie von seinem Vater erhielt, kam Philippe nicht in Frage. Schaudernd schlang sie die Arme um sich und wünschte, ihr wäre nicht ganz so elend zumute.

»Bedeutet das denn, dass der Vater in der Nähe ist?«, fragte Amanda ruhig.

Nicole hörte Owens »Ja« von vorhin durch ihren Kopf hallen. Stumm betete sie zur Göttin: *Bitte, bitte, lass seinen Daddy nicht nach Hause kommen!*

»Vielleicht zieht er sie nicht nur aus seinen Eltern«, wandte Richard ein. »Die Quelle könnte ein anderer magisch begabter Mensch in der Nähe sein.«

Amanda schüttelte den Kopf. »Das glaube ich nicht. Wir waren nicht weit weg, und wir haben rein gar nichts gespürt. Oder?«, fragte sie an Tommy gewandt.

»Nichts«, stimmte er zu.

»Was, wenn er sie aus dem Haus bezieht?«, schlug Nicole vor.

»Unmöglich«, platzte Amanda heraus.

Nicole starrte ihre Zwillingsschwester an. Sie hatte das Gefühl, dass Amanda etwas vor ihnen verbarg. Sie dachte daran, Amanda auf der Stelle damit zu konfrontieren, aber sie kannte ihre Schwester. Amanda hielt normalerweise nichts ohne guten Grund geheim. Nicole überlegte sich, dass sie lieber abwarten und erst allein mit ihrer Schwester sprechen sollte. Immerhin waren sie die Lilienfürstinnen. Sie hätte nur zu gern gewusst, wo die dritte Fürstin steckte. Wenn sie Holly je dringend gebraucht hatten, dann jetzt.

Plötzlich spannte sich Richard an. »Besprechung vertagt – er ist wach.«

»Ich habe nichts gehört«, sagte Tommy.

»Ich habe nichts gespürt«, bemerkte Amanda fast im selben Moment.

Auf einmal hörten sie im Babyphon auf der Küchentheke, wie Owen zu weinen begann.

»Dad, bist du sicher, dass du nicht hellsehen kannst?«, fragte Nicole argwöhnisch.

Er lächelte. »Ganz sicher. Ich habe nur mehr Erfahrung mit Kindern.«

Nicole ging hinauf zu Owen, und Amanda entschuldigte sich. Sie musste ein bisschen allein sein, brauchte Zeit zum Nachdenken. War es möglich, dass Owen irgendwie die Energien dieses Hauses aufnahm und durch sich hindurchleitete? Allein von dem Gedanken wurde ihr übel, aber er war logisch. Das Haus schien manchmal auch nach ihr zu rufen. Könnte es dann nicht auch nach Owens Geist greifen?

Sie schüttelte den Kopf. Wenn dem so war, warum dann gerade sie beide? Auf Nicole und Tommy schien das Haus keinerlei Wirkung zu haben. Sie wandte sich der Treppe zu. Sie würde sich ein bisschen in ihr Zimmer zurückziehen. Da konnte sie in Ruhe über alles nachdenken.

*Amanda.*

Sie blieb stehen. Sie hätte schwören können, dass jemand gerade ihren Namen gerufen hatte. Aber sie wusste, dass die Stimme zu niemandem aus ihrer Familie gehörte.

*Wer ist da?*, dachte sie und versuchte, ihre Gedanken auszusenden.

*Hilf mir.*

Ihr Herz begann zu pochen, und Angst durchfuhr sie. Sie war nicht in der Lage, irgendjemandem zu helfen. Sie schaffte es ja gerade so, selbst nicht zusammenzuklappen. *Ich kann nicht.*

*Doch, du kannst. Ich brauche dich, Amanda.*

Sie biss sich auf die Unterlippe, um nicht laut zu schreien. Es war, als hörte sie die Stimme sowohl von außen als auch aus ihrem eigenen Kopf heraus. Sie stellte den Fuß auf die erste Treppenstufe.

*Nein!*

Sie holte tief Luft, rannte die Treppe hinauf, und ein schwaches Heulen hallte von den Wänden wider. *Kann nicht, kann nicht, kann nicht.* Sie schaffte es bis zum oberen Treppenabsatz und lief weiter, bis sie ihre Zimmertür hinter sich geschlossen hatte.

Sie drehte sich um und ging auf ihr Bett zu, blieb dann jedoch wie erstarrt stehen. Auf ihrer Tagesdecke lagen unzählige tote Fliegen. Die vielen kleinen Punkte bildeten die Worte »*Hilf mir!*«

# Vier

# Basilikum

Mit Lügen spinnen wir Netze der Macht
Fallen für die entscheidende Nacht
Schwüre können uns gleichgültig sein
Verführung ist der lieblichste Wein

Es bleibt das Schlechte wie das Gute
Wir geben von unserem eigenen Blute
Vergönnt wird uns nicht Rast noch Muße
Für viele Tote unsere Buße

*Mumbai: Eli*

Der prachtvolle Bussard Fantasme, das Hexentier, das dem Haus Deveraux seit fast tausend Jahren diente, kreiste über dem Turm des Schweigens, auf dem der Leichnam eines jungen Mädchens in der Sonne verfaulte. Eli hatte zugesehen, wie die Trauernden die Tote hineingetragen hatten. Ranken und leuchtend violette und rosafarbene Blumen wucherten üppig am Fuß des Turms und über den Pfad zum Eingang mit seinen in den Stein gemeißelten Verzierungen. Die Zoroastrier waren die Weisen aus dem Morgenland oder »Magier aus dem Osten«, wie sie im Matthäusevangelium der christlichen Bibel bezeichnet wurden. Sie glaubten, dass totes, verwesendes Fleisch von allen lebenden Dingen – auch Erde, Wasser und Feuer – getrennt werden muss. Deshalb legten sie ihre Verstorbenen auf hohe Türme. Doch ein Arzneimittel, das in der indischen Landwirtschaft weit verbreitet war, hatte fast alle Geier im Land vergiftet. Nun mussten die Leichen in der Sonne verrotten, was viel länger dauerte, als wenn die Kadaver von Geiern gefressen wurden, was der zoroastrischen Gemeinde großen Kummer bereitete.

Fantasme gierte danach, ihnen ein wenig zu helfen, und Eli erfüllte dem Bussard gern alle Wünsche. Die Moores hatten Fantasme als Geisel festgehalten und gefoltert. Sie hatten ihm unendliche Qualen angedroht, sollten die Deveraux das Geheimnis des Schwarzen Feuers nicht mit den Moores teilen. Das hatten die Deveraux nicht getan.

Fantasme sauste im Sturzflug auf den Turm hinab, und Eli wandte seine Aufmerksamkeit wieder dem Findezauber zu. Die winzige schwarze Silhouette eines fliegenden Bussards schwebte über seiner offenen Handfläche wie eine Kompassnadel. Wie immer suchte er nach Nicole. Die Art, wie der Vogel flatterte und die Richtung änderte, sagte ihm, dass jemand in der Nähe war. Vermutlich nicht Nicole selbst, sondern jemand, der mit ihr verbunden war.

Der Boden unter seinen Füßen grollte. Stirnrunzelnd schaute er nach unten und versuchte sich zu erinnern, ob Indien häufig von Erdbeben heimgesucht wurde. Die Erde erzitterte erneut. Er umgab sich mit einem gemurmelten Schutzzauber und machte weiter.

Die Erde war wieder still, als er auf den Gehweg an der Hauptstraße trat, wo sein Fahrer wartete. Der Mann nahm beim Anblick seines Arbeitgebers Haltung an und öffnete Eli die Tür des langweiligen, aber funktionalen Mercedes. Mit einem Nicken stieg Eli ein. Er blickte aus der getönten Seitenscheibe und sah Fantasme hoch in der Luft kreisen. Nicht jeder konnte ihn sehen, und er flackerte verschwommen zwischen dieser Wirklichkeit und dem mystischen Wald hin und her, wo er unablässig Pandion jagte, das Falkenweibchen der Cahors.

Eli lehnte sich an die dick bestickten Decken auf dem ledernen Rücksitz. Der Fahrer verehrte Ganesha, der Hindernisse auflöste und als Schutzpatron des Schreibens galt. Eine kleine Statue des Elefantengottes war an das Armaturenbrett geklebt. Eli fragte sich, wie man wohl zu ihm betete und ob er die Gebete eines Hexers hören würde. Eli war im Glauben an den Gehörnten Gott aufgewachsen, der nichts so sehr liebte wie Opfergaben. Elis Vater hatte zahllose Opfer dargebracht, um zu bekommen, was er wollte – darunter auch Nicoles Mutter und, so vermutete Eli, Hollys Eltern.

Er knirschte mit den Zähnen beim Gedanken an dieses Miststück. Von Geburt an war ihm eingebläut worden, dass Liebe und Treue Illusionen waren, die dafür sorgen sollten, dass die Machtlosen sich nicht erhoben. Aber nun, da er seine Mutter, Sasha Deveraux, gesehen und ihre Seite der Ereignisse zwischen ihr und Elis Vater gehört hatte, wurde Eli eines bewusst: Er hatte sie sein ganzes Leben lang geliebt und hasste sie dafür, dass sie ihn im Stich gelassen hatte.

Durch einen bizarren Riss in der Realität waren Sasha und Eli in die Zeit von Isabeau Cahors und Jean Deveraux zurückversetzt worden. Sasha war tödlich verwundet gewesen, und Isabeau hatte ihr gesagt, wenn sie in der Vergangenheit bliebe – wo sie nicht verwundet worden war –, könne sie weiterleben. Würde sie sich dort Magie aneignen, die in den Lauf der Zeit eingriff, und versuchen, die Gegenwart zu ändern?

Genau das würde eine wohlmeinende Hexe versuchen, ganz gleich, ob sie damit ihrer Familie schaden oder sie ganz und gar auslöschen könnte. Weißmagische Hexen verschrieben sich der Vorstellung von einem übergeordneten Wohl – die Bedürfnisse des Ganzen, der Gruppe, waren stets wichtiger als die Wünsche, ja das Schicksal eines Einzelnen. Kein Wunder, dass sich die Verehrung des Gehörnten Gottes im Mittelalter, als die katholische Kirche Bauern wie Adlige ausbeutete, wie ein Lauffeuer verbreitet hatte. Denn »übergeordnetes Wohl« war nur eine schöne Umschreibung von Unterdrückung.

Wo waren all die guten Hexen gewesen, als Nicole gezwungen worden war, James Moore zu heiraten? Sie hatten nicht einmal versucht, etwas zu unternehmen, bis Holly Cathers Hilfe bei der Finsternis gesucht hatte. Die war keine zarte weiße Lilie, oh nein. Ihre Seele war jetzt gespalten, sowohl für die Göttin als auch für den Gehörnten Gott zu haben. Bei wem sie schließlich landete, würde interessant zu beobachten sein.

Die Straßen von Mumbai flogen an ihm vorbei, und Eli seufzte schwer, während er zusah, wie der winzige Bussard über seiner offenen Handfläche schwebte. Der Fahrer war vollauf mit dem Verkehr beschäftigt – wie konnte ein so armes Volk sich so viele Fahrzeuge leisten? –, aber Eli machte den Vogel trotzdem unsichtbar.

Plötzlich schwenkte er nach rechts.

»Anhalten«, befahl Eli dem Fahrer.

»Ja, Sir.« Die gepflegte britische Aussprache des Mannes erinnerte Eli an James Moore.

Eli murmelte ein paar Worte und schaffte mit unauffälligen Gesten einen quietschbunten kleinen Lastwagen und einen Schwarm Fahrräder aus dem Weg. Früher, als die Deveraux noch in einem herrschaftlichen Schloss in Frankreich gelebt hatten, hätten Adlige Bauern, die ihnen im Weg waren, einfach überfahren. Aber er wollte hier keinen Zwischenfall provozieren.

Und … er wollte niemandem wehtun.

Ein Schauer lief ihm über den Rücken. *Ich werde weich.*

Als sich der Mercedes dem Bordstein näherte, blickte ein junger Fahrradfahrer in einem verwaschenen, langärmligen grünen Shirt und einer khakifarbenen Hose höhnisch zur Seite und trat absichtlich langsamer in die Pedale. Eli schnippte mit den Fingern, und das Fahrrad krachte mitsamt dem Kerl auf die Straße.

Mit einem dünnen Lächeln sagte er zu seinem Fahrer: »Ich steige hier aus. Suchen Sie einen Parkplatz, und warten Sie auf mich.«

»Jawohl, Sir.«

Der Fahrer wartete, während Eli ausstieg und um das Fahrrad und den jungen Mann herumschlenderte, der sich stöhnend aufzurappeln versuchte. Eli machte mit betont großen Schritten einen Bogen um ihn und bemerkte, dass mehrere Inder dasselbe taten. Dann bückte ein Mädchen mit langem Haar sich zu dem Radfahrer hinunter und redete in einer Sprache mit ihm, die Eli nicht verstand. Sie holte ein Handy hervor. Dann bemerkte sie Eli.

»Verzeihung, Sir«, sagte sie auf Englisch. »Das ist doch Ihr Wagen, oder? Könnten Sie diesen Mann ins Krankenhaus transportieren? Er hat sich das Bein gebrochen.«

Eli zögerte. *Wenn ich das mache, geht sie vielleicht mit mir essen. Oder mehr.*

Aber er wollte gar nicht mit ihr essen gehen. Er wollte Nicole finden.

Schweißperlen traten ihm auf die Stirn. *Ich verliere wohl den Verstand. Das bin nicht ich.*

Er antwortete ihr auf Französisch, der Wagen stehe nicht zur Verfügung, und schlug darüber hinaus vor, sie und der Fahrradfahrer sollten zum Teufel gehen.

Als er weiterlief, fühlte er sich ein wenig besser.

### *Dover: Jer und Eve*

Schwarzweißschwarzweißschwarzweiß, *so warnte die Drehlinse des weißen Leuchtturms die Schiffe vor den todbringenden Felsen, die dicht unter der Wasserfläche lauerten. Die Bojen schepperten, die Möwen kreischten, die dunkelblauen Wogen bäumten sich auf, brachen zusammen und verbargen die Gefahr.*

*Unter Schleiern aus verkrustetem Eis schlang Holly die Arme um Jer und presste den Mund auf seinen. Er hielt sie fest. Ihre Beine verschlangen sich und lösten sich wieder, wie die Schwänze von Meerjungfrauen. Warme Luft aus ihrem Körper drang in seinen Mund, seine Kehle, seine Lunge. Sie war zu heiß, Feuer schoss durch seinen Blutkreislauf und entflammte jede Zelle. Zu heiß – er stöhnte und versuchte, sich von ihr zu lösen. Da bemerkte er, dass seine Arme gefesselt waren, mit den traditionellen schwarzen Seidenbändern der Hexerhochzeit. Er versuchte es ihr zu sagen, doch ihr Mund war zu fest auf seine Lippen gepresst.*

*Wie eine mörderische Undine, eine Wassernymphe, begann sie ihm den Atem auszusaugen. Die Luft strömte in einem Schwall aus ihm heraus, Unterdruck bildete sich. Er schlug ihr sacht auf den Rücken, und sie schauderte.*

*Dann zog sie sich zurück, und er erkannte, dass sie lachte.*

*Ihre dunklen Augen waren halb geschlossen, und sie bebte leicht vor Lachen. Dann warf sie den Kopf in den Nacken, öffnete den Mund, und die lebenspendende Luft, die sie aus seinem Körper gesogen hatte, blubberte zur Oberfläche empor –*

*– zur Oberfläche, so weit entfernt.*

*Der verschwommene Mond über dem schwarzen Wasser wurde kleiner und trüber, während Jer und Holly in die Tiefe des Meeres hinabsanken. Er zerrte an seinen Fesseln und versuchte sich zu befreien. Er hielt die Lippen fest aufeinandergepresst und schüttelte den Kopf, um ihr zu signalisieren, dass das kein Spiel war. Sie waren in Gefahr, in großer Gefahr. Er sah ihr fest in die Augen und trat kräftig mit den Beinen. Ein Strang Seetang peitschte hinter Holly durchs Wasser und richtete sich zu einem Monster auf. Es hatte zwei Reptilienaugen, und während sich das Ding weiter entfaltete, wandte sich sein Blick Holly zu. Zwei Blätter wurden zu einem Maul mit langen Fangzähnen …*

*Noch immer lachte sie. Noch immer sanken sie tiefer.*

*Das Tangmonster senkte langsam den Kopf zu Holly herab. Das Maul öffnete sich, und Zähne aus scharf geschliffenen Muschelschalen glänzten darin wie Perlen. An der Spitze der langen, schleimigen grünen Zunge schimmerte ein Totenkopf.*

Eli. *Da war er nun, allen Lebens beraubt wie ihr Vater. Der Totenschädel kullerte aus dem Maul des Monsters und abwärts durchs Wasser.*

*»Holly!«, schrie Jer. Seine Stimme vibrierte durch die stürmische See, bis sie gegen die Felsen prallte und zersprang. Funken sprühten zum Mond hinauf.*

*Da wusste er, dass er sterben würde. Es war kein Sauerstoff mehr in seinem Körper. Er hatte das letzte bisschen Atem aufgebraucht, um sie zu warnen.*

*Und noch immer lachte sie. Sie lachte, während er sich in ihrer Umarmung wand. Dann zerrte sie zwei Mal kräftig an ihm und ließ ihn los. Anmutig packte sie das Tangmonster mit der linken Hand, streckte den rechten Arm aus und stieß gegen seine Schulter. Er schlug mit den Armen um sich und bekam Holly nicht zu fassen. Es war offensichtlich, dass sie ihn nicht verstand.*

Warum braucht sie keine Luft?

*Dann stieß sie ihn wieder. Er sank noch ein Stück, und sie holte mit dem rechten Bein aus und trat ihm mit voller Wucht ins Gesicht. Er hörte ein scharfes Knirschen, als seine Nase brach. Sein Blut stieg pilzförmig vor ihm im Wasser auf und bildete einen scharlachroten Vorhang, durch den er ihr Gesicht kaum noch sehen konnte. Er keuchte und atmete Wasser ein.*

*Als er zu ihr aufblickte, begann sie wieder zu lachen.*

»Adieu«, *sagte sie,* »mon Jean, mon homme, ma vie …«

*Ihr Lächeln erstarb, und ihr Gesicht verzog sich zu einer hasserfüllten Fratze. Da begriff er, dass sie nicht Holly war, sondern Hollys tote Ahnfrau Isabeau, die sechshundert Jahre zuvor geschworen hatte, ihren Ehemann Jean zu töten.*

*»Holly«, sagte er, »ich bin es. Jer. Ich bin nicht …* Je suis Jean, et tu es ma femme, Isabeau.«

*Ich bin Jean, und du bist meine Frau, Isabeau.*

*»Dann wirst auch du sterben!«, schrie er und packte ihren Knöchel. »Stirb mit mir!«*

»Jer, wach auf«, sagte Eve und rüttelte an seiner Schulter. »Ist schon gut. Es ist nur ein Traum.«

Er öffnete die Augen. Sie waren in ihrem Mansardenzimmer in der Pension in Dover. Die schräge Decke fiel hinter ihr steil ab, und der Wandspiegel zeigte sein entstelltes Gesicht, zu einer Grimasse verzerrt.

Sie beugte sich über ihn in einem langärmligen Nachthemd aus weißer Seide, das an ein mittelalterliches Unterkleid erinnerte. Er selbst trug unter der Bettdecke ein langärmliges Skiunterhemd und eine Jogginghose. Ein Nebelhorn zerriss die Stille, während er versuchte, sich zu beruhigen. Er hörte sich keuchen. Die Fenster mit ihren Bleisprossen klapperten im Wind. Er roch den Blumenduft von Eves Shampoo, und ihre Körperwärme vertrieb ein wenig die Kälte im Zimmer – aber nicht seine Unruhe.

»Nur ein Traum … das ist Blödsinn«, fuhr er sie an. »Wir sind Hexer. Wir können im Traum Menschen töten.«

»Hast du geträumt, dass Holly dich tötet?«, fragte sie. »Schon wieder?«

Jer antwortete nicht. Mit versteinerter Miene schlug er die Bettdecke zurück und zwang Eve damit, sich aufzurichten und zurückzutreten. Er wollte nicht, dass sie ihn tröstete. Oder so tat.

In dem rustikalen Raum standen zwei Einzelbetten. Sie hatten sie auf seinen Wunsch hin auseinandergeschoben und ein Nachttischchen dazwischengestellt. Jetzt bemerkte er den Laptop auf ihrem Bett, dessen Bildschirm bläulich schimmerte. Er fragte sich, ob sie den Obersten Zirkel kontaktiert hatte, um Bescheid zu sagen, dass sie wieder weitergezogen waren. Sie hatte ihm geschworen, ihren Aufenthaltsort nicht zu verraten, solange sie gemeinsam unterwegs waren, aber seit wann konnte man sich auf das Wort eines Hexers verlassen?

»Möchtest du einen Tee?«, fragte sie und wies auf den elektrischen Wasserkocher, den die Frühstückspension ihnen zur Verfügung gestellt hatte.

»Ihr Briten. Glaubt wohl, ihr könntet jedes Problem mit einer Tasse Tee lösen.« Es war ihm egal, dass sie verletzt wirkte.

»Ich habe den Zirkel verlassen«, sagte sie und zeigte auf ihren Laptop.

Er lachte heiser. »Was hast du gemacht, ihnen ein Kündigungsschreiben geschickt?«

»Wer redet jetzt Blödsinn? Glaubst du vielleicht, ich möchte einen Meuchler auf mich angesetzt haben?«

Sie führte ihn zu ihrem Bett und drehte den Laptop herum, so dass er den Bildschirm sehen konnte. Eine E-Mail war geöffnet, in einem Fenster vor ein paar anderen, darunter auch ein Foto von einer schwarzen Katze. Hexer hatten keine Hexentiere. Vielleicht also nur ein Haustier.

Die Nachricht lautete:

*Falls Sie einen der Deveraux-Brüder ausfindig machen, versichern Sie ihnen, dass sie uns willkommen sind. Das Regime der Moores ist Vergangenheit, und sie haben uns einen Gefallen getan, indem sie auch ihren Vater Michael Deveraux aus dem Weg geschafft haben.*

*Im Namen des Obersten Zirkels*
*Bryson Saracenz*

Jer las den Brief kommentarlos. Er wusste nicht, was er davon halten sollte. Viele Monate lang hatte er seinen eigenen Zirkel geleitet, den Rebellen-Coven, und er war sicher, dass sie der Aufmerksamkeit des Obersten Zirkels entgangen waren. Falls dieser von der Existenz des Rebellen-Covens gehört hatte, war er wahrscheinlich (zu Recht) davon ausgegangen, dass Jer den Zirkel gegründet hatte, um sich gegen seinen Vater aufzulehnen.

Jetzt war er der einzige Überlebende. Sein Herz verweilte einen Augenblick bei Kari Hardwicke, die bei dem Überfall auf den Obersten Zirkel umgekommen war. Sie hätte dem Coven gar nicht erst angehören dürfen. Das hatte er von vornherein gewusst, aber er hatte sich blenden lassen.

Sie war eine aufregende »ältere Frau« gewesen, Doktorandin, und ebenso sexy wie brillant und hartnäckig. Er hatte sich innerlich lange vor Hollys Erscheinen von ihr abgewandt, aber er wusste, dass Kari glaubte, Holly habe ihr Jer ausgespannt.

»Vielleicht sollte ich lieber nach Holly suchen«, sagte er. »Nicht nach Eli.«

»Nein«, erwiderte Eve rasch. »Du musst deinen Bruder finden. Die Hexe bringt nichts als Ärger. Du brauchst deinesgleichen.«

*Ich hätte Holly zur Fürstin nehmen können*, dachte er und starrte durch die kleinen Fensterscheiben. Der Mond beleuchtete die tosenden Wellen wie mit silbrigen Netzen überzogen. Wen die Cathers-Hexen liebten, der war zum Tod durch Ertrinken verdammt.

*Vielleicht entspringen meine Träume dann Wunschgedanken.*

Er beobachtete das bewegte Meer und wünschte sich, von alledem frei zu sein. Und frei von ihr.

»Der Tee ist fertig«, verkündete Eve. »Du trinkst ihn schwarz, oder?«

»Und so heiß wie möglich«, entgegnete er. »Damit er schön in der Kehle brennt.«

Ihre Hand zitterte, als sie das kochende Wasser in eine weiße Porzellantasse goss.

*Seattle: Dr. Temar*

»Oh mein Gott«, murmelte Dr. Temar, während er die EKG-Ausschläge auf dem Monitor beobachtete. An dem Apparat hing Kari Hardwicke, die seit Monaten tot war. *Sie kommt*, dachte er schwindelig, weil er seinen Verstand nicht dazu bringen konnte, die richtigen Worte zu formen: *Endlich geschieht es. Sie erwacht wieder zum Leben.*

Er trug einen hellblauen OP-Kittel samt OP-Haube, Überschuhen und Handschuhen und blickte immer wieder zwischen dem Monitor und der kleinen, reglosen Gestalt in dem Klinikbett hin und her. Der Herzschlag war kräftiger. Sollte er rasch ein EEG machen? Er wollte die Aktivität ihrer Gehirnströme sehen.

Er fuhr sich mit der Zunge über die Lippen und trat einen Schritt auf ihr Bett zu. Mitten in der Nacht, während eines Unwetters, hatte er sie in ihrer Versandkiste in den Keller seines Queen-Anne-Hauses geschafft. In der Universität konnte er nicht sicher sein, dass sie unentdeckt blieb. Experimente an Katzen waren eine Sache, aber wie hätte er eine menschliche Leiche erklären sollen, falls jemand in seinem Labor darauf gestoßen wäre?

Sein Haus hatte die Brände und Überflutungen beinahe unversehrt überstanden – ein paar Fensterscheiben waren gesprungen, der Dachboden überschwemmt. Er hatte Planen eingezogen und seine Arbeit fortgesetzt.

Schweißperlen traten ihm auf die Stirn. Er empfand Ekstase und Grauen gleichermaßen. Seit Jahrhunderten, nein, Jahrtausenden, versuchte die Wissenschaft vergeblich, was ihm nun gelungen war.

*Und auch die Magie hat es versucht,* dachte er. *Rose und ihre Leute warten auf meine Ergebnisse.*

Und dann war es geschafft.

*Sie lebt.*

Seine Angst verflog, und er eilte an ihre Seite. Ihr Gesicht war totenblass, und feine blaue Linien zeichneten sich unter der Haut ab. Ihre Adern. Sie hatte nie dunkelviolett bis schwärzlich verfärbte Totenflecke gezeigt. Aber rosig, wie bei einem lebendigen Menschen, war ihr Teint auch nicht gerade.

*Vielleicht schafft sie es doch nicht ganz,* dachte er besorgt und erinnerte sich an die Katzen, bei denen ihm die Wiederbelebung nicht gelungen war. Seinen einzigen erfolgreichen Fall hatte er Osiris genannt, nach dem ägyptischen Gott, der von den Toten auferstanden war.

Er wollte nicht, dass Kari über den Anblick der Elektroden an ihrem Körper erschrak, also löste er sanft die Ableitungen an ihren Schultern. Dann verschob er die dünne Bettdecke, um an die Elektroden seitlich und vorn an ihrem Brustkorb heranzukommen. Durch die Operationshandschuhe hindurch spürte er ihre kalte Haut. Er hatte die Temperatur im Raum bewusst niedrig gehalten, um Infektionen vorzubeugen.

So, geschafft. Am liebsten hätte er auch das Gel abgewischt und die Heftpflaster entfernt, die nötig waren, damit die Elektroden richtig funktionierten, aber er wollte Kari nicht erschrecken. Er legte die grünen, braunen und weißen Elektrodenscheiben auf den stählernen Gerätewagen und deckte sie wieder zu.

Ihre Lider flatterten, doch die Augen blieben geschlossen. Er sank auf ein Knie und ergriff unter der Bettdecke ihre Hand. Ihre Finger zuckten, und sie packte plötzlich fest zu.

»Kari, hier ist Nigel.« Seine Stimme brach. »Du warst … du warst sehr krank. Du bist wieder in Seattle. Du bist – in Sicherheit.«

Sie verzog das Gesicht.

»Hast du Schmerzen? Ich kann dir etwas dagegen geben.«

»Kopf. Tut so weh. Und mein … Herz.« Ihre Hand bewegte sich in seiner. Er wurde bleich. Sie sollte nicht herausfinden, was mit ihr geschehen war, noch nicht gleich. Er wusste nicht, was der Schock bei ihr anrichten könnte. Doch all seine sorgfältig zurechtgelegten Worte waren auf einmal wie ausgelöscht.

»Oh, Kari«, murmelte er, so verliebt und überglücklich, dass er fürchtete, er könnte ohnmächtig werden. »Kari, jetzt ist alles gut.« Er zog seine Chirurgenmaske herab, damit das Erste, was sie sehen würde, sein Gesicht war.

»Albträume«, krächzte sie. »Hölle.« Eine Träne kroch über ihre Schläfe.

»Hast du Hunger? Oder Durst?«

Sie wandte den Kopf und sah ihn an. Ihm gefror das Blut in den Adern. Ihre Augen sahen … tot aus. Wie die Augen eines Roboters, oder eine schlechte Computergrafik. Es war kein Funken Leben darin. Hatte er irgendetwas nicht ganz richtig gemacht? Die Katzen …

*Mit den Katzen stimmt eine ganze Menge nicht,* flüsterte eine innere Stimme ihm zu. *Und du wusstest, dass das auch bei ihr so sein könnte.*

»Du bist erschöpft«, sagte er.

Ihre Hand verfing sich in der Decke, und sie zog sie sich von den Schultern und über die halbe Brust hinab. Zum Glück hatte er sie verbunden – er hatte eine Schicht Verbandsmull nach der anderen um ihren Oberkörper gewickelt, nachdem er ihr Herz wieder zusammengesetzt hatte. Und ihren Brustkorb, obwohl er dessen Stücke hatte zusammenkleben müssen wie kleine Puzzleteilchen.

»Du hast schwere Verletzungen erlitten«, sagte er, als ihm seine einstudierten Erklärungen wieder einfielen. »Eine Freundin von dir hat mich zu Hilfe gerufen. Rose.«

Ihr Gesichtsausdruck veränderte sich. Ihre Lippen lächelten.

Aber ihre Augen nicht.

»Rose, in London. Und sie hat mir geholfen, dich nach Hause zu holen, damit du wieder gesund wirst … Wir hielten es so für das Beste. Du warst sehr schwer verletzt«, fuhr er fort. »Du brauchtest eine Herzoperation. Und … ein paar andere Dinge.«

Er würde es ihr nicht sagen. Nie. Falls irgendwelche alten Freunde nach ihr suchen sollten, würde er behaupten, das sei alles nur ein Missverständnis gewesen. Sie sei gar nicht gestorben.

»Ich bin frei.« Das war ihr erster vollständiger Satz. Ihr Lächeln wurde breiter, und er zitterte vor Aufregung. Ihre Augen …

»Ja. Du bist frei. Schlaf noch ein wenig«, drängte er.

»Ich … Albtraum.« Ein Schauer ließ sie zittern.

»Ist schon gut«, sagte er. »Ich bleibe bei dir.« Er drehte sich nach dem Stuhl um, den er hinter ihr Bett gestellt hatte. In seiner Nervosität hatte er den ganz vergessen. Umständlich, damit sie es auch mitbekam, trug er ihn neben ihr Bett und setzte sich. Er lächelte sie an. »So, siehst du?«

Sie schwieg. Sie blickte auf ihre Brust hinab und lehnte sich dann langsam wieder zurück. Er zog ihr die dünne Decke bis unters Kinn.

»Gut so?«, fragte er.

»Kalt«, flüsterte sie.

»Ich hole eine richtige Decke.« Er rückte den Stuhl vom Bett ab, stand auf und ging quer durch sein Labor zu einem altmodischen Schrank. Er hörte Donner grollen, gefolgt von einem krachenden Blitz. Er betete darum, dass es keine neuen Überschwemmungen geben würde. Er wollte Kari nicht verlegen müssen. Er wollte sie hier haben, sicher, warm und behütet.

»Die ist schön warm«, sagte er und drehte sich mit der kuscheligen, hellblauen Decke in der Hand um.

Sie war aus dem Bett gestiegen – es war ihm ein Rätsel, wie sie das so schnell geschafft hatte – und presste sich in eine Ecke, die Arme flach an den Wänden. Sie war nackt bis auf die dicken Verbände, die von den Achselhöhlen bis zum unteren Ende ihres Brustkorbs reichten.

Hecate und Osiris saßen vor ihr auf dem Boden und blickten zu ihr auf. Er hatte keine Ahnung, wie die beiden hier hereingekommen waren.

»Ich bin gestorben«, sagte sie. »Ich war tot.« Ihre Stimme war ausdruckslos.

»Nein«, säuselte er besänftigend. »Das war nur ein schlimmer Traum.«

»Ich war in der Hölle.« Sie schaute auf ihre Brust hinab. »Ich will sehen …«

»Später. Deine Wunden sind noch nicht verheilt.«

Sie stieß sich von der Wand ab und taumelte vorwärts. Er trat zu ihr, die Decke noch in der Hand.

»Kari«, begann er, doch sie wankte wie eine Mumie an ihm vorbei. Als seine Doktorandin war sie oft bei ihm zu Hause gewesen, sie kannte sich aus. Er merkte, dass sie in Richtung Badezimmer ging, und lief ihr nach.

»Du stehst noch unter Schock.«

Sie ignorierte ihn. Sie legte die Hand auf den Türknauf des Badezimmers, blickte einen Moment lang darauf hinab, öffnete dann die Tür und schaltete das Licht an. Sie wandte sich nach links und starrte sich im Spiegel über dem Waschbecken an. Starrte sich selbst an mit diesen leeren Augen.

»Ich bin gestorben.« Ihre Stimme war tonlos, gefühllos.

»Kari …«, begann er.

»Ich bin gestorben.« Sie beugte sich zum Spiegel vor.

Er räusperte sich. »Du musst zurück ins …«

*»Und ich bin immer noch tot.«*

*Scarborough: Tommy, Amanda, Nicole, Owen und Richard*

Tommy stand vor der Tür von Haus Moore, während Nicole und Amanda einen Schneemann bauten. Owen war so dick eingepackt, dass er aussah wie ein Stofftier. Er saß in seiner Trage auf Nicoles Rücken und wedelte mit seinen kleinen Fäustlingen.

Der Dampf aus Tommys Teetasse kräuselte sich in die graue Schneeluft, und er lauschte den beiden Schwestern, die lachten und schwatzten. Aber ihre Unterhaltung klang gezwungen, und das Lachen war falsch. Sie hatten Angst. Vielleicht sogar so viel Angst wie er.

Die Dinge standen nicht gut in Haus Moore. Die Dinge waren nicht ruhig. Dinge … wandelten. Oder wachten auf.

Unter hellrosa Ohrenschützern hervor wallte Amandas Haar über ihre Schultern. Sein Herz machte einen kleinen Satz, als die Sonne darauf schimmerte. Tommy schloss die Haustür und machte sich auf die Suche nach Richard. Dieser saß im großen Salon und überprüfte seine Waffen. Vier Micro-Uzis und mindestens ein Dutzend Pistolen lagen in vier ordentlichen Reihen auf einer dunkelblauen Plane, die er über das Parkett gebreitet hatte. Daneben stapelten sich Schachteln voll Munition. Tommy sollte sich eigentlich die Marken und Modelle einprägen und welche Munition zu welcher Waffe gehörte.

Doch seit Owens Geburt hatte Tommy geradezu panische Angst vor Schusswaffen. Nicole selbst hatte ihren Vater gebeten, sie an einem sichereren Ort zu verwahren. Owen war kein Kleinkind, das schon laufen lernte. Er würde nicht an die Waffen herankommen, geschweige denn versehentlich eine abfeuern, aber Tommy gab ihr recht. Er wünschte, sie hätten diese Dinger überhaupt nicht im Haus.

»Tommy«, sagte Richard und begrüßte ihn mit einem Lächeln. Er wirkte gedankenverloren, besorgt. »Ich finde, wir brauchen noch ein paar Schießübungen. Wie wäre es gleich jetzt?«

In den Monaten, seit sie in Haus Moore eingezogen waren, hatte Richard ihnen allen das Schießen beigebracht. Tommy gefiel das zwar nicht, aber er stimmte Richard darin zu, dass sie auf alles vorbereitet sein und wachsam bleiben mussten. Doch eigentlich wollte er nur eines auf der Welt: Amanda von alldem hier wegbringen und einen friedlichen Ort finden, wo sie zusammen alt werden konnten. Es hatte zu viel Tod und Chaos in ihrem Leben gegeben, und er war fertig damit.

»Aber vorher, Sir …«, begann Tommy respektvoll. Er holte tief Luft. »Du weißt, dass Amanda und ich als Fürst und Fürstin aneinander gebunden sind. Das bedeutet, dass zwischen uns ein besonderes magisches Band besteht.«

Richard zog die Augenbrauen hoch und legte seine Waffe beiseite. »Stimmt etwas nicht?«

»Ich glaube, unser Band wäre noch stärker, wenn wir heira …«

Der Boden unter seinen Füßen vibrierte leicht. Er blinzelte, schaute auf seine Sportschuhe hinab und blickte dann wieder zu Richard auf. Der Vietnamveteran hob den Kopf und stand lautlos von seinem Stuhl auf. Der Boden bebte erneut, ein wenig stärker, und Richard nahm zwei der vier Maschinenpistolen vom Tisch. Ruhig und konzentriert reichte er eine davon Tommy.

*Es könnte auch nur ein Erdbeben sein*, dachte Tommy. *Gibt es Erdbeben in England? Oder die Druckwelle eines Überschallfliegers.* Es erstaunte ihn nach wie vor, dass die normale Welt – die Welt, die nichts von Hexen oder Zirkeln, Dämonen und Zaubern wusste – weiterhin ihren gewohnten Gang ging. Er wünschte, er wäre ebenso ahnungslos.

»Ihr beiden wollt heiraten?«, fragte Richard, ohne Tommy anzusehen. Er suchte systematisch mit der Waffe im Anschlag den Boden ab. Dann glitt er langsam über das Parkett, lautlos wie eine Schlange.

Der Boden bebte erneut.

»Das kommt aus dem Keller«, bemerkte er über die Schulter. »Willst du das damit sagen?«

*So hatte ich mir das nicht vorgestellt*, dachte Tommy mit hämmerndem Herzen. »Ja.«

Der Veteran stand mit dem Rücken zu ihm, den Kopf zur Seite geneigt, und ließ seinen Blick erneut mit der Waffe im Anschlag durch den Raum schweifen. »Und soll das eine Frage oder eine Mitteilung werden?«

Tommy schluckte. »Eine Frage.«

»Du willst meinen Segen?«

»Ja, Sir.«

Richard wandte sich halb um. Er lächelte Tommy an und wirkte auf einmal so jung, wie Tommy ihn seit Jahren nicht mehr gesehen hatte. »Das ist eine nette Geste des Respekts.«

»Ich respektiere dich eben«, erklärte Tommy schlicht.

»Und ich dich.«

Einen Moment lang sahen sie einander an. War das ein Ja? Unsicher räusperte sich Tommy. »Sie sind draußen vor dem Haus. Falls hier gleich irgendwas passiert …«

Richard nickte. »Geh du zu ihnen. Bring sie ins Gärtnerhäuschen. Und, mein Sohn, die Antwort lautet ja.«

Wie alle anderen Nebengebäude stand das Häuschen des Gärtners leer. Dem Anwalt zufolge hatten sich bei James Moores Tod sämtliche Bedienstete in Luft aufgelöst. Buchstäblich.

Tommy nickte und beeilte sich, zusammen mit Richard ins Foyer zu gelangen. Der schwarz-weiße Marmor kam ihm sicherer vor als das Parkett. Richard hob die Hand und drückte seine Schulter, und Tommy lächelte kurz. Dann ging er zur Tür. Richard schlich an der Treppe vorbei. Dort lag die Tür zum Keller, hinter der schlichte Steinstufen hinab in die Dunkelheit führten.

*Der Boiler ist da unten,* dachte Tommy. *Vielleicht ist er defekt. Was, wenn er in die Luft fliegt?*

Er war noch zwei Schritte von der Tür entfernt, als die Marmorfliesen vor ihm plötzlich zersprangen und einsackten, als hätte jemand ein viel zu schweres Gewicht darauf abgestellt. Tommy warf sich zurück und richtete die Pistole auf die Stelle. Er hatte ein Bild von Nicole, Owen und Amanda vor Augen, die zur Tür liefen und von verirrten Kugeln getroffen wurden.

»Richard!«, brüllte er.

»Schon da.« Richard kam hastig zu ihm, und die beiden deckten den Bereich mit den Mündungen ihrer Waffen ab.

»Wenn sie durch die Haustür kommen – Amanda, meine ich …«

»Hol sie. Sie sollen sich vergewissern, ob ihre magischen Schutzvorrichtungen noch intakt sind. Irgendetwas ist im Haus.«

Tommy huschte nach rechts und schnappte nach Luft, als er in eiskalte Luft trat, die seinen Atem in Wölkchen verwandelte. Dann schimmerte die Luft auf einmal in einem grünlichen Dunkelviolett, das sich quer durch das ganze Foyer zog. Es schnitt ihm den Weg zur Tür ab.

»Amanda!«, rief er und bereute es sofort. Er wusste nicht genau, wo Richard war, und er wollte nichts und niemanden auf sich aufmerksam machen.

»Komm zurück, mein Junge«, brüllte Richard, doch Tommy blieb, wo er war. Das violett-grüne Licht tanzte wie Funken über seine Haut. Und es wurde dicker, wie zu einer Eisschicht.

»Tommy!«, schrie Richard.

Wenn Tommy nicht schon nach Amanda gerufen hätte, wäre er umgekehrt. Zitternd zwang er seine Gedanken zur Ruhe und rief ihr zu: *Bleib weg. Lauf.*

Das Licht wurde härter. Erst jetzt bemerkte er, dass es auch sein Gesicht überzogen hatte, und wenn es sich vor seinem Mund und seiner Nase schloss …

Richard packte ihn an der Schulter und riss ihn zurück. Tommy wischte sich über Mund und Augen und spuckte auf den Boden aus. Dann blickte er auf und sah das Violett in der Luft pulsieren und eine dunkle, tiefrote Farbe annehmen.

»Was zum Teufel ist das?«, fragte Richard.

»Ein Portal?« Tommy wich noch einen Schritt zurück.

Mit einem gewaltigen Brüllen zersprang das dunkelrote Licht. Das Haus erbebte bis auf die Grundmauern, und Tommy und Richard wurden zu Boden geschleudert. Der Marmor begann zu bersten, als sich ein Riss bildete, der das Foyer in zwei Hälften teilte. Tommy und Richard rollten in Richtung der Treppe, während Rauch und Dampfschwaden aus dem Spalt quollen, gefolgt vom schrillen Schrei irgendeines Tieres –

– oder Dämons.

»Los, los, los!«, brüllte Richard, und Tommy schaltete auf Autopilot. Er krabbelte hinter Richard her die Treppe hinauf, als diese sich plötzlich von der Wand losriss und heftig zu wanken begann. Flammen schossen schnurgerade aus dem Schlund empor, dann ertönte erneut ein unmenschliches, schrilles Kreischen.

Tommy stemmte sich breitbeinig gegen die Stufen, um nicht das Gleichgewicht zu verlieren, hielt sich am hölzernen Geländer fest, hob die Micro-Uzi und zielte mit nur einer Hand. Neben ihm fluchte Richard.

»Wenn die Tür aufgeht, sofort Feuer einstellen«, sagte er. Richard befürchtete also auch, dass sie die Mädchen und das Baby unabsichtlich treffen könnten …

*Bleibt weg*, rief Tommy Amanda im Geiste zu. *Gefahr!*

Marmorfliesen schossen in die Luft, knallten an die Gewölbedecke und zerbarsten dann krachend am Boden. Flammen leckten an den Wänden und versengten uralte Porträts.

Dann brach etwas Rotes, Ledriges aus dem Riss hervor. Es war ein länglicher Kopf, ähnlich dem einer Eidechse, mindestens so lang, wie Richard groß war. Die grün leuchtenden Augen waren so groß wie der Küchentisch. Als Tommy mit der Pistole darauf zielte und abdrücken wollte, riss das Ding sein langes Maul auf, entblößte Dutzende grausamer Fangzähne und spuckte Feuer.

»Das ist ein Drache!«, brüllte Tommy aus voller Kehle, damit Richard ihn hörte. Trotz allem, was er schon gesehen hatte – Dämonen, die seine Freunde verschlangen, ein Seeungeheuer, das sich aus dem Meer erhob –, weigerte sich etwas in ihm zu glauben, was er da sah. *Ein Drache. O Gott.*

Das Vieh kreischte und heftete den Blick auf die beiden Männer. Weitere Quadratmeter Marmor zerbarsten, als der Drache seinen gewaltigen Leib aus dem Boden schob. Zwei lange Schwingen entfalteten sich, der Hals streckte sich teleskopartig, krümmte sich und knallte gegen die Wände des Foyers. Die Vertäfelung zersprang, und die Risse liefen blitzschnell über die Wände. Große Brocken der Decke krachten wie Bomben herunter.

Der Drache warf den Kopf hoch und rammte die restliche Decke. Schnee rieselte herab. Tommy wurde auf die Knie geschleudert, und Richard packte ihn am Arm.

»Weg hier«, sagte er und zerrte Tommy die Stufen hinauf. Tommy folgte ihm, doch seine Gedanken galten der Haustür und Amanda, die mit Nicole und Owen da draußen war.

»Wir sollten das Feuer eröffnen«, brüllte er Richard zu.

»Er hat uns nicht angegriffen. Wir wollen ihn nicht unnötig provozieren«, erwiderte der.

*Tommy! Hilf uns!*

Das war Amanda. Er hörte sie so deutlich, als liefe sie neben ihm her.

Hinter ihm erklang ein mächtiges Brausen – das war der Drache, der erneut Feuer spie.

Vor dem Haus.

Tommy blieb stehen, wirbelte herum und feuerte mit seiner Micro-Uzi. Der Rauch war so dicht, dass er nicht erkennen konnte, ob er den Leib des Drachen getroffen hatte. Aber das Vieh riss den Kopf durch die Decke zurück nach drinnen, und ein Feuerstoß schoss auf Tommy zu. Er duckte sich auf der schwankenden Treppe und schützte den Kopf mit den Händen. Sengende Hitze fuhr über seine Haut. Er blieb, wo er war, und betete darum, dass er dem Drachen dadurch nicht nur ein noch leichteres Ziel bot.

Richards Waffe feuerte unablässig. Tommy spürte das harte Metall seiner eigenen Uzi und wölbte den Brustkorb, um die Waffe hinter sich hervorzuziehen. Er konnte sich nicht überwinden aufzublicken und feuerte stattdessen blindlings in die Richtung, aus der die Hitze kam. Er hatte Angst, die Flammen könnten ihm die Augen aus dem Kopf brennen.

Der Lärm war ohrenbetäubend. Seine Gehörgänge schienen sich zu schließen, bis er nichts mehr hörte außer einem weichen Pochen, das er als seinen eigenen Herzschlag erkannte. Dann kippte die Treppe nach vorn, und er rutschte ab. Er streckte mit weit gespreizten Fingern die Hand aus in der Hoffnung, einen Geländerpfosten zu erwischen. Wenn nicht, würde er dieser Kreatur schnurstracks vor die lange Schnauze fallen. Bis der Drache ihn fraß, würde er dann hoffentlich schon knusprig verbrannt sein.

Seine Hand traf auf etwas Heißes, seine Haut zischte, und er verzog das Gesicht. Dann knallte seine Schulter gegen brennendes Holz, und er schrie auf. Vor ihm war es teuflisch heiß.

Jemand packte ihn am rechten Knöchel und riss ihn zurück. Das musste wohl Richard sein. Dann wurde er bei den Schultern hochgehievt und auf die Füße gestellt. Sein Körperschwerpunkt fühlte sich absurd verschoben an, denn er hing in einem seltsamen Winkel in der Luft – die Treppe war umgestürzt. Tommy tastete verzweifelt nach Halt und schaffte es, beide Füße auf eine Stufe zu ziehen. Vorsichtig öffnete er die Augen … und blickte in eine Wand aus Rauch.

Falls Richard ihm irgendetwas zurief, hörte er es nicht.

Und er konnte Richard auch nicht sehen. Als sein Arm nach links gezerrt wurde, drehte er sich blindlings um, kämpfte um sein Gleichgewicht und versuchte, sich am Geländer festzuhalten, ohne die Uzi fallen zu lassen. Seine verbrannten Finger waren steif, und er fluchte, als ihm die Waffe entglitt.

Richard schob Tommy im Rücken an, und die beiden kletterten die Treppe hinauf wie eine Leiter. Tommys Füße rutschten immer wieder ab, mehr als ein Mal hing er in der Luft, und Richard stieß seine Füße wieder auf die Stufen. Er erlebte einen Augenblick schwindeliger Hysterie, in dem er sich vorstellte, sie wären in einem dieser verrückten Häuser auf einem Rummelplatz. Dann endlich erreichten sie eine ebene Fläche – den Treppenabsatz –, noch ein paar Schritte – und eine weitere Treppe hinauf, die fest und aufrecht stand.

Kalte Luft strömte auf ihn herab, dann Schnee, der seine brennenden Hände kühlte und in seinem Gesicht prickelte. Ein Windstoß verriet ihm, dass sie draußen waren, und er zwang sich, die Augen zu öffnen. Sie standen auf dem Schieferdach von Haus Moore, umtost von Wind und Schnee. Der riesige rote Drache sprengte die Fassade des Hauses und erhob sich in die Luft. Seine gewaltigen scharlachroten Schwingen peitschten mit solcher Wucht, dass der Sog Flammen aus dem Haus zog. Schnee wirbelte wie ein Strudel um die Bestie herum, die nun kraftvoll die mächtigen Flügel hob und senkte.

Neben Tommy hob Richard seine Micro-Uzi und folgte der Flugbahn des Drachen mit dem Lauf. Dann ließ er mit einem frustrierten Kopfschütteln die Waffe sinken und drehte sich um. Sein Mund bewegte sich, aber Tommy verstand kein Wort. Tommy kniff angestrengt die Augen zusammen, schüttelte dann den Kopf und deutete auf seine Ohren.

Richard zeigte nach vorn, und Tommy reckte den Daumen hoch. Nacheinander arbeiteten sie sich im Licht der Flammen am Rand des Daches entlang, vorbei an Türmchen und Giebeln, Schloten und Dachfenstern – alle heil geblieben –, bis sie den Rand der beschädigten Fassade erreichten. Tommy blickte nach unten. Von Amanda, Nicole und Owen war nichts zu sehen.

Es gab mehrere Möglichkeiten, vom Dach herunterzukommen. Tommy erinnerte sich an eine rostige alte Leiter, die zum ersten Stock hinabreichte, und von dort führte eine Steintreppe ganz nach unten. Sie fanden die Leiter beinahe sofort, und Tommy begann zu klettern. Er sandte seine Gedanken auf der Suche nach Amanda aus, spürte sie aber nirgends. Er hatte keine Ahnung, wie es ihm gelang, sich so schnell zu bewegen – Adrenalin? Magie?

Bald rannten sie den Kiesweg zum Häuschen des Gärtners entlang. Amanda platzte zur Tür heraus und schloss Tommy in die Arme. Sie klammerten sich einen Moment lang aneinander fest, dann blickte Tommy an ihr vorbei und sah Nicole auf der Schwelle stehen, mit Owen auf dem Arm.

»Wir müssen die Feuerwehr rufen.« Tommys Lippen formten die Worte, doch er hatte keine Ahnung, ob er normal sprach oder brüllte.

Das Baby streckte die Hand aus. Nicole blieb der Mund offen stehen, dann sagte sie etwas. Amanda löste sich sacht von Tommy und drehte sich zu dem Herrenhaus um. Ihre Miene hellte sich auf.

Tommy wandte sich um.

Haus Moore brannte nicht mehr. Von den tosenden

Flammen und dem brodelnden Qualm waren nur ein paar graue Rauchfähnchen übrig geblieben. Und anstelle der schwer beschädigten Fassade sah er uraltes Mauerwerk, das offenbar unter dem verbrannten Holz zutage gekommen war. Der Landsitz vermittelte nun den Eindruck, als sei er um eine alte Burg herum erbaut worden, die das Feuer jetzt zum Vorschein gebracht hatte.

Amanda sagte etwas. Er starrte sie verständnislos an. Sie wedelte mit den Armen und bewegte die Lippen.

»... Schloss«, sagte Amanda. Auf einmal konnte er sie wieder hören. »Glaubst du, es war schon die ganze Zeit über da?«

»Hast du den Drachen gesehen?«, fragte er sie. In seinen Ohren klingelte es.

Sie lächelte schief. »Wie hätte ich den übersehen sollen?«

»Wie ist er hierhergekommen?«, fragte Richard, umarmte erst Amanda und dann Nicole und seinen Enkel. »Es heißt ja, jedes alte Schloss hätte einen Drachen irgendwo in seinen Verliesen.«

Tommy schloss leicht schwankend die Augen. Jetzt, da die Krise vorüber war, holten seine Nerven ihn ein. Amanda schlang den Arm um seine Taille.

»Komm rein, und setz dich hin«, drängte sie ihn.

»Ich dachte, ich hätte dich verloren«, stieß er hervor. »Ich dachte, ich würde dich nie wiedersehen.« Tränen traten ihm in die Augen. »Amanda Anderson, willst du meine Frau werden?«

Sie starrte ihn mit offenem Mund an. Dann stieß sie einen schrillen Freudenschrei aus und umarmte ihn stürmisch.

# Teil zwei

# Balthasar

Und der Betrüger, der uns beinahe vernichtet hätte,
wird wiederkehren; und dieses Mal
wird sein Zorn keine Grenzen kennen,
und die ganze Welt wird brennen.

Balthasar-Evangelium

# Fünf

# Weihrauch

Wir winden uns durch den Jahreslauf
Bejubeln Gemetzel und Tote zuhauf
Wir schließen die Fäuste und finden darinnen
Die Feinde, verstümmelt und von Sinnen

Wir singen im Wandel der Jahreszeiten
Die uns so viel Gutes bereiten
Doch vergießen wir auch Tränen
Nur darf uns die Angst nicht lähmen

*Scarborough: Tommy, Amanda, Nicole, Owen und Richard*

Richard traute dem Anwalt Derek nicht so weit, wie er ihn werfen konnte. Also blieb er in der Küche sitzen und sah zu, wie der Hexer Nicole stapelweise Dokumente vorlegte. Der Vorfall mit dem Drachen hatte sie alle mehr erschüttert, als sie einander eingestehen wollten. Und er hatte als grimmige Mahnung gedient, dass keiner von ihnen sicher war.

Deshalb machte Nicole heute ihr Testament.

»Sie sagen also, im Falle Ihres Todes können Ihr Vater,

Ihre Schwester und deren Verlobter oder Philippe Owen großziehen. In welcher Reihenfolge möchten Sie sie festgehalten haben?«, fragte Derek.

»Wie meinen Sie das?«, fragte Nicole und blickte verwirrt drein.

»Er will wissen, wer von uns deine erste Wahl als Owens Erziehungsberechtigter ist«, erklärte Richard.

Seine Tochter sah ihn so ängstlich und bekümmert an, dass ihm beinahe das Herz brach. »Warum muss ich jemanden auswählen?«

»Das ist einfach so vorgesehen«, sagte Derek, und Richard musste dem Mann zugestehen, dass seine Stimme auch nach drei Stunden noch geduldig klang.

Nicole sah aus, als würde sie gleich in Tränen ausbrechen. Richard seufzte. »Schätzchen, das ist kein Beliebtheitswettbewerb. Keiner von uns wird die Reihenfolge persönlich nehmen«, sagte er.

Ihre Miene hellte sich ein wenig auf. »Gut, dann in dieser Reihenfolge: erst mein Dad, dann Amanda und Tommy, und dann Philippe.«

»Wunderbar. Nun, da Sie eine Hexe und die ersten drei Genannten hier bei Ihnen sind und der letzte … äh … derzeit vermisst wird, wen möchten Sie für den Notfall benennen?«, erkundigte sich Derek.

Nicole legte den Kopf auf den Küchentisch. »Sind das denn noch nicht genug?«

»Normalerweise ja. Aber Sie sind alles andere als normal. Selbst für eine Hexe sind Sie ganz außergewöhnlich. Offen gestanden ist es ein Wunder, dass Sie noch leben.«

»Danke«, stöhnte sie.

»Ich versehe das Testament mit einem Findezauber – falls Sie alle durch denselben Umstand zu Tode …«

»Sagen Sie ruhig im selben Kampf«, warf Richard grimmig ein.

Derek verzog das Gesicht. »Als Nicoles Rechtsbeistand möchte ich nichts von irgendwelchen Kämpfen oder sonstigen Aktivitäten hören, die in Ihrem oder meinem Heimatland gegen das Gesetz verstoßen könnten.«

»Sie versuchen also, ein aufrechtes Mitglied der Jurisprudenz zu sein. Bei der Art von Zerstörung, die Sie mit Sicherheit anrichten können, müssen Sie ein Masochist sein, was?«, fragte Richard.

Derek verdrehte die Augen. »Man hat mir schon gewisse Identitätsstörungen unterstellt, falls Sie das meinen.« Der Anwalt wandte sich wieder Nicole zu. »Der Zauber wird Holly finden, sofern sie noch lebt, und alle weiteren Cathers.«

Nicole richtete sich auf. »Sie meinen, mehr hätten wir nicht zu tun brauchen, um weitere Verwandte zu finden? Holly hätte nicht mit Alex losziehen müssen? Wir hätten einfach diesen Zauber benutzen können?«

»Nein, denn der Zauber ist das geistige Eigentum der Kanzlei, die ich vertrete. Er gehört zu unseren ganz besonderen Serviceleistungen. Niemand sonst kann unseren Zauber verwenden, und wir sind kein Detektivbüro – wir setzen ihn nicht dazu ein, nur irgendwelche Vermissten zu finden.«

»Was soll das heißen, haben Sie den Zauber vielleicht patentieren lassen?«, fragte Richard mit zynischem Grinsen.

Derek lächelte schwach. »So ähnlich.«

»Dann schreiben Sie es so rein – benutzen Sie den familiären Findezauber«, sagte Nicole.

»Möchten Sie vielleicht in Erwägung ziehen, den Mutterzirkel in Ihr Testament aufzunehmen, wie es viele Hexen tun – als Begünstigte oder möglichen Vormund für Owen?«

»Nein!«, riefen Richard und Nicole wie aus einem Mund.

»Schön, dass wir das geklärt haben«, sagte Derek mit hochgezogenen Augenbrauen.

»Sind wir jetzt endlich fertig?«, fragte Nicole.

»Ich denke, ich habe so weit alles. Ich lasse meine Assistentin die Dokumente aufsetzen und komme am Freitag wieder hierher, damit Sie sie unterschreiben können«, erklärte er und sammelte seine Stapel von Unterlagen ein.

Richard erhob sich, um den Mann zur Tür zu begleiten. Das war in diesem Fall die Hintertür in der Küche, die in den Garten hinausführte. Der Drache hatte den Haupteingang samt der Fassade fast völlig zerstört, und Richard und Tommy hatten es noch nicht geschafft, allen Schutt zu beseitigen.

»Möchten Sie, dass ich jemanden mit der Instandsetzung des Hauses beauftrage?«, fragte Derek, der sich am Tor ein letztes Mal umdrehte.

»Wir machen das schon«, erwiderte Richard. Das Letzte, was er brauchte, waren noch mehr Leute im Haus, die alle möglichen Fallen und Flüche einbauen könnten. »Und von diesem Drachen stand wirklich nichts im Testament?«

Derek schüttelte den Kopf. »Ich fürchte, nein. Das bedeutet, dass sie ihn nicht als Haustier gehalten haben.«

»Was Sie nicht sagen.«

Am Tag vor Thanksgiving machte Amanda das Frühstück, doch sie empfand alles andere als Dankbarkeit. Jeden Tag schien die Finsternis aus den Winkeln ihres Geistes ein

Stück weiter voranzukriechen, ein wenig mehr Licht zu verschlingen. Das Schlimmste war, dass sie ihrer Familie abgesehen von dem mysteriösen Drachen nach wie vor nichts hätte zeigen können. Nein, die Gefahr schien allein in ihrem Kopf zu existieren, obwohl sie nicht glauben wollte, dass sie sich die Bedrohung nur einbildete.

Seit ihrer Verlobung versuchte Tommy sie dazu zu bewegen, mit in sein Zimmer zu ziehen. Doch jetzt wollte sie noch weniger denn je von irgendwem im Schlaf beobachtet werden. Sie wusste, dass sie Albträume hatte, und mehr als einmal war sie aufgewacht und hatte festgestellt, dass sie geschlafwandelt hatte. Sie hielt alles fest, woran sie sich erinnern konnte, doch das war nicht genug. Es half ihr nicht herauszufinden, weshalb sie jede dritte Nacht vor einem Porträt von Sir William aufwachte, in einem Raum, der früher sein Arbeitszimmer gewesen sein musste. Aber sie arbeitete an einem Zauber, der zwar nicht ihre Träume festhalten, ihr aber zumindest erlauben würde, am nächsten Morgen quasi eine Aufzeichnung von sich selbst anzuschauen, während sie schlief. Dies war die dritte Nacht, und sie war fest entschlossen, sich diesmal in den Augenblicken zu beobachten, ehe sie vor dem Porträt aufwachte.

Sie starrte auf ihr Notizbuch hinab, in dem sie die jüngsten Träume festgehalten hatte. Da war die übliche Ansammlung von Leuten, diesmal vor allem Holly. Zu einer ganzen Reihe von Bildern gehörte auch eines von einem großen Phoenix mit einem Schlüssel in den Klauen.

»Ich wusste doch, dass ich mir gestern Abend nicht diesen Harry-Potter-Film im Fernsehen hätte anschauen sollen«, witzelte sie für sich in Gedanken an den Phoenix, den der Schulleiter als Haustier hielt.

Sie schloss die Augen und versuchte, sich das Bild ins

Gedächtnis zu rufen. Sie war allerdings ziemlich sicher, dass dafür tatsächlich der Film verantwortlich war und nicht das Haus. *Was weiß ich schon über diesen Phoenix?* Plötzlich hörte sie einen schrillen Schrei in ihrem Kopf, dann schluchzte eine Frau, und Flammen knisterten. Amanda japste und riss die Augen auf. Um sie herum brannte die ganze Küche lichterloh, selbst ihre Haut stand in Flammen.

Schreiend fuhr sie hoch. Ihre Schlafzimmertür flog auf, und ihr Vater kam mit wild entschlossener Miene und einer Pistole in der Hand hereingestürmt. Sie starrte ihn an und fragte sich, was um alles in der Welt er hier machte und wie es überhaupt sein konnte, dass sie in ihrem Zimmer lag, statt unten in der Küche zu sitzen.

»Amanda!«

Sie schüttelte den Kopf und stammelte: »W-was? Wo bin ich?«

Offenbar beruhigt, dass sich keine Drachen im Raum befanden, setzte er sich auf die Bettkante und nahm ihre Hand. »Du bist in deinem Zimmer. Es ist drei Uhr früh.«

»Wirklich?«, fragte sie, und ihr Blick glitt zu der Uhr auf ihrem Nachttisch.

Tatsächlich, drei Uhr früh. Sie sah zu, wie die digitale Anzeige auf 03:01 umsprang. Warum konnte sie sich an nichts erinnern, seit sie Frühstück gemacht hatte?, fragte sie sich panisch.

»Ich freue mich schon auf den Truthahn morgen«, bemerkte ihr Vater und unterdrückte ein Gähnen.

Sie sah ihn blinzelnd an. Es war drei Uhr früh, und das bedeutete, dass sie geträumt hatte, sie stehe in der Küche, mache Frühstück und denke dabei an den Phoenix.

»Ich auch«, brachte sie trotz der Angst heraus, die sie

plötzlich überkam. Der Traum hatte sich absolut real angefühlt. Verlor sie den Verstand? Was bedeutete es, wenn sie zwischen Wachen und Schlafen keinen Unterschied mehr erkennen konnte? Sie erschauerte.

»Soll ich dir noch eine Decke holen?«, fragte ihr Vater, der das Zittern bemerkt und falsch interpretiert hatte.

Sie schüttelte langsam den Kopf. »Nein, danke. Ist schon gut. Wir sehen uns morgen früh«, sagte sie. Sie wollte nur noch allein sein, um dieser Sache auf den Grund zu gehen.

Ihr Dad schien jedoch andere Vorstellungen zu haben. »Weißt du, seit wir hier eingezogen sind, ist mir etwas Merkwürdiges aufgefallen.«

Sie horchte auf und wagte sogar zu hoffen, dass sie nicht die Einzige war – dass sie nicht verrückt wurde. »Was denn?«

»Ich träume überhaupt nicht mehr.«

Enttäuschung machte sich in ihr breit. Sie wünschte, sie könnte dasselbe von sich behaupten. »Vielleicht erinnerst du dich nur nicht daran.«

Er schüttelte den Kopf. »Das glaube ich nicht. Seit dem Krieg hatte ich immer Albträume. Alles, was in den letzten Monaten passiert ist, hat es wieder schlimmer gemacht. Zumindest kamen sie häufiger. Aber seit wir hier sind – nicht ein einziger. Ich habe mich gestern mit Tommy und Nicole unterhalten. Die beiden träumen auch nicht mehr.«

Amanda richtete sich auf. Das war wirklich seltsam. Als sie klein gewesen waren, hatte Nicole viel mehr geträumt und auch mehr unter Albträumen gelitten als sie. »Und ich habe jede Nacht Albträume«, gestand sie.

Er nickte. »Ja. Ich weiß nicht, was das bedeutet, aber eines habe ich im Leben gelernt: Es gibt keine Zufälle, nur

Pläne, von denen man nichts weiß. Allmählich glaube ich, wir sollten dieses Haus verlassen.«

»Nein!«, platzte Amanda so heftig heraus, dass sie selbst überrascht war. »Wenn hier irgendetwas vor sich geht, muss ich herausfinden, was. Ich habe das Gefühl, dass hier etwas ist, das ich tun oder finden soll.«

Er nickte langsam. »Kann ich dir dabei irgendwie helfen?«

»Ich glaube nicht. Aber wenn doch, sage ich dir sofort Bescheid.«

Sie saß da, sah ihrem Vater fest in die Augen und betete zur Göttin, dass er sie verstehen möge.

»Okay, aber falls es hier zu heiß wird, gehen wir, wenn ich es sage, und keine Widerrede.«

Sie lachte sogar. »Da wir nach diesem Drachen noch hier sind, möchte ich nicht erleben, was du für zu heiß hältst.«

Er lachte mit, doch das Lachen drang nicht bis zu seinen Augen. »Nein, das möchtest du wirklich nicht.«

Er küsste sie auf die Stirn, stand auf und ging zur Tür. Sie schaute ihm nach und wunderte sich ein wenig darüber, dass die Tür geschlossen war und Nicole und Tommy nicht ebenfalls hereingeplatzt waren, um nach ihr zu sehen.

»Eine Sache noch, Schätzchen.«

»Ja?«

»Ich habe dich heute Nacht im Flur gesehen, als du Nicole und Tommy mit diesen Schlafzaubern belegt hast. Mach das nie bei mir. Ist das klar?«

Sie brachte nur ein Nicken zustande, denn Entsetzen schnürte ihr die Kehle zu wie eine riesige, würgende Faust. Sie konnte sich nicht erinnern, diese Zauber gewirkt zu haben.

*In der Nähe von Mumbai:*
*Armand, Pablo, Holly, Alex und der Tempel der Luft*

Armand wachte schweißgebadet auf. Er blieb still liegen und versuchte, seinen Herzschlag und seinen Atem zu beruhigen und nicht an die albtraumhaften Gesichter zu denken, die noch vor seinen geschlossenen Augenlidern hingen. Die Härchen in seinem Nacken sträubten sich, und er warf sich zur Seite und öffnete gerade rechtzeitig die Augen, um einen schwarzen, geschuppten Dämon zu sehen, der sein Kopfkissen mit einer Sichel aufschlitzte.

Wortlos hob Armand die Hand und schoss einen Feuerstoß auf den Dämon ab. Er traf ihn mitten in die Brust, doch die Flammen erstickten beinahe sofort. Diese kurze Ablenkung war alles, was Armand brauchte. Er bewegte betend die Lippen, und gleich darauf explodierte der Dämon und bespritzte ihn und seine schlafenden Kameraden mit Blut und Schleim.

»Nicht schon wieder, Armand«, protestierte Pablo schlaftrunken.

»Ich habe mir gerade die Haare gewaschen«, stöhnte Holly, setzte sich auf und sah ihn genervt an.

Noch vor ein paar Wochen hätten sie sich bei ihm bedankt. Das bestätigte ihm nur, dass sie seine Angst teilten. Seit er Holly exorziert hatte, war irgendetwas anders. Sofern ein Dämon irgendwo in ihrer Nähe war, schien er Armand zu spüren, zu suchen.

»Dämonenmagnet«, brummte Alex, ehe er sich wieder schlafen legte.

Zwei von Alex' Anhängern – Armand kannte ihre Namen immer noch nicht – standen auf und machten sich daran, die Banne zu reparieren, die der Dämon irgendwie durchbrochen hatte. Sie hatten sich angewöhnt, jeden Ort zu sichern, an dem sie sich länger als eine Stunde aufhalten wollten. Denn nach einer Stunde kamen die ersten Dämonen.

Armand legte sich wieder hin, doch er wusste, dass er in dieser Nacht keinen Schlaf mehr finden würde. So ging es nicht weiter. Die Dämonen, die er offenbar anzog, waren alle verschieden, und jedes Mal, wenn einer kam, stand ihm Hollys Exorzismus wieder vor Augen … und die schiere Anzahl unterschiedlicher Rituale, die er hatte durchführen müssen.

Sein Weg war nie leicht gewesen. Er hatte für das Priesteramt studiert und war im letzten Moment davon abgewichen, um sich der Göttin zu widmen. Es war ihm gelungen, die beiden Religionen miteinander zu vermischen, und er hatte andere Menschen mit ähnlichem Glauben und ähnlichen Bedürfnissen gefunden. Manchmal fragte er sich, was geschehen wäre, wenn er die Ausbildung zum Priester nicht abgebrochen hätte. Hätte er inzwischen eine eigene Gemeinde? Hätte er innerhalb der Kirche Karriere gemacht? Würde er jetzt jenen Trost spenden, die einsam waren und litten? Oder wäre er Exorzist geworden? So lange Zeit hatte die Kirche diesen heiligen Ritus nicht mehr gelehrt. Es war beinahe zu spät gewesen, als die Kirchenobersten ihren Fehler erkannt hatten. Jetzt versuchten sie die Tradition mit den wenigen Exorzisten zu retten, alten Männern, die einer nach dem anderen verstarben, ohne all ihr Wissen weitergegeben zu haben.

»Sag mir, was ich tun soll«, hauchte er, an jede Gottheit gewandt, die ihm antworten mochte.

Plötzlich kam ihm ein so verblüffend klarer Gedanke, dass er sofort begriff: Dies *war* eine Antwort. Er erinnerte sich, dass er als kleiner Junge daheim in Paris einen großen Mann kennen gelernt hatte, einen Propheten, der die Zukunft voraussehen und in der Seele eines Menschen lesen konnte. Er hatte in Armands Kirche gesprochen.

Sein Name war Jacob.

Und er hatte der Gemeinde erzählt, dass er in Indien lebte.

Am Stadtrand von Bombay … jetzt Mumbai genannt.

*Wie konnte ich das vergessen?*, dachte er. Aber Armand war damals erst drei Jahre alt gewesen. Wie hätte er sich daran erinnern können?

Sein Herz begann heftig zu pochen. Sein Verstand sagte ihm, dass er nicht einmal wisse, ob dieser Jacob noch lebte.

*Suchet, so werdet ihr finden.*

Er stand leise auf, doch dann erstarrte er. Was, wenn das ein Trick war, der ihn von Holly und den anderen weglotsen sollte? Was, wenn er fortging und sie dadurch den Angriffen der Dämonen aussetzte, oder schlimmer noch – einer neuen Besessenheit?

Und doch … Jacob war ein heiliger Mann gewesen. Er hatte Armand gesagt, dass er zur Waise werden würde. Seine Eltern hatten gelacht … und sich gleich darauf bekreuzigt.

Sie waren binnen eines Jahres gestorben, alle beide. An einer seltsamen Krankheit.

Vielleicht hatte Jacob sie krank gemacht.

*Ich weiß nicht, was ich tun soll*, dachte er. Also sank er wieder auf die Knie und betete.

*Venga*, sprach eine Stimme. *Komm.*

Wärme breitete sich in ihm aus und nahm seiner schrecklichen Angst die Schärfe. Entschlossen berührte er Pablo an der Schulter und ging ein Stück beiseite. Pablo folgte ihm sofort.

*Ich muss einen Mann finden, einen Propheten namens Jacob, der irgendwo hier in der Nähe lebt.*

Pablo schloss konzentriert die Augen. Schließlich nickte er und öffnete sie wieder. *Er wartet auf dich. Er wohnt nur ein paar Kilometer östlich von hier. Ich führe dich hin, durch deine Gedanken.*

*Ich komme so bald wie möglich zurück*, versprach Armand wortlos und legte Pablo eine Hand auf die magere Schulter. *Ich lasse dich nicht allein hier. Vielleicht behältst du besser für dich, weshalb ich weggegangen bin.*

*Ich weiß. Du hast recht.*

Armand wandte sich ab, schuf sich ein Loch in den Bannen um das Lager und schlüpfte in die Nacht hinaus. Sobald er außer Hörweite war, schlug er alle Bedenken in den Wind und rannte los. Je weiter er sich vom Lager entfernte, desto stärker empfand er eine gewisse Dringlichkeit.

Als er ein kleines Dorf erreichte, führten seine Schritte ihn darum herum zu einem abgelegenen Häuschen weit außerhalb der Ortschaft. *Gracias, Pablo.*

Er hielt keuchend an, um einen Moment zu verschnaufen. Dann ging er langsam auf die Haustür zu und war nur milde überrascht, sie offen vorzufinden. Drinnen konnte er durch den Flur in ein Zimmer schauen, wo ein alter Mann an einem Tisch saß. Darauf standen zwei Becher mit einer dampfenden Flüssigkeit, und eine einzelne Kerze spendete Licht. Der Mann war hager, hatte einen langen Bart, und er trug einen verwaschenen Pullover und eine braune Hose. Darunter war er barfuß.

»Ich habe auf dich gewartet, junger Mann«, sagte er auf Französisch.

»Jacob«, flüsterte Armand, betrat das Haus und schloss die Tür hinter sich. »Woher wusstest du …?«

Der alte Mann kicherte. »Ich bin ein Prophet, weißt du nicht mehr? Oder hast du auch das vergessen?«

»Auch das?«, fragte Armand und setzte sich an den Tisch.

»Du warst noch ein kleiner Junge, als wir uns begegnet sind, aber ich habe dir versprochen, dass wir uns wiedersehen würden. Man könnte sagen, dass wir noch etwas zu klären haben. Der Tee ist für dich.«

Während Armand an seinem Becher nippte, staunte er darüber, dass Jacob sie mit ein paar einfachen Worten scheinbar in die Vergangenheit zurückversetzt hatte. Armand war wieder das Kind mit den großen Augen, begierig darauf zu lernen, Fragen zu stellen und sich die Zukunft vorhersagen zu lassen.

»Warum hast du dich dafür entschieden, sowohl dem Gott der Hebräer als auch der Göttin zu folgen?«, fragte der alte Mann und starrte ihn aufmerksam an.

»Ich hatte das Gefühl, dass es da draußen noch mehr geben müsse. Ich wollte so viel wissen und lernen, wie ich konnte.«

»Warum bist du dann nicht auch Buddhist geworden?«

Armand spürte, wie er errötete. »Ich habe wohl das gefunden, was mich angesprochen hat, und …«

»Und du hast nicht das Bedürfnis verspürt, deine Suche fortzuführen.«

»Wohl nicht, nein«, gestand Armand.

»Dir gefällt das Mystische, das Übernatürliche.«

Das war eine Feststellung, keine Frage. Armand senkte stumm den Blick auf seinen Becher und befürchtete, gleich gescholten zu werden.

»Du hattest das Pech, zu einer Zeit in die Kirche eingeführt zu werden, als solche Dinge missbilligt und abgetan wurden.«

»Ja«, gab Armand ihm recht.

»Du hättest einen sehr guten Exorzisten abgegeben, oder einen Heiler. Aber in unserer technologisierten Welt ist kaum Platz für Glauben, geschweige denn für Wunder.«

»Das habe ich mir auch schon oft gedacht«, sagte Armand.

»Natürlich, deshalb hast du dich ja auf die Suche nach etwas Aufregenderem gemacht.« Er lächelte, und seine müden Lider warfen Fältchen wie kleine Raffgardinen.

Armand öffnete den Mund, um zu protestieren, doch Jacob winkte ab. »Du hast keine Möglichkeit gesehen, in der Kirche du selbst zu sein, also hast du sie verlassen. Das ergeht vielen so.«

»Ich verstehe nicht, worauf du hinauswillst«, sagte Armand.

Jacob trank einen Schluck Tee und spähte unter halb gesenkten Wimpern hervor. »Du hast Schwierigkeiten mit Dämonen, nicht?«

»*Oui.*«

»Und sie werden schlimmer, seit du dich dazu bekannt hast, sie verbannen zu können, richtig?«

Armand nickte.

»Dann solltest du wissen, dass es noch schlimmer werden wird. Bald kommt der Dunkle Herrscher, um die Erde zu vernichten. Die Dämonen spüren das ebenfalls, und es macht sie dreister und ängstlicher zugleich.«

»Du meinst, Satan wird kommen?« Als Armand den Namen aussprach, gefror der Tee in seiner Tasse zu Eis.

Jacob starrte ihn lange finster an, ehe er ihm ein schmales Lächeln schenkte. »Du fragst nicht nach einer Erklärung – du fragst mich, was du glauben sollst. Das ist, wie immer, deine Entscheidung. Aber, nein, der Dunkle Herrscher ist nicht Satan. Er trägt viele Namen, doch dieser gehört nicht dazu.«

Jacob berührte Armands Tasse, und das Eis verwandelte sich wieder in dampfenden Tee.

»Ich weiß nicht, ob ich das tröstlich finde«, murmelte Armand.

»Solltest du nicht. Schreckliche Dinge werden geschehen, und was du bisher gesehen hast, ist erst der Anfang.«

»Was muss ich tun?«

»Du musst kämpfen.« Jacob beugte sich vor und nahm Armands Hände in seine. Sein Griff war stark. Seine gebrechliche Erscheinung täuschte, wie das bei Äußerlichkeiten oft der Fall ist.

»Dir wurde schon vor der Geburt eine Rolle in alledem zugewiesen. Die höheren Mächte haben immer Pläne für uns. Du kannst dein Schicksal jedoch nur erfüllen, wenn dein Herz sich ganz einig ist.«

»Was meinst du damit?«, fragte Armand, obwohl er fürchtete, die Antwort schon zu kennen.

Jacob packte fester zu, als versuchte er, die Antworten in Armands Haut zu pressen. »Du musst dich entscheiden. Du musst entweder dem Gott der Hebräer folgen oder der Göttin. Wenn du versuchst, beiden zu dienen, wirst du nicht die konzentrierte Kraft besitzen, die du brauchst, und du wirst als einer der Ersten sterben.«

Armand zitterte, und Jacob ließ ihn los. »Wen von beiden soll ich wählen?«

»Das liegt allein bei dir, aber du musst es bald tun und ohne jeglichen Zweifel.« Er trank von seinem Tee.

»Wie soll ich das machen?« Armand war wie vor den Kopf geschlagen.

Jacob schloss die Augen, und sein Gesichtsausdruck erinnerte Armand an Pablo, wenn der sich besonders stark auf eine ferne Stimme konzentrierte, die nur er allein hören konnte.

»Es naht die Zeit, da du vor die Wahl gestellt wirst. Dann musst du deine Entscheidung treffen, und zwar schnell.« Jacob nahm ihre beiden Tassen und rutschte von seinem Stuhl. »Aber jetzt solltest du gehen, ehe man dich vermisst.«

Armand hatte noch so viele Fragen, doch der Prophet hob die Hand, als wollte er sie abwehren. Widerstrebend stand Armand auf und verbeugte sich.

Jacob erwiderte die Verbeugung. »Ich grüße dich, Pilger«, sagte er.

»Würdest du mitkommen?«, bat Armand.

»Das würde ich, wenn ich könnte. Aber ich muss meine eigene Schlacht schlagen«, entgegnete Jacob. »Jetzt geh.«

Schweren Herzens verließ Armand das kleine Haus und machte sich zum Lager auf.

Er merkte, dass etwas nicht stimmte, als er noch ungefähr anderthalb Kilometer entfernt war. Es fühlte sich an, als hörte er das Flüstern von Schreien im Wind. *Pablo, kannst du mich hören?*, dachte er.

Er erhielt keine Antwort.

Armand rannte los.

*Seattle, vor fünf Jahren: Nicole und Eli*

Heute war der erste Highschool-Tag für Nicole Anderson und ihre Schwester Amanda. Nicole war total aufgeregt!

Ihre Schwester Amanda war natürlich so ruhig wie immer. Meistens war es schwer zu sagen, was im Kopf ihrer Schwester vorging.

Auch kein Problem. Das Leben war zum Genießen da, nicht, um sich Sorgen zu machen. Doch in der Mittagspause suchte sie in der Cafeteria pflichtbewusst nach Amanda und setzte sich zu ihr, wie sie es ihrer Mom versprochen hatte. Heute war ja bloß der erste Tag, und außerdem – wo immer Nicole sich hinsetzte, erschienen auch ihre besten Freundinnen, Kat und Steph.

»Und, wie läuft's?«, fragte Nicole Amanda. »Irgendwelche heißen Jungs in deinen Kursen?«

Amanda seufzte. »Bis jetzt nur jede Menge Hausaufgaben. Aber ich glaube, der Mathekurs wird ganz toll.«

»Igitt«, sagte Nicole, schnitt eine Grimasse und trank von ihrer Diätlimo. »Lieber sechs Stunden Sport als …«

*Wow.*

Von der anderen Seite des Raums starrte der schärfste Junge, den sie je gesehen hatte, *genau sie an.* Er hatte dunkle Schlafzimmeraugen und langes, dunkles Haar. Umwerfend. Sie verzog die Lippen um ihren Strohhalm zu einem Lächeln, merkte dann, dass das ziemlich, na ja, sexy war, und zwang sich wegzuschauen. Dieses Spielchen beherrschte sie perfekt. Sie spielte es schon seit Jahren.

»Wer ist das?«, fragte sie mit gedämpfter Stimme.

Alle am Tisch drehten sich nach ihm um und wandten sich dann wieder zurück.

»Das ist Eli, Jeraud Deveraux' großer Bruder«, hauchte Kat. »Zwölfte Klasse.«

»Der Kerl bringt nur Ärger«, bemerkte Steph. »Mein Bruder behauptet, seine Familie stehe auf ganz seltsames

Zeug. Teufelsanbetung oder so. Aber sein Dad ist echt scharf, für einen älteren Mann.«

*Ärger*. Nicole lächelte. Das gefiel ihr.

Eli Deveraux starrte sie immer noch an, und nun lächelte auch er. Obwohl er auf der anderen Seite der von Lärm erfüllten Cafeteria stand, konnte sie direkt in seine Augen schauen und sich darin verlieren …

»Nicole! Nicole!«

Sie fuhr zusammen und wandte sich Amanda zu. »Was ist?«, fauchte sie ärgerlich.

»Was redest du da?«, fragte Amanda drängend.

»Was meinst du?« Nicole schnappte sich zwei Pommes von Amandas Teller, tunkte sie in den Ketchup und steckte sie sich in den Mund.

Amanda gab ihr einen Klaps auf die Hand. »Du hast Eli angestarrt und … irgendwas gesagt. Ich konnte dich gar nicht verstehen.«

»Hat sich nach Französisch angehört«, bemerkte Kat und klaute Amanda ebenfalls ein paar Pommes.

»Ich kann aber kein Französisch«, sagte Nicole, inzwischen ziemlich genervt.

»Nimmst du irgendwelche Drogen?«, rief Amanda. »Das sage ich Mom …«

»Ich nehme keine Drogen«, erklärte Nicole.

»Und wenn du solchen Hunger hast, warum isst du dann nicht dein eigenes Mittagessen?«, fuhr Amanda fort.

Nicole blickte auf den Tisch hinab und sah, dass sie noch gar nichts gegessen hatte. *Wie kann das denn sein?*, fragte sie sich kurz. Dann biss sie einen großen Happen von ihrem Truthahnsandwich ab und spülte es mit dem Rest ihrer Limo herunter.

Die Pausenglocke schrillte. Während alle hastig aufstanden, schaute sie zu Eli hinüber.

Er war weg.

Wenn sie wieder zu Hause waren, würde sie Amanda was erzählen – sie einfach so beim Flirten zu stören!

*Wenn ich einen Freund für sie fände, würde das für mein Liebesleben Wunder wirken*, erkannte sie. Eine Sekunde später verwarf sie die Idee. Sie hatten nur einen Kurs zusammen, und von morgen an brauchte sie nicht einmal mehr die Mittagspause mit ihr zu verbringen. *Ich hätte echt Einzelkind werden sollen. Das wäre toll.*

Während ihrer restlichen Kurse kam Nicole nicht zur Ruhe. Sie musste immerzu an Eli denken. Er hatte etwas so Umwerfendes an sich. Sie schloss die Augen und stellte sich seine breiten Schultern vor. Sie malte sich aus, wie es wäre, mit den Fingern durch sein dunkles Haar zu fahren und ihn zu küssen.

Ihr Algebralehrer laberte und laberte, und Nicole schaltete ab. Das war ihre letzte Stunde für heute, und sie hoffte, dass sie noch einen Blick auf Eli erhaschen würde, ehe er die Schule verließ.

*Eli.*

*So umwerfend.*

*Eli.*

*So gefährlich.*

*Eli.*

*Aber dieser Name passte irgendwie nicht zu ihm. Es gab noch einen anderen.*

*Sie stand plötzlich ganz hinten in einem anderen Klassenzimmer, in seinem. Sie sah, wie er aus dem Fenster starrte. Dachte er an sie?*

Kannst du mich sehen?

*Plötzlich wandte er den Kopf und blickte sie direkt an, oder vielmehr durch sie hindurch. Ihre Haut fühlte sich an, als stünde sie in Flammen. Das war alles so … vertraut.*

Der Gong ertönte, und sie wurde aus ihren Tagträumen gerissen. Im ersten Moment wusste sie kaum, wo sie war, bis sie unwillkürlich auf ihr Blatt hinabschaute. Sie hatte geschrieben: »2x + y = Eli.«

Sie errötete und strich das rasch durch, ehe sie den Block in ihre Tasche stopfte. Sie würde sich beeilen müssen, wenn sie ihn noch einmal sehen wollte, ehe er die Schule verließ. Alle anderen waren schon hinausgegangen, als sie endlich zur Tür lief. Sie prallte so heftig gegen eine breite Brust, dass ihr die Luft wegblieb. Sie blickte auf und versank in Elis Augen.

»Du bist es«, flüsterte sie.

Er wirkte ein wenig verwundert, nickte aber.

Sein Blick war noch intensiver, als sie ihn sich ausgemalt hatte. *Ganz Deveraux.*

Sie schob den Gedanken beiseite. Er war sowieso der erste Deveraux, dem sie begegnete. Seinen jüngeren Bruder Jer hatte sie zwar schon mal gesehen, aber nur aus der Ferne. Amanda hatte Mom angebettelt, an seinem Haus vorbeizufahren, als sie zwölf gewesen waren.

*Oh Gott, war Amanda etwa in Jer verknallt?*

»Wollen wir irgendwohin gehen?«, fragte Eli.

»Wohin du willst«, antwortete Nicole.

Sie schlenderten zum Schülerparkplatz, und Nicole konnte den Blick nicht von ihm abwenden.

»Nicole, ich habe schon nach dir gesucht«, fauchte Amanda, die angelaufen kam und sie am Arm packte.

»Jetzt nicht«, zischte Nicole mit zusammengebissenen

Zähnen und schüttelte sie ab. »Richte Mom aus, dass ich heute spät nach Hause komme.«

Amanda war sauer, aber das war Nicole ziemlich egal. Amanda war immer sauer.

Gleich darauf saß Nicole in Elis schnittiger schwarzer Corvette und verschwendete keinen Gedanken mehr an ihre Schwester.

Er fuhr sie zum Park gegenüber der Bibliothek. Kiefern wankten im herbstlichen Wind. Sie stiegen aus und spazierten ein Stück den Kiesweg entlang, vorbei an der Statue von Häuptling Seattle, ohne ein Wort zu reden. Er starrte sie die ganze Zeit über an. Sie erwiderte den Blick.

Schließlich blieben sie stehen, und Eli schlang die Arme um sie. Als sich ihre Lippen trafen, zuckte ihr Körper, als hätte sie einen Stromschlag bekommen. Er musste es auch gespürt haben, denn er löste sich von ihr und betrachtete sie mit diesem seltsamen Blick, den sie nicht recht deuten konnte. Alles an ihm erschien ihr so richtig, so vertraut.

»Glaubst du an Wiedergeburt?«, fragte sie.

Er schüttelte den Kopf.

»Ich auch nicht, aber ich habe das Gefühl, dass ich dich schon ewig kenne und …«

Sie verstummte abrupt, als ihr klar wurde, dass sie gerade hatte sagen wollen »und liebe«. Sie schüttelte den Kopf, um wieder klarer denken zu können. Auf keinen Fall würde sie das sagen, wenn er es nicht zuerst sagte, und schon gar nicht am ersten Tag.

Er starrte sie mit einem Blick an, von dem ihr schwindelig wurde. Er flirtete wirklich meisterhaft.

»Und was weißt du über mich?«, fragte er.

Seine Augen hielten sie gefangen. Ihr Herz hämmerte.

Sie wusste, dass sie ihm nichts verweigern konnte. Er beugte sich zu ihr vor und drückte sie fest an sich.

»Du bringst nur Ärger«, sagte sie. »Das habe ich jedenfalls gehört.«

Er lachte und küsste sie, lang und hitzig. Sogar mit *Zunge.* Das hatte sie noch nie gemacht, und sie glaubte, ihre Knie würden jeden Moment nachgeben.

Er war in der *Zwölften.*

»Was noch?«

»Deine Familie steht auf komisches Zeug«, japste sie, während seine Lippen an ihrem Hals hinabglitten.

»Und?«

Sie schüttelte den Kopf, unsicher, was er von ihr hören wollte.

»Haben deine Freundinnen dir sonst nichts über mich erzählt?«

»Nein.«

Er presste die Lippen an ihr Ohr. »Haben sie dir nicht gesagt, dass ich ein Hexer bin?«

»Nein«, flüsterte sie.

»Das hätten sie dir besser sagen sollen«, erklärte er, und die Finger seiner linken Hand liebkosten ihre Kehle.

Okay, das war jetzt schon merkwürdig. Merkwürdig, dass er das glaubte oder dass er es zugab? Das wusste sie nicht recht, aber noch seltsamer war, dass *sie* ihm glaubte. Denn in diesem Augenblick wusste sie, dass es stimmte.

Der Wind frischte auf und schleuderte ihr Staub und Steinchen an die Beine. Sie sollte gehen, sie sollte so weit weglaufen, wie sie nur konnte, so schnell wie möglich. Aber sie wollte nicht. Und irgendwo tief in ihrem Innern drängte eine Stimme sie zu bleiben – sie behauptete, es sei alles in Ordnung und sie kenne ihn.

»Eli?«, flüsterte sie, obwohl ihr der Name immer noch nicht ganz richtig erschien.

»Ja?«

»Bist du böse?«

»Baby, ich bin böse hoch zehn«, schnurrte er.

Und obwohl sie wusste, dass sie weglaufen sollte, ertappte Nicole sich dabei, wie sie ihm stattdessen die Kleider vom Leib riss.

Eine Woche später sagte Eli zu Nicole, als sie die Cafeteria betraten: »Ich habe etwas für dich gemacht.«

Nicole nahm begierig die Schachtel von ihm entgegen. Sie hatte ihn in der Schule nicht mehr gesehen, seit er sie an jenem ersten Abend nach Hause gefahren hatte, und sie war allmählich in Panik geraten und hatte sich gefragt, ob er sie einfach abserviert hatte. Vor fünfzehn Minuten hatte er angerufen, und sie hatte gerade noch genug Zeit gehabt, in das schärfste Outfit zu schlüpfen, das ihr Kleiderschrank hergab.

Sie drehte die Schachtel hin und her und betrachtete sie, ehe sie sie öffnete. Darin lag ein silbernes Armband, in das ein Symbol eingebrannt war. Es sah aus wie ein Stern mit einem etwas wackeligen Kreis in der Mitte. »Das hast du für mich gemacht?«, fragte sie erstaunt.

»Ja.«

Sie betrachtete das Zeichen genauer. »Das sieht aus wie das Tattoo auf deiner Brust«, rief sie dann und errötete. Ein Kreis und ein Stern.

Er nickte leicht.

»Was bedeutet es?«

Er räusperte sich. »Das ist ein Schutz. Leg es an.«

Sie streifte das Armband über, und es passte perfekt

um ihr Handgelenk. »Es ist wunderschön. Vielen, vielen Dank.«

»Gern geschehen«, sagte er.

Sie starrte immer noch das Armband an. »Ich ... ich dachte schon, du wolltest mich vielleicht nicht wiedersehen.«

Er lachte, tief aus dem Brustkorb. »Nein, ich würde gern viel mehr von dir sehen. Alles. Noch einmal.«

Sie errötete erneut. Jedes Mal, wenn sie versuchte, sich an die Einzelheiten dieses Nachmittags zu erinnern, war alles verschwommen, als sähe sie es durch die Augen von jemand anderem.

»Vor was soll es mich schützen?«, fragte sie, um das Thema zu wechseln. Doch das erinnerte sie wieder daran, was sie getan hatten ...

*Was haben wir denn getan? Haben wir* es *getan?* Sie konnte sich nicht richtig erinnern.

Nun war er es, der ein wenig verlegen wirkte. »Ach, vor allem Möglichen.«

»Was denn zum Beispiel?«, bohrte sie nach.

»Hauptsächlich soll es den, der es trägt, vor Besessenheit schützen. Aber, weißt du, ich finde, es sieht einfach cool aus. Wenn es dir nicht gefällt, kein Problem, ich kann dir auch etwas anderes machen.«

»Besessenheit?«, fragte sie. »Du meinst, dass man zu sehr an jemandem hängt?«

Er starrte sie an. In ihrem Unterleib kribbelte es, und ihre Wangen brannten. »Du weißt genau, was ich meine.«

Sie wollte den Kopf schütteln, doch er umfasste ihr Kinn mit den Fingern und hielt es fest.

»Du hast mich doch nach Wiedergeburt gefragt. Das ist im Grunde ein Mythos. Aber Besessenheit ... das kann tatsächlich passieren. Es *passiert* auch. Also … trag das Armband.«

»Äh, ich …«

»*Trag es.* Oder lass es bleiben«, sagte er und klang plötzlich ganz anders. »Wenn du es nicht magst. Oder mich.«

Er schnappte nach dem Armband, doch sie war schneller und riss ihre Hand zurück. »Nein. Es gefällt mir sehr gut, wirklich. Danke«, sagte sie.

»Das war doch nur Spaß.« Er lachte, und aller Ernst war verflogen. »Wenn es dir nicht gefällt, schenke ich dir eben etwas anderes.«

»Nein, ich liebe es.« *Und ich liebe dich. Ach, Eli, das sollte ich nicht, noch nicht, aber ich tue es trotzdem …*

Er nickte und ließ den Motor an. Sie wusste nicht, warum, aber sie wurde das Gefühl nicht los, dass er das alles in Wahrheit sehr ernst nahm. Sie schloss die Augen und lehnte den Kopf zurück. Ihr Körper glühte, und sie war sicher, dass er es wusste.

»Erzähl mir davon, wie es ist, ein Hexer zu sein«, sagte sie.

»Vielleicht. Wenn du brav bist«, erwiderte er.

Er war aufregend, gefährlich und leidenschaftlich. Während der nächsten Monate bedrängte sie ihn immer wieder, ihr mehr über Magie zu erzählen, und sie hatte das Gefühl, dass er sie bei Laune halten wollte. Er zeigte ihr seinen Ritualdolch und zündete mit dem Zeigefinger eine Kerze an.

Sie versuchte es allein. Versuchte, in einem dunklen Raum Schatten zum Glühen zu bringen. Sie glaubte, dass sie eine Nadel an einem Faden in Schwingung versetzt hatte, aber sicher war sie nicht.

Dann, eines Nachts, als sie in seinem Keller knutschten, spürte sie, wie das Zimmer plötzlich wärmer wurde.

»Warst du das?«, fragte sie ihn, und er küsste sie auf die Nasenspitze.

»Du darfst niemandem davon erzählen«, warnte er sie. »Weder deinen Freundinnen noch deiner Schwester. Niemandem.«

Und das tat sie auch nicht.

### *Mumbai: Philippe und Anne-Louise*

Die ganze Stadt fühlte sich für Philippe falsch an. Er ging rastlos in dem kleinen Hotelzimmer auf und ab und wartete auf Anne-Louise. Seit der Swami verschwunden und höchstwahrscheinlich tot war, fühlte sich alles an wie … aus dem Gleichgewicht geraten.

Plötzlich ging die Tür auf, und Anne-Louise eilte herein. Ihr Gesicht war kreidebleich, und sie begann sofort, ihre Sachen zu packen.

»*Allons-y*«, sagte sie auf Französisch – gehen wir.

»Was ist passiert?«, fragte er.

»Ein Deveraux ist in der Stadt.«

Sein Blut wurde zu Eis. »Warum? Wer?«

»Ich weiß nur, dass es nicht Jer ist«, erwiderte sie abgehackt.

»Eli? Auf der Suche nach Nicole? Wer ist sonst noch übrig? Michael ist tot.«

»Philippe, *je ne sais pas.*« Ich weiß es nicht.

»Wir können kämpfen.«

Sie packte weiter. Zehn Minuten später mischten sie sich unter die Menschenmengen auf den Straßen von Mumbai. Autos hupten, und das Gedränge war in der schwülen, von starken Gerüchen erfüllten Luft beinahe erstickend.

Er spürte den Druck magischer Energie um sich herum – finster und mächtig –, die sich ganz nach Deveraux anfühlte. Er ließ Anne-Louise den Weg bestimmen, während er sich darauf konzentrierte, die Energie wegzulenken und sie beide zu tarnen, so gut es ging.

Doch die Magie wurde stärker und dunkler. Wie eine nasse Schlange legte sie sich auf seine Haut. Anne-Louise warf ihm über die Schulter einen Blick zu, und er nickte knapp. Sie spürte es also auch.

An der nächsten verkehrsreichen Kreuzung blieb sie stehen.

»Wir können ihm nicht entkommen«, sagte sie.

»Dann sollten wir uns ihm stellen, irgendwo auf offenem Gelände«, erwiderte Philippe, der immer noch unsicher war, um welchen Deveraux es sich handeln mochte. Wenn es Jer war, flohen sie womöglich vor einem Freund ... aber der Hexer war so unbeständig, dass man nie sicher sein konnte.

»Der Sanjay Gandhi National Park ist nur ein paar Straßen weiter«, erklärte sie. »Der größte innerstädtische Park der Welt.«

*»Bien«*, sagte er. »Locken wir ihn dorthin, und dann sehen wir, was wir ausrichten können.«

Sie drehte sich um und überquerte die Straße.

*Scarborough: Amanda*

Ihr Zauber hatte funktioniert.

Amanda saß um vier Uhr früh zusammengekauert in der Küche und betrachtete Bilder von sich selbst, die in der Luft schimmerten. Sie sah sich schlafen, träumen, sich in

Albträumen hin und her wälzen. Schließlich beobachtete sie, wie sie aufstand und durch das Haus wandelte, bis sie das Arbeitszimmer des ehemaligen Besitzers erreichte. Sie holte ein paar Bücher aus den Regalen und sortierte sie in alle möglichen Regalfächer wieder ein, überall im Raum verstreut.

Sie verstand das nicht, sah aber gebannt weiter zu, wie ihr schlafendes Selbst das Arbeitszimmer verließ, die Hintertreppe hinabstieg und vor derselben nackten Wand stehen blieb, vor der sie tatsächlich schon aufgewacht war. Zu ihrer Überraschung sah sie sich selbst die Hand heben, an einer Stelle über ihrem Kopf kräftig an die Wand drücken und dann durch eine Öffnung treten, die sich auf magische Weise aufgetan hatte. Sobald sie hindurch war, verschmolz die Geheimtür wieder mit der Wand, und die Vision brach ab.

Zitternd und schwitzend stand Amanda auf und dachte über das nach, was sie eben gesehen hatte. Es gab einen Geheimgang in Haus Moore, und sie selbst hatte ihn im Schlaf, im Traum entdeckt. Sie war vor eben dieser Wand aufgewacht – bevor oder nachdem sie hindurchgegangen war? Sie wusste, dass sie es den anderen sagen sollte. Sie hatten ein Recht darauf zu wissen, welche Gefahren in ihrem derzeitigen Zuhause lauerten.

Sie warf einen Blick auf die Uhr der Mikrowelle. Die anderen würden frühestens in zwei Stunden aufstehen. Sie schnappte sich ihre Taschenlampe und ging zu der Wand, schob die Hand daran hoch und drückte in der Hoffnung, die richtige Stelle zu treffen. Sie fragte sich, ob es vielleicht irgendeinen Zauber gab, den sie dabei sprechen musste. Hätte sie doch nur daran gedacht, ihren kleinen Video-Zauber mit Tonaufzeichnung zu versehen.

Sie tastete die Wand ab, aber die schien vollkommen glatt zu sein. Nach ein paar Augenblicken jedoch musste sie die richtige Stelle getroffen haben, denn das Loch tat sich vor ihr auf.

*Ich sollte da nicht hineingehen*, dachte sie, als sie über die Schwelle trat. *Ich sollte wirklich die anderen dazuholen.* Das Portal schloss sich hinter ihr, und nur ihre Taschenlampe erhellte die völlige Dunkelheit.

»Na los, Füße. Ihr wart schon mal hier, ihr wisst, wo es langgeht«, murmelte sie mit zusammengebissenen Zähnen.

Zögerlich marschierte sie los. Als sie feststellte, dass der Boden offenbar sicher war, schritt sie zügiger voran. Der Gang führte abwärts und wand sich dann hin und her wie eine Schlange. Schon nach kurzer Zeit wusste sie nicht mehr, wo unter dem Haus sie sich befand oder ob sie es bereits ganz verlassen hatte. Der Tunnel endete schließlich in einer großen Kammer mit Türen an drei Seiten. Eine Tür hing schief und verkohlt in den Angeln. Bei dem Raum dahinter schien es sich um eine Art riesigen Käfig zu handeln.

*Ist der Drache von hier gekommen?*

Sie trat zurück.

In der Mitte des Raums war ein Tisch mit einem Armleuchter und mehreren sehr alt aussehenden Handschriften. Ein Stuhl stand abgerückt vor dem Tisch, als sei der Letzte, der darauf gesessen hatte – vermutlich sie selbst, begriff sie –, in aller Eile gegangen. Ein Manuskript lag offen auf den anderen. Es war riesig, mindestens dreißig Zentimeter hoch und gut zwölf Zentimeter dick. Das Material fühlte sich an wie irgendeine Tierhaut. Amanda legte den Zeigefinger auf die aufgeschlagene Seite und blätterte zurück zum Anfang.

*»Prophezeyungen des Magus Merlin.«*

Sie schauderte. Bei der Insel, auf der Nicole gefangen gewesen war, sollte es sich angeblich um Avalon handeln. Es hieß, dass der Geist des dunklen Zauberers Merlin dort noch immer sein Unwesen trieb.

Sie schlug wieder die Seite auf, die sie mit ihrem Finger markiert hatte, und versuchte, den Text zu lesen. Er war in irgendeiner uralten Sprache verfasst, die sie nicht entziffern konnte. Sie legte das Buch vor sich hin, schloss die Augen und berührte dann ihre Lider mit den Fingerspitzen. »Göttin, segne meine Augen, lass mich lesen, was sie schauen«, sagte sie.

Sie öffnete die Augen, schaute auf das Manuskript hinab und stellte ein wenig überrascht fest, dass es funktioniert hatte. Der Text sah nun so aus, als sei er in Englisch geschrieben. Sie rümpfte die Nase – Altenglisch. Aber das konnte sie immerhin besser lesen als die Sprache, in der er wirklich verfasst war.

*»Und die Stad genennet Seattle wird in Schutt und Asche liegen, so die Monstren von Erd und See befreyt der Dunkle Zaubrer.«*

Amanda blinzelte und las den Satz noch drei Mal. »Aber das ist tatsächlich passiert – das waren wir, oder Michael. Es ist wahr!«

Sie las weiter. *»Die mächtigeste Hexe Ihrer Zeyt wird gequälet von Daemonen aller Reyche & ein Zauberpriester wird Sie befreyen.«*

»Holly und Armand!«, keuchte Amanda.

Sie blätterte eine Seite zurück und entdeckte weitere eindeutige Prophezeiungen, die sich vor ihren Augen erfüllt hatten. Sie fand Prophezeiungen, die Jahrhunderte zurückreichten und Kriege, wissenschaftliche Meilensteine und alle anderen wichtigen Ereignisse beschrieben, die ihr nur einfielen: von der Entdeckung des Penizillins über die Relativitätstheorie bis hin zum Börsencrash von 1929.

Sie wollte nachsehen, ob sich auch etwas über Isabeau und Jean finden ließ, die Vorfahren aus den Familien Cahors und Deveraux, mit denen der ganze Fluch seinen Anfang genommen hatte. Aber vor allem musste sie ja mehr über die Zukunft erfahren als über die Vergangenheit.

Über Owen.

Also blätterte sie stattdessen vorwärts, doch die Buchstaben veränderten sich vor ihren Augen, ordneten sich neu. Ihr Erkennenszauber musste nachgelassen haben. Sie runzelte die Stirn und wollte ihn neu sprechen, aber sie hatte das Gefühl, dass die Schatten ringsum sich dichter an sie herangeschlichen hatten und in den Lichtkreis ihrer Taschenlampe einzudringen versuchten. Sie schauderte und kam zu dem Schluss, dass es wohl besser wäre, jetzt zu gehen und das Buch mitzunehmen.

Sie klemmte es sich unter den Arm und ging den Weg zurück, den sie gekommen war. Als der Lichtstrahl schwächer wurde, schüttelte sie ihre Taschenlampe. Sie hatte erst vor kurzem neue Batterien eingelegt, doch das nützte offenbar nichts.

Sie schaffte es zurück zu dem verborgenen Zugang, blieb stehen und stellte bestürzt fest, dass sie keine Ahnung hatte, wie sie aus dem Tunnel wieder herauskommen sollte. Sie glitt mit einer Hand an der Wand empor und versuchte abzuschätzen, wo auf der anderen Seite die Stelle lag, auf die man drücken musste, um das Portal zu öffnen.

Nichts geschah. Die Taschenlampe flackerte, erlosch, ging wieder an.

*Oh nein, ich sitze doch nicht hier in der Falle …?*

Irgendwo hinter sich hörte sie ein tiefes Grollen. Ein Knurren? Oder stürzte der Tunnel ein? Sie wollte wirklich nicht wissen, was für Geschöpfe Sir William da unten noch angekettet hatte. Sie fuhr mit beiden Händen über die ganze Wand und suchte verzweifelt nach einer Möglichkeit, sie zu öffnen.

Der Knurren – es war eindeutig ein Knurren – wurde lauter. Amanda warf einen Blick in den dunklen Gang, konnte aber im schwachen Lichtschein nichts erkennen. Dann flackerte ihre Taschenlampe einmal, zweimal, und erlosch.

*Tommy!* Rational betrachtet war ihr klar, dass er viel zu weit weg war, um sie durch die dicken Mauern zu hören, selbst wenn er gerade nicht schlief.

*Ruf nach ihm.*

Sie war nicht sicher, ob die Stimme von innerhalb ihres Kopfes kam oder von außerhalb. Sie schien einen Augenblick lang nachzuhallen, ehe sie mit einem hohen Trillern verklang. *Er kann mich nicht hören*, dachte sie.

*Ruf nach deinem Banngefährten.*

Okay, da sprach definitiv nicht ihr eigenes Unterbewusstsein. »Banngefährte« war ein Wort, das sie noch nie gehört, geschweige denn gebraucht hatte.

*Jetzt!*

*Tommy!*, dachte sie panisch. *Komm zu mir, Tommy! Hilf mir!*

Und dann schob sie den Gedanken mit aller geistigen Macht hinaus. Es war, als wäre sie frei, aus dem Tunnel heraus, als stiege sie ins obere Stockwerk empor, wo Tommy in seinem Bett lag und schlief. Sie berührte ihn an der Wange, und er stand auf, ohne zu erwachen, und ließ sich von ihr an der Hand durchs Haus nach unten führen.

Dann standen sie nebeneinander draußen vor der Wand. Sie führte seine Hand zu der Stelle, wo sie das Portal von außen geöffnet hatte, und …

Die Wand glitt beiseite, sie taumelte durch die Öffnung und prallte beinahe gegen Tommy. Das Buch an die Brust gepresst, starrte sie ihn an, während die Wand hinter ihr wieder zuglitt. Seine Augen waren geschlossen, die Gesichtszüge ganz schlaff. Sie nahm ihn bei der Hand, und er folgte ihr bereitwillig zurück auf sein Zimmer. Sie sah zu, wie er ins Bett stieg, die Decke über sich zog und sich auf die Seite rollte.

Lange blieb sie stehen und beobachtete ihn. Wie hatte sie das gemacht? Das Band zwischen ihnen war stark, etwas Besonderes, aber wie hatte sie es dazu genutzt, sich selbst hier zu manifestieren, seinen schlafenden Geist und sogar seinen Körper zu lenken?

Irgendwie machte ihr das noch mehr Angst als das Geschöpf, das im Dunkeln geknurrt hatte. Leise schlüpfte sie aus seinem Zimmer. Sie musste das Buch verstecken, ehe er aufwachte.

*Warum?*, dachte sie. *Warum muss ich es verstecken?*

*Du musst. Musst, musst, musst,* flüsterte eine Stimme beharrlich und drängend.

*Ich … ich muss,* dachte sie, als sich Schleier des Verbergens um ihren Geist zusammenzogen. *Also tue ich es.*

# Sechs
# Salbei

Von Untaten sind unsere Herzen schwarz
Und unsere Seelen sind Madenfraß
Bald wandeln die Toten, erheben sich
Und halten über unsere Lügen Gericht

Alte, Junge, hört, wer euch ruft
Staub sind wir, bestimmt für die Gruft
Dennoch ziehen wir in die Schlacht
Denn richtig ist falsch, aber Blut ist Macht

*Seattle: Kari, Hecate und Osiris*

Nigel schlief. Dafür hatte Kari gesorgt.

Sie wusste nicht, ob die Unmengen von Schlafmittel im Medizinschrank seines Kellerlabors für sie bestimmt waren oder ob er sie selbst nahm. Vielleicht raubten ihm die Versuche, Tote wieder zum Leben zu erwecken, den Schlaf. Aber ihr ehemaliger Doktorvater hatte nicht, wie er glaubte, die Toten wieder lebendig gemacht. Er hatte sie nur wieder aufstehen lassen. Sie selbst tat alles, was ihr einfiel, um wach zu bleiben. Ihre Albträume waren unerträglich.

Sie ekelte sich so vor sich selbst. Sie hatte die Verbände abgewickelt und laut geschrien, als sie die grausigen, genähten und geklammerten Schnitte gesehen hatte, die sich wie Schlangen über ihren Bauch und ihre Brüste wanden. Die hervortretenden Massen toter weißer und violetter Haut, die nicht vernarbte, waren der Beweis dafür, dass sie tödliche Verletzungen erlitten hatte. Sie sollte nicht hier sein. Sie sollte in ihrem Grab liegen.

*Ich werde nie wieder mit jemandem schlafen. Ich werde mich niemals wieder bei Licht ausziehen können.*

Ihre Gedanken wandten sich Jer zu, der ebenfalls von Narben entstellt war. Das Schwarze Feuer hatte sein kantiges, attraktives Gesicht zu einer abscheulichen Masse geschmolzen, von Furchen durchzogen, als sei ihm Säure über Stirn und Wangen gelaufen. Oder Lava.

*Vielleicht können wir jetzt zusammen sein*, dachte sie. Doch sie wusste, dass er sie nicht mehr liebte.

Während sie in Nigels Wohnzimmer stand und auf das Taxi wartete, musste sie sich mit aller Kraft davon abhalten, sich heftig zu kratzen, weil ihre Haut unter dem schwarzen Rollkragenpullover, den Nigel ihr gekauft hatte, furchtbar juckte. Die schwarze Hose war zu weit und schlabberte an ihr. Von ihren eigenen Habseligkeiten hatte so gut wie nichts die furchtbaren Überflutungen und Brände überstanden, die Seattle verwüstet hatten. Alles war weg, bis auf ihren Laptop. Der war ziemlich alt, und sie hatte ihn nur für alle Fälle behalten. Jetzt hatte sie damit ihr ganzes Geld von verschiedenen Online-Konten auf eines überwiesen und alles abgehoben, um ein Flugticket nach England zu kaufen.

Der Himmel war silbrig-weiß von heftigem Schneeregen, und ein Blitz fuhr durch die schwarze Nacht wie Katzenkrallen. Eine Nacht, in der weder Mensch noch Tier vor die Tür gehen sollten.

Trotzdem.

Hecate saß auf dem Fensterbrett und knurrte tief in der Kehle. Osiris, der schwarze Kater mit der silbernen Blesse auf der Stirn, tigerte hinter Kari auf und ab. Seine Krallen klickerten hörbar auf dem Parkettboden. Er wusste, dass sie ihn zurücklassen würde.

Beide Katzen wussten Dinge, erzählten ihr Dinge, und Hecate hatte versprochen, Kari zu Nicole Anderson-Moore zu führen, Hecates eigentlicher Herrin. Vielleicht konnte die Hexe ihnen beiden helfen – sie wahrhaftig wieder zum Leben erwecken. Kari war nicht sicher, was Hecate mit Holly machen würde. Holly hatte die Katze geopfert, um magische Macht zu gewinnen – sie hatte das arme Tier herzlos in einer Badewanne ertränkt. Wie konnte Jer so jemanden lieben?

Hecate maunzte zornig. Sie wollte, dass Osiris auch mitkam. Vielleicht konnte Nigel noch irgendetwas anderes aus dem Grab hervorzerren, damit das arme Ding Gesellschaft hatte.

All das dachte Kari ganz logisch und zusammenhängend. Doch wenn sie zu sprechen versuchte, hatte sie Mühe, mehr als drei oder vier Wörter aneinanderzureihen. Sie konnte kaum schreiben.

Den medizinischen Begriff für diese Sprachstörung, die durch Hirnschädigungen hervorgerufen wurde, kannte sie noch – Aphasie. Im Lauf ihres Volkskunde-Studiums war sie auf Dutzende Märchen gestoßen, in denen die Heldin nicht sprechen konnte – die kleine Meerjungfrau oder das Mädchen in »Die wilden Schwäne«, das zum Tode verurteilt wird, weil es sich nicht verteidigen kann. In einer

Seminararbeit zu dem Thema hatte sie die These aufgestellt, dass das einfache Volk mit solchen Geschichten Fälle von Aphasie zu erklären versuchte. Man ging davon aus, dass das Schweigen durch einen Zauber oder einen Fluch verursacht wurde. Vielleicht konnte ein Zauber diesen Fluch dann auch aufheben.

Vielleicht hatte der Tod ihr aber auch die Sprache geraubt.

»Hecate, Transportbox«, murmelte Kari mit einem Blick auf die Uhrzeit, die Nigels TV-Receiver anzeigte. Es war fast ein Uhr nachts. Das Taxi hätte schon um Viertel vor eins hier sein sollen. Die Transportbox stand neben Nigels Breitbildfernseher – eine Kunststoffbox mit einer durchsichtigen Klappe. Sie war mit Aufklebern gepflastert, auf denen VORSICHT! LEBENDE TIERE stand. Kari hatte mehrere solcher Boxen in Nigels Keller gefunden – für Versuchstiere, nahm sie an. Wie viele Versuche waren fehlgeschlagen, ehe es ihm gelungen war, Osiris wiederzubeleben? Und sie?

Hecate starrte sie knurrend an. Kari griff nach der Katze, doch Hecate sprang vom Fensterbrett und trabte zu Osiris hinüber. Die beiden Tiere drehten sich um und glotzten Kari an, dann miauten sie wie aus einem Mäulchen. Es klang sehr traurig und eindringlich.

Sie schüttelte den Kopf. »Eine Katze.« Das war eine strenge Vorschrift der Airline. Kari hatte extra mehrmals nachgelesen.

Ein Bild formte sich in ihrem Geist: Osiris in einer gewöhnlichen Holzkiste, im Laderaum des Flugzeugs. Einfach einpacken und an Bord schmuggeln. Aber sie würden die Kiste röntgen, wie sämtliche Gepäckstücke, um den Inhalt zu überprüfen. Wenn die sie erwischten, würden sie

Kari womöglich aus dem Flugzeug holen und wegen Tierquälerei anzeigen.

*Er kann nicht sterben*, dachte sie. Und dann entstand ein klares Bild von Nigels zahllosen Schlaftabletten in ihren Gedanken. Sie begriff und wich entsetzt vor dieser Vorstellung zurück. Die Katzen wollten, dass sie Osiris eine Überdosis verabreichte.

*Er kann nicht sterben*, wurde der Gedanke wiederholt.

Sie holte tief Luft. »Das Taxi …«

*Wenn du fertig bist, wird das Taxi kommen.* Hecate starrte sie mit ihren gelben Augen, die im Licht der zuckenden Blitze zu glühen schienen, hartnäckig an. Kari wusste, dass sie Hecates Gedanken in ihrem Kopf hörte. Ihr war bewusst, dass sie mit einer toten Katze kommunizierte – die offenbar magische Fähigkeiten besaß.

»Na gut«, sagte sie.

Kaltes Grauen erfüllte sie, als sie in den Keller hinunterging und die Pillenschachteln aus Nigels Medizinschrank nahm. Sie gab sie in einen leeren gelben Plastikeimer, den sie neben ihrem Krankenbett gefunden hatte. Dabei fragte sie sich, ob er vorgehabt hatte, mit ihr zu schlafen, nachdem er sie wiedererweckt hatte. Sie hatte gewusst, dass er verliebt in sie war. Aber sie hatte nur Augen für Jer Deveraux gehabt. Nigel war zu sehr Gentleman gewesen, um sich ihr aufzudrängen.

Sie starrte auf das riesige Sortiment Schlaftabletten in dem Eimer. Der Gedanke, sie alle zu schlucken, um auch nur das Bewusstsein zu verlieren, war verlockend, doch sie wusste, dass es damit nicht vorbei sein würde. Sie fragte sich, ob sie in die Hölle würde zurückkehren müssen. Vielleicht hatte Nigel sie in Wahrheit aus einer Art höllischer Traumzeit gerettet, wie Richard Jer herausgeholt hatte?

Sie ging mit dem Eimer hinauf ins Wohnzimmer. Die Katzen warteten schon auf sie. Hecate leckte Osiris den Kopf. Vielleicht, um ihn zu beruhigen.

Ein anderes Bild breitete sich in Karis Geist aus: Osiris schlaff und ohne Herzschlag, dann seine Augen, die sich öffneten, als das Herz wieder zu schlagen begann.

Er konnte nicht sterben.

*Weil er nicht lebt*, dachte sie, als sie die erste Schachtel öffnete – ein verschreibungspflichtiges, sehr starkes Schlaf- und Beruhigungsmittel. Sie sah sich selbst sämtliche Kapseln ausleeren und unter das Katzenfutter mischen. *Wenn wir tot sind, warum essen wir dann?*

Im nächsten Moment sah sie, wie sie ein Kissen vom Sofa nahm und ihn erstickte. Mit einem leisen Schrei ließ sie die Schachtel wieder in den Eimer fallen.

Sie konnte so etwas nicht tun, sie wollte nicht. Aber was sollte daran schlimmer sein als an einer Überdosis Schlafmittel? Dass es brutaler war? So direkt?

*Tu es endlich*, drängte Hecate sie.

In diesem Moment verspürte Kari einen Hauch Mitgefühl für Holly, die Hecate getötet hatte. Nur einen Hauch.

Als sie das Gift – denn genau darum handelte es sich – mit dem Nassfutter vermischt hatte und ins Wohnzimmer zurückkehrte, fand sie Osiris in einem stabilen Karton voller Kleidungsstücke vor. Er lag in einem großen, altmodischen Beutel, der mit Blei ausgeschlagen war. In solchen Beuteln hatte man früher, als man so etwas noch zum Fotografieren benutzt hatte, Negativfilm vor der Röntgenstrahlung bei der Gepäckkontrolle geschützt. Sie hatte keine Ahnung, wo die Katzen das Ding gefunden hatten oder warum Nigel es überhaupt besaß, doch ihr wurde flau im Magen, als sie ihn friedlich zusammengerollt darin liegen sah. Der Beutel erinnerte sie an einen Leichensack.

Mit schrecklich zitternder Hand hielt sie ihm das Schälchen Katzenfutter hin. Er blickte zu ihr auf, leckte ihr über die Fingerspitze und schlang dann das Futter herunter.

Zwanzig Minuten später kam das Taxi.

*Scarborough: Amanda, Nicole, Tommy, Richard, Owen*

*Das Kind der Magie ist geschaffen binne eyn Herzschlag, der Frau geboren binne eyn Augenblick. Seyn Vater ist selbst der Mutter unbekannt. Und wenn dies Kind zum Manne gereyft, so ist die Welt verloren, ja, Erd und Himmel selbst getränkt im Blute des Draken …*

»Nein«, sagte Amanda laut, als sie Merlins Buch schloss und hastig davor zurückwich. Sie schauderte so heftig, als hätte jemand ihr einen Eimer Eiswasser über den Kopf geschüttet – oder ihr künftiges Grab geschändet. Sie rieb sich die Arme und schüttelte den Kopf. Da musste sie etwas falsch verstanden haben.

Es war drei Uhr morgens, und sie hatte im Bett gelesen. In der Magie galt diese Zeit als die dunklen Stunden der Seele, in denen die Schwarze Magie am mächtigsten ist. Vielleicht hatte irgendein böser Zauber, der noch in diesem Haus nachhallte, die Worte durcheinandergeworfen. Oder sie war eingeschlafen und hatte das geträumt.

Sie murmelte einen Schutzzauber und schlug das Buch vorsichtig wieder auf. Die Worte waren noch da. Ein Kind mit einem geheimnisvollen Vater, »geschaffen binne eyn Herzschlag«. Wenn dieses Kind erwachsen wurde, bedeutete dies das Ende der Welt.

Ihr Magen krampfte sich zusammen. *Damit kann nicht Owen gemeint sein. Nicht unser kleiner Schatz.*

Sie las weiter.

*Drey sind der Zeychen: Das Kind wird tragen ein Mal hinter dem linken Ohr – Das Kind wird singen, und die Monstren sind flugs herbey – Das Kind wird töten eyn unschuldig Wesen. Zeygt ein Kindleyn diese Zeychen, so tätest Du besser daran, es bey den Füßen zu packen und seyn Kopf am Kamin zu zerschmettern, denn es am Leben zu lassen. Denn lebet er, wird alles andere sterben.*

Sie lachte laut auf. Owen trug keinerlei Mal hinter dem linken Ohr – auch nicht hinter dem rechten. Und was die beiden anderen Zeichen anging …

*Unmöglich.*

Sie klappte das Buch zu, legte es auf ihren Nachttisch und wischte sich die Hände an der Schlafanzughose ab. Das reichte aber nicht – sie wollte sich die Hände waschen. Also schnappte sie sich ihre Taschenlampe und trat auf den Flur. Wie immer hielt sie vor Tommys Tür kurz inne. Sie waren jetzt verlobt. Es wäre ganz in Ordnung, wenn sie jetzt zu ihm ins Bett stieg, um sich ein wenig trösten zu lassen.

*Nicht, solange Dad hier im Haus ist*, sagte sie sich.

Sie ging weiter den Flur entlang zum Bad, vorbei an der Tür, die zu Nicoles und Owens Zimmer und dem angeschlossenen Schlafzimmer von Richard führte. Sie hörte leises Schnarchen und lächelte in sich hinein.

Dann hörte sie … Gesang … eine liebliche, sehr hohe, hauchige Stimme.

Sie blieb stehen wie angewurzelt und lauschte. Fünf Töne, immerzu wiederholt. *La, la, la, la-la.* Vielleicht war das ein Spielzeug. So eine Puppe, bei der man seine Stimme aufzeichnen konnte und die sie wieder abspielte, wenn das Kind die Puppe drückte oder an ihrer Nase zog.

Fünf Töne. *La, la, la, la-la.*

Owen.

Ihr Gesicht war auf einmal wie taub. Er war noch zu klein, um zu singen. Sie hörte das gar nicht wirklich. Jemand gaukelte ihr das nur vor. Es war dieses Haus, dieses schreckliche, bösartige Haus.

*Aber weißt du noch, was Nicole gesagt hat – dass er vor ihren Augen gesprochen und sich verwandelt hat?* Sie begann zu zittern.

»Wir ziehen hier aus«, sagte sie laut. Und auf einmal war das ihr voller Ernst. Sie würde alles tun, damit Nicole sich bereit erklärte, von hier wegzugehen. Das Haus oder Schloss, oder wie immer man es nennen wollte, war der Familiensitz einer Dynastie von mordlüsternen, barbarischen Hexern. Kein Heim, in dem man ein Kind großziehen sollte.

*Aber das Buch …* Es hatte die Verwüstung von Seattle vorhergesagt, Hollys Besessenheit, alles.

»Dann erzähle ich ihnen davon«, sagte sie.

*Nein. Es ist für dich. Das Buch ist für dich. Sag kein Wort.*

»Ich …«, stammelte sie und war plötzlich ganz verwirrt. Woran hatte sie gerade gedacht?

*La, la, la, la-la.* Schauer rieselten ihr den Rücken hinab. Sie öffnete die Tür und schob den Kopf durch den Türspalt.

»Nicole?«, flüsterte sie. Sie ging an der Verbindungstür zu Richard vorbei und blieb vor der Tür zu dem Zimmer stehen, in dem Nicole mit Owen schlief. Vorsichtig öffnete sie sie, nur ein klein wenig. Sie fürchtete sich davor, diese Tür weiter zu öffnen – fürchtete sich davor, was sie dann sehen würde. Was das bedeuten könnte.

*Niemand wird Owen umbringen.*

*La, la, la, la-la.*

Sie hielt den Lichtkegel ihrer Taschenlampe auf den Boden gerichtet und trat ein. Zwar fürchtete sie, das Licht könnte sie verraten, aber noch mehr Angst hatte sie davor, sich im Stockdunklen zu bewegen.

Sie hörte ein leises Quietschen.

Schritte. Schnelle, leichte Trippelschritte eilten durchs Zimmer.

Sie bekam eine Gänsehaut. Als sie nach Nicole rufen wollte, war ihre Kehle knochentrocken. Die Hand, in der sie die Taschenlampe hielt, schien auf einmal eine Tonne zu wiegen. Sie konnte den Arm nicht heben.

Ihre Lippen bewegten sich stumm, ihr Daumen zitterte auf dem Schalter der Taschenlampe …

… und dann glitt eine winzig kleine Hand in ihre freie Hand und drückte leicht ihre Finger.

*Er kann noch nicht laufen.*

»Nicole!«, kreischte sie.

Sofort wurde der Raum von Nicoles Nachttischlampe erhellt. Nicole war mit einem Satz aus dem Bett. Im selben Moment begann Owen zu schreien – in seiner Wiege.

»Amanda, was ist?«, rief Nicole, riss Owen an sich und eilte auf ihre Schwester zu.

Neben Amanda stand niemand. Niemand hatte ihre Hand gedrückt. Jedenfalls niemand Sichtbares.

»Oh, Nicole«, stieß sie hervor und brach in Tränen aus. Owen begann zu weinen.

»Amanda!« Nicole schlang ihr einen Arm um die Schultern.

In diesem Augenblick erschien Richard in der Verbindungstür, mit einem weißen T-Shirt und einer schwarzen Jogginghose bekleidet. Er schaltete das Deckenlicht ein.

»Was ist los?«, rief er und ließ den Blick durch den Raum schweifen.

*Sag ihm nichts.* Die Stimme sprach tief in ihrem Inneren. Vielleicht war es dieselbe Stimme, die dieses unheimliche Liedchen gesungen und ihre Hand gedrückt hatte. Vielleicht auch die Stimme, die sie gedrängt hatte, nach Tommy zu rufen, als sie in dem Geheimgang gefangen gewesen war. Amanda wusste nicht, was sie tun sollte. Ihr Vater beschützte sie, aber er gehörte nicht zu ihrem magischen Zirkel.

»Amanda?« Krachend wurde die Tür aufgestoßen, und Tommy platzte herein. Nicole hielt Amanda immer noch im Arm, und Owen weinte.

Sie sollte es Tommy sagen. Sie waren durch die magische Hochzeit gebunden. Aber er war keine Cathers-Hexe.

»Ich … ich habe schlecht geträumt«, sagte sie und klammerte sich an Nicole fest. Tommy nahm ihre Hand – die Hand, in der sie eben noch die geisterhaften kleinen Finger gespürt hatte – und zog Amanda an seine Brust. Als sie ihre Zwillingsschwester losließ, glaubte sie, den unheimlichen Gesang wieder zu hören … von Owen, der immer noch weinte.

*Verliere ich den Verstand?*

*Mumbai: Philippe, Anne-Louise und Eli*

Eli hatte die magischen Spuren bis zu einem riesigen Park verfolgt. Jetzt starrte er ungläubig die beiden Hexen an. Er hatte keine Ahnung, wer die Frau sein mochte, aber der

Mann war dieser Europäer, mit dem Nicole die magische Hochzeit vollzogen hatte.

Der Dreckskerl.

»Das darf nicht wahr sein«, grollte er.

Knapp sieben Meter trennten ihn von den beiden, mehr als nah genug für Eli, um ihn durch Magie zu töten, aber nicht genug, um ihn mit bloßen Händen zu erwürgen. Er knurrte tief in der Kehle und ballte die Fäuste. Aus dem Gesichtsausdruck dieses Kerls schloss Eli, dass der etwas ganz Ähnliches dachte.

Die Frau trat vor, und mit einem Schnippen aus dem Handgelenk schleuderte Eli sie zurück. Sie landete unsanft auf einer kleinen Steinhalde dicht am Seeufer.

»Du bist Eli Deveraux«, sagte die männliche Hexe.

»Höchstpersönlich.«

»Ich bin Philippe. Nicole ist meine Fürstin.«

»Dachte ich mir schon. Sag mir, wo sie ist.«

»Das wüsste ich auch gern.«

»Nun sag schon, verdammt!« Eli schleuderte einen Feuerball nach Philippes Kopf.

Philippe hob die Hand, pflückte ihn aus der Luft und löschte ihn zwischen den Fingern. Aha. Der Arsch besaß also durchaus magische Fähigkeiten.

»Weshalb suchst du nach ihr?«, fragte Philippe.

Zur Antwort schleuderte Eli einen weiteren Feuerball. »Sag es mir einfach.«

Diesmal fing Philippe das Geschoss nicht nur ab, sondern lenkte es auf Eli zurück.

*Oh, gut, das wird ein langer Kampf,* dachte Eli.

Er warf sich zu Boden und ließ einen Feuersturm auf Philippe los. Der lenkte die Flammenwand nach rechts ab, wo sie einen Baum in Brand steckte.

»Wenn du mich tötest, findest du sie nie!«, rief Philippe und schleuderte Blitze nach Elis Kopf.

»Du kannst mich nicht von ihr fernhalten ... und von meinem Kind«, brüllte Eli, wirbelte zur Seite und ließ den Boden unter Philippes Füßen aufbrechen.

Philippe schwankte einen Moment lang breitbeinig darüber, dann sprang er zur Seite, landete auf den Knien und sandte Eli einen kleinen Wirbelsturm entgegen.

Eli ächzte, als dessen Wucht ihn traf. Er hörte Rippen knacken und ratterte einen Spruch herunter, der den Schmerz dämpfte.

»Du hast doch nicht im Ernst geglaubt, das sei *dein* Baby«, höhnte Eli.

Der Bursche fluchte auf Französisch – vermutlich wünschte er Eli zum Teufel. *Noch nicht*, dachte Eli.

Er schmeckte Blut auf den Lippen. Das war nicht gut. Hatte eine Rippe seine Lunge verletzt? Er zog den Wirbelsturm enger zusammen und schickte ihn zu Philippe zurück, der ihn wiederum auf den brennenden Baum ablenkte. Flammen und Funken schossen in den heftigen Windstoß empor, und plötzlich brannte nicht ein Baum, sondern ein ganzes Dutzend.

»Der Junge mag nicht von mir sein, aber dein Sohn ist er auch nicht«, sagte Philippe.

Das war die Wahrheit, vor der Eli sich fürchtete, und er merkte genau, dass es den anderen Mann einige Überwindung kostete, sie laut auszusprechen. Auf einmal spürte Eli den überwältigenden Drang, dieser männlichen Hexe jeden Knochen einzeln zu brechen.

Unter wildem Gebrüll stürmte er vor. Er rammte Philippe, und sie gingen in einem Knäuel aus Armen und Beinen zu Boden. Philippe kam als Erster wieder auf die Füße und taumelte zurück, um Abstand zu gewinnen. Eli schaffte es ebenfalls, sich aufzurappeln, und setzte ihm nach. Er packte Philippe mit beiden Händen um den Hals und drückte zu.

Philippe ließ einen Feuerball in Elis Augen explodieren. Er sah nichts mehr, hielt aber eisern fest, denn er wusste, dass das nicht lange andauern konnte. Philippe wankte zurück, und Eli folgte ihm. Während sie miteinander rangen, bekam Philippe Elis Kehle zu packen, und Eli spürte, wie ihm die Luft abgedrückt wurde.

»Das Wasser«, hörte er Philippe japsen. Elis Blick klärte sich gerade so weit, dass er erkennen konnte, wo sie sich befanden: auf einem Felsen oberhalb eines großen Sees voller Seerosen. Und dann hörte er Philippes Gedanken in seinem Kopf.

*Wen eine Cahors-Hexe liebt, der ist zum Tod durch Ertrinken verdammt.*

Eli grinste Philippe bösartig an und dachte dabei an die alten Zeiten, da man vermeintliche Hexen an Stühle band und ins Wasser tauchte, um ihre Schuld oder Unschuld zu erweisen. Hexen und Wasser, das war eine lange, unschöne Geschichte. Und einen solchen Fluch noch obendrauf zu packen …

Da standen die Chancen für einen Hexer eindeutig besser.

*Also, wen von uns beiden liebt sie denn nun? Es gibt wohl nur eine Möglichkeit, das herauszufinden*, dachte Eli.

Anne-Louise setzte sich stöhnend auf. Womit auch immer Eli sie angegriffen hatte, es hatte ihre persönlichen Schutzbanne durchschlagen wie Papiertaschentücher. Sie kämpfte sich auf die Füße. Schmerz durchzuckte ihren linken Arm, der vermutlich gebrochen war.

Bäume brannten lichterloh. Windböen peitschten den Rauch umher, und sie konnte weder Philippe noch Eli irgendwo entdecken.

»Philippe?«, rief sie und betete zur Göttin, dass ihm nicht geschehen war.

Sie erhielt keine Antwort, hörte aber gleich darauf einen zornigen Aufschrei. Sie wirbelte herum und sah Eli und Philippe, die einander bei der Kehle gepackt hielten und am Rand des Felsvorsprungs über einem der Seen schwankten.

»Nein!«, schrie sie schrill und rannte los.

Philippe wandte den Kopf, lächelte ein wenig gespenstisch, und dann stürzten die beiden über den Rand und fielen ins Wasser. Anne-Louise lief zum Ufer und versuchte einen Zauber, der beide aus dem Wasser heben sollte.

Nichts geschah. Sie starrte konzentriert ins Wasser, konnte aber unter der Oberfläche überhaupt nichts sehen. Einen Augenblick lang dachte sie darüber nach, den beiden hinterherzuspringen, aber das erschien ihr reichlich dumm und leichtsinnig. Ein paar Minuten blieb sie so stehen und versuchte, die Wasseroberfläche mit ihrem Blick zu durchdringen.

Nichts.

Sie waren beide weg.

*Frankreich, im dreizehnten Jahrhundert: Sasha*

Sasha war nun seit fast einem Jahr in der Vergangenheit gefangen. Hilflos hatte sie mit ansehen müssen, wie die Geschichte sich wiederholte. Jean und Isabeau heirateten. Die Cahors griffen die Deveraux an, und die beiden Liebenden starben. Sie konnte nichts tun, als zuzuschauen und aufzupassen, dass sie nicht selbst ums Leben kam.

Sie hatte die Ursprünge dieser Blutfehde erforscht, seit sie ihren Mann, Michael Deveraux, verlassen und Zuflucht beim Mutterzirkel gefunden hatte. Als sie diese historischen Ereignisse jedoch selbst miterlebte, machte sie eine bedeutende Entdeckung.

Der Tod von Jean und Isabeau stellte keineswegs den Beginn der Blutfehde dar. Nein, die Geschichte der Cahors und Deveraux reichte viel weiter zurück. Einst waren sie enge Verbündete gewesen. Dann hatte sich irgendetwas zugetragen – sie wusste immer noch nicht, was –, das die beiden Familien auf ewig entzweit hatte.

Außerdem hatte sie herausgefunden, dass Jeans Geliebte Karienne von ihm schwanger gewesen war, als man sie fortgeschickt hatte. Sasha hatte keine Ahnung, ob das Kind ein Junge oder ein Mädchen war und ob es noch mehr Nachkommen mit Deveraux-Blut gab, die jedoch nicht den Namen Deveraux trugen.

Und sie hatte noch etwas Faszinierendes entdeckt. Es gab zwei Grundtypen magischer Fähigkeiten – »angeborene« und »geliehene«. Geborene Hexen und Hexer erbten ihre Macht von ihren Eltern. Sie lag ihnen im Blut. Jene mit geliehener Macht hingegen besaßen keine natürliche magische Begabung und kamen erst später im Leben zur Magie, durch engen Kontakt mit einem Praktizierenden. Sie versuchte immer noch zu verstehen, wie das alles genau funktionierte, doch soweit sie bisher sagen konnte, kam die Magie von Leihenden nicht aus dem eigenen Inneren, sondern von der anderen, nahestehenden Person. Was bedeutete, dass sie, Sasha, eine Leihende war. Sie hatte nichts von Hexerei gewusst, als sie Michael Deveraux begegnet war, und bei all ihren Nachforschungen seither keine einzige Hexe und keinen Hexer in ihrem eigenen Stammbaum gefunden. Sie verdankte all ihre Magie also Michael.

Sie wünschte sich verzweifelt, sie könnte in ihre eigene Zeit zurückkehren. Viele schlaflose Nächte lang fragte sie sich, wie es ihren Söhnen gehen mochte und ob ihr Exmann noch lebte. Sie dachte über Möglichkeiten nach, wie sie ihre geliehene Magie gegen Michael einsetzen könnte. Vielleicht durch eine Art Rückkopplungsschleife, die ihn vernichten oder zumindest seiner Macht berauben würde.

Doch noch drängender war die Frage, wie sie nach Hause gelangen sollte. Gewöhnliche Hexen und Hexer besaßen nicht die Fähigkeit, durch die Zeit zu reisen. Von nur einer Handvoll hieß es, sie beherrschten diese Kunst, aber das waren vage Gerüchte. In einem Kloster hatte sie einen Teil einer alten Handschrift gefunden, der sie zu der Annahme geführt hatte, dass eine Kombination aus Magie und Wissenschaft sie nach Hause bringen könnte. Sie hatte sogar einen Mann entdeckt, der ihr dabei hätte helfen können. Bedauerlicherweise war er tot.

Also reiste sie nach Indien auf der Suche nach Wissen, das der persische Gelehrte und Wissenschaftler Abū Rayhân Bîrūnî fast zweihundert Jahre zuvor dort hinterlassen haben könnte. Die Reise war gefährlich, aber noch viel gefährlicher wäre es gewesen, sich weiterhin im Kriegsgebiet zwischen den Deveraux und den Cahors aufzuhalten.

Das Gebiet, auf das sich ihre Suche konzentrierte, stand unter der Herrschaft eines Hindu-Königs und war in ihrer eigenen Zeit als Bombay oder, noch neuer, Mumbai bekannt. In dem Textfragment stand, dass die Mondphasen ebenso, wie sie aufgezeichnet wurden, auch verändert werden konnten. Dass der Wissenschaftler an die Fähigkeit des Menschen geglaubt haben könnte, den Mond derart zu beeinflussen, hielt sie für unwahrscheinlich. Aber womöglich war damit gemeint, dass der Mensch die Zeit beeinflussen konnte.

Sie war schon beinahe zu der Überzeugung gelangt, dass diese Idee völlig verrückt war, als sie auf eine weitere Textstelle stieß. Da stand, dass ein Mensch, indem er das tat, seine Ahnen besuchen und über seine Lebensspanne hinausschauen konnte.

Nun stand sie auf einer großen Wiese außerhalb des Dorfes und fragte sich, ob sie doch verrückt war oder ob Abū Rayhân Bîrūnî verrückt gewesen war … oder sie beide. Seinen Namen hatte sie schon gekannt, ehe sie auf das alte Pergament gestoßen war. Sie hatte am College einiges über ihn gelesen, und später als Hexe war sie fasziniert gewesen von seiner Illustration der verschiedenen Mondphasen.

Die alte Handschrift hatte sie zu dieser Wiese in der Nähe seines Dorfes geführt. Nähere Hinweise, wo sie den Gegenstand finden könnte, den er angeblich hier vergraben hatte, enthielt sie aber nicht.

»Mach unsichtbar sichtbar wie Abend zum Morgen, lass mich sehen, was er hat verborgen.«

Ihr Blick wurde plötzlich von einem Fleckchen Erde rechts von ihr angezogen. Sie hockte sich auf die Knie und begann zu graben, und eine Stunde später stieß sie auf einen metallenen Gegenstand. Er glänzte matt, und sie streifte die Erde davon ab und zog ihn vorsichtig aus seinem Versteck.

Es war ein nicht ganz runder Kreis, um den herum der

Mond in seinen verschiedenen Phasen dargestellt war. Sie berührte einen dieser Monde mit dem Zeigefinger, und alle begannen sich langsam gegen den Uhrzeigersinn zu drehen. Sie spürte das Knistern von Magie auf ihrer Haut … und dann … war es früher Morgen.

Sie blinzelte und war nicht ganz sicher, was da eben geschehen war. Einen Moment lang fragte sie sich, ob sie eingeschlafen sei, doch dann blickte sie sich um und erkannte, dass die Erde vor ihr genauso aussah wie vorhin, *bevor* sie den Gegenstand ausgegraben hatte.

Sie trat beiseite und stupste die Monde kräftiger an, wieder gegen den Uhrzeigersinn. Um sie herum verwandelte sich die Welt. Hell und dunkel blitzte es, als stünde sie unter einem Stroboskop. Die Stelle, an der sie gegraben hatte, war mit Blumen bewachsen. Die Bäume um sie herum schrumpften, viele verschwanden.

Und dann gab ihr irgendetwas den Impuls ein, den Zeigefinger auszustrecken und die kreiselnden Miniaturmonde anzuhalten. Alles verlangsamte sich, und plötzlich saß ein Mann neben ihr.

Sasha fuhr erschrocken zusammen, doch er sah sie mit gütigen Augen an, die humorvoll blitzten. »Ich habe auf Euch gewartet«, sagte er auf Lateinisch.

»Seid Ihr Abū Rayhân Bîrūnî?«, fragte sie.

Er neigte den Kopf. »Der bin ich.«

Sie zeigte ihm den magischen Apparat. »Habt Ihr das geschaffen?«

»Nein. Ich bekam es von einem sehr alten und sehr weisen Mann. Ich sollte es sicher verwahren, bis eine große Fürstin erscheint.«

»Wer?«, fragte sie und versuchte immer noch, sich zu orientieren.

»Ich kann nur davon ausgehen, dass er Euch meinte.«

»Wie funktioniert es?«, fragte sie.

»Ich habe es viele Jahre lang studiert und weiß es noch immer nicht. Nur so viel: Wenn Ihr in Gedanken an Eurem Ziel festhaltet, hilft Euch das zu erkennen, wann Ihr die Monde anhalten müsst.«

»So habe ich Euch also gefunden«, sagte sie. »Aber was, wenn ich in der Zeit vorwärtsreisen will?«

»Dann müsst Ihr die Monde andersherum kreiseln lassen. Die Wissenschaft oder Magie oder was sonst diesen Mechanismus steuert, ist mir unbegreiflich. Zum Glück ist es längst nicht so schwierig herauszufinden, wie man ihn benutzt.«

»Wer war der Mann, der Euch das gegeben hat?«, fragte Sasha.

»Er wollte mir seinen Namen nicht nennen. Ich weiß nur, dass er ein frommer Mann war, ein Anhänger des Zarathustra. Er hat mir auch gesagt, dass Ihr zwar jetzt Eure Monde verändern könnt, aber rasch handeln müsst, wenn Ihr sie noch retten wollt.«

»Wen retten?«, fragte Sasha, der das Herz bis zum Hals schlug.

»Auch das hat er mir nicht gesagt. Er war ein Mann, der nicht viele Worte machte.«

»Danke.«

»Gern geschehen.« Er erhob sich. »Jetzt, da ich mein Versprechen ihm gegenüber erfüllt habe, werde ich nach Hause zurückkehren. Ich nehme an, Ihr werdet dasselbe tun. Allah sei mit Euch.«

Sie stand auf und verneigte sich leicht vor ihm. Sie sah ihm nach, und sobald er gegangen war, wandte sie sich wieder dem Gegenstand in ihrer Hand zu. Sie war mehr als bereit, nach Hause zurückzukehren. Also holte sie tief Luft und drehte die Monde andersherum.

Die Welt veränderte sich um sie, das Dorf wich einer Stadt. Dann befand sie sich plötzlich unter Wasser, doch welche Magie oder Wissenschaft hier auch wirken mochte, der magische Gegenstand schützte sie und hielt sie trocken, in einer schützenden Blase.

Sie schnappte nach Luft und hielt die Monde ganz an. Im Wasser über sich sah sie ihren Sohn Eli und die männliche Hexe Philippe. Sie rangen miteinander, doch einen Augenblick später trennten sie sich. Beide versuchten, zur Oberfläche zu gelangen, doch anscheinend schafften sie es nicht. Sie würden ertrinken.

*London: Kari, Hecate und Osiris*

Irgendwie waren alle netter zu ihr, wenn man sie für taub hielt. Vielleicht war das auch Hecates Magie. Jedenfalls bekam Kari ein Upgrade in die First Class für den Flug von Seattle nach London. In Heathrow wurde sie mit ihrem »Paket« wiedervereint und stellte erstaunt fest, dass weder der Zoll noch sonst jemand es geöffnet hatte. Sie rollte es mitsamt Hecate in ihrer Transportbox auf einem Gepäcktrolley in eine dunkle Ecke, machte es auf und fand Osiris ruhig und wach darin vor. Sie fragte sich, wovon tote Katzen wohl träumten.

Es war nicht schwer, ein Auto zu mieten, einen weißen Corsa, und ihre kleine Reisetasche mit ihrem Kulturbeutel und zweimal Kleidung zum Wechseln im Kofferraum zu verstauen. Die beiden Katzen ließ sie im Wageninneren frei. Sie setzten sich neben sie auf den Beifahrersitz. Hecate starrte Kari eindringlich an, als sie vom Parkplatz der Autovermietung fuhr.

*Ich werde dich führen. Die Fahrt dauert mindestens sechs Stunden.*

»Müde«, protestierte Kari.

*Inner Ring East.*

Kari fuhr seufzend los, als der Himmel seine Schleusen öffnete und es in Strömen zu regnen begann. Ihre Nerven kribbelten – hatten Fluten und Feuersbrunst sie auch hierherbegleitet?

*Ich will aus alledem raus. Nur raus,* dachte Kari.

### *Berlin: Jer und Eve*

Jer stöhnte im Schlaf und weckte Eve damit auf. Sie drehte sich auf die Seite und betrachtete ihn. Sie waren in einer kleinen Pension in Berlin, wo sie am Abend zuvor ein Zimmer bekommen hatten. Sie fragte sich, wovon er träumte. Und wie lange sie die Scharade noch würde aufrechterhalten können. Schon ein Dutzend Mal hätte sie ihm beinahe die Wahrheit gesagt.

Sie mussten Eli finden. Der Oberste Zirkel war willens, die Deveraux mit offenen Armen zu empfangen. Wenn der Tag kam, an dem Eli und Jer endlich zurückkehrten und ihren Platz an der Spitze der Organisation einnahmen, würde sich alles verändern.

Eve hatte lange als Sir Williams Jagdhund gedient. Es machte ihr nichts aus zu töten, doch selbst sie wurde des ständigen Überlebenskampfes allmählich überdrüssig. Sie hatte immer gewusst, dass Sir William sich früher oder später gegen sie wenden würde, wie er es bei all seinen

Schoßhündchen getan hatte. Aber jetzt, da er weg war, sah sie eine Chance, dass sich etwas ändern könnte. Natürlich nur, sofern er wirklich weg war.

Sie hatte so ihre Zweifel daran. Der Körper mochte tot sein, aber sie war ziemlich sicher, dass Sir William eine Möglichkeit gefunden hatte, dem Tod ein Schnippchen zu schlagen. Nur – wo war er? Warum wartete er still ab, vor allem, da Michael Deveraux und sein eigener Sohn James tot waren? Verschwörungen innerhalb von Verschwörungen. Hexerpolitik war schwerer zu durchschauen als die der gewöhnlichen Welt.

Es war durchaus möglich, dass das Angebot, Jer den Totenkopf-Thron zu überlassen, auch nur eine dieser Intrigen war. Aber falls es so sein sollte, konnte sie den Marionettenspieler hinter den Kulissen nicht erkennen.

»Holly«, murmelte Jer.

Eve verdrehte die Augen gen Himmel. Er träumte von dieser Cathers-Hexe. *Die stehen Romeo und Julia wirklich in nichts nach, was Liebe unter einem schlechten Stern angeht*, dachte sie. Sie stand auf und schlich sich hinaus, um die frische Nachtluft zu genießen. Die Göttin regierte bei Nacht, doch Eve war die Ausnahme unter den Hexern: Sie fürchtete weder Nacht noch Tag.

»Verfolgst du mich eigentlich aus einem bestimmten Grund?«, fragte Jer genervt und starrte Eve missmutig an.

»Tut mir leid. Ich verfolge dich nicht, ich reise mit dir«, entgegnete sie knapp.

»Warum?«

»Weil du zumindest theoretisch nach deinem Bruder suchst. Also finde ich ihn wohl am ehesten, wenn ich mich in deiner Nähe halte.«

»Wozu? Damit du ihm an meiner Stelle den Totenkopf-Thron anbieten kannst? Als wäre es dem Obersten Zirkel egal, wer ihn anführt, solange es nur ein Deveraux ist?«

Sie wandte den Blick ab. »Das stimmt nicht ganz.«

Er beobachtete sie aufmerksam. Sie war mächtig, sexy, alles, was man sich von einem weiblichen Hexer wünschen konnte. Er fand sie attraktiv, das konnte er nicht leugnen, aber da war noch etwas, irgendeine Verbindung, die über körperliche Anziehung hinausging. Er fragte sich, wie es wäre, mit ihr gemeinsam Magie zu wirken. Sein Instinkt sagte ihm, dass das wilde, unkontrollierte Magie wäre. Und er war immer noch Hexer genug, um das verlockend zu finden.

Er seufzte und wandte sich ab. Auf eine seltsame Art hatte Eve ihm geholfen. Da ihr seine Narben völlig gleichgültig waren, hatte er – zumindest, wenn sie beide allein waren – allmählich vergessen, wie entstellt er war. Wenn es nur bei Holly auch so sein könnte.

Nicht, dass ihr die Narben etwas ausmachten.

Die vielleicht schlimmste Lektion seines Lebens war ihm bewusst geworden, und sie schmerzte mit jedem Tag mehr. Er hatte einen Fehler gemacht. Er hätte Holly nie verlassen dürfen. Sie liebte ihn und war bereit gewesen, seine Fürstin zu werden. Sein eigener Stolz, seine Angst und Selbstsucht hatten es verhindert. Das wäre womöglich für sie beide die einzige Chance auf Erlösung gewesen. Jetzt fürchtete er, dass es für ihn selbst zu spät sein könnte. Und er war fast sicher: Wenn sie noch lebte, war es auch für sie zu spät.

Er hatte England verlassen, um von der Versuchung des Totenkopf-Throns fortzukommen. Er war arrogant genug, um zu glauben, dass er als Anführer des Obersten Zirkels tatsächlich etwas verändern könnte. Er war aber auch realistisch genug, um zu erkennen, dass der Thron ihn verändern würde und nicht umgekehrt. Also war er vor allem nach Deutschland geflohen, um Abstand von London zu gewinnen, und nicht unbedingt, um Eli zu suchen.

Sie waren seit zwei Tagen in der Stadt, und er klapperte die Touristenattraktionen ab. *Nichts Besseres zu tun. Ist ja nicht so, als hätte Jer Deveraux je irgendwen retten können.*

Nun stand er da, wo einst die Berliner Mauer Westen und Osten getrennt hatte. Gut und Böse. Hexe und Hexer. Leider war es niemals so einfach. Wie viele Jahre hatte er versucht, auf dieser Grenze zu balancieren?

»Eines Tages wirst du dich entscheiden müssen, weißt du?«, bemerkte Eve leise.

»Wofür?«, fragte er in gespielter Ahnungslosigkeit.

»Wer du bist. Wer du wirklich sein willst.«

»Meine Bestimmung stand schon bei meiner Geburt fest. Genannt Deveraux, gezeichnet vom Feuer, geschmäht von allen Göttern.«

Eve schlug ihm so heftig ins Gesicht, dass er halb herumgeschleudert wurde. Die Kapuze seines Sweatshirts fiel ihm vom Kopf und entblößte am helllichten Tag sein Gesicht. Er wartete auf die Schreckenslaute der Leute um sie herum, wenn sie sein entstelltes Gesicht sahen, hörte jedoch nichts. Allerdings stand plötzlich ein kleines Mädchen vor ihm. Sie hielt ihm einen Teddybären hin. Verblüfft nahm er ihn entgegen.

»Die bösen Männer haben meinem Daddy auch sehr wehgetan«, sagte sie. Aus ihren großen blauen Augen strahlten Vertrauen und Liebe. Sie tätschelte seine Hand, wandte sich dann ab und ging davon. Ihren Teddy ließ sie bei ihm. Er starrte in die leblosen schwarzen Knopfaugen und erkannte, dass er sich noch nie so verloren gefühlt hatte.

»Willst du wissen, was ich sehe?«, fragte Eve. »Ich sehe einen Feigling. Ich sehe einen guten Mann mit großer Macht und unbegrenztem Potenzial, der es schon immer genossen hat, den Hilflosen zu spielen. Du bist sämtlicher Verantwortung ausgewichen, die du dir selbst und anderen gegenüber hast. Du jammerst nur herum, wie schrecklich dein Leben ist, und hast in allem versagt, was du dir je vorgenommen hast – nicht, weil du der Herausforderung nicht gewachsen wärst, sondern weil du nicht mal fünf Minuten lang aufhören kannst, dich selbst zu bemitleiden.«

»Was willst du damit sagen?«, fragte er.

»Ich will sagen, reiß dich zusammen. Eine Menge Leute haben es im Leben viel schwerer gehabt, als du dir vorstellen kannst. Ja, du mochtest deinen Vater nicht. Ja, du wurdest schwer verstümmelt. Ja, du hast die Liebe deines Lebens verloren, weil du zu verdammt egoistisch warst, jemanden an dich heranzulassen. Tja, buuhuuu. Du willst die Welt verbessern? Du willst dein eigenes beschissenes Leben verbessern? Ich sage dir was, wenn du endlich beschließt, dich zusammenzureißen wie ein Mann, weißt du ja, wo du mich findest.«

Sie wandte sich ab und stapfte davon, und wieder einmal war Jer allein …

… auf der Grenze …

… mit einem Teddybären in der Hand.

*Außerhalb von Mumbai:*
*Holly, Alex, Pablo, Armand und der Tempel der Luft*

Holly lächelte anerkennend, als Alex »*Incendio*« sagte und ein Feuer aufflammte. Sie und er hatten ein wahrhaftiges

Prunkgemach in einer Höhle geschaffen, indem sie seidene Kissen, Mosaiklampen und niedrige Tischchen mit Schnitzereien und Perlmutt-Intarsien herbeigezaubert hatten. Alex hatte gut fünf Kilometer westlich von ihnen ein Nest von Hexern des Obersten Zirkels ausfindig gemacht, das sie vor dem Morgengrauen angreifen würden. Jetzt mussten sie erst einmal etwas essen, sich ausruhen und aufwärmen.

»Ich hätte nie gedacht, dass ich eines Tages in Indien Hexer jagen würde«, bemerkte Alex und wackelte dicht vor den orangeroten Flammen mit den Zehen.

»Das Leben steckt voller Überraschungen«, entgegnete Holly schwach.

»Amen«, sagte Armand und bekreuzigte sich. Er wirkte bekümmert, und Pablo ebenfalls. Doch jedes Mal, wenn Holly ihn gefragt hatte, ob etwas nicht stimmte, hatte er kurz gezögert und dann nein gesagt.

*Vertraut er mir etwa nicht?*, fragte sie sich.

»Essen wir erst mal was«, schlug Alex vor und packte Käse, Brot und andere Delikatessen aus, mit denen sie sich im letzten Dorf eingedeckt hatten. »Ich glaube, das ist ein hiesiger Schwarzgebrannter.« Er holte einen Lederschlauch hervor und zog den Stöpsel mit den Zähnen heraus. »Worauf trinken wir? Tod den Feinden?«

»Auf das Leben«, erwiderte Armand. Diesmal bekreuzigte sich auch Pablo.

»Also gut.« Alex setzte den Weinschlauch an die Lippen, schluckte und verzog das Gesicht. »Oh, ist der *sauer*.«

Er reichte den Weinschlauch an Holly weiter, und als er sie ansah, verflog die Grimasse. Das Licht spielte weich auf seinen kantigen Zügen. »Auf das Leben«, sagte er leise.

Holly kostete. Der Wein schmeckte in Wirklichkeit sehr süß.

»Die Mächte der Dunkelheit sammeln ihre Armeen«, verkündete Armand finster und starrte mitten ins Feuer.

Er hatte recht. Sie wussten es alle, und Holly ertappte sich andauernd dabei, dass sie über die Schulter blickte. Sie hatte das Gefühl, dass sich etwas Gewaltiges anbahnte, dass es einen größeren Zusammenhang, ein größeres Bild gab, von dem sie nur ein paar kleine Puzzlestückchen bekommen hatte.

*Woher soll ich wissen, was ich damit anstellen muss?*, sorgte sie sich. Die Göttin hatte in letzter Zeit geschwiegen, und Holly war nicht sicher, ob sie das als Zustimmung, Missbilligung oder Gleichgültigkeit auffassen sollte. In Anbetracht der Opfer, die die Göttin bereits von ihr verlangt hatte, wäre ihr Gleichgültigkeit ganz recht gewesen. Wenn Holly sich auf sich selbst verließ, wusste sie zumindest, woran sie war. Und obwohl sie nicht offen über so etwas sprachen, war sie ziemlich sicher, dass sie auch wusste, woran sie bei Armand und Pablo war.

Alex streckte sich faul neben ihr aus wie eine Katze in der Sonne. Sie runzelte die Stirn. Auch bei ihm wusste sie, woran sie war. Bald würde seine Geduld erschöpft sein, und er würde auf die magische Hochzeit drängen.

Die Vorstellung machte Holly schreckliche Angst. Sie hatte schon einmal im Bann eines Menschen gestanden – als sie besessen gewesen war, hatte ihr Erzfeind Michael Deveraux diese Situation ausgenutzt. Soweit sie wusste, war die Vermählung nur geistig vollzogen worden. Bei Alex würde es nicht so sein. Er würde auf einer vollständigen Vereinigung bestehen, körperlich und seelisch.

Holly hatte sich noch keinem Mann hingegeben und so lange gehofft, dass Jer eines Tages derjenige sein würde. Doch er hatte diese Tür zugeschlagen, nicht sie. Sie schloss die Augen und erinnerte sich an das Gefühl seiner Lippen auf ihren. Als die Erinnerungen in ihr wach wurden, fühlte sie sogleich auch die Gedanken einer anderen. Ihre längst verstorbene Ahnfrau Isabeau, die sich brennend nach ihrem Mann Jean sehnte, regte sich ebenfalls in ihrem Geist.

*»Où? Où es-tu?«*

Wo bist du?

*»Mon âme?«*

Meine Seele?

# Sieben

# Anis

Kalt sind stets der Deveraux Herzen
So sehr wir die Wahrheit mit Lügen schwärzen
Doch Wandlungen, die nun in uns passieren
Kann nicht einmal unsere Bosheit maskieren

In all unseren Jahren sind wir gefangen
Während die Flammen brennen und sengen
Allein im Opfern wirklich bewährt
Das doch stets nur die Dunkelheit nährt

*Scarborough: Nicole, Amanda, Richard, Tommy und Owen*

»Nein«, stieß Nicole mit gebrochener Stimme hervor, sprang von Amandas Bett auf und lief hin und her. Am Fenster blieb sie stehen und schaute zu ihrem kleinen Sohn hinaus, der in eine weiche Decke gewickelt an der breiten Brust seines Großvaters schlief. Tommy ging neben Richard her, und die beiden unterhielten sich ernst. Immer wieder blickten sie zum Haus Moore zurück, beinahe so, als wüssten sie, dass es bei Nicoles und Amandas Gespräch um Leben und Tod ging.

Owens Tod. Ihr Kind, ihr Baby … Ihr Herz hörte gar nicht mehr auf zu rasen. Sie war nicht sicher, ob ihre Füße noch den Boden berührten.

»Das Buch ist voller Prophezeiungen«, sagte Amanda sanft, aber bestimmt und wies auf das alte Manuskript. »Merlins Prophezeiungen. Und viele davon haben sich erfüllt.«

Amanda hatte gegen die Stimme angekämpft und gewonnen. Sie hatte ihr Geheimnis offenbart, obwohl es so schmerzlich war. Sie mussten sich der Prophezeiung stellen.

Sie mussten sich damit befassen.

Mussten entscheiden, was sie tun sollten.

Tränen liefen Nicole übers Gesicht. »Nein, du irrst dich. Merlin ist ein Mythos. Das ist ein Trick. Die Prophezeiungen sind nicht echt.«

»Niki, es tut mir so leid«, entgegnete Amanda. »Aber …« Sie verstummte, als könnte sie es nicht ertragen, den Satz zu vollenden.

»Aber Amanda, das ist *Owen.*« Nicoles Gesicht verzerrte sich, und sie konnte sich kaum mehr zusammenreißen. Allmählich ergab sie sich ihrer Angst. Wenn sie zusammenbrach, würde Amanda sich um sie kümmern müssen, und das würde ihre Zwillingsschwester vielleicht lange genug ablenken, damit … damit was?

Nein. Sie musste einen kühlen Kopf bewahren. Owen war auf sie angewiesen.

»Das ist Owen«, würgte sie hervor. Alles in ihr war verkrampft vor kaltem Grauen – Knochen, Blut und Seele.

»Ich weiß.« Amanda ließ den Kopf hängen und begann zu weinen.

»Du hast selbst gesagt, dass dieses Haus böse ist. Und das da ist ein böses Buch.« Nicole hatte Mühe, die Worte herauszubringen. Der Kloß in ihrer Kehle erstickte sie beinahe. Am liebsten hätte sie das Buch genommen und aus dem Fenster geworfen oder es im Kamin verbrannt.

»Es ist das Buch von Merlin, einem der größten Zauberer aller Zeiten«, erwiderte Amanda. Sie stand auf und trat zu Nicole. »In dieser Nacht habe ich jemanden singen hören. Das war Owen, Niki. *Ganz* sicher.«

»Du hast auch gesagt, jemand hätte deine Hand gepackt. Und Owen hat tief und fest geschlafen.« Nicole stürzte sich auf dieses Argument wie eine Frau, die auf dem Galgen um ihr Leben fleht. »Er hat geschlafen. Das kannst du nicht abstreiten.«

»Ich weiß nicht genau, was passiert ist. Aber ...«

Nicole wirbelte herum. Amandas Gesicht war fleckig und geschwollen, so sehr hatte sie geweint. Der Anblick jagte Nicole Angst ein – es sah aus, als hätte Amanda alle Hoffnung aufgegeben.

»Und was ist mit den anderen Sachen?«, fügte Nicole hastig hinzu. Unwillkürlich hob sie die Stimme. »Er hat kein Mal hinter dem Ohr. Er hat nichts Unschuldiges getötet, und auch sonst nichts. Das hat er nicht, Amanda, gib es zu!«

Amanda zögerte, denn sie spürte Nikis verzweifelte Hoffnung. »Vielleicht stimmt das Buch nicht«, versuchte sie es, obwohl ihr dabei das Herz brach. Denn sie glaubte nicht, dass sich das Buch in irgendeiner Weise täuschte.

Owen töten? Ihren süßen kleinen Neffen? Ein *Baby*?

Sie konnte sich nicht vorstellen, so etwas zu tun. *Sie* konnte sich buchstäblich nicht einmal in Gedanken dazu bringen. Wer könnte es? Ihr Vater – Owens Großvater? Tommy? Beide würden eher sterben. Vielleicht würden sie sogar die ganze Welt opfern, ehe sie ihrem Baby etwas antaten – denn er war jetzt ihrer aller Kind. Sie wussten zwar nicht, wer sein Vater war, aber Owen war von ihrem Fleisch und Blut.

*Wir können das nicht.*

Amanda kannte nur eine Hexe, die fähig wäre, ein Baby umzubringen, um den Zirkel zu schützen.

»Wo ist Holly?«, heulte sie laut auf.

»Nein«, hauchte Nicole. Sie wurde kreidebleich. »Sprich nicht mal von ihr. Bitte, Amanda.«

»Niki«, erwiderte sie. »Wenn es wirklich getan werden muss, dann ...«

Auf einmal waren von draußen laute Rufe zu hören. Amanda stürzte zum Fenster, und Niki schleppte sich weinend hinterher.

Unten vor dem Haus hielt gerade ein weißer Opel Corsa an. Die Fahrertür ging auf, und Amanda stockte der Atem. Wenn das Holly war ...

Aber sie war es nicht.

Kari Hardwicke stieg aus. *Kari.*

»Aber sie ist tot«, murmelte Amanda.

Nicole schnappte nach Luft. Eine schwarze Katze hüpfte aus dem Wagen, gefolgt von einer zweiten. Nicole presste die Hände flach an die Fensterscheibe, und im selben Moment blieb die Katze stehen und blickte zu ihr auf. Amanda warf ihrer Schwester einen Blick zu. Nicole und die Katze starrten einander an.

»Amanda«, stöhnte sie. »Das ist ...«

Nicole konnte Hecates Namen nicht aussprechen. Sie musste sich irren. Das konnte nicht ihre wunderbare Katze sein, die Holly umgebracht hatte. Es konnte nicht sein, aber dieser feine Kopf, die Art, wie sie mit dem Schwanz zuckte ... sie musste es sein.

»Oh Gott.«

Amanda legte den Arm um ihre Schultern. Der Raum kam Nicole plötzlich eiskalt vor. Sie konnte keinen klaren Gedanken mehr fassen. Sie konnte nur noch auf diese Erscheinung starren, diesen wahrhaftigen Zwilling ihrer toten Tiergefährtin Hecate.

»Vielleicht hat sie irgendwann Junge bekommen, bevor sie … gestorben ist«, suchte Amanda nach einer Erklärung.

Nicole antwortete nicht. Sie war nicht sicher, ob ihr Herz noch schlug, als sie sich vom Fenster abwandte und aus dem Zimmer rannte. Sie wusste auch nicht, ob Amanda ihr folgte. All ihre geistige Energie war auf diese kleine schwarze Katze konzentriert.

Sie nahm die Dienstbotentreppe, weil die breite, geschwungene Treppe zerstört war, und rannte vom hinteren Teil des Hauses nach vorn in das alte Schloss, das der Brand zutage gebracht hatte. Alle zusammen hatten sie den Boden von dicken Asche- und Staubschichten befreit. Falls sich hinter den doppelten Wänden der prächtigen Halle irgendwelche Möbel verbogen hatten, war alles vom Feuer zerstört worden. Nur was aus Stein war, hatte überdauert, darunter ein langer Tisch, der an einen Altar erinnerte, und ein großer Stein mit einer tiefen Spalte.

Sie schob das Portal auf und rannte die steinernen Stufen hinunter. Die letzten beiden übersprang sie und rannte an Kari vorbei, die ganz in Schwarz gekleidet war, bis hin zu einer großen, dunklen Sonnenbrille. Nicole hob die kleinere der beiden schwarzen Katzen hoch und drückte sie an sich.

Energie knisterte zwischen ihnen – schwach, aber wahrnehmbar.

»Du bist es, du bist es wirklich«, jubelte Nicole und küsste Hecate auf den Kopf, die Wangen, die Vorderpfoten. »Oh, Hecate, wie kann das sein?«

Die Katze antwortete nicht. Nicole schmiegte die Wange an sie, küsste sie immer wieder, streichelte sie und weinte vor Freude. »Ach, mein Kätzchen, meine Hecate.« Schließlich blickte sie zu Kari auf.

Kari, die tot sein sollte. Nicole hatte gesehen, wie sie beinahe zweigeteilt worden war. Ein mächtiger Blutschwall war aus Karis Brust geschossen. Und sie hatten sie dort zurückgelassen. Kari, die vor ihr stand und ohne Einladung das Tor passiert hatte.

»Jemand hat dich gerettet«, rief Amanda aus. »Oh, der Göttin sei Dank!«

»Niemand«, sagte Kari tonlos.

Nicole drückte sich Hecate auf einem Arm an die Brust. Kari war dick geschminkt, mit reichlich Rouge und Lipgloss. Langsam nahm sie ihre Sonnenbrille ab, und Nicole fuhr zusammen. Karis Augen sahen nicht menschlich aus.

Tot.

»Ich bin gestorben«, sagte Kari.

Amanda, Richard und Tommy drängten sich um sie. Auf Richards Armen krähte Owen fröhlich. Nicole warf ihm einen gequälten Blick zu. Amanda irrte sich. Sie musste sich irren. Sie musste …

Musste sich irren. Bestimmt hatte die Göttin selbst Kari und Hecate hergeschickt, um sie aufzuhalten …

*»Gestorben?«*, fragte Tommy. Die andere Katze näherte sich Nicole und setzte sich vor sie hin. Sie hob den Kopf und sah Hecate an, und die beiden Katzen miauten.

»Müde«, nuschelte Kari. Sie wandte sich ab und ging die Stufen zum Schloss hinauf. Nicole nahm Owen seinem Großvater ab und hielt ihn auf dem anderen Arm. Langsam folgte sie Amanda, die Kari nach drinnen begleitete. Es erschien ihr ganz natürlich, dass Amanda die Pflichten der Gastgeberin übernahm. Zu Hause war Amanda immer die Liebe gewesen, die Rücksichtsvolle. Nicole war zu sehr damit beschäftigt gewesen, in der Theatergruppe den Star zu geben und sich durch kleine Zauber zu beschaffen, was immer sie wollte – sie hatte gar keine Zeit gehabt, an irgendjemand anderen zu denken.

Kari stand still wie eine Statue, während Amanda das schwere Portal des Schlosses öffnete. Tommy sprang die Stufen hinauf, um ihr zu helfen. Ohne irgendeine Reaktion ging Kari hinein.

Amanda warf Nicole über die Schulter einen Blick zu und verzog das Gesicht. Dann folgte sie Kari nach drinnen, und Tommy ebenfalls. Richard legte Nicole eine Hand auf die Schulter und fasste dann sacht unter Hecates Kinn. Die Katze erlaubte ihm, aufmerksam ihr Gesicht zu mustern.

»Ist das wirklich deine Katze?«, fragte er seine Tochter und machte Anstalten, ihr Hecate vom Arm zu nehmen. »Sie ist irgendwann entlaufen, nicht?«

Hecate fauchte und grub die Krallen in Nicoles Wollpullover. Richard brummte und versuchte noch einmal, sie hochzunehmen. Die Katze löste die Krallen der linken Vorderpfote gerade lange genug aus Nicoles Pulli, um nach Richard zu schlagen.

»Ich finde, du solltest sie nicht gleichzeitig mit Owen auf dem Arm haben. Sie könnte ihn kratzen.«

»Nein«, widersprach Nicole rasch, besann sich aber eines Besseren. Ihr Vater wusste nicht, dass Holly Hecate getötet hatte. Damals, nach dem Tod von Marie-Claire – seiner Frau und Nicoles und Amandas Mutter –, war er in Alkohol und Depressionen versunken gewesen. Inzwischen wussten sie, dass Michael Deveraux sie ermordet hatte.

»Geh zu Daddy, Hecate«, bat Nicole die Katze.

Aber Hecate hörte nicht auf sie. Sie starrte Owen an, und das Baby schien ebenso gebannt von der Katze zu sein. Nicole wartete auf irgendein Zeichen.

Owen begann zu weinen, ohne den Blick von Hecate zu lösen.

*Sieh ihn nicht mehr an. Lass es,* befahl Nicole der Katze. Hecate knurrte protestierend, als Richard ihr den Kopf tätschelte und sie dann sacht von Nicoles Arm nahm.

»Ich frage mich, wie Kari zwei Katzen in einer normalen Passagiermaschine transportiert hat«, bemerkte er nachdenklich.

»Ich glaube, das hat sie gar nicht«, erklärte Amanda langsam, als sie neben ihrem Vater und Nicole stehen blieb. »Ich glaube nicht, dass Kari wirklich hier ist.«

### *Seattle: Dr. Temar*

Dr. Nigel Temar schreckte aus dem Schlaf in eine sitzende Position hoch, was er augenblicklich bereute. Sein Kopf fühlte sich an, als würde er gleich explodieren, und sein Mund war so trocken, dass ihm die Lippen an den Zähnen klebten. Ein rascher Blick auf die Präzisions-Funkuhr an der Wand ließ ihn erneut hochfahren.

Zwei Tage! Wie konnte er zwei Tage verschlafen haben? Er rannte in das andere Zimmer hinüber, um nach Kari zu sehen. Ihr Bett war leer.

In seinem Kopf dröhnte es, und der Raum kippte kreiselnd zur Seite.

Dann begriff er. Sie hatte ihn betäubt, und dann war sie verschwunden.

»Oh nein«, flüsterte er. »Nein.«

Er dachte an Kari ganz allein da draußen, praktisch ein Zombie. Er stellte sich vor, wie verängstigt und verzweifelt sie sein musste … und wenn er ehrlich war, gnadenlos ehrlich … dann musste er zugeben, dass er sich auch vorstellte, irgendjemand könnte sich für sie interessieren, sie untersuchen … und herausfinden, was er, Nigel Temar, getan hatte. Was, wenn jemand sie rückentwickelte, den Prozess umkehrte, seine Methodik, seinen Plan entdeckte, seine Geheimnisse …

Das tat weh.

»Kari«, stöhnte er und schlug mit der Faust gegen den Türrahmen.

Die Zeit arbeitete gegen ihn, doch die Technologie war seine Verbündete. Er würde sie finden, und diesmal wäre es wesentlich einfacher als beim letzten Mal. Vor der Wiederbelebung hatte er ihre Brust zusammengenäht – *nachdem* er einen kleinen GPS-Ortungssender eingesetzt hatte. Schaurig, ja, aber jetzt war er froh, dass er das getan hatte.

»Ich finde dich schon«, flüsterte er.

Das Empfangsgerät mit Monitor lag zwischen den vielen anderen Apparaten, die er benutzt hatte, um sie von den Toten auferstehen zu lassen. Er eilte hinüber und schaltete es an.

Er bekam kein Signal.

*Scarborough: Nicole, Owen, Amanda,*
*Tommy, Richard, Kari und die Katzen*

Richard hatte in seinem Leben schon reichlich Leichen gesehen. Zum Beispiel die Männer und Frauen – und Dämonen –, die er selbst getötet hatte, seit er sich dem Kampf gegen Michael Deveraux und dessen Verbündete angeschlossen hatte. Viele andere gehörten zu seinen Erinnerungen an Vietnam.

Aber er hatte noch nie eine Leiche herumlaufen sehen.

Kari Hardwicke war widernatürlich. Er wollte sie nicht anschauen, geschweige denn im Haus haben. Die anderen hatten offenbar vergessen, dass Kari sie im Stich gelassen hatte und zu ihrem Feind Michael Deveraux geflohen war. Ja, sie war im Kampf um das Hauptquartier des Obersten Zirkels umgekommen, aber das machte sie nicht weniger zur Verräterin. Sie hatte sich einmal gegen sie gewandt, und das konnte sie jederzeit wieder tun, selbst wenn sie tot war.

*Vielleicht ist sie hier, um denen zu zeigen, wo wir sind. Oder sie haben sie irgendwie darauf programmiert, uns zu töten. Michael Deveraux hat dafür gesorgt, dass Dämonen Besitz von Holly ergriffen, und sie hat versucht, uns zu töten. Wenn Armand sie nicht exorziert hätte, wäre ihr das womöglich gelungen. Vielleicht hat ein Hexer Kari versprochen, sie wieder zum Leben zu erwecken, wenn sie uns ein zweites Mal verrät.*

*Oder mein Enkelkind im Schlaf erstickt.*

Richard bestand darauf, dass Nicole Owen in seine mit starken Bannen geschützte Wiege legte, damit er ein wenig schlief. Erst als das Baby sicher oben in Nicoles Zimmer lag, setzte Richard sich hin und begann, Kari zu verhören.

»Trinkst du noch etwas?«, fragte er grob, während er den anderen Teetassen reichte. Ihm wäre ein guter Bourbon lieber gewesen, aber diese Zeiten waren vorbei. In den letzten Wochen seiner Ehe und dann nach Maries Tod war er in eine schreckliche Depression gestürzt. Jetzt fragte er sich, ob Michael Deveraux auch die irgendwie herbeigeführt hatte, um ihn zu schwächen und zu lähmen. Doch nun war der Krieger in Richard erwacht. Ihm würde nichts über die Lippen kommen, was seine Kraft und seine Fähigkeiten mindern könnte.

»Durst«, sagte Kari und nahm mit bläulich-weißen Händen eine Tasse entgegen. Ihre kalten, toten Finger streiften die seinen, und er musste sich energisch zusammenreißen, um nicht zurückzuzucken.

Er setzte sich mit seiner Tasse an den Tisch und musterte seine Töchter. Nicole war bleich und zittrig. Amanda starrte Kari an, als sei diese ein verlorenes Hündchen, dem man helfen musste. Tommy saß schützend neben ihr, doch seine ganze Aufmerksamkeit galt den beiden Katzen, die im Raum herumliefen, als suchten sie nach etwas. Richard war inzwischen klar geworden, dass auch mit den Tieren etwas nicht stimmte.

»Was ist mit dir passiert?«, fragte er nachdrücklich. Amanda erbleichte – sein kleines Mädchen hatte schon immer so viel Rücksicht auf die Gefühle anderer Menschen genommen. Doch er hatte nicht vor, hier herumzusitzen und höflich mit einer Toten zu plaudern. Er hatte eine Familie zu beschützen.

»Gestorben. Dr. Temar. Labor«, sagte sie. Sie bewegte sich leicht, und er sah Intelligenz in ihren toten Augen schimmern. Sie sprach sehr stockend, aber diese Langsamkeit musste vorgetäuscht sein.

»Er hat … dich reanimiert?«, bohrte Richard nach. Seine beiden Töchter rutschten unbehaglich auf ihren Stühlen herum. Nicole schaute nach oben, als könnte sie Owen durch die Decke hindurch sehen. Womöglich konnte sie das tatsächlich. Richard wusste, dass er immer noch nicht ganz verstanden hatte, wozu seine Töchter in der Lage waren.

»Frankenstein.« Sie lächelte nicht. Machte sie sich über ihn lustig?

»Wie denn?«, fragte Richard. »Ist so etwas durch Magie möglich?«

Kari zuckte mit den Schultern. Durch den Dampf aus ihrer Tasse starrte sie auf Hecate hinab.

Die Katze fauchte. Richard starrte sie an, und es dauerte einen Moment, bis die Katze seinen Blick erwiderte. *Verdammt, sie ist auch tot.*

»Ist Dr. Temar eine Hexe?«, fragte Tommy unsicher.

»Nein«, antwortete Kari. »Hecate. Forschung. Experimente.« Sie deutete auf Osiris. »Dann ich.«

Tränen rannen Nicole übers Gesicht. Amanda nahm ihre Hand. Richard spürte, wie die Temperatur in dem kalten Raum um ein paar Grad stieg.

»Verdammt gefährliche Forschung«, bemerkte Richard. Ihm drängte sich der Gedanke auf, welch ein Albtraum es wäre, wenn dieses Wissen in die falschen Hände fiele. Einen kurzen Augenblick lang dachte er daran, nach Seattle zurückzukehren, den Arzt ausfindig zu machen und dessen gesamtes Werk zu vernichten, zum Wohle der Menschheit. Aber dann hätte er Owen und die Mädchen schutzlos zurücklassen müssen, und das war undenkbar.

»Gefährlich«, wiederholte Kari, die ihre eigenen Hände betrachtete.

»Wie hast du uns gefunden?«, fragte Nicole.

»Hecate«, antwortete Kari. »Geflohen.«

*Geflohen*. Richard schüttelte den Kopf. Wie viele von ihnen waren dank dieses endlosen Krieges gegen das Böse schon wie Laborratten gefangen gehalten worden? Nachdem der Drache aufgetaucht war, hatte diese böse Macht ihren Rückzug aus diesem Krieg scheinbar akzeptiert. Die

Vorstellung, dass sie jetzt tatsächlich in Sicherheit waren, dass sie ihren Teil geleistet hatten, war verführerisch gewesen. Doch tief im Innern war er überzeugt davon, dass der wahre Kampf eben erst begonnen hatte. Karis Auftauchen und ihr Zustand bestärkten ihn höchstens darin.

»Wie war es?«, fragte Amanda.

Kari wandte ihr den toten Blick zu. »Hölle.« Sie steckte den Finger in ihren kochend heißen Tee und verzog dabei keine Miene.

»Feuer überall.«

»Schwarzes Feuer?«, fragte Nicole. »Hat Michael Deveraux dich dorthin geschickt, ehe er selbst gestorben ist?«

»Weißes Feuer. Schlimmer«, erklärte Kari. »Schlimmer.« Sie hielt den Finger weiterhin in den Tee getaucht. Richard fürchtete schon beinahe, sie würde sich das Fleisch von den Knochen brühen. »Brennt immerzu. Leiden. Erinnern. Qual. Reue.«

»Sie war *wirklich* in der Hölle«, hauchte Nicole.

Amanda begann zu weinen. Nicole zitterte so sehr, dass sie ihre Tasse abstellen musste. Tommy starrte nur weiterhin stumm die beiden Katzen an, aber Richard vermutete, dass er sie gar nicht richtig sah.

»Wir müssten doch irgendetwas finden können, irgendeinen Zauber, womit wir dir helfen können«, sagte Amanda schließlich.

»Zauber Hecate geholt«, entgegnete Kari.

»Wessen Zauber?«, fragte Richard leise.

»Michael Deveraux«, antwortete Kari.

Richard ballte die Hände zu Fäusten. Sogar tot war der Mann noch ein Stachel in seinem Fleisch, die Schlange im hohen Gras.

Säure brannte in Amandas Magen, während sie Kari beobachtete und über die Hölle sprechen hörte. Wie konnte es einen so grauenhaften Ort geben? Weshalb sollte die Göttin zulassen, dass Kari so sehr litt? Und da sie, Amanda, jetzt davon wusste, wie konnte sie Owen dorthin schicken?

*Aber er ist noch ein Baby. Wie könnte ein Baby in die Hölle kommen?*

Die Tränen, die ihr über die Wangen liefen, galten dem unschuldigen Baby, das über ihnen schlief, und nicht der jämmerlichen Kari. Wenn Amanda irgendetwas für Kari tun konnte, würde sie es tun, aber sie hatte das Gefühl, dass es für Kari keine Hoffnung, keine Rettung mehr gab. Das konnte aber doch nicht auf Owen zutreffen, oder?

*Göttin, was soll ich nur tun?*, betete sie und umklammerte Nicoles Hand. Tommy ergriff ihre andere Hand und drückte sie leicht. Er wusste noch gar nichts.

*Wo ist Holly? Sie würde durch ihre eigenen Gefühle zu ihrem Ziel durchdringen wie ein Laserstrahl. Sie ist viel besser darin, schwere Entscheidungen zu treffen.*

Doch dann fiel Amandas Blick auf Hecate, und sie erschauerte. Holly war vielleicht gut darin, schwere Entscheidungen zu treffen, doch das bedeutete nicht, dass sie sich immer für das Richtige entschied.

In diesem Moment wollte Amanda den anderen enthüllen, was in letzter Zeit mit ihr geschah, gleich jetzt, auf der Stelle. Diese Menschen, die sie liebten, verdienten es vor allen anderen –

– zu wissen –

*Woran habe ich gerade gedacht?*, fragte sie sich erschrocken. Sie konnte sich nicht an die letzten paar Minuten erinnern. Stirnrunzelnd dachte sie zurück und versuchte, die Unterhaltung am Tisch nachzuvollziehen …

Es war, als habe sich ein Schleier darüber gesenkt …

»Amanda?«, fragte ihr Vater.

Sie fuhr leicht zusammen. »Entschuldigung«, sagte sie. »Was ist?«

Sie hatte so ein sonderbares Gefühl …

»So oder so, das alles muss aufhören«, erklärte Tommy. »Wir können so nicht weiterleben.« Er warf Kari einen Blick zu. Oder weiter sterben.

*Außerhalb von Mumbai:*
*Holly, Alex, Pablo, Armand und der Tempel der Luft*

Holly schreckte aus dem Schlaf.

Sie setzte sich auf und blickte sich in der Höhle nach den anderen um. Alex und Armand waren weg. Pablo saß ebenfalls aufrecht, den Kopf zur Seite geneigt, als lausche er auf etwas.

Holly bemühte sich, ebenfalls ihren Geist zu öffnen, um zu sehen und zu fühlen, was ihr verborgen war. Sie schob und drückte gegen die Grenzen ihres Bewusstseins, erreichte aber nichts.

*Du musst deinen Geist leer machen, ehe du mehr sehen und hören kannst, als deine Augen und Ohren wahrnehmen*, erklärte Pablo in ihrem Kopf.

Er kommunizierte jetzt immer öfter auf diese Weise. Holly wusste, warum – er traute Alex nicht ganz.

*Ist schon gut. Ich auch nicht*, sagte sie.

Sie versuchte, Pablos Anweisung zu folgen, alle Gedanken, Ängste und Träume einfach loszulassen. Sie holte tief

Luft, stieß sie wieder aus und stellte sich vor, wie all diese Dinge mit ihrem Atem aus ihr herausströmten. Das tat sie noch zwei Mal, bis sie … nichts mehr fühlte.

Und dann hörte sie … alles.

Der Lärm und die Stimmen, die plötzlich in ihren Kopf platzten, lähmten sie zuerst, denn einen schrecklichen Moment lang fürchtete sie, wieder besessen zu sein. Vor Angst bekam sie keine Luft mehr. Dann drang Pablos Stimme durch ihre Ohren, von außerhalb ihres Kopfes, durch das Geschwätz und das Rauschen.

»Sei ganz still. Lausche nach dem Geräusch, das nicht dazugehört«, wies er sie an und ließ eine Hand an ihrer Wange ruhen. »Lausche nach Unordnung. Einem Ungleichgewicht.«

Sie atmeten im Einklang, und Holly lauschte.

Allmählich gelang es ihr, sich wie kreisend durch die unterschiedlichen Geräusche zu bewegen. Maeve und Stanislaus waren wach und liebten sich. Holly wand sich und wünschte, sie könnte diese Laute wieder aus ihrem Gehirn löschen. In einem anderen Teil der Höhle betete Janet zur Göttin um Kraft, doch wozu, erfuhr Holly nicht. In der Ferne heulte ein Hund.

»Du bist dicht dran«, flüsterte Pablo. »Ich fühle es auch.«

Schließlich hörte sie es, und ihr war augenblicklich klar, dass sie das Geräusch gefunden hatte, das nicht dazugehörte: Irgendwo in der Dunkelheit betete ein Mann zum Gehörnten Gott.

Der Tempel der Luft betete ihn nicht an. Er war ihr Feind.

Holly sprang mit einem Schrei auf die Füße. Pablo stand ebenfalls auf, und gemeinsam rannten sie in die Richtung, aus der sie das Gebet gehört hatten.

»Alarm! Verräter!«, schrie Holly. »Ein Hexer!«

Eine unsichtbare Woge purer Bösartigkeit schlug ihr entgegen und schleuderte sie zu Boden. Neben ihr keuchte Pablo auf und fiel ebenfalls um.

»Wo, Holly?«, brüllte Alex. Männer und Frauen rappelten sich auf, griffen nach Waffen, murmelten Zaubersprüche. Alex' Haar war zerzaust, als hätte er geschlafen. Er packte sie bei der Hand und half ihr auf.

Pablo sah sie an, und sie blickte sich in der Höhle um, in der sich der Coven für den Kampf bereitmachte.

»Wo ist Armand?«, fragte sie. »Armand wird mit den Dämonen fertig. Wenn ein Hexer betet, werden Dämonen ihn erhören.« Sie starrte in die Dunkelheit und beschwor einen Feuerball. »Hat jemand Armand gesehen?«

»Wo ist der Hexer?«, wiederholte Alex und rüttelte sie beinahe vor Drängen. Den anderen schrie er zu: »Auffächern!«

»Dämonen«, flüsterte sie. Die Gruppe nahm ihre Angriffsformation ein. Holly geriet in Panik.

So viele Monate waren sie mit Alex herumgereist. Jeder feindliche Coven, den sie angegriffen hatten, war schwach gewesen und ziemlich leicht zu besiegen. Jeder Dämon, dem sie begegnet waren, hatte seine Energie ganz auf Armand gerichtet. Deshalb hatte sich in ihr die seltsame Überzeugung festgesetzt, dass Dämonen sein Spezialgebiet waren, seine Verantwortung.

*Sei ehrlich, Holly. Nach dem, was sie dir angetan haben, hast du immer noch Angst vor ihnen.*

Sie verzog das Gesicht und versuchte, diese innere Stimme zum Schweigen zu bringen. Stattdessen konzentrierte sie sich auf die Erinnerung an das geflüsterte Gebet. Derjenige, der da geflüstert hatte, war ein Hexer aus Fleisch und Blut, und vor denen fürchtete sie sich nicht. Sie hob die Hände und machte sich kampfbereit.

»Dann los«, sagte sie zu Alex.

Er grinste sie an. »Auf geht's.«

*London: Anne-Louise und Rose*

Anne-Louise hatte Rose, die ihr Haus in London dem Mutterzirkel als Unterschlupf zur Verfügung stellte, noch nie gemocht. Diese Frau verfolgte mit fast allem, was sie tat, ihre eigenen geheimen Zwecke. Rose hatte jedoch gute Verbindungen, und auf ihren beinahe paranoiden Argwohn konnte man sich verlassen. Deshalb fuhr Anne-Louise vom Flughafen Heathrow direkt zu ihrem Haus.

Der Mutterzirkel selbst war nach der Zerstörung des feindlichen Hauptquartiers in Aufruhr. Das überraschte Anne-Louise nicht. Sie hegte schon länger den Verdacht, dass ihre Hohepriesterin Luna einen Großangriff auf den Obersten Zirkel aus irgendwelchen Gründen bisher vermieden hatte. Das war eigentlich unverständlich. Wenn der Oberste Zirkel für alles stand, was der Mutterzirkel bekämpfte, weshalb dann diese Koexistenz in offener, aber letztlich folgenloser Feindschaft?

Irgendein übergeordneter Plan steckte hinter alledem, und Anne-Louise war entschlossen, ihn aufzudecken. Sie war nicht einmal sicher, ob man nur sie wegen ihres Alters, ihrer Fähigkeiten oder ihres Ranges im Dunkeln ließ oder ob alle ihre Hexenschwestern und -brüder absichtlich belogen wurden.

Nach dem Kampf im Park war sie noch zwei Tage lang in Mumbai geblieben und hatte nach irgendeiner Spur von

Philippe oder Eli gesucht. Und nach ihren Leichen. Sie trauerte um Philippe. Eli war ein Deveraux, also hoffte sie, dass er tot war.

Doch sie hatte nichts gefunden und sich schließlich dafür entschieden abzureisen. Sie wollte die Suche nach den Mädchen fortsetzen.

»Sei gesegnet«, hauchte Rose, als Anne-Louise ihr Haus betrat.

»Sei gesegnet«, murmelte Anne-Louise.

Ein paar Minuten später saßen die beiden Frauen auf dem Sofa, jede mit einer Tasse Tee in der Hand. Anne-Louise nippte dankbar an dem heißen Gebräu. Richtig guten Tee zu bereiten war eine Kunst für sich, und die Briten hatten sie jahrhundertelang perfektioniert.

»Nicht, dass ich mich über deinen Besuch nicht freuen würde, aber – weshalb bist du hier?«, fragte Rose schließlich.

Anne-Louise zog eine Augenbraue hoch. »Kannst du das nicht erraten?«

Die andere Frau erbleichte, und in Anne-Louises Kopf schrillte eine Alarmglocke. Rose hatte irgendetwas getan, etwas, das der Mutterzirkel nicht erfahren sollte.

Anne-Louise war selbst alles andere als zufrieden mit dem Mutterzirkel, aber sie konnte das nicht einfach durchgehen lassen. Wenn sie etwas gegen Rose in der Hand hätte, würde es zumindest sehr viel einfacher werden, ihre Hilfe einzufordern. Anne-Louise hatte oft genug den verlängerten Arm des Mutterzirkels gespielt, wie damals, als man sie zu Holly geschickt hatte.

Sie lächelte kalt und starrte ihr Gegenüber durchdringend an. »Wie wäre es also, wenn du mir deine Version schilderst«, sagte sie.

Das war eine geschickte Eröffnung. So musste Rose

selbst entscheiden, wie viel Anne-Louise ihrer Meinung nach wissen konnte, und diese Schätzung würde wahrscheinlich sehr großzügig ausfallen.

»Ich habe nur nach Sasha gesucht, das schwöre ich«, platzte Rose heraus.

Anne-Louise blinzelte und befahl Rose stumm weiterzuerzählen. Sie hatte keine Ahnung davon gehabt, dass Sasha verschwunden war. Niemand hatte ihr etwas gesagt. Vielleicht war es auch noch niemandem sonst aufgefallen.

*Es ist, als hätte sich jeder, der eng mit Holly verbunden ist, einfach ... in Luft aufgelöst.*

»Dr. Frankenstein hat nach Kari gesucht, und wir sind uns sozusagen im Internet über den Weg gelaufen.«

»Wie lautet sein richtiger Name?«, fragte Anne-Louise.

»Ich weiß es nicht. Ich weiß nur, dass er Professor an der Universität in Seattle ist.«

»Weiter«, befahl Anne-Louise.

»Anfangs war er ziemlich zugeknöpft, aber er wusste alles über Hexen, und er wusste, in was Kari da hineingeraten war. Ich habe ihm gesagt, sie sei tot, und da hat er erklärt, das sei kein Problem.« Sie holte tief Luft, als müsste sie sich überwinden fortzufahren.

Anne-Louise schwieg, und Rose erzählte stockend weiter. »Ich ... habe mir Unterstützung besorgt, und wir haben ihren Leichnam geborgen, konserviert und zu ihm nach Amerika geschickt.« Danach war Schluss mit den Geständnissen, als hätte Rose den Kopf eingezogen, weil sie einen Schlag von Anne-Louise erwartete. »Er hatte vor, sie wieder zum Leben zu erwecken.«

Anne-Louise war schockiert. Sie wusste von keinerlei Magie, die so etwas bewirken konnte.

»Wie?«, fragte Anne-Louise. Wenn der Mann als Dr.

Frankenstein bekannt war, bewerkstelligte er so etwas wahrscheinlich gar nicht auf magische Weise.

»Ich weiß es nicht. Es war ausgemacht, dass er es mir sagt, wenn es ihm gelingt. Aber ich habe nichts mehr von ihm gehört.« Sie schluckte schwer. »Ich nehme an, das war naiv von mir.«

Anne-Louise blieb einen Moment lang still sitzen und musterte Rose. Dann nippte sie an ihrem Tee, ehe sie sich wieder an ihr Gegenüber wandte.

»Du *nimmst an*, dass das naiv war?«, fragte sie barsch. »Ist dir klar, was du getan hast?«

»Ja. Ich habe nicht nur einem Außenstehenden unsere Existenz enthüllt, sondern meine Magie auch rücksichtslos zu meinen eigenen Zwecken benutzt und damit meinen Eid gebrochen.« Ihre Stimme wurde immer leiser. »Weil ich … weil ich mehr will als das hier.«

Anne-Louise blickte sich um. Das Haus gehörte dem Mutterzirkel, und Rose leitete es und durfte dafür umsonst hier wohnen. Wenn der Zirkel erfuhr, was sie getan hatte, würde sie diese Stellung ganz sicher verlieren.

»W-was geschieht jetzt mit mir?«, fragte Rose.

»In Anbetracht der zahlreichen Verluste und der Umwälzungen in London werden wir dir vorerst gestatten hierzubleiben«, antwortete Anne-Louise.

Rose kniff die Augen zu. »Danke.«

»Danke mir nicht. Dir muss klar sein, dass dieses Übel dreifach auf dich zurückfallen wird. Das dürfte dann Strafe genug sein.«

Rose senkte ergeben den Kopf.

»Aber was du getan hast, muss rückgängig gemacht werden. Ich brauche die Haare von Kari und den übrigen Mitgliedern ihres Zirkels. Alle.«

»Natürlich«, nuschelte Rose und eilte hinaus. Gleich darauf kam sie mit mehreren kleinen Bündeln zurück, säuberlich verpackt und beschriftet. Was immer Rose sonst sein mochte, sorgfältig war sie jedenfalls. Sie sammelte grundsätzlich ein paar Haare von jeder Person ein, die in ihrem Haus übernachtete. Eine Hexe konnte das Haar eines Menschen dazu benutzen, ihn zu finden. Eine äußerst mächtige Hexe konnte denjenigen sogar über das Haar herbeirufen. Aus diesem Grund war Anne-Louise hierhergekommen. Wo auch immer Holly, Nicole und Amanda stecken mochten, sie waren gut abgeschirmt, und sie brauchte ihre Haare, um sie zu finden und sie zu warnen.

Anne-Louise nahm die kleinen Päckchen und steckte sie in die Innentasche ihres Mantels. Nach einem letzten Schluck Tee stand sie auf und ging zur Tür. Kurz fuhr sie sich mit der Hand über den Kopf, um sich zu vergewissern, dass sie selbst kein einziges Haar hier zurückließ.

»Anne-Louise …«, begann Rose, die ihr nachlief.

»Wir lassen von uns hören«, sagte sie forsch. Damit trat sie auf die geschäftige Londoner Straße hinaus, auf der keiner der Passanten ahnte, dass eine Hexe mitten unter ihnen ging.

Wisper, die Katze, gesellte sich zu ihr. Das Hexentier, das plötzlich bei ihr aufgetaucht war, während sie sich nach der Schlacht auskuriert hatte, trabte neben ihr her. Die Katze protestierte nicht, als Anne-Louise sie hochhob.

»Keine Hexer. Alles ist ruhig«, flüsterte Wisper ihr ins Ohr.

Der Wind war frisch, und Anne-Louise eilte zu dem Hotel, in dem sie übernachten wollte. Noch vor ein paar Monaten wäre es undenkbar gewesen, dass ein Mitglied des Mutterzirkels sich derart ungeniert in London zeigte.

Doch nach dem vernichtenden Schlag gegen das Hauptquartier des Obersten Zirkels hatte sich viel verändert. Die Stadt war noch immer eine Domäne der Hexer, doch ihnen fehlten die zentralisierte Macht und der Mut, offen zuzuschlagen.

Auf ihrem Zimmer verzehrte sie ein leichtes Abendessen. Wisper bekam eine Dose Katzenfutter. Dann reinigte Anne-Louise sich für das Ritual und zeichnete mit der Gratis-Bodylotion aus dem Bad einen Kreis auf den Teppich ihres Hotelzimmers. Sie stellte Kerzen in den vier Himmelsrichtungen auf und setzte sich in den Kreis. Wisper tapste auf Samtpfoten darum herum. Anne-Louise sammelte sich und begann.

»Sei gesegnet. Um eine Gunst bitte ich dich, Holly aus dem Hause Cahors suche ich«, erklärte sie der unsichtbaren Welt. »Ihr Haar hab ich hier, ›wo‹ saget mir.«

Ein Windstoß fegte durch den Raum. Die Kerzen flackerten.

Und Wisper sagte: »Mumbai.«

»Das darf doch nicht wahr sein«, stöhnte Anne-Louise frustriert. »Wir müssen zur gleichen Zeit dort gewesen sein.«

Sie schob die zornigen, hektischen Gedanken beiseite. Sie waren unproduktiv und lenkten sie nur ab.

Als Nächstes nahm sie Karis Haare aus dem Päckchen. Auch in dieser Sache würde sie irgendetwas unternehmen müssen, aber sie hatte keine Ahnung, was. Sie erwartete die Nachricht, dass Kari in Seattle sei. Umso erschreckender fand sie die Antwort.

»Scarborough«, sagte Wisper.

Warum war Kari in Scarborough? Was um alles in der Welt hatte sie dort zu suchen?

»Nicht was. Wen«, sagte Wisper.

»Wen?«, wiederholte Anne-Louise.

Die Katze starrte sie nur an und schlug sacht mit dem Schwanz. Spontan entschied Anne-Louise sich als Nächstes für Amandas Haare.

*Scarborough.*

Mit wachsender Erleichterung wurde ihr klar, dass sie schon morgen Mittag dort sein könnte. Sie griff nach Nicoles Strähne, zögerte dann aber. Philippe hatte ihr erzählt, dass Nicole und Amanda zusammen gewesen waren, als er sie zuletzt gesehen hatte. Also hob sie sich Nicoles Haar lieber noch auf für den Fall, dass sie wieder einmal eine der Cahors-Hexen suchen musste.

Sie beendete ihr Ritual, löste den Kreis auf und machte sich bettfertig. Dabei fragte sie sich unablässig, warum die Zwillinge in Scarborough sein mochten und warum Kari ebenfalls dorthin gegangen war.

Wisper hatte keine Antworten für sie. Das Hexentier rollte sich neben ihr auf der Matratze zusammen, putzte sich und schlief dann ein.

## *Berlin: Jer*

Jer streifte wie ein Blinder durch die Straßen von Berlin. Er sah weder die Geschäfte noch die Menschen, die an ihm vorbeiliefen, oder die Autos, von denen ein paar ihn beinahe überfuhren. Er sah nur sein eigenes Leben vor sich, wie er es durch Eves Augen erblickt hatte. So lief er herum und dachte nach, den Teddybär in die große Tasche seines Trenchcoats gestopft.

Er war ein Deveraux, und er hatte lange versucht, dagegen anzukämpfen, als könnte er diese Tatsache irgendwie aus der Welt schaffen. Jetzt wurde ihm klar, dass das ein Fehler gewesen war. Alle seine Freunde, Eddie, Kialish, Dan, Kari – sie alle waren an seiner Eitelkeit zugrunde gegangen. Wie viele Leben hätte er retten können, wenn er seinen Vater eines Nachts einfach im Schlaf ermordet hätte? Stattdessen hatte er versucht, den edlen Ritter zu spielen, obwohl er sehr wohl wusste, dass er keiner war und nie einer sein würde. Und in seiner selbstsüchtigen Besessenheit, sein zu wollen, was er nicht sein konnte, hatte er auch Holly von sich gestoßen.

*Es wird Zeit, dass ich aufhöre, mich selbst zu bemitleiden. Dauernd Ausreden zu suchen. Zeit, für mich einzustehen.*

Er zog den Teddy aus der Tasche und starrte das Stofftier lange an. Seine Kindheit war alles andere als normal gewesen. Aber irgendwann musste er ja die Verantwortung für sich selbst übernehmen, für seine Aktionen und Reaktionen.

Seine ziellosen Schritte führten ihn wieder zur Gedenkstätte der Berliner Mauer. Sein Blick haftete lange an dem Denkmal. Über so vieles im Leben hatte ein einzelner Mensch keine Kontrolle – wie über das Schwarze Feuer, von dem seine Familie irrigerweise geglaubt hatte, sie könnte es beherrschen. Hervorbringen konnte sie es, kontrollieren aber nicht.

Andere Dinge hingegen lagen in der Hand des Einzelnen. Man konnte sich dafür entscheiden, sich elend zu fühlen. Oder damit aufzuhören.

Jer holte tief Luft … und traf seine Entscheidung.

*Scarborough:*
*Nicole, Amanda, Tommy, Richard, Owen, Kari und die Katzen*

*»Are you going to Scarborough Fair? Parsley, sage, rosemary and thyme.«*

Nicole beendete ihr gesummtes Lied mit einem Seufzen, zupfte von ihren Kräuterbündeln – Petersilie, Salbei, Rosmarin und Thymian – je ein paar Zweige ab und warf sie in die Suppe, die sie gerade kochte. Sie schaute noch einmal in das Kochbuch und rümpfte die Nase, als sie den Dampf aus dem Topf roch. *Erinnert eher an einen brodelnden Hexentrank.*

*»Remember me to one who lives there.«*

Ihre Gedanken flogen zu Philippe, und sie sandte wieder einmal ein rasches Gebet zur Göttin empor, dass sie ihn schützen und sicher zu ihr zurückbringen möge. Er fehlte ihr so sehr, sie brauchte seine beruhigende Gegenwart, seine Klugheit. Er war ihr Anker, wie Amanda früher.

Doch jetzt ging sie Amanda aus dem Weg, weil sie fürchtete, ihre Schwester könnte die Prophezeiung wieder zur Sprache bringen. Verlangen, dass sie Owen töteten. Karis Ankunft hatte alle davon abgelenkt.

Ein kurzer Aufschub.

*»Then she'll be a true love of mine.«*

»Lied?«, sagte Kari und riss Nicole aus ihren Gedanken. Sie kam in die Küche geschlurft und starrte in Nicoles Suppentopf hinab.

»Lied? Dieses Lied? Was ist damit?«, fragte Nicole verwirrt.

»Immer. Tommy, Amanda, du«, antwortete Kari.

Ein Schauer rieselte Nicole über den Rücken. Sie bemühte sich um einen beiläufigen Tonfall. »Tja, wir wohnen zur Zeit in Scarborough. Da geht einem eben ständig dieses Lied im Kopf herum!«

Kari schüttelte den Kopf. »Zauber«, verkündete sie.

Nicole holte tief Luft. »Nein, das ist kein Zauber«, widersprach sie unsicher und sah dem toten Mädchen forschend in die Augen. »Oder *weißt* du, dass es ein Zauber ist?«

Kari antwortete nicht.

Nicole war auf einmal eiskalt. Und sie hatte Angst. »Wie wäre es stattdessen mit einem Weihnachtslied? Gibt es eines, das du besonders magst?«

Kari schüttelte den Kopf.

*Können die Toten überhaupt noch irgendetwas besonders mögen?*, fragte sich Nicole. Und konnte eine Seele, die in die Hölle gefahren war, ein Lieblings-Weihnachtslied haben?

»*We three kings of Orient are*«, begann Nicole zu singen.

»*Bearing the gifts we travel so far*«, fiel Tommy ein, der gerade in die Küche spazierte.

»Ihr seid ja bestens aufgelegt«, bemerkte Richard und trat zu ihnen.

Nicole lächelte ihren Vater an und zuckte mit den Schultern. Es war ein schwaches Lächeln, doch genau damit hatte sie ihren Vater jahrelang bezaubert.

»Wo ist Owen?«, fragte sie ihn.

»Amanda hat ihn«, sagte Tommy.

»Nein!«, stieß sie hervor.

»Verlies«, sagte Kari.

Tommy schüttelte den Kopf. »Wir haben den ganzen Keller abgesucht, Kari. Es gibt hier kein Verlies.«

Kari schüttelte den Kopf. Nicole ging zu ihr und legte ihr beide Hände auf die Schultern.

»Kari, willst du damit sagen, dass Amanda ...«

»Sprecht ihr von mir?«, fragte Amanda und betrat die

Küche, den schläfrigen Owen auf dem Arm. »Er wollte absolut nicht mehr liegen bleiben«, erklärte sie.

»Gib ihn mir«, schrie Nicole beinahe.

»Stimmt etwas nicht?«, fragte Richard.

Plötzlich erbebte das ganze Haus. Die Suppe schwappte aus Nicoles Topf, und sie schrie auf und drückte Owen fest an sich. Er fing an zu weinen.

»Oh Mann, nicht schon wieder!«, stöhnte Tommy und hielt sich an der Küchentheke fest.

Richard war bereits zum Kühlschrank gestürzt, riss ihn auf und schob eine Tüte Milch und ein großes Stück Käse beiseite. Dahinter holte er zwei Micro-Uzis hervor und reichte eine davon Tommy.

»Ich hoffe bloß, dass das nicht noch ein Drache ist«, sagte Tommy und hängte sich den Riemen um den Hals.

Owen weinte laut. Amanda beugte sich zur Seite und schaltete den Herd aus.

»Ich hoffe, es ist einer. Wie man die umbringt, weiß ich wenigstens«, knurrte Richard. »Mädchen, ab nach draußen.«

Nicole packte Amanda am Arm und zog sie in Richtung Tür. Ehe sie zwei Schritte weit gekommen waren, explodierte die Wand, Steinsplitter prasselten auf sie herab. Ein Dutzend davon schnitten Nicole Kopfhaut und Arme auf, während sie sich schützend über ihr Baby beugte.

Dann erschien eine über drei Meter große Gestalt hinter dem Schutt. Sie sah menschenähnlich aus, doch der Körper war mit dunklem, verfilztem Fell bedeckt, das nach Tod und Verwesung stank. Nicole wich hastig zurück, und die Kreatur warf den Kopf in den Nacken und gab ein Kreischen von sich.

Jeder Nerv in Nicoles Körper zuckte vor Schmerz. Sie schrie und hielt Owen die Ohren zu. Wenn ihre Beine sich nicht wie ihr ganzer Körper starr verkrampft hätten, wäre sie in die Knie gegangen. Amanda neben ihr wimmerte.

Owen jedoch begann zu lachen und wedelte mit den runden Ärmchen.

Tommy fand als Erster die Sprache wieder. »Göttin, lass meine Beine frei, das Ungeheuer stumm nun sei.«

Das war einer der lächerlichsten Zaubersprüche, die Nicole je gehört hatte. Einen Augenblick später warf das Geschöpf erneut den Kopf zurück, doch tatsächlich drang kein Laut aus seinem Maul.

Sie konnte ihre Muskeln gerade rechtzeitig wieder gebrauchen, um nicht wie eine Statue umzukippen, als Tommy sie, Amanda und Owen zu Boden stieß und sich schützend über sie warf. Richard feuerte einen Kugelhagel auf das Geschöpf ab, doch es brummte nur und schlug danach wie nach lästigen Fliegen.

»Was ist das für ein Ding?«, kreischte Amanda.

»Yowie«, antwortete Kari, die auf ihrem Hocker am Tresen saß, mit leerer Stimme.

Nicole packte Kari am Knöchel und wünschte, das hätte sie nicht getan. Sie schauderte, als sie Karis unnatürlich kalte Haut spürte. »Was ist ein Yowie?«

»Aborigines-Mythos. Bigfoot. Menschenfresser«, berichtete Kari.

»Wie töten wir ihn?«, fragte Richard.

»Ich weiß nicht«, sagte Kari.

»Wir müssen es mit Magie versuchen. Diese Kugeln nützen nichts«, rief Tommy.

Der Blick des Yowie streifte einen nach dem anderen, bis er an Owen haften blieb. Mit aufblitzenden Augen stürzte das Geschöpf vor.

»Nein!«, schrie Nicole und erhob sich auf die Knie. Mit

ihrer freien Hand schleuderte sie dem Yowie einen Feuerball an die Brust, doch der versengte nur ein wenig Fell.

Das Geschöpf beugte sich herab und riss Owen aus ihrem Arm. Nicole kreischte, Amanda brüllte etwas, das Nicole nicht verstand, und Tommy und Richard stellten sofort das Feuer ein.

»Owen!«, schrie Nicole gellend.

Amanda brüllte wieder etwas. Das Ungeheuer ließ Owen fallen, und Richard hechtete vor seine Füße und fing das Baby auf.

Amanda schrie zum dritten Mal.

Und dann explodierte der Yowie. Klumpen von Organen und Muskeln, Fellfetzen und Blut spritzten durch die Küche und trafen alle.

Einen Moment lang herrschte vollkommene Stille. Dann fiel Tommy würgend auf die Knie. Nicole riss Owen an sich. Beide waren mit Blut und Gedärm besudelt. Kari hatte sich immer noch nicht gerührt.

»Wie hast du das gemacht?«, fragte Nicole Amanda.

Amanda schüttelte nur den Kopf.

»Was hast du da gerufen?«

»Ich weiß es nicht«, gestand Amanda flüsternd. »Ich habe nur daran gedacht, dass er Owen nicht bekommen darf. Dann wurde alles einen Moment lang … irgendwie neblig … und dann, wumm!«

»Ist jemand verletzt?«, fragte Richard.

Nicole blickte sich um. Alle waren so mit Blut und Eingeweiden bespritzt, dass sie schwer abschätzen konnte, ob es Verletzte gab. Sie spürte, dass sie kleine Schnittwunden von Steinsplittern abbekommen hatte, und nahm an, dass es den anderen genauso ging.

Richard öffnete die Schublade mit den Geschirrtüchern,

hielt ein paar davon unter den Wasserhahn und warf sie den anderen zu. Nicole wischte ihr Baby so sauber, wie es ging. Owen lächelte sie an, als sei nichts geschehen.

Nun konnten sie nach ihren Verletzungen sehen. Die umherfliegenden Steinsplitter hatten nur Amanda, Tommy und sie getroffen. Richard und Kari hatten in dem Moment so weit seitlich gestanden, dass sie nichts abbekommen hatten.

Nicole wischte weiter Blut von ihrem Kind. Sie würde Owen baden müssen.

In Wasser.

Sie bemerkte Hecate, die durch die Trümmer schlich. Die Katze, die Holly ertränkt hatte. Leicht hysterisch drückte sie Owen an ihre Brust.

»Augenblick mal«, sagte Richard und beugte sich zu Owen hinab. Vorsichtig drehte er dessen Kopf zur Seite, nahm Nicole das nasse Geschirrtuch ab und säuberte den Kopf des Jungen. »Sieht aus, als hätte er doch eine hässliche Schnittwunde abbekommen. Davon wird sicher eine Narbe zurückbleiben, aber die dürfte zum Glück unter seinen Haaren verschwinden.«

Nicole konnte sich nicht überwinden, selbst hinzuschauen. Stattdessen tauschte sie einen Blick mit Amanda und sah ihre eigene Angst in den Augen ihrer Zwillingsschwester gespiegelt. »Wo?«

»Hier, hinter seinem linken Ohr«, antwortete Richard.

*Das Mal hinter dem linken Ohr.* Die Welt kippte zur Seite, und einen Moment lang glaubte Nicole, sie würde ohnmächtig werden. Amanda krümmte sich und übergab sich heftig.

»Nehmt nur das Allernötigste mit. Wir verschwinden von hier«, sagte Richard.

Damit war Nicole ganz und gar einverstanden.

# Acht

# Zimt

Deveraux herrschen in großer Zahl
Nicht Gutes, nur Böses ist unsere Wahl
Wir spielen mit dem Feuer des Gottes
So sind die Hexen alle des Todes

Alter Mond, zeigst dein volles Gesicht
Wir tanzen und singen in der Göttin Licht
Das Jahr vergeht, wir drehn uns in Kreisen
Alles ist Wandel, wir dürfen nicht zweifeln

*Außerhalb von Mumbai:*
*Holly, Pablo, Armand, Alex und der Tempel der Luft*

Holly hatte sich lange nicht mehr so gefürchtet. *Warum denn bloß? Du hast Tausende Krieger, lebendige wie tote, in die Schlacht geführt. Du bist die mächtigste lebende Cahors-Hexe, vielleicht die mächtigste aller Zeiten. Du schaffst das.*

Irgendwo in ihrem Geist hörte sie finsteres Gelächter, das durch sein eigenes Echo ständig lauter zu werden schien.

Pablo neben ihr rang keuchend nach Luft. Sie spürte die

Angst, die er in wahren Wogen ausstrahlte. Pablo, der kaum je irgendwelche Gefühle zeigte – Pablo, der sonst so furchtlos war.

Irgendetwas lief hier schrecklich falsch. Angst und Verwirrung rangen um die Kontrolle über ihre Gedanken. Sie begann am ganzen Körper zu zittern und spürte, wie eine kalte Taubheit durch ihre Hände und Füße emporkroch. Als sie den Mund öffnete, um einen Zauber zu sprechen, drang nur ein leises Quietschen heraus.

Sie wandte sich Pablo zu und sah das Entsetzen in seinen Augen. Er öffnete und schloss den Mund, als versuchte er, etwas zu sagen.

*Falsch ... falsch.*

Das war Pablos Stimme in ihrem Kopf, doch sie hörte sich an, als spräche er sehr langsam und mit einem leichten Lallen.

*Hat man uns unter Drogen gesetzt?*, fragte sie sich erschrocken.

Aus der Dunkelheit kamen Ungeheuer – graue, ledrige Dämonen mit Reptilienaugen und fledermausähnliche Gestalten mit Flügeln und glitzernden Fangzähnen und Klauen auch im Gesicht. Hinter ihnen erschien ein Dutzend tief verhüllter Hexer, die Energieblitze auf den Tempel der Luft abfeuerten.

»Los, los, los!«, brüllte Alex. Er stand breitbeinig vor seinen Leuten, ein ehrfurchtgebietender Krieger.

Holly zwang ihre Hände, sich zu heben, und beschwor einen Feuerball. Er flackerte einen Moment lang auf ihren Fingerspitzen, ehe er wieder erlosch und verschwand.

Ein gehörnter Dämon mit roter Haut packte sie mit einer gigantischen Faust. *Ich werde von Hellboy zerquetscht*, dachte sie, während sie versuchte, sich aus seinem eisernen Griff zu befreien. Der Dämon lachte, und von seinem Schwefelatem schossen ihr brennende Tränen in die Augen.

Mit der anderen Hand hieb er nach Pablo. Die klauenbewehrten Finger fuhren auf ihn herab, und der Junge ging mit einer riesigen, offenen Bauchwunde zu Boden.

*Nein!* Holly trat und schlug um sich und betete darum, nur einen einzigen Zauber wirken zu können. Doch es kam keine Woge der Kraft, und es erschien auch keine schwarz verschleierte Frau, weder die Göttin noch ihre böse Ahnfrau Catherine.

Der Dämon drückte fester zu, und ihre Rippen knackten, so dass sie aufstöhnte. Sie biss ihn, und zähes schwarzes Blut sickerte in ihren Mund. Sie musste würgen, und der Dämon lachte noch lauter.

Mit einer Stimme, die den Boden erbeben ließ, sagte er: »Du willst mein Blut trinken, kleine Hexe? Hältst du dich für eine Verfluchte? Du bist nichts, nur ein Kind, und ein sehr dummes obendrein. Du wirst sterben, und nichts von dir wird es schaffen, diese menschliche Hülle zu verlassen.«

Diese Stimme …

»Ja, du kennst mich«, sagte der Dämon und legte die freie Hand auf seine Wunde; die blutete schon nicht mehr. »Du kennst mich, Holly Cathers. Du hast mich sterben sehen.«

Tatsächlich, das hatte sie – im Hauptquartier des Obersten Zirkels in London. Er war zusammengebrochen, und dann war dieses … dieses Monster aus ihm hervorgekrochen.

»Sir William«, japste sie. Es war vorbei. Er würde sie töten.

Er grinste hässlich. »Im Geiste, sozusagen. Und keine

Sorge, ich habe auch deine Cousinen im Auge behalten, sie werden als Nächste sterben.«

Sie starb bereits, sie spürte es ganz deutlich. Ihr Herz pochte zu schnell und zu laut. Es würde explodieren. Der Rest ihres Körper kribbelte vor Entsetzen. Kalte Lähmung breitete sich in ihren Adern aus – umso besser vielleicht, denn sie wollte nur noch, dass der Schmerz aufhörte.

Hoffnungslos geschlagen schloss sie die Augen. Und dachte an Jer.

Dann rief jemand ihren Namen, aber sie wusste nicht, wer das war. War es Jer? War die Göttin am Ende doch so gnädig, sie im Tod zu vereinen?

»Holly, um der Liebe der Göttin willen!«

Sie öffnete die Augen. Armand stand neben dem Dämon und schlug mit all seinen Kräften auf ihn ein. Sie war also tatsächlich verloren.

*Wenn Armand dieses Ungeheuer nicht töten kann, dann kann es niemand.*

Auf einmal schrie Sir William auf. Unter zornigem Gebrüll ließ er sie los. Sie schlug hart auf dem Boden auf, und ihre Glieder zuckten unkontrolliert.

»Du Dreckskerl. Stirb!«

Alex attackierte Sir William mit erhobenen Händen, aus denen magische Blitze auf ihren Erzfeind zuschossen. Er landete mehrere Treffer an Sir Williams mächtigem, gehörntem Kopf. Eine Klaue splitterte aus ihrem Nagelbett. Alex traf seine Brust. Armand schleuderte ihm einen Feuerball nach dem anderen in den Rücken.

Sie roch versengte Haut.

Da holte Sir William mit einem Arm aus und schlug nach Alex. Er würde ihn treffen.

*Nein!*

Sie versuchte, ihm eine Warnung zuzurufen, aber im nächsten Moment wurde ihr schwarz vor Augen.

*Berlin: Jer und Eve*

Eve hatte recht gehabt: Jer hatte sie mit Leichtigkeit wiedergefunden. Als er um zwei Uhr morgens an ihre Tür klopfte, überraschte es ihn kaum, dass sie angezogen war und fertig gepackt hatte.

»Da bin ich«, sagte er, denn im Grunde brauchte er nicht mehr zu sagen.

Sie nickte. »Ich habe gerade herausgefunden, wo deine Freundin ist. Wir müssen uns beeilen, sie steckt in gewaltigen Schwierigkeiten.«

*Scarborough:*
*Nicole, Owen, Amanda, Tommy, Richard, Kari und die Katzen*

Gefangen.

Nicole roch Lebkuchen und Kieferndurft, während sie zusah, wie im Garten dicke Flocken zu Schneeverwehungen so groß wie Heuhaufen aufgetürmt wurden. Die Formschnitthecken waren in Weiß gehüllt. Wut und Angst brodelten in ihrem Magen. Die Julnacht rückte immer näher. Sie wäre überall lieber gewesen als hier, mit der zombieartigen Kari, Osiris und ihrer verlorenen, geliebten Hecate.

Angeführt von ihrem Vater hatten sie die Flucht ergriffen, doch sobald sie durch das Tor hinausfuhren, wurde Owen blass und übergab sich. Sie, Amanda und Tommy murmelten schützende Zauber, doch nichts half. Richard wollte schon den Weg zum Krankenhaus einschlagen, als Kari dumpf sagte: »Umdrehen. Baby … stirbt.«

Also kehrten sie um wie Gefangene, deren Flucht gescheitert war. Sobald sie sich wieder auf dem Anwesen befanden, gewann Owen seine rosige Gesichtsfarbe zurück und wedelte fröhlich mit den dicklichen kleinen Händen. Sie steckten hier fest.

Also beschlossen sie, zumindest dafür zu sorgen, dass sie im Haus so sicher wie möglich waren. Keine weiteren Überraschungsbesuche von Yowies und ihren Freunden. Die Schwestern verstärkten alle ihre Banne und zitierten den Anwalt Derek herbei. Er kam mit einer Julgabe – einem Plumpudding – und inspizierte auf ihre Anweisung hin ihre magische Arbeit. Außerdem ließen sie ihn die Hexermagie überprüfen, die auf dem Anwesen installiert war.

»Es überrascht mich, dass überhaupt etwas durch all diese Banne gelangt ist«, bemerkte er.

»Wen kann ich verklagen?«, fragte Nicole zornig.

Er zeigte ihnen auch, wie sie ihre Munition »aufrüsten« konnten, so dass zusätzlich zu der Kugel ein Zauber das Ziel traf. Genau genommen sprach er nicht von »Ziel«, sondern von »Feind«.

Er sprach aus, was Nicole insgeheim befürchtete: Abgesehen von dem Drachen und dem Yowie waren sie in Haus Moore sicherer als sonst irgendwo in England – oder dem Rest der Welt. Die Cahors-Hexen hatten zahlreiche Feinde.

»Ihr glaubt also nicht, dass es die Deveraux waren«, sagte er. Passend zum Feiertag trug er einen schwarzen Anzug mit einem Stechpalmen- und einem Mistelzweig am Revers. Rot und Grün, das waren die Farben der Deveraux, vielleicht aus milderen Zeiten, als sie den Gehörnten Gott in seiner Inkarnation als Grüner Mann verehrt hatten.

Die Cahors-Farben waren Schwarz und Silber, und Nicole trug immer Silber, soweit es möglich war. Echtes Silber wehrte angeblich Werwölfe und andere böse Kreaturen ab. Sie hoffte, dass es sie und ihre Familie schützen würde.

»Nein«, antwortete Nicole. Sie saßen mit Derek im alten Teil des Hauses vor dem Kaminfeuer und tranken Glühwein. Sie und Amanda hatten abgesprochen, dass sie Derek nichts von Merlins Buch oder der Prophezeiung sagen würden. Weshalb sollten sie auch? Er gehörte zum Obersten Zirkel.

Derek streckte die langen Beine aus. »Und ihr habt nichts von ihnen gehört.«

Seine Stimme klang beiläufig, doch Nicole hörte die Anspannung darin, die Neugier. Sie fragte sich, ob auf die beiden Deveraux-Brüder eine Art Kopfgeld ausgesetzt war.

*Bleib weg, Eli,* dachte sie und wiegte Owen auf den Armen. *Ich glaube, diese Leute wollen dir übel.*

Doch ein Teil von ihr wünschte sich, Eli möge plötzlich vor der Tür stehen. Sie waren ein wüstes, außergewöhnliches Paar gewesen, über das man in ganz Seattle geredet hatte – Eli Deveraux und seine wilde, minderjährige Freundin Niki Anderson, die zu viel tranken, zu schnell fuhren und sich liebten, während irgendwo im selben Haus Elis Vater Michael böse Dinge tat. Unvorstellbare Dinge. Und es mit Nicoles und Amandas Mutter trieb …

*Michael und Mom sind nun beide tot,* dachte sie. Sie wünschte von ganzem Herzen, dass ihre Mutter Richard jetzt sehen könnte – ihren persönlichen Elitesoldaten, ihren Beschützer. Jahrelang hatte er zu vergessen versucht, dass er ein Krieger gewesen war. Nicole war aus tiefster Seele dankbar dafür, dass ihm das nicht gelungen war.

»Nein«, antwortete sie. »Nichts.«

Nachdem Derek gegangen war, begannen Richard, Amanda und Tommy den Weihnachtsbaum zu schmücken. Das war ein schwacher Versuch, ein wenig Normalität herzustellen, aber diese Handlung besaß durchaus Macht. Weihnachtsbäume gehörten zu den Wicca-Ritualen, mit denen die Julnacht gefeiert wurde, genauso wie zum traditionellen Weihnachtsfest. Der erste Baum, den Richard vor drei Tagen ins Haus Moore gebracht hatte, war ein gesunder, lebender Baum samt Wurzelballen gewesen – er hatte ihn nach den Feiertagen im Garten einpflanzen wollen. Doch der Baum war verdorrt, sobald er ihn hereingebracht hatte. Sämtliche Nadeln waren braun geworden und abgefallen. Im Moore-Haus war er abgestorben.

*Lag das daran, dass er ein Lebewesen war und wir ihn nicht eingeladen hatten, das Anwesen zu betreten?*, fragte Nicole sich plötzlich besorgt. Sie hatten weder Kari noch die Katzen förmlich hereingebeten.

*Sie sind nicht lebendig.*

Sie begann zu zittern. Der Drang davonzulaufen war beinahe überwältigend. Als Holly noch die Anführerin ihres Zirkels gewesen war, hatte Nicole sich nach Europa abgesetzt und versucht, alles hinter sich zu lassen. Doch Michael Deveraux' Lakaien hatten sie verfolgt, mal als Krähen, mal als bedrohliche Schatten, die an den Mauern von Gebäuden hinabglitten, wenn sie vorbeiging. Sie erinnerte sich noch gut daran, wie sie im kühlen Halbdunkel des Doms von Köln gesessen hatte. Die Gebeine der Heiligen Drei Könige waren hier bestattet, in einem fantastischen, mit Edelsteinen besetzten goldenen Schrein. Licht schimmerte auf den Gesichtern der Heiligenfiguren, und sie saß auf der harten Kirchenbank, atmete Weihrauch und altes Gemäuer, versuchte zu beten und nickte ein. Ein

Priester sprach sie an, weil er sie für eine Obdachlose hielt, und sagte ihr, sie müsse gehen. So viel zur Zuflucht im Hause des Herrn.

Draußen warteten die Schatten auf sie. Durch die Mauern und Buntglasfenster, über die Stimmen des Chors hinweg hörte sie Hunderte von Krähen, Diener von Michael Deveraux. Sie spürte, wie sich das Böse um den Dom schloss wie giftiger Nebel. Sie hatte sich von Amanda und Holly getrennt, um ihrem magischen Erbe zu entkommen, doch dadurch hatte sie sich noch angreifbarer gemacht.

Sie hatte den Dom verlassen, schwerer von Ängsten niedergedrückt als zuvor. Und die Schatten hatten sie schließlich auf der Insel Avalon gefunden, wo Michael Moore sie gefangen gehalten hatte. Dann war Eli dort eingedrungen und hatte sie gerettet.

*Er liebt mich. Ganz sicher. Es ist mehr als Begehren und der Wunsch, mich zu besitzen.*

Das Durcheinander ihrer Gefühle schnürte ihr die Kehle zu. Sie war mit Philippe vermählt, und er war ein guter Mann, ein besserer Mensch, als Eli je sein konnte. Außer, die Knochen der Heiligen Drei Könige konnten Wunder wirken, wie viele behaupteten …

»Nicole, was meinst du – mehr Lametta?«, fragte Tommy und riss sie aus ihren Erinnerungen.

Sie lächelte schwach. Auch er war ein guter Mann. Amanda konnte sich glücklich schätzen, ihre wahre Liebe gefunden zu haben. Die beiden überlegten noch, wie sie heiraten wollten. Sollten sie einen Pfarrer ins Haus Moore holen, was Fragen aufwerfen oder furchtbar schiefgehen könnte (vor allem, falls der Mann Kari begegnete oder eine der Katzen zu streicheln versuchte)? Oder sollten sie nach Scarborough aufs Standesamt gehen? Wofür sie sich auch entscheiden mochten, Nicole beneidete die beiden. In ihrer eigenen Zukunft würde es gewiss keine traditionelle Hochzeit mit weißem Brautkleid und allem Drum und Dran geben. Ihre erzwungene Vermählung mit James war ein Albtraum gewesen.

»Du musst auf die andere Seite schauen«, sagte er.

Sie stand auf, und Owen reckte sich Tommy entgegen und krähte. Tommy streckte die Arme nach dem Baby aus. Es fiel ihr immer noch schwer, jemand anderen ihr Kind halten zu lassen, aber Tommy war praktisch Owens Onkel. Also gab sie ihm ihren Sohn, küsste Owen dabei rasch auf den Kopf und ging um den Weihnachtsbaum herum.

Glitzernder silberner Baumschmuck funkelte an den Zweigen. In einer Jeans und einem dunkelblauen Zopfpulli stand ihr Vater ganz oben auf einer Leiter und versuchte, einen fünfzackigen silbernen Stern auf die Spitze zu stecken. Manche Leute behaupteten, das Pentagramm und der Stern von Bethlehem seien ein und dasselbe Zeichen – und jedes Ritual der Wicca bezeuge in Wahrheit dem Christengott Ehre. Da war noch so viel, was sie nicht wussten. Und Nicole hatte keine Ahnung, wen sie fragen könnte.

Amanda drapierte silberne Girlanden über die Zweige. Kari saß auf einem Stuhl, einen Becher voll dampfendem Cidre auf einem achteckigen Beistelltisch neben sich. Osiris und Hecate lagen zu ihren Füßen. Hecate blickte auf, als Nicole sich an Kari vorbeischob, und glitt auf sie zu.

»Hallo, Kätzchen«, sagte sie freundlich, obwohl sie sich insgeheim vor Hecate fürchtete. Sie wollte sich darüber freuen, dass ihre Katze von den Toten auferstanden war, doch sie konnte es kaum ertragen, sie zu berühren.

Ihr Vater lächelte ihr zu, aber sie merkte ihm an, dass alte Erinnerungen ihn bedrückten. Er stieg die Leiter herunter, als sie zu ihm ging, und schlang die Arme um sie. Am liebsten hätte sie sich an seine Schulter sinken lassen und sich ausgeweint. Mit nicht einmal neunzehn Jahren war sie eine Mutter, eine Witwe. Sie war immer davon ausgegangen, dass sie mit neunzehn auf dem College Schauspiel studieren oder vielleicht schon in Los Angeles Fuß fassen würde.

Ihr Blick wurde von Kari angezogen, die roboterhaft aufstand. »Jemand kommt«, sagte sie.

Tatsächlich schepperten unsichtbare Glocken und zeigten an, dass einer ihrer Banne ausgelöst worden war. Richard ließ Nicole los, trat vor sie und griff nach einer Maschinenpistole. Nicole hatte gegen die verzauberte Munition protestiert – was, wenn ein Geschoss versehentlich einen von ihnen traf? Doch als sie jetzt hinter ihrem Vater stand, war sie froh, dass niemand auf sie gehört hatte.

Tommy drückte Owen Amanda in die Arme und griff ebenfalls zur Waffe. Amanda runzelte die Stirn, folgte ihm aber nicht, sondern rückte näher an Nicole heran.

»Wir sind zwei der mächtigsten Hexen auf der Welt«, knurrte Amanda, »aber unsere Männer beschützen uns.«

»Was, wenn es jemand ...« Nicole schluckte schwer und nahm ihrer Schwester Owen ab. Sein Köpfchen roch so wunderbar. Sein Haar war wie feine Seide. »Was, wenn das Owens Vater ist?« Ihr war schlecht.

»Dann wissen wir, wer er ist.« Amanda küsste Owen auf den Kopf. »Wir passen gut auf dich auf, Baby.« Sie lächelte Nicole herzlich an und fügte hinzu: »Und auf dich auch, Niki. Wir werden euch beide beschützen.«

Scham wallte in Nicole auf. Amanda war vermutlich gar nicht klar, wie sehr sie, Nicole, sich auf ihre Zwillingsschwester verließ. Sie war immer mit ihrem ach so dramatischen eigenen Leben beschäftigt gewesen, dass sie Amanda gebraucht hatte, um nicht das Gleichgewicht zu verlieren. In der Highschool hatte sie Amanda als langweilig und uncool empfunden und sie ausgeschlossen, wo immer es möglich gewesen war.

»Mir ist gerade ein ganz abscheulicher Gedanke gekommen«, raunte Amanda. Mit einem Nicken wies sie auf Kari. »Vielleicht sollten wir sie rausschicken und schauen, was mit ihr passiert.«

»Oh Gott, das ist ... praktisch«, entgegnete Nicole und schaukelte Owen in ihren Armen auf und ab. »Falls mir je irgendetwas zustoßen sollte ...« Sie verstummte, denn Owen gab jetzt leise gurgelnde Laute von sich und starrte die Tür an. Falls ihr irgendetwas zustieß, würde sie selbst aus der Hölle zurückkehren, um über ihr Kind zu wachen. Sie konnte nur zurückkommen oder in der Hölle leben. Sofern ihr Kind nicht auch dort bei ihr wäre. Sofern sie ihn nicht selbst in die Hölle hatte schicken müssen. Sie versuchte, die Narbe nicht zu sehen, die er jetzt hinter dem linken Ohr trug, doch sie zog ihren Blick immer wieder auf sich. Es gab drei Zeichen. Er zeigte nur zwei davon. Alles war in Ordnung.

Weitere Banne klingelten und meldeten die Anwesenheit eines Unbekannten. Richard reichte Amanda einen Seherstein. Er konnte das Bild ihres Besuchers in dem Kristall nicht sehen, sie hingegen schon.

Sie schnappte nach Luft. »Das ist Anne-Louise Montrachet«, verkündete sie. »Mit einem Hexentier.«

»Anne-Louise«, stieß Nicole glücklich hervor. »Das ist ja unglaublich!«

Anne-Louise war ihre Verbindung zum Mutterzirkel gewesen und ihnen allen eine liebe und treue Freundin geworden. Sie war verwundet worden, als sie die Mädchen gegen Michael Deveraux verteidigt hatte, und seither hatten sie sie nicht mehr gesehen.

Amanda eilte zur Tür, doch Richard und Tommy hielten sie auf. »Das könnte eine Falle sein«, sagte Richard und öffnete sie vorsichtig selbst.

Amanda spähte an ihm vorbei. Anne-Louise stand am Tor. Sie war für die winterliche Kälte passend gekleidet mit einem langen weißen Mantel und hellen Stiefeln. Auf dem Arm hielt sie eine schlanke graue Katze mit großen goldgelben Augen.

»Oh, der Göttin sei Dank!«, rief Anne-Louise.

»Warte!«, warnte Amanda sie. »Nicole muss dich erst hereinbitten.«

»Ich lade dich ein, Anne-Louise, komm herein«, rief Nicole. »Und dein Hexentier ebenfalls.«

»Er heißt Wisper«, sagte Anne-Louise, nachdem sie zum Haus gerannt und praktisch über die Schwelle gesprungen war. Tränen traten ihr in die Augen, als sie die Zwillingsschwestern mit ihren Lieben sah. Owen krähte sie an, und ihre Miene wurde weich.

»Du wunderbares Kind«, sagte sie und hob segnend die Hand über ihn. Dann hielt sie inne, als wollte sie noch mehr sagen – vielleicht fragen, wer sein Vater war. Doch sie ließ es bleiben, blickte sich stattdessen erstaunt in dem alten Schloss um und deutete dann auf einen Wagen vor dem Tor. »Ich habe nur einen kleinen Koffer.«

»Ich hole ihn«, sagte Richard, stapfte hinaus in die Kälte und zog die schwere Tür hinter sich zu.

»Warum bist du hier?«, fragte Amanda. »Wir freuen uns natürlich, dich zu sehen, aber ...«

»Einen Anruf oder eine E-Mail konnte ich nicht riskieren«, entgegnete Anne-Louise und senkte die Stimme. Wieder zögerte sie. »Ist dieses Haus gut geschützt?«

»Ja«, versicherte ihr Nicole. »Mit unseren Zaubern und auch mit Hexer-Magie.«

Anne-Louise wurde ein wenig blass. Dann nickte sie. »Als eine Moore und eine Cathers seid ihr wirklich gut geschützt. Aber ich habe furchtbare Neuigkeiten. Ich habe Rituale durchgeführt, um nach weiteren Mitgliedern eurer Familie zu suchen, und dabei hatte ich eine Vision. Alex Carruthers ist nicht mit euch verwandt. Er ist ein Betrüger. Und er ist in die Vergangenheit gereist und hat sie verändert.«

Amanda wechselte einen Blick mit Nicole und sah dann wieder Anne-Louise an. Nicole schüttelte stumm den Kopf, als wollte sie gar nicht mehr hören.

Anne-Louise trat vor und ergriff Amandas Hand, dann umschlang sie Nicoles eisige Finger. Nicole schluckte schwer. Wisper, an Anne-Louises Brust geschmiegt, starrte die beiden Cathers-Hexen an.

»In die Vergangenheit gereist?«, fragte Amanda.

»Wer ist er?«, entfuhr es Nicole.

»Ich weiß es nicht genau, aber ich habe so einen Verdacht. Wisper und ich haben starke Bosheit gespürt, schreckliche Macht … Ich glaube, Alex Carruthers könnte in Wahrheit Duc Laurent de Deveraux sein, der von den Toten auferstanden ist.«

Nicole spürte, wie der Boden unter ihren Füßen nachgab. Anne-Louises Griff um ihre Hand war fest und stark. Wärme strömte aus dieser Hand in Nicole, und sie hielt sich auf den Beinen.

»Von den Toten zurückgekehrt. Wie sie?«, fragte Amanda mit Blick auf Kari.

»Ach, Kind«, sagte Anne-Louise zu Kari, die sich ihr zugewandt hatte. »Mächtige Zauber sind hier am Werk. Ich glaube, er hat vor, die Familie Deveraux wieder zu vereinen und in den Kampf zu führen.«

»Gegen den Mutterzirkel?«, fragte Amanda. Nicole fror bis ins Mark.

Anne-Louise schüttelte den Kopf. »Gegen die ganze Welt.« Sie ließ den Blick über die alten Mauern schweifen und richtete ihn dann wieder auf die Mädchen. »Gegen jeden, der sich ihm in den Weg stellt. Er will sämtliche Mächte der Finsternis versammeln und gegen uns entfesseln … und gegen die gesamte Menschheit.«

»Holly«, hauchte Nicole.

»Wir haben überall nach ihr gesucht«, sagte Anne-Louise. »Bisher ohne Erfolg.«

»Oh Gott«, keuchte Nicole. »Was, wenn er sie umgebracht hat?«

»Das glaube ich nicht. Noch nicht«, erwiderte Anne-Louise. »Michael Deveraux hat eure Cousine um den Verstand gebracht. Sie war von Dämonen besessen, und er hat sie benutzt, um euch anzugreifen, bis sie exorziert wurde. Aber ein so mächtiger Hexer wie Laurent de Deveraux wäre sehr wohl in der Lage, ihr das noch einmal anzutun – und sehr viel intensiver.«

»Meintest du das, als du gesagt hast, er hätte die Vergangenheit verändert?«, fragte Amanda.

»Ich weiß selbst nicht genau, was ich damit meine«, erklärte Anne-Louise. »Aber vieles ist nicht so, wie es sein sollte. Wisper ist bei mir erschienen, um mir das zu sagen. Wir leben in einer Welt, die bereits verändert wurde.«

Sie wechselten entsetzte Blicke. In diesem Moment betrat Richard mit einem kleinen weißen Koffer das Schloss.

»Was habe ich verpasst?«, fragte er.

»Oh, Daddy!«, stieß Nicole hervor. »Es ist … nicht richtig. Irgendwas ist nicht in Ordnung.« Tränen liefen ihr übers Gesicht. Es wollte einfach kein Ende nehmen. Sie würden nie wieder sicher sein. In was für eine Welt hatte sie ihr Kind da gesetzt?

»Was meinst du damit?«, fragte Richard. Er wandte sich an Anne-Louise. »Was ist los?«

»Wie ihr wisst, hat Philippe euch verlassen, weil er einen telepathischen Hilferuf von Pablo erhielt. Wir sind uns in Mumbai begegnet.«

»Philippe. Kommt er auch hierher?«, fragte Nicole und wünschte es sich von ganzem Herzen.

»In Indien?«, fragte Richard. »Was zum …«

»Ein Swami hat mich davor gewarnt, dass irgendein Gleichgewicht zerstört worden sei. Er hat den Tempel der Sonne erwähnt. Zuerst dachte ich, er spräche von Machu Picchu in Peru. Aber dann haben wir festgestellt, dass das Monument dort Sonnenpyramide genannt wird. Tempel der Sonne ist ein Begriff aus der zoroastrischen Magie.«

»Zoro-was?«, fragte Tommy und schlang die Arme um Amanda. Sie lehnte den Kopf an seine Schulter. Als spürte Richard, dass auch Nicole Trost brauchte, legte er ihr einen Arm um die Schultern.

»Der Zoroastrismus ist ein magisches Glaubenssystem«, erklärte Anne-Louise. »Viele glauben, dass die biblischen drei Weisen aus dem Morgenland in Wahrheit zoroastrische Zauberer waren. Magier. Und Astrologen; deshalb war ihnen die Bedeutung des Sterns im Osten bekannt.«

»Köln«, sagte Nicole leise. Als die anderen sich ihr zuwandten, erklärte sie: »Ihre Knochen liegen in einem goldenen Reliquienschrein im Kölner Dom.«

»Alle drei? Das muss eine ziemlich große Kiste sein«, bemerkte Tommy.

»Wir vom Mutterzirkel glauben, dass in Wahrheit mehr als drei Zauberer Christus ihre Aufwartung machten«, fuhr Anne-Louise fort. Sie sah müde und verängstigt aus. »Traditionell nimmt man an, dass es drei waren, weil in der biblischen Geschichte nur drei Gaben erwähnt werden – Gold, Weihrauch und Myrrhe. Aber es hätten durchaus mehr Zauberer sein können und mehr Geschenke. Magische Opfergaben sind okkult. Geheim, verborgen.«

Tommy verzog das Gesicht. »Ich frage mich, wo Duc Laurents Gebeine wohl liegen. Wenn wir sie vernichten oder vielleicht verhexen …«

Da meldete sich Wisper zu Wort. »Es ist zu spät. Die Vergangenheit wurde bereits verändert, und wenn ihm nicht jemand Einhalt gebietet, wird er siegen.«

Alle starrten die Katze an. Nicole fragte: »Wer bist du?«

»Ich bin eine Botin der Göttin«, verkündete Wisper. »Auch ich suche nach Holly Cathers, die das Hexentier Hecate ermordet hat.« Wisper sah Nicoles Zombie-Katze an. »Ach, Dienerin.«

Hecate knurrte tief in der Kehle, und Schweigen breitete sich aus.

»Du darfst Holly nichts tun«, sagte Amanda schließlich zu Wisper. »Das lassen wir nicht zu.«

»Sie und ich werden uns ein andermal miteinander befassen«, erwiderte Wisper. »Ich brauche ihre Macht. Der Lauf der Zeit ist verändert worden. Sie muss mir helfen, ihn wieder gerade zu rücken.«

»Sie ist bei Duc Laurent. Und noch zwei andere von uns«, berichtete Amanda zitternd.

»Die christlichen Hexen Pablo und Armand«, bestätigte Wisper und neigte den Kopf. »Ich weiß.«

»Wir müssen sie retten«, beharrte Amanda.

»Oder sie aufhalten«, fügte Richard hinzu, »falls er sie verhext hat.«

Alle schwiegen. Das war zu grässlich, um auch nur daran zu denken.

»Was ist mit Jer und Eli?«, fragte Tommy dann. »Hast du sie gesehen?«

»Jer nicht, aber Eli.«

Anne-Louise verstummte und wandte den Blick ab.

*Es gibt noch mehr schlimme Neuigkeiten*, dachte Nicole, und ihr Magen verkrampfte sich.

»Setz dich, ich bringe dir einen heißen Tee«, sagte Richard in die Stille hinein.

Anne-Louise zog ihren Mantel aus und suchte sich einen Stuhl. Auch die anderen setzten sich, und die schwere, drückende Stille im Raum kam nicht daher, was Anne-Louise gesagt hatte, sondern von dem, was sie nicht gesagt hatte.

Richard reichte ihr eine Tasse Tee, und sie nippte daran. Dann stellte sie sie beiseite und räusperte sich. »In Mumbai sind Philippe und ich Eli begegnet. Es kam zum Kampf. Beide sind in einen See gestürzt und … nicht wieder herausgekommen.«

Nicole starrte Anne-Louise an. »Was soll das heißen, sie sind nicht wieder herausgekommen?«

Amanda brach in Tränen aus. Tommy und Richard starrten Anne-Louise entsetzt an.

»Was soll das heißen?«, schrie Nicole.

Owen weinte laut.

»Ich glaube, sie sind beide ertrunken«, erklärte Anne-Louise mit betrübtem Blick.

»Dieser dumme Fluch«, sagte Tommy.

Wen eine Cahors liebte, der war dazu verdammt zu ertrinken. Nicole schauderte, und als Richard ihr Owen abnahm, protestierte sie nicht. Philippe und Eli. Tot. James. Tot. Und noch immer hatte sie tief im Innern das Gefühl, dass Owens Vater bald kommen würde, um ihn zu holen.

»Helft mir«, flüsterte sie. Dann boten ihre Knochen plötzlich keinen Halt mehr, sie fiel, und alles verschwand in einem Schrei.

Ein paar Minuten später kam sie auf dem Sofa zu sich. Das Erste, was sie sah, waren besorgte Gesichter.

*Owen, ich will dich aus alledem heraushalten*, dachte Nicole verzweifelt. *Ich will nichts mehr damit zu tun haben. Ich bringe dich fort.* Aber sie wusste, dass das nicht ging.

Philippe und Eli, tot. Sie wollte weinen, schreien, jemandem die Schuld daran geben, irgendwem, und sich in ihrem Zimmer einschließen. Aber ihr war klar, dass auch das nicht ging.

Sie wusste genau, was sie tun musste. Langsam richtete sie sich auf und räusperte sich. »Wir müssen über die Prophezeiung reden«, sagte sie, an Amanda gewandt. »Wir müssen Anne-Louise von Owen erzählen.«

Amanda seufzte schwer. »Ich habe darauf gewartet, dass du das sagst, Niki. Ich fand, das sollte dir überlassen bleiben.«

»Was ist mit Owen?« Richard pflanzte sich breitbeinig zwischen seinem Enkel und Anne-Louise auf.

»Die Welt retten«, murmelte Kari. »Retten.«

Amanda trat aus Tommys schützender Umarmung und hielt Nicoles Hand und ihre eigene Handfläche mit dem Brandmal hoch. Die beiden Drittel der Lilie, die sie zusammen mit Hollys Handfläche bildeten, glühten schwach.

»Ja«, würgte Nicole hervor. Sie wand sich innerlich vor Qual. Jede Faser ihres Herzens schrie ihr zu, dass sie ihr Kind um jeden Preis schützen müsse.

Um jeden Preis.

Doch das konnte sie nicht.

»Wir müssen dir das erzählen, wenn wir die Welt retten wollen.« Sie schluckte schmerzhaft. »Mein Sohn wurde in diese Welt gebracht, um sie zu vernichten.«

Dann erzählte sie ihnen alles – oder zumindest alles, was sie wusste. Denn wie Anne-Louise gesagt hatte, waren die Wege des Okkulten oft geheimnisvoll.

*Mumbai:*
*Eli und Philippe*

*Ich lebe*, dachte Eli. *Aber ich bin doch ertrunken …*

Und dann erinnerte er sich: Unter Wasser, kurz bevor er das Bewusstsein verloren hatte, hatte er ein grelles Licht aufflammen sehen, und eine Frau mit langem, wallendem Haar war erschienen und hatte seine Hand berührt. Eine Frau war aus den Tiefen des Sees aufgestiegen und hatte ihn gerettet.

Stöhnend setzte er sich auf und öffnete die Augen. Er sah weiße Vorhänge, sein Krankenhausbett … und Philippe, der auf einem wackeligen Holzstuhl saß und ihn aufmerksam beobachtete.

Eli biss die Zähne zusammen. »Da war eine Frau im See …« Dann wurde ihm bewusst, wie das klang. Es hörte sich an wie etwas aus einem Märchen.

Philippe nickte langsam. »Ich glaube, das war deine Mutter, Sasha Deveraux.«

Eli blinzelte. »Meine Mutter ist im finsteren Mittelalter gefangen – in der Zeit von Isabeau und Jean.«

»Anscheinend hat sie einen Weg zurückgefunden.« Philippe zuckte auf typisch französische Art mit den Schultern.

»Wo ist sie?«, wollte Eli wissen.

Philippe schüttelte den Kopf. »Ich weiß es nicht. Ich habe nur gesehen, wie sie dich gepackt hat, ehe ich das Bewusstsein verloren habe. Vor einer Weile bin ich hier wieder aufgewacht und habe sie gezwungen, mich zu dir zu lassen.«

*Vor einer Weile.* Philippe hätte ihn im Schlaf ermorden können. Der Gedanke verdüsterte Elis Laune noch mehr. Ein Teil von ihm wollte jetzt gleich zuschlagen, wenn der Kerl nicht mit einem Angriff rechnete und nicht dafür gewappnet war.

Er schüttelte den Kopf. Zwar hätte er Philippe nur zu gern tot gesehen, aber jetzt war vieles anders.

»Wo sind wir?«

»In einem Krankenhaus.«

Sie wechselten einen Blick. Philippe schien auf irgendetwas zu warten.

»Ich wette, dass eine männliche Hexe und ein Hexer, die gemeinsam Magie wirken, ziemlich beeindruckende Zauber zustande bringen könnten«, sagte Eli.

»Oder ganz abscheuliche«, entgegnete Philippe mit fester Stimme.

»Um Nicole zu finden, und meine Mutter.«

»*Oui.*« Philippe streckte die Hand aus.

Eli runzelte die Stirn. Dann ergriff er sie. »Einigen wir uns darauf, dass wir uns erst gegenseitig umbringen, wenn das alles vorbei ist.«

»Einverstanden.« Philippes Augen blitzten. Männliche Hexen waren also doch nicht so anders als Hexer.

»Schön. Dann an die Arbeit«, sagte Eli.

*Außerhalb von Mumbai:*
*Holly, Alex, Pablo, Armand und der Tempel der Luft*

Die Nacht sank herab und erlöste den Tempel der Luft vom grellen, heißen Sonnenschein. Die Anhänger der Göttin führten ihre Rituale bei Mondlicht durch, besonders die großen und bedeutenden.

Armand und Pablo standen am Ufer eines Sees, umweht vom Duft von Sandelholz, und wachten über Holly, die sich auf die magische Vermählung mit ihrem entfernten Verwandten Alex Carruthers vorbereitete. Das Böse ballte sich um sie zusammen wie ein Sturm. Sie hatten es alle gespürt und gesehen – dämonische Gestalten, die sie im Dunkeln belauerten, Pläne schmiedeten, Ränke spannen, warteten. Sir Williams brave Diener.

Alex hatte es geschafft, Sir William in die Flucht zu schlagen, doch der Kampf war schrecklich gewesen. Vier Mitglieder des Tempels der Luft waren dabei ums Leben gekommen. Pablo war schwer verwundet worden, und obwohl sie ihr Möglichstes für ihn getan hatten, bewegte er sich noch sehr vorsichtig, damit seine Bauchwunde nicht wieder aufriss.

Holly selbst erholte sich etwas schneller, aber ihre angeknacksten Rippen taten immer noch bei jeder Bewegung weh. Und sie konnte keine Viertelstunde am Stück schlafen, ohne das Grauen noch einmal zu durchleben.

Das durfte nicht wieder geschehen. Sie mussten gewappnet sein, gut vorbereitet und stärker als jetzt, wenn sie hoffen wollten, Sir William in seiner Dämonengestalt töten zu können. Und er war nur der Vorbote, nur der Überbringer der Nachricht, dass die dunkelsten Tage der Welt angebrochen waren.

Sie und Alex hatten die Runen gelesen, sie alle hatten die Zeichen gesehen, und sie wussten, dass sich etwas noch Schlimmeres näherte – etwas Schreckliches, Überwältigendes. Etwas, das die Welt, wie sie sie kannten, vernichten könnte.

Als Alex Holly damals in London gefragt hatte, ob sie sich mit ihm zusammentun wolle, hatte sie gewusst, dass dieser Tag kommen würde. Der magische Bann war ihre einzige Chance.

Trotzdem ...

*Nichts trotzdem. Ich habe immer die schwersten Entscheidungen getroffen. Ich habe getan, was ich konnte, um meine Leute zu schützen. Da kann ich nicht weniger tun, um meine Welt zu schützen.*

Sie war ganz in Weiß gekleidet wie eine Braut, und die schwarzen Locken fielen ihr offen über die Schultern. Ein Lorbeerkranz saß auf ihrem Kopf, und als sie sich der untergehenden Sonne zuwandte, weinte sie leise um ihre hoffnungslos verlorene Liebe, um Jeraud Deveraux, der sie abgewiesen hatte.

Jer, ihr abtrünniger Hexer, der sich nicht mit ihr hatte verbinden wollen, weil er angeblich zu sehr von der Dunkelheit gezeichnet war. Aber sie wusste, dass er sein Leben lang gegen diese Dunkelheit gekämpft – und gewonnen hatte. Nicht Jer, der Hexer, hatte sich von ihr abgewandt, sondern Jer, der grässlich entstellte Mann.

Wenn er in den Spiegel schaute, sah er ein Ungeheuer.

Er konnte nicht glauben, dass sie ihn anblickte und Fleisch gewordene Liebe sah – ein unbeschreiblich schönes Wesen. Seine Scham verbarg den glänzenden Spiegel ihrer Seele vor seinen Augen. Jetzt verstand sie, dass Liebe zwar alles heilen konnte, aber ein Geschenk war, das auch angenommen werden musste. Wenn Jer ihr nur erlauben würde, ihn genug zu lieben, würde er erkennen, wie gutaussehend er in Wirklichkeit war.

Doch das konnte er nicht. Vielleicht hatte das Leben mit Michael und Eli ihn so gebrochen, dass nichts mehr zu retten war.

*Das glaube ich nicht. Jeder Mensch auf dieser Welt kann durch die Liebe gerettet werden …*

*Nein,* das *glaube ich auch nicht. Ich habe schreckliche Dinge getan, geliebte Menschen geopfert … Ich habe mich auf Tauschhandel mit der Göttin und mit Catherine eingelassen, um genug Macht zu erlangen, damit ich andere geliebte Menschen retten konnte. Für mich gibt es keine Vergebung. Ich wusste, was ich tat, und ich habe mich dafür entschieden.*

»Holly«, sagte Alex leise und trat hinter sie. »Es ist bald so weit.« Sie hörte die Ungeduld in seiner Stimme. Armand und Pablo, die zu ihren beiden Seiten knieten, die Schwertspitzen im Boden, regten sich unruhig.

Sie kehrte der Sonne den Rücken zu und wünschte, der Mond möge nie aufgehen. Nein, das war nicht wahr – zugleich konnte sie es kaum erwarten. Sie wirkten stärkere Magie, wenn sie zusammenarbeiteten, und wenn sie erst Fürst und Fürstin waren …

Er war attraktiv, und er war gut. Auch er trug Weiß – eine lange weiße Tunika über altmodischen Beinkleidern, sehr mittelalterlich, wie ihr schlichtes weißes Kleid. Er strahlte Wärme aus, mit der er sich gegen die bittere Kälte schützte. Auch er trug einen Lorbeerkranz, den sie ebenso herbeigezaubert hatten wie ihre Kleidung.

»Ich weiß«, sagte er sanft und schmiegte die Hand an ihre Wange. Sie fühlte sich an wie warmer Satin. Er duftete nach Zimt, von einem Reinigungsritual. »Ich weiß, dass du Jer noch liebst.«

»Es tut mir leid«, sagte sie. »Diese Gefühle werden schwinden. Gib mir ein wenig Zeit.«

»Nein, lass sie nicht zerrinnen«, erwiderte er. »Liebe ist machtvoll. In den kommenden Tagen werden wir alle Macht brauchen, die wir aufbringen können.«

Es war, als hätte er ihre Gedanken gelesen. Vielleicht stimmte das sogar.

»Aber wir werden Fürst und Fürstin sein«, sagte sie. Die Schatten streckten sich in die Länge und umspielten ihre Füße, breiteten sich über die glasklare Oberfläche des Sees und erinnerten sie an die Blutlachen, die sie bei den vielen Angriffen auf Nester des Obersten Zirkels gesehen hatte. Wenn sie und Alex erst aneinander gebunden waren, würde es noch viel mehr Gemetzel geben, mehr Blut würde fließen. Sie würden gemeinsam den Tod bringen. Wo sollte das enden?

»Aber dir wird bewusst sein, dass ich an ihn denke, nicht an dich.«

»Holly, wir folgen *Notre Dame,* unserer Herrin Mutter, die alle ihre Kinder gleichermaßen liebt«, erinnerte er sie. »Ich werde über meine kleinliche Eifersucht hinauswachsen.«

*Aber du hast ihn gehasst,* dachte sie. *Ich habe gesehen, wie sehr du ihn verabscheust. Und ich weiß, dass er dich ebenso hasst.*

Er reagierte nicht. Vielleicht konnte er ihre Gedanken also doch nicht lesen.

Die Sonne erlosch, versunken hinter zackigen Berggipfeln. Armand und Pablo standen auf und wandten sich dem Paar zu. Die vier standen still da und warteten darauf, dass der Mond aufging und die magische Vermählung beginnen konnte. Irgendwo im Halbdunkel wachten Alex' Anhänger und hielten Ausschau nach allem, was versuchen würde, dieses Ritual gegenseitiger Hörigkeit zu verhindern.

»Gib mir dein Schwert«, befahl Alex Armand.

Der Spanier zögerte. Er sah Holly lange an, als wollte er fragen: *Bist du sicher?*

*Irgendwann: Sasha*

Sasha schrie vor Enttäuschung und schlug mit den Fäusten auf die Wände aus farbigem Kristall ein. Sie hatte Eli und Philippe aus dem See gezogen und es gerade ans Ufer geschafft, als sie plötzlich von dort verschwunden war. Sie musste mit dem magischen Zeitwandler gegen irgendetwas gestoßen sein, denn er war auf einmal so schnell herumgewirbelt, dass sie nicht mal hatte feststellen können, in welche Richtung. Als sie die Monde endlich zu fassen bekommen und angehalten hatte, waren ihre Finger blutig zerschnitten gewesen.

Jetzt befand sie sich offenbar in einer Höhle aus Kristall. In der fernen Vergangenheit oder weit in der Zukunft? Sie hatte keine Möglichkeit, das festzustellen, und wenn sie an den Monden drehte, riskierte sie es, die falsche Richtung zu wählen und sich noch weiter von ihrer eigenen Zeit zu entfernen.

Plötzlich blitzte ein Licht auf, und ein Mann erschien

vor ihr. Er trug ein langes, dunkles Gewand, geschmückt mit Kometen, Monden und Sonnen. Es streifte den facettierten Boden unter ihren Ellbogen. Sein Gesicht war kantig und strahlte trotz vieler Falten große Kraft aus. Er hatte weißes Haar und einen langen weißen Bart.

Er beugte sich herab, und sie glaubte, er wolle ihr aufhelfen. Doch ehe sie sich versah, riss er ihr den Apparat aus der Hand.

»Danke sehr, meine Liebe.« Seine Aussprache war eindeutig britisch, und er drückte sich den Mondwandler an die Brust.

»Wofür?« Doch sie wusste es schon. Sie sah, wie er die Zeitmaschine im Arm barg.

»Dafür, dass Ihr mir zurückgebracht habt, was von Rechts wegen mir gehört.« Er strich mit dem langen Zeigefinger über die Monde. »Meine Brüder haben ihn mir vor langer, langer Zeit gestohlen.«

»Ihre Brüder?«

»Ja.« Er gab keine nähere Erklärung.

»Wo bin ich?«, fragte sie.

Er lächelte. »Streng genommen befinden wir uns außerhalb der Zeit. Wir sind hier gefangen. Erstarrt.«

»Wer sind Sie?«, fragte sie.

»Diese Frage hättet Ihr mir als Allererstes stellen sollen«, erklärte er und verneigte sich. »Ich bin Gushnasaph.«

Sie blinzelte verwundert. Der Name sagte ihr nichts, doch er erwartete offensichtlich, dass sie ihn kannte. Sie schüttelte den Kopf.

Stolz richtete er sich zu voller Größe auf. »Ich bin der vierte Weise, derjenige, der dem Christuskind Silber schenkte.«

»Es gab nur drei Weise aus dem Morgenland«, sagte sie.

Er brummte etwas in seinen Bart, das wie ein Fluch klang, und seine Augen funkelten düster. »Dann kennt Ihr mich vielleicht unter dem Namen, mit dem diese barbarischen Britannier mich bezeichnen. Myrddin.«

Diesen Namen kannte sie in der Tat. Schaudernd starrte sie in die Augen des schwarzen Magiers Merlin, und mit wachsendem Entsetzen wurde ihr klar, dass sie sterben würde.

# Neun

## Weißdorn

Nun endlich ist die Zeit gekommen
Da sich all unsere Lügen lohnen
Wir kreisen um verwundete Beute
Niemals entkommt sie unserer Meute

Verrat und Tücke allenthalben
Es sterben die Jungen wie die Alten
So schreien wir in diesem Grauen
Sag, wem können wir vertrauen

*Zwölftes Jahrhundert, Jahrmarkt von Scarborough: Pandion*

An einem Galgen baumelte ein Gehenkter – der kam in dem Lied nicht vor. Verrat, Täuschung! Etwas hatte sich verändert. Der Lauf der Zeit war gelenkt, wie durch einen Apparat erzwungen. Die Waage war verstellt.

Pandion, das Hexentier der Cahors, kreischte bestürzt und wusste, dass sie einmal einen Gefährten gehabt hatte, innig geliebt. Und mit diesem Fürsten der Lüfte hatte sie Leben erschaffen.

Verflogen, alles zu Staub zerfallen.

Beraubt.
Vernichtet.
Sie würde sich rächen.

*In der Nähe von Mumbai: Jer und Eve*

»Nein«, stöhnte Jer und rutschte taumelnd über die gewaltigen Wurzeln eines Banyanbaums am Ufer des reißenden Flusses. »Wir müssen sie aufhalten.«

Eve drehte sich stirnrunzelnd um und musterte ihn nervös. »Jer, was ist los? Was siehst du?«

»Ich sehe …«, begann er, und dann rutschte er wieder ab und fiel rückwärts, rückwärts durch die Zeit:

Der Hof von Schloss Deveraux schimmerte in Mondlicht und Feuerschein getaucht. Die mächtigen steinernen Wasserspeier, die Jean als Kind Albträume beschert hatten, starrten auf die Versammlung herab, Feuer loderte aus ihren Schnauzen. Die Flammen vieler Fackeln peitschten in der warmen Brise, und riesige Freudenfeuer brannten in den Eingängen der Tunnel, die hinab in die gefürchteten Verliese führten. In ganz Frankreich waren sie als Bastionen unvorstellbarer Grausamkeit berüchtigt. *Wehe dem, der einem Deveraux in die Quere kommt*, hieß es, und das stimmte. Es war klug von den Cahors, ihr Schicksal mit dem der Deveraux zu verbinden, nun, da sie wussten, dass die Deveraux das Schwarze Feuer beschwören konnten. Schließlich wollten sie nicht riskieren, dass die Hexer es gegen sie einsetzten.

Wie zu jener Zeit üblich, standen Isabeau und Jean vor der geschlossenen Tür der Kapelle. Geheiratet wurde vor der Kirchentür – daher empfand der Bischof es nicht als Affront, dass sie die Kirche nicht betraten. In dieser Blutmond-Nacht standen die beiden einander vor üppigem Blumenschmuck aus Lilien und Efeuranken gegenüber. Lilien waren die Blumen der Cahors, Efeu die Pflanze der Deveraux. Die magischen Vögel Fantasme und Pandion, Hexentiere der Deveraux beziehungsweise der Cahors, hockten stolz auf ihren prachtvoll verzierten Sitzstangen. Wenn man sie losließe, würden sie einander töten.

Isabeau erinnerte an ein Drachenweibchen. Wie es einer so mächtigen Dame zustand, die gleich noch mehr Macht erlangen würde, trug sie ein elfenbeinfarbenes, silbergewirktes Gewand. Doch sie zitterte wie eine schüchterne Jungfrau, und im Licht des Vollmonds sah er, wie bleich sie unter ihrem schwarz-silbernen Schleier war.

*Wie lange wirst du meine Fürstin sein?*, fragte er sich im Stillen. *Wie viel Zeit bleibt uns, bis die Fehde unserer Häuser wieder ausbricht und ich dich vergifte oder köpfe oder dich auf dem Scheiterhaufen verbrennen lasse?*

In diesem Moment blickte sie mit hart glitzerndem Augen zu ihm auf. Sie blinzelte nicht und erwiderte seinen Blick unerschrocken. Ihre Augen leuchteten hellblau. Die Luft zwischen ihnen summte vor Spannung. Er war hocherfreut: Diese Dame besaß Rückgrat, beim Gehörnten! Er würde wohl auf sich aufpassen müssen, damit *sie* nicht am Ende *ihn* ermordete.

Er lachte leise und kehlig und wandte seine Aufmerksamkeit dann seinem Vater zu.

Während die beiden Häuser gemeinsam in Latein und noch älteren Sprachen sangen, hielt Laurent seinen Athame bereit, um dem Brautpaar die Haut an den Handgelenken aufzuschlitzen. Sein Gesicht war unter der Kapuze seines dunkelroten Gewandes verborgen, und er ragte wie eine finstere Statue vor dem Altar auf. Isabeaus Mutter Catherine trug Schwarz und Silber.

Der Versammlung bot sich ein prächtiger Anblick, und Macht und Leidenschaft flammten zwischen den jungen Brautleuten auf, als sie aneinander gebunden wurden, an Leib und Seele, bis ans Ende ihrer Tage. Der Dolch ritzte ihre Pulsadern auf, und Blut vereinte sich mit Blut zu einem Fleisch, während Laurent und Catherine die linken Unterarme ihrer Kinder zusammenbanden. Die Schnüre waren mit Kräutern und Tinkturen getränkt, die für Fruchtbarkeit sorgen sollten. Beide Häuser waren stark und rühmten sich zahlreicher Nachkommen, doch die Angehörigen der Coven waren zu weit über das Land verstreut, und in beiden Familien konnte es in Frankreich gar nicht genug Hexen und Hexer geben.

Dann wurde Jean von der Teufelshexe selbst berührt – Catherine. Diese Frau würde seine Familie massakrieren und die Blutfehde in Gang setzen, die Isabeau und ihn durch Zeit und Raum verfolgen sollte.

*Ich habe die Möglichkeit, das zu verhindern,* dachte er und spürte den Dolch, der plötzlich an einer Kette um seinen Hals hing. Wilde Magie hatte ihn dorthin gezaubert. Er war unter dem kostbaren Stoff seines Wamses verborgen, und die scharfe Klinge schnitt ihm Haare von der Brust. *Den könnte ich ihr ins Herz stechen und es beenden, ehe es beginnt.*

Er sah sich sein Wams aufreißen, den Dolch packen und Isabeau in die Brust rammen …

*Nein, nicht Isabeau,* protestierte er. *Catherine ist es, die ich ermorden will.*

Dann blinzelte er und erkannte, dass irgendetwas mit

ihm nicht stimmte. Er war Jean und doch nicht Jean. Er blickte zu Duc Laurent, seinem Vater, auf und entdeckte eine Gestalt in weiter Ferne. Dort stand eine Frau, die er kannte, und sie weinte. Ihr Name war … Wie hieß sie nur?

Sasha?

Attends, *warte*, dachte er in plötzlicher Verwirrung. *Meine Mutter … Meine Mutter ist tot.*

»*Ma mère?*«, sprach er flüsternd zu sich selbst, nicht zu ihr.

Die Gäste wurden unruhig. Jean Deveraux' Mutter und Stiefmutter waren tot. Jeder wusste, dass der Herzog sie ermordet hatte, weil er ihrer überdrüssig geworden war.

Der Herzog selbst starrte ihn an, und Jean sträubten sich die Haare im Nacken. Hier stimmte etwas ganz und gar nicht – und er glaubte, dass sein Vater wusste, was es war.

Donner grollte, Blitze zuckten über den Himmel, und die Flammen der Fackeln züngelten wie Kometenschweife. Isabeau packte seine Hand fester, und durch ihren Schleier sah er das Antlitz des Todes.

Er hörte seinen Vater lachen. Hörte ihn an seinem Ohr flüstern: »Ich werde dich lange überleben, Bürschchen. Dich und meinen anderen Prinzen und alle meine Bastarde. Ich habe den Lauf der Zeit verändert, unwiderruflich und für immer, gemeinsam mit meinen Dienern. Ich habe das Gleichgewicht gestört, und es wird sich nie wieder einpendeln. Chaos ist meine Domäne, und ich bin ihr Herr und Meister.«

Jean schwankte. Er hatte das Gefühl, sich in Äther aufzulösen. Was für ein Übel war hier am Werk?

»Mein Fürst?«, flüsterte Isabeau besorgt. Ihr Gesicht war

ein weißer Schimmer hinter den dunklen Schatten ihrer Schleier. »Ist Euch nicht wohl?«

*Je m'appelle Jeraud,* dachte er. Ich heiße Jeraud.

Er wandte sich um und blickte zu der weinenden Frau hinaus. *Wir gehören nicht hierher*, dachte er.

Dann spürte er den Blick einer anderen, von oben. Er blickte zur Kirchturmspitze auf und entdeckte *sie* dort oben – Karienne, seine langjährige Mätresse. Wie geschlagen sie aussah, sogar ausgemergelt. Er hatte sie einem Edelmann zur Frau angeboten, damit sie in Zukunft gut versorgt sein würde. Sie sollte noch heute Nacht abreisen. Ihre Sachen waren gepackt, und sie hatten sich bereits voneinander verabschiedet. Im Bett.

Sie war hinreißend.

*Sie heißt Kari. Sie ist Doktorandin. Beim Gehörnten Gott, ich habe sie* umgebracht. *Ich habe ihr die Kehle aufgeschlitzt! Und diese Frau da draußen ist meine Mutter, Sasha Deveraux.*

Seine Knie gaben nach, und die Gäste schnappten erschrocken nach Luft.

»Jer?«, fragte Eve und beobachtete ihn. Er stand da wie erstarrt.

»Er hat den Lauf der Zeit verändert«, stieß Jer zitternd hervor. »Er spielt falsch.« Er umging das rutschige Steilstück, das er nicht hatte überqueren können, und entdeckte einen trockenen, felsigen Pfad zum Gipfel. »Komm. Wir müssen uns beeilen. Wir müssen ihn aufhalten.«

»Wen denn? Was ist?« Sie zögerte einen Moment lang, dann folgte sie ihm. »Eli?«

»Los, komm.« Donner grollte, und Blitze zuckten durch die Nacht. Jer krabbelte wie ein Wahnsinniger über die steilen Felsen. Er musste Holly aufhalten. Musste sie retten.

»Jer?« Eve konnte kaum mit ihm mithalten.
»Verdammt, mach schon. *Vite*!«, schrie er sie an.

*Außerhalb von Mumbai:*
*Holly, Alex, Pablo, Armand und der Tempel der Luft*

War das Jers Stimme, die von den schwarzen Bergen herunterhallte?

»Es ist bereits geschehen, meine Liebe«, sagte Alex zu Holly. Alex, der nun ihr Fürst war wie sie seine Fürstin, ihr Banngefährte, der ihr näherstand als jeder andere Mensch auf Erden. Näher …

Dann ergoss sich das Böse aus ihm und rauschte in ihre Seele, und sie wusste es. Er verseuchte sie damit.

Und sie war verdammt.

»Nein«, flüsterte sie und versuchte, vor ihm zurückzuweichen. Doch sein Blick hielt sie gefesselt. »Bitte.«

Aber sie war ihm hörig – dem Erzfeind der Cahors, dem Hexer, Abkömmling des Verlorenen Sohns des Lichts: einem Dämon, einem Teufel. Glanz flammte um ihn auf, er stand im Mittelpunkt einer Lichtkugel, die so weiß glitzerte, dass sie blau erschien. Dann veränderten sich die Farben und tanzten wie Nordlichter. Er war prachtvoll, und er war schrecklich.

Duc Laurent aus dem Hause Deveraux, vor vielen Jahrhunderten verstorben.

Sein Gesicht verwandelte sich. Schatten und scharfkantige Züge brachen durch die weiche Hülle, und sein Lächeln war auf einmal ein schmutziges, lüsternes Grinsen. Er legte eine Hand unter Hollys Kinn und ließ den Blick an ihrem Körper hinabgleiten. Sie war wie gelähmt und gezwungen, seine Berührung zu ertragen, und dann seinen Kuss.

*Pablo! Armand!*, flehte sie.

Schatten huschten vor dem Mond vorüber, und das Geschrei von tausend und abertausend Krähen schrillte ihr in den Ohren. Der Boden bebte, und sie wäre auf die Knie gefallen, wenn Alex – Laurent – nicht mit der Hand gewedelt und sie durch einen Zauber aufrecht gehalten hätte.

Dann hörte sie durch das Krächzen der Krähen Jer, der ihren Namen rief.

»Du bist an mich gebunden, meine hörige Fürstin«, sagte Laurent zu ihr. »Du kennst den Fluch: Wer eine Cahors-Hexe liebt, wird ertrinken. Er liebt dich.«

*Nein*, dachte sie. *Nein.*

»Er hat dich schon immer geliebt. Das ist der Fluch, der auf meiner Linie liegt – dass wir uns in euch Hexenweiber verlieben. Zuerst Jean und jetzt dieser Idiot. Er hätte ein Königreich regieren, die ganze *Welt* beherrschen können, doch stattdessen … hat er sich in *dich* verliebt.«

*Jer, lauf weg!*, rief sie ihm zu.

»Er ist dazu verdammt zu ertrinken.« Er lächelte sie an. »Tu du es selbst, Holly. Ersäufe ihn. Wirf ihn in den See und schick seine Hexerseele schnurstracks in die Hölle.«

*Ich weigere mich.*

Er murmelte etwas, und ein heißes Flüstern huschte durch ihre Adern und erhitzte ihr Blut. Ihre Muskeln zuckten. Sie versuchte, den Kopf zu schütteln, ihm den Gehorsam zu verweigern. Doch als er zurücktrat, wirbelte sie herum und stürmte auf Jer zu, der auf sie zugelaufen kam. Eve, dieser weibliche Hexer, war bei ihm.

Sie flog ihm entgegen. Falls er lächelte, war sein Gesicht

so entstellt, dass sie es nicht erkennen konnte. Übermenschliche Kraft trieb sie in seine Arme, und dann stieß sie ihn rückwärts, so dass sie beide in den See flogen. Sie drückte ihn hinab, immer weiter nach unten, fester. Krähen verfinsterten den Mond. Eve schrie. Pablo und Armand folgten ihr platschend ins Wasser.

*Töte ihn. Ertränke ihn.* Ja, das wollte sie. Er hatte es verdient. Für all das Elend, das er über sie gebracht hatte, indem er sie durch die Jahrhunderte hetzte. Keine Ruhe. Stets verfolgt von seinem Zorn, hasserfüllt und erbarmungslos.

*Ja, ja,* drängte Duc Laurent.

Sie konnte ihn im schwarzen Wasser nicht sehen. Sie brauchte nicht zu atmen, er aber schon. Er schon. Sie packte seine Arme und presste sie an seinen Körper. Dann drückte sie die Lippen auf seine und sog ihm sämtliche Luft aus dem Körper.

*Stirb, Jean,* dachte sie. *Stirb, wie du schon hättest sterben sollen, als meine Familie euer Schloss angriff. Ich habe mich aus unserem Ehebett geschlichen, um dich den Flammen zu überlassen, doch dann habe ich dich zur Flucht gedrängt. Zum Dank hast du mich gejagt und versucht, mich zu ermorden, nachdem ich für dich alles aufs Spiel gesetzt hatte. Stirb. Fahr zur Hölle.*

Er erschlaffte. Sie lächelte. Sie hatte den Willen ihres Herrn erfüllt. Laurent, ihr Liebster …

*Nein!* Er war nicht ihr Liebster. Nicht er. Jer … sie ermordete *Jer*.

Sie packte ihn und blies die Luft zurück in seine Lunge. Nichts geschah. Er hing schlaff im Wasser.

*Nein, hilf mir, nein,* flehte sie und trat kräftig mit den Beinen, um sich an die Oberfläche zu kämpfen. Das Gesicht der Göttin blickte auf sie herab und verlangte einen weiteren Handel, ein weiteres Opfer – dafür würde sie Holly die Macht verleihen, Jers Leben zu retten.

»Nein«, japste Holly, als sie die Oberfläche durchbrach. »Ich bin fertig mit dir. Fertig.«

Schwaches Mondlicht zeigte ihr Jer, der mit dem Gesicht nach unten neben ihr im Wasser trieb. Sie schrie auf, drehte ihn auf den Rücken und schwamm zum Ufer. Die Krähen attackierten Pablo, Armand und Eve. Die drei hatten eine magische Barriere erschaffen, doch Holly sah, dass die Krähen darauf einhackten. Laurent stand ein wenig abseits und lachte.

»Du bist meine Fürstin«, verkündete er mit donnernder Stimme. »Und du hast ihn getötet.«

*Nein*, dachte sie. *Nein*. Aber Jer trieb schlaff und reglos hinter ihr her.

Irgendwie gelang es ihr, ihn ans Ufer zu zerren. Das Kleid hing ihr in Fetzen um die Beine, als sie sich auf ihn warf und das Ohr an seinen Mund presste. Er atmete nicht. Er hatte keinen Puls.

Er war tot.

*Unser Gott kann ihn von den Toten auferstehen lassen*. Diesen Gedanken sandte Pablo Holly zu, während er, Armand und Eve ihre magische Kraft auf die unsichtbare Barriere zwischen ihnen und Laurent Deveraux' Krähen konzentrierten. *Lass ihn in dein Herz, und er wird es tun.*

Pablo sah zu, wie Holly es mit Wiederbelebungsmaßnahmen versuchte, und bedauerte es sehr, dass sie in einem so entscheidenden Moment ihre magischen Kräfte einfach nicht nutzte. Armand warf ihm einen Blick zu – er dachte dasselbe.

Dann schrie Eve: »Verdammt noch mal, Holly, hol ihn zurück!«

Und plötzlich strömte Licht aus Hollys Körper hervor und hüllte Jer ein wie ein Leichentuch. Oder eine wärmende Decke. Sie konnte ihn nicht mehr sehen. Erschrocken tastete sie nach ihm, und ihre Finger berührten weiche, glatte Haut, die vertrauten Züge seines Gesichts – heil und ganz und von allen Narben befreit.

*Oh, ich liebe dich, ich liebe dich. Ich könnte dich niemals umbringen*, dachte sie. Doch das hatte sie getan. Er war tot.

*Nimm das zurück. Nimm die Zeit zurück, oder nimm dir meine Seele. Nimm, was immer du willst, aber rette ihn.*

Sie sah Catherine, Isabeaus Mutter, tief verhüllt in ihrem schwarzen und silbernen Gewand. Sie stand in einem Verlies, einen Dolch in der Hand. Sie hielt ihn vor sich, und in Gedanken streckte Holly ihr die Hand hin. Catherine schlitzte ihr die Handfläche auf.

Holly sah zu, wie das Blut aus der Wunde quoll. *Ja, ja, ich werde den Preis zahlen*, schwor sie. *Aber rette ihn.*

Das Blut verwandelte sich in Feuer. Es raste an ihrer Hand empor, als hätte jemand eine Spur aus Schießpulver angezündet. Unerträglicher Schmerz durchfuhr sie, und sie roch ihre eigene verbrannte Haut. Den Gestank ihres brennenden Haars. Ihrer *Zähne*. Ihrer Knochen.

Die Qual war unbeschreiblich.

Das waren die Schmerzen, die er gespürt hatte. *Jean. Jer.*

*Der Schmerz kann aufhören*, sagte Catherine zu ihr. *Du brauchst es nur zu sagen. Sag es. Er wird sterben, auf der Stelle, aber du wirst nicht länger leiden müssen.*

»Nein!«, schrie sie schrill. »Jer!«

Der Schmerz wurde noch heftiger. Er verbrannte die

Luft um sie herum, allen Raum, durch den sie sich je bewegt hatte. Er verbrannte die Zeit.

Holly schrie.

Und schrie.

Jer kam zu sich. Holly hatte versucht, ihn zu ertränken. Jetzt stand sie in Flammen, und sämtliche Dämonen der Hölle fuhren auf sie herab.

Jer schnappte sich Holly und warf sie sich über die Schultern, während Armand, Pablo und Eve Feuerbälle gegen geschuppte Bestien, Ungeheuer mit langen Klauen, ungeschlachte Riesen und geflügelte Nachtmahre schleuderten. Und sein Ahnherr, der schreckliche Duc Laurent, ritt auf einem Schlachtross, einem Skelett, das Feuer schnaubte und den Boden nicht berührte, aber doch die Steine unter seinen Hufen zertrümmerte. Höllenhunde bellten und schnappten, dass ihre Zähne klapperten.

»Schneller!«, schrie Jer die anderen an.

Hollys brennender Körper sengte schon seine eigene vernarbte, schmerzende Haut an.

»Zielt auf die Vertiefung da!«, schrie Eve.

Jer riss den Kopf gerade noch rechtzeitig herum, um zu sehen, wie die Landschaft hinter ihm explodierte und Steine und Splitter durch die Luft flogen. Er zog den Kopf ein, um nicht getroffen zu werden, und rannte weiter.

»Holly, mach mit!«, brüllte er.

Sie stöhnte vor Qual, und es brach ihm beinahe das Herz. Da sah er plötzlich in der Ferne zwei Gestalten auftauchen, die auf sie zurannten. Duc Laurents Männer? Jer hörte hinter sich Menschen sterben und begriff, dass der Duc seinen eigenen Coven ermordete. Das war's also mit dem Tempel der Luft. Es hörte sich an, als leisteten einige

Widerstand. Jer konnte nur beten, dass ihnen das ein wenig Zeit verschaffen würde.

Eve holte zu ihm auf. »Jer, da ist etwas, das ich dir nicht gesagt habe.« Sie keuchte schwer.

»Dass du weißt, wie wir diesen Kerl aufhalten können, das würde ich jetzt gern hören.«

Sie japste nach Luft. »Könnte sein.«

Er warf ihr einen Seitenblick zu, ohne langsamer zu werden. »Was?«

»Ich glaube, wir können das Schwarze Feuer beschwören.«

Beinahe wäre er gestolpert. »Das ist unmöglich. Nur Deveraux sind dazu in der Lage. Selbst wenn wir Eli finden könnten, wären wir immer noch nur zwei.«

»Nein, drei.«

»Was soll das heißen?« Ein Feuerball zischte an Jers Ohr vorbei.

Sie starrte ihn im Laufen eine volle Sekunde lang an. Dann sagte sie: »Jer, ich bin eine Deveraux.«

*Scarborough: Nicole, Amanda, Tommy, Richard, Owen, Kari, Anne-Louise und die Katzen*

In der Küche von Haus Moore sah Kari zu, wie Nicole auf und ab lief, immer wieder ihr Handy zückte und besorgt nach neuen Nachrichten schaute, das Baby an die Brust gedrückt. Owen war in ein silbernes Tuch voller Amulette und Beutelchen gehüllt, die Anne-Louise als Geschenke für das Baby mitgebracht hatte.

In der Küche duftete es nach Zimt und Nelken. Ein Hauch von Sehnsucht nach verlorenen Weihnachtsfesten zupfte an einer Ecke von Karis äschernen Erinnerungen.

In Nicoles Schläfe pulsierte eine Ader, und sie ging immerzu auf und ab und biss sich dabei auf die Unterlippe. Ihre nervöse Energie führte Kari umso deutlicher vor Augen, dass sie selbst innerlich tot war. Kari wusste, dass auch sie aufgeregt und ängstlich sein sollte, doch sie war keines von beidem. Sie war gefühllos. Leer.

Anne-Louise stand an der Kochinsel, in Weiß und Silber gekleidet, und spähte in einen Seherstein. Sie hatte die Granitarbeitsplatte mit Salz und gemahlenen Haselnüssen bestreut und insgesamt dreizehn dieser Kristalle in einem Kreis darauf aufgestellt. An den vier Ecken der Kücheninsel brannten weiße Kerzen, und in der Mitte stand eine Statue der Göttin in ihrer Inkarnation als Jungfrau Maria. In einem kleinen, nischenförmigen Altar neben dem Kühlschrank loderte eine Flamme, die Hestia, der griechischen Göttin des Herdfeuers, geweiht war. Eine Locke von Holly brannte darin.

Kari rückte ein Stück beiseite, so dass sie Anne-Louise über die Schulter schauen konnte. Sie sah Holly, die sich vor Schmerzen wand, und ihre Haut färbte sich schwarz, als wäre sie verbrannt. Sie steckte in Schwierigkeiten. Genau wie alle anderen, die bei ihr waren, darunter auch … Jer!

Kari erinnerte sich an Schmerz und Tod. Sie erinnerte sich an Jers Messer an ihrer Kehle, als sie im Hauptquartier des Obersten Zirkels in London sterbend am Boden gelegen hatte. An die liebevollen Worte in Altfranzösisch, die sie gewechselt hatten, ehe er ihr die Kehle aufgeschlitzt hatte. Sie hatte ihn darum angefleht – es war Windmond gewesen, und wer immer sie tötete, auf den würde ihre magische Kraft übergehen. Sie wollte nicht zulassen, dass sie Michael Deveraux zufloss, der sie verwundet hatte. Stattdessen vermachte sie sie Jer, dem Mann, den sie in diesem Jahrhundert verloren hatte, wie auch in Frankreich vor so langer Zeit.

In einem anderen Jahrhundert, im mittelalterlichen Frankreich, waren sie ein Liebespaar gewesen – Karienne und Jean. Sie war seine geliebte Mätresse, seine kostbare französische Lilie, und sie lebten in einem Dauerzustand dekadenter Genusssucht. Als seine Vermählung mit Isabeau arrangiert wurde, schob er Karienne um ihretwillen beiseite, und sie fand sich damit ab, denn sie wusste, dass es dabei um die Politik von Adelshäusern ging. Da sie selbst eng mit dem Haus Deveraux verbunden war, sah sie ein, dass er die feindliche Hexe heiraten musste, um sein edles Geschlecht zu schützen. Doch Kari wusste, dass Jean *sie* liebte. Sein Herz gehörte ihr, und das würde ihr in den langen Jahren, die nun vor ihr lagen, ein Trost sein.

Graf Alois, ihr neuer Herr und Gönner, hatte ihr mitteilen lassen, dass er sie nach der Hochzeitsfeier abholen werde. Ihre Sachen waren schon gepackt, und bald würde sie mit ihm in Paris leben. Ihr blieb noch eine kostbare Stunde, bis sie gezwungen sein würde, bewundernd zu einem Mann aufzublicken, der nicht Jean war. Er würde sogar ihr rechtmäßiger Ehemann werden. Also stahl sie sich in die Kirche, um vom Turm aus zuzuschauen. Denn zu sehen, wie Jean nur um des äußeren Anscheins willen mit einer anderen vermählt wurde, war immer noch besser, als ihn überhaupt nicht mehr zu sehen.

Wind und Feuerschein warfen seltsame Schatten auf die schimmernde Versammlung da unten. Silber und Schwarz trugen die Cahors, Rot und Grün leuchteten die Gewänder der Deveraux. Edelsteine, Gold, Silber. Der Geruch der

Blutopfer hing in der Luft; das Jammern der Leibeigenen, die die Toten beklagten.

*Er gehört mir*, dachte sie, während sie auf ihren prachtvollen, verlorenen Jean hinabblickte. Sie grub die Fingernägel in die Handflächen und betete darum, dass sie sein Kind unter dem Herzen tragen möge. Sie war nicht sicher, vermutete es aber.

Als Blutstropfen aus ihrer rechten Handfläche quollen und die Lebenslinie entlangrannen, schlitzte Jeans Vater, Duc Laurent, Jean mit einem Zeremoniendolch die Pulsader auf, und Isabeaus Mutter tat bei ihrer Tochter dasselbe. Dann wurden die beiden an den Handgelenken aneinandergefesselt.

Ein Blitz fuhr herab. Donner grollte, und die Fackeln flackerten. Wer war diese Frau, die in einiger Entfernung stand und weinte?

Wolken schoben sich vor den Mond. Blitze zischelten wie fallende Sterne herab. Und dann fuhr Karienne Trauer wie ein Dolch durchs Herz: Als sein Blut sich mit Isabeaus vermengte, änderte sich plötzlich seine Miene. Er stand nicht länger steif und reserviert da und funkelte das Miststück beinahe finster an. Nein, jetzt beugte er sich zu ihr hinüber und starrte sie an wie ein Verhungernder eine Festtafel. Er glühte vor Anbetung, völlig hingerissen. *Er liebte Isabeau, seine Braut.*

*»Non«*, protestierte sie und umklammerte das hölzerne Geländer. Es hatte doch eine politische Zweckehe sein sollen – niemand hätte sich träumen lassen, dass die beiden irgendetwas anderes als puren Hass füreinander empfinden könnten … doch als Jean Isabeau betrachtete, nahm sein hartes Gesicht einen so weichen Ausdruck an wie noch niemals für sie, für Karienne.

*Karienne, alors, viens ici*, raunte eine Stimme ihr zu. *Viens. Je t'espère.*

Komm her. Ich warte auf dich.

»*Qui?*«, murmelte sie. Wer? War es doch Jean, der nach ihr rief? Hatte er eingesehen, wie falsch es war, diese mörderische Hexe zu lieben?

*Karienne, viens ici. Maintenant.*

Die Stimme drängte sie zu kommen … sofort … das Zimmer in Haus Moore zu verlassen, sich leise einen Mantel zu holen und viel Geld aus Anne-Louises Handtasche zu nehmen … hinaus zum Tor zu gehen und auf die Straße, wo der Bus kommen würde, und dann in den Bus zu steigen und nach Dover zu fahren und von dort mit der Fähre …

… nach Frankreich.

Als die anderen merkten, dass sie gegangen war …

… war sie schon lang fort.

*Mumbai: Jer, Holly, Eve, Pablo und Armand*

»Du bist eine Deveraux?«, rief Jer ungläubig aus. »Seit wann das denn?«

Sie besaß immerhin so viel Anstand, beschämt dreinzublicken. »Meine Familie hat ihren wahren Namen sehr, sehr lange geheim gehalten. Ich … ich wusste nicht, wann ich es dir sagen sollte. Ich war nicht sicher …« Sie verstummte.

Das war nachvollziehbar. Mit dem Namen Deveraux hatte man sich im Obersten Zirkel seit einer ganzen Weile nicht gerade beliebt gemacht. Und es erklärte auch die seltsame Vertrautheit, die ihn mit ihr verband. Es erklärte eine ganze Menge.

»Wir sind immer noch nur zwei«, sagte er schließlich. »Wir brauchen Eli, um das Schwarze Feuer zu beschwören.«

*Das wird kein Problem sein*, hörte er Pablo in seinem Kopf sagen.

*Warum?*

*Schau dir die Leute da vorn mal genau an.*

Jer sah noch einmal hin. Die beiden, die da auf sie zurannten, waren Eli und Philippe.

*Das muss ein Wunder sein*, dachte Jer. *Magie hat das nicht bewirkt. Jedenfalls keine, die ich besäße.*

*Ja, vielleicht*, entgegnete Pablo.

»Philippe!«, brüllte Jer. »Wie hast du uns gefunden?«

»Eli hat einen Findezauber gewirkt. Er hat dich gesehen. Er hat allerdings behauptet, es wären weitere Deveraux bei dir. Ich wollte eigentlich lieber nicht herkommen.«

Jer lächelte schief. »Ich bin froh, dass du da bist. Nimm Holly«, bat er Armand und reichte sie ihm. »Vorsichtig.«

Armand legte sich Holly über die Schultern. Jer packte Eves Hand und rannte, so schnell er konnte. Seine vernarbten Beine schrien vor Qual, doch er ignorierte den Schmerz und konzentrierte sich stattdessen ganz auf seinen Bruder und seine … Was war sie eigentlich, eine Cousine?

Gleich darauf prallten die drei fast zusammen. Jer packte Elis Hand. »Schwarzes Feuer! Beschwöre es. Ich weiß, dass du den Zauber beherrschst!«

Ausnahmsweise kam von seinem Bruder keine sarkastische Erwiderung. Eli begann mit tiefer, volltönender Stimme zu singen. Jer und Eve lauschten aufmerksam, und als sich die Worte wiederholten, fielen sie ein.

*»Incendio, Agni … Dando …«*

Armand, der Holly trug, und Pablo gingen an den dreien vorbei und begannen, gemeinsam mit Philippe Zauber zu wirken. Jer drehte sich um und stellte sich dem heranpreschenden Duc entgegen. Er stellte sich vor, wie sein Ahnherr brannte. Brannte, wie er selbst gebrannt hatte und wie Jean und Isabeau gebrannt hatten. Er stellte sich vor, der Duc sei tot.

Und drei Meter vor ihm flackerte Schwarzes Feuer auf.

*Scarborough: Amanda, Tommy, Nicole, Richard, Owen, Anne-Louise und die Katzen*

Anne-Louise hörte sich alles an, was Nicole und Amanda ihr erzählten. Sie ging auf und ab, dann wirbelte sie plötzlich herum und fragte: »Nicole, Amanda, wo habt ihr dieses Buch gefunden?«

»Ich zeige es dir«, antwortete Amanda, stand auf und führte die anderen durchs Haus. Im Studierzimmer ging sie an dem Porträt vorbei zu einer Wand. Sie holte tief Luft und öffnete die Geheimtür, und die anderen traten zurück.

»Ich … ich sollte mit dir gehen«, sagte Nicole. Doch es war nicht zu überhören, dass sie in einem Zwiespalt steckte.

»Ich beschütze Owen«, versprach Richard.

»Wenn du mich klopfen hörst, bewege die Hand so über die Wand, wie ich es gerade gemacht habe«, wies Amanda ihn an.

Widerstrebend gab Nicole ihr Kind aus den Armen und folgte Amanda in die Dunkelheit. Sie witterte das Böse. Die Schatten flüsterten ihr Warnungen zu.

Sie wollte umkehren.

»Wo sind wir hier?«, fragte Tommy, als sie die zentrale Kammer erreicht hatten.

»Das ist das Herz von Haus Moore«, erklärte Anne-Louise. »Finstere Magie ist hier am Werk.«

»Wir sollten nicht hier sein«, murmelte Nicole.

»Doch«, widersprach Anne-Louise. »Das ist der Ort, an dem wir unbedingt sein sollten.«

*Mumbai: Holly, Jer, Philippe, Pablo, Armand, Eve und Eli*

Die Schlacht tobte um Philippe herum, und in der Luft vor ihm schimmerte ein Fleck neuer Magie.

*Was jetzt?*, fragte er sich und machte sich auf alles gefasst.

Das Schimmern wurde blendend grell und explodierte wie ein Feuerwerkskörper. Und zu seiner größten Verblüffung stolperten Amanda und Tommy aus dem Fleck hervor.

Eve wirbelte mit erhobenen Händen zu ihnen herum. Philippe hielt sie mit einem lauten Ruf zurück. Sie sah sich die Neuankömmlinge näher an.

»Was zum …?«, schrie Eve auf.

»Holly!«, rief Amanda und streckte die Arme nach ihrer Cousine aus, die sich schwach an Armands Rücken festklammerte.

»Vorsicht!«, brüllte Armand, und Amanda drehte sich gerade rechtzeitig um, um einen geflügelten Dämon über eine riesige, qualmende Wand pechschwarzer Flammen fliegen zu sehen. Schwarzes Feuer. Ihr Herz setzte einen Schlag aus. Sie hatte Schwarzes Feuer schon einmal erlebt, hatte gesehen, was es anrichten konnte.

Holly stöhnte. Flammen schienen auf ihrer Haut zu tanzen. Amanda packte ihre Hand und presste Hollys

Handfläche an ihre. Sie spürte, wie das Zeichen der Lilie brannte.

»Feuer draußen, Feuer drinnen, erlösche, du sollst nicht mehr brennen.«

Gleich darauf schlug Holly die Augen auf. Sie weiteten sich und füllten sich mit Tränen.

»Amanda«, krächzte sie. »Oh, Amanda, ich dachte, ich würde dich nie wiedersehen.«

»Wir sind da, Tommy und ich. Wir waren im Arbeitszimmer, und wir haben *gesehen*, was ...« Amanda wusste, dass sie sich die Erklärungen für später aufheben sollte.

Holly drückte ihre Hand. »Armand, lass mich runter.«

Er stellte sie auf die Füße, und sie wirbelte mit einem Aufschrei herum. Energie blitzte aus ihren Augen und Händen hervor und vernichtete den Dämon mitten im Flug. Amanda setzte zu einem Jubelruf an, doch ein plötzlicher, gleißender Lichtblitz blendete sie, und als sie wieder sehen konnte, war Holly verschwunden.

*Scarborough: Nicole, Richard, Owen und Anne-Louise*

»Okay, bring sie auf der Stelle zurück«, befahl Richard.

»Ich ... das kann ich nicht«, gestand Anne-Louise. »Dieses Portal hat sich aufgetan, und ehe ich sie daran hindern konnte, sind sie hineingesprungen.«

»Und mein kleines Mädchen ist jetzt in *Indien*?«, brüllte Richard. »In einer weiteren verdammten Schlacht?«

»Es tut mir leid«, entgegnete Anne-Louise.

Nicole saß in ihrem Zimmer, wiegte Owen in den Armen und versuchte, ihn in den Schlaf zu singen. Trotz des Gebrülls. »*Parsley, sage, rosemary and thyme.*«

Sie versuchte, nicht an die geliebten Menschen zu denken, die gerade jetzt in Indien um ihr Leben kämpften.

*»Then she'll be a true love of mine.«*

Sie versuchte, nicht an den Fluch zu denken, der auf ihrer Familie lag.

*»Tell her to wash it in yonder dry well.«*

Sie versuchte, nicht daran zu denken, dass ihr Owen die Welt vernichten könnte.

*»Parsley, sage, rosemary and thyme.«*

Sie wollte gar nicht wissen, wohin Kari verschwunden war.

*»Which never sprung water nor rain ever fell.«*

Sie versuchte, nicht allzu genau über den Text von »Scarborough Fair« nachzudenken.

*»Then she'll be a true love of mine.«*

Selbst, wenn die Worte unsinnig waren und eine Reihe unmöglich zu erfüllender Aufgaben aufzählten. Es war nur ein altes Volkslied.

Und sie war nur ein junges Mädchen.

Und so etwas wie Magie gab es gar nicht.

*Scarborough, 1268: Nicolette und Elijah*

»Was soll ich Eurer Liebsten antworten, Eurer Nicolette?«, fragte der Diener seinen Herrn, Elijah aus dem Haus Deveraux.

Elijah überlegte kurz. »Sag ihr, dass ich sie auf die Probe stelle.«

»Was für eine Probe?«

»Sie soll eine Aufgabe erfüllen, die einem gewöhnlichen Sterblichen unmöglich ist. Die nur ein Anhänger des Gehörnten Gottes bewältigen könnte. Sag der holden Maid aus dem Hause Cahors, dass sie mir ein Hemd aus Batist anfertigen soll.« Er betonte die nächsten Worte mit erhobenem Zeigefinger. »Ohne Naht oder Nadel.«

Der Diener verneigte sich tief. »Und wenn sie ein solch unmögliches Hemd vorweisen kann?«

Elijah lachte. »Dann soll sie meine wahre Liebe sein.«

Der Diener zog sich tief gebeugt zurück, und Elijah ließ sich aufs Bett fallen. Morgen war der erste Tag des Jahrmarkts, und wenn Nicolette nur eine halb so prächtige Frau oder Hexerin war, wie er glaubte, würde er sie heiraten, ehe der Markt zu Ende war.

Sie waren sich im Jahr zuvor auf dem Jahrmarkt begegnet, ihrem ersten. Sie war wunderschön, bezaubernd, und ihre Familie hatte streng über sie gewacht. Dieses Jahr würde das anders sein – sie war jetzt im heiratsfähigen Alter. Er zog sich zum Essen um und ging hinunter, um mit seiner Familie und ihren liebenswürdigen Gastgebern zu speisen, der Familie Moore.

Nicolette starrte den Diener mit großen Augen an. »Er möchte, dass ich ihm … *was* fertige?«

Der Diener wiederholte die Botschaft. »Werden Mylady ein solches Hemd anfertigen?«, fragte er schließlich.

»Ja, aber richte deinem Herrn aus, dass ich dafür etwas von ihm erwarte.«

»Worum möchtet Ihr meinen Herrn bitten?«

»Sag ihm … er soll einen Morgen Land für mich finden, zwischen dem Salzwasser und dem Meeresstrand.«

»Aber … was Mylady da verlangen, ist unmöglich!«

»Nicht unmöglicher als das, worum er mich bittet.«

Der Diener verneigte sich. »Darf ich ihm sonst noch etwas bestellen?«

»Ja. Sag ihm, dass er dann meine wahre Liebe sein soll.«

Der Diener verneigte sich erneut und ging, und Nicolette sank lachend auf einen Stuhl. »Elijah hält sich für sehr schlau, aber ich werde es ihm zeigen.«

Ihre jüngere Schwester Catherine blickte mit großen Augen zu ihr auf. »Wirst du das Hemd für ihn machen?«

»Natürlich«, antwortete Nicolette.

»Aber wie?«, fragte Catherine.

»Na, durch Zauberei natürlich.«

Der Diener stand seit seiner Geburt in Diensten der Familie Deveraux. Das war lange genug, um sie gut zu kennen – und um zu wissen, dass er, wie treu er auch dienen mochte, vor ihrem Zorn niemals sicher war. Deshalb zitterte er leicht, als er mit der Botschaft von Nicolette wieder vor Elijah trat.

»Hast du ihr gesagt, was sie mir für ein Hemd fertigen soll?«, fragte Elijah.

»Ja, und sie bittet Euch ihrerseits um eine Gunst.«

Elijah schlug sich auf den Oberschenkel, als er ihre Aufgabe vernahm. »Gut gewählt.«

Elijahs jüngerer Bruder sah ihn ernst an. »Aber das ist unmöglich.«

»Nicht für einen Hexer, Laurent«, versicherte Elijah ihm.

Am Morgen wachte Nicolette früh auf, denn sie konnte es kaum erwarten, Elijah Deveraux zu sehen. Sie gab sich besondere Mühe mit ihren Kleidern und frisierte ihr Haar zu makellosen Zöpfen, in die sie Blumen und Kräuter einflocht. Petersilie, Salbei, Rosmarin und Thymian – allesamt machtvolle Kräuter mit einer bestimmten Bedeutung und magischen Wirkung. In dieser Zusammenstellung miteinander kombiniert, ergaben sie einen Liebeszauber.

Sie ging zum Jahrmarkt, schlenderte an den Ständen vorbei und betrachtete all die vielen Dinge, die verkauft oder dargeboten wurden. Dabei spürte sie Blicke auf sich gerichtet, und sie wusste, dass Elijah sie beobachtete. Ihr Herz schlug schneller, doch sie tat so, als spürte sie seine Anwesenheit nicht.

Er schlich ihr nach wie der Jäger einem Fuchs, und sie wusste, dass sie es sehr klug würde anfangen müssen, wenn sie ihm entwischen wollte. Zumindest eine Zeitlang. Sie schlängelte sich an Gauklern und Händlern vorbei und mied Leute, die sie kannte, damit sie weiterhin in Bewegung bleiben konnte.

Dann hielt sie einen Moment lang inne und versuchte, ihn zu erspüren. Er war nahe, so nah, als steige ihr sein Geruch in die Nase. Sie wandte sich nach links und hoffte, sich ein paar Augenblicke hinter einem Zigeunerwagen verstecken zu können. Doch als sie hinter den Wagen trat, schlang sich ein starkes Paar Arme um sie und hob sie einfach vom Boden hoch.

Es war ihr Elijah. Als ihre Lippen sich berührten, brauste Feuer durch ihre Adern, und sie klammerte sich an ihm fest. Doch schließlich kam sie wieder zur Vernunft. »Wir dürfen nicht erwischt werden.«

»Warum? Verletzt dies etwa die Grenzen der angemessenen Brautwerbung?«, fragte er und streifte mit den Lippen ihren Hals.

»Ja, und das weißt du sehr wohl«, sagte sie und stemmte sich gegen seine Brust.

Er ließ sie los, und sie rang um Contenance. Es galt hier ein Spiel zu spielen, und wenn er ihr so nah war, vergaß sie ihre Rolle allzu leicht.

»Hast du das Land für mich gefunden?«, hauchte sie.

»Ja. Und mein Hemd?«

»Ist fertig.«

Das stimmte. Sie hatte es herbeigezaubert, ehe sie zu Bett gegangen war. Allerdings wagte sie ihm nicht zu sagen, dass sie es dann als Kopfkissen gebraucht hatte. »Nun, wann bekomme ich meinen Morgen Land zu sehen?«, fragte sie.

Er hob den Zeigefinger und legte ihn sacht an ihre Lippen. Sie konnte seinen Herzschlag darin spüren, und sein Herz pochte genauso heftig wie ihres.

»Zuerst sollst du mein Hemd waschen, in einem trockenen Brunnen, in den nie eine Quelle gesprudelt noch Regen gefallen ist.«

Sie lächelte ihn an. »Dann musst du meinen Morgen Land pflügen, mit ... dem Horn eines Lamms.«

»Und?«

»Das ganze Feld besäen, mit einem einzigen Pfefferkorn.«

»Nicolette!«

Sie drehte sich um. »Meine Schwester ruft nach mir. Ich muss gehen.«

Er hielt sie am Handgelenk zurück. »Und dann werde ich deine wahre Liebe sein?«

Sie schenkte ihm zur Antwort ein Lächeln, riss sich dann los und floh.

»Habt Ihr vor, Nicolette von den Cahors zu heiraten?«, fragte Roland aus dem Haus Moore Elijah einige Tage später.

»Ja, das ist mein Plan«, gestand der Hexer. »Sie hat nur noch eine einzige Prüfung zu bestehen.«

»Welche unmögliche Aufgabe habt Ihr ihr diesmal gestellt?«

»Ich habe ihr gesagt, sie solle das Hemd auf einem Dorn trocknen.«

Roland schüttelte den Kopf. »Ihr beiden müsst wahrlich vorsichtiger sein. Eure seltsamen Streiche erregen Aufmerksamkeit.«

»Ihr sorgt Euch doch gewiss nicht darum, was die Bauern denken!«

»Nein, eher darum, was die Priester denken«, erwiderte Roland spitz.

Elijah winkte verächtlich ab. »Die Priester werden dafür bezahlt, solche Dinge geflissentlich zu übersehen, vor allem während des Jahrmarkts.«

»Das mag sein, aber selbst für uns gibt es Grenzen.«

»Für Euch vielleicht, Roland, aber nicht für mich. Und auch nicht für meine süße, frevlerische Nicolette.«

Das Haus Moore war mächtig, doch es stand stets im Schatten der Häuser Deveraux und Cahors. Eine durch Heirat gefestigte Allianz zwischen diesen beiden Häusern würde praktisch einen König und eine Königin der Hexenwelt hervorbringen. Das durfte nicht geschehen. Rolands Vater war alt und kränklich und konnte nichts unternehmen, um sein Haus zu retten.

Roland opferte dem Gehörnten Gott alle nur erdenklichen Tiere und Menschen und erhielt endlich seine Antwort. Er beobachtete alles genau und wartete auf den rechten Zeitpunkt zum Zuschlagen.

»Wohin gehst du?«, fragte Catherine Nicolette. Es war spät, und ihre Eltern schliefen schon. Nicolette hatte Catherine geweckt.

Selbst im Licht der einzelnen Kerze konnte Catherine erkennen, dass ihre Schwester errötete. »Zu einem Stelldichein mit Elijah«, flüsterte sie.

Catherine verschränkte die Arme vor der Brust. »Ich glaube nicht, dass Vater das gefallen würde.«

»Deshalb wirst du ihm auch nichts davon sagen«, erwiderte Nicolette mit plötzlich harter Stimme.

Catherine wollte sie aufhalten, konnte es aber nicht. Während sie zusah, wie Nicolettes dunkle Gestalt in die Nacht hinausglitt, fühlte sie sich hilflos. Etwas Schlimmes würde geschehen, und sie konnte es nicht verhindern.

Als der Morgen heraufzog und Roland Moore erschien, um ihnen mitzuteilen, dass Elijah Nicolette ermordet habe und geflohen sei, wurden all ihre Ängste Wirklichkeit. Sie hätte ihre Schwester davon abhalten müssen, diesen Deveraux zu treffen. Sie wünschte, sie besäße mehr Macht, und an jenem Tag schwor sie sich, diese Macht zu erlangen, ganz gleich, was es kostete und wen sie dafür opfern müsste.

Roland Moore weinte unverhohlen, als er heimkehrte und verkündete, dass Nicolette Cahors den jungen Elijah ermordet und dann die Flucht ergriffen habe. Die Moores und die Deveraux trauerten gemeinsam und begannen, ihre Rache gegen die heimtückischen Cahors zu schmieden.

Laurent kochte vor Zorn. Sein Bruder, der Einzige in seiner Familie, den er je gemocht hatte, war ihm genommen worden. Er würde nicht zulassen, dass so etwas je wieder geschah, ganz gleich, ob er dazu Himmel und Hölle in Bewegung setzen oder die Zeit selbst umkehren musste.

# Teil drei

# Caspar

Und so der Finstere entfesselt ist, wird keines mehr sicher sein. Kinder werden sterben, wilde Tiere werden weinen, und die Welt wird in schrecklichem Feuer vergehen.

Zweite Offenbarung des Johannes 3:25

# Zehn

# Myrrhe

Wir leben von unseren zahlreichen Lügen
Manche davon nicht in Gold aufzuwiegen
Die Wahrheit muss unser Geheimnis bleiben
Wir Deveraux zeigen nie unser Leiden

Erhebt euch in die Luft, Cahors
Weint dem Mond euren Kummer vor
Verloren, trauernd und ganz allein
Kann die Antwort nur ein Opfer sein

*In der Eiswüste: Holly*

»Jer«, flüsterte Holly, als sie mit einem Ruck zu sich kam. Sie lag im Schnee, und am Himmel über ihr tanzten bunte Lichter. Sie befand sich nicht mehr mitten in einer Schlacht, sondern auf einer öden, schneebedeckten Ebene – keine Bäume, keine Felsen, nichts als der Schnee und die Himmelslichter.

»Jer?«, rief sie, doch sein Name schien auf ihren Lippen zu gefrieren. Zitternd stemmte sie sich auf die Ellbogen hoch. Wie durch Prismen gestreutes Licht – grün, rot und bläulich weiß – malte unstete Muster auf die riesige weiße Fläche. War das hier noch Indien?

Ihre Zähne klapperten, und sie bekam Kopfschmerzen. Steif und ruckartig wie ein Aufziehspielzeug waren ihre Bewegungen, als sie staunend und verwirrt die Lichter betrachtete. Welcher Zauber hatte sie hierher versetzt? Hatte Jer das getan, um sie zu retten? Oder hatte Alex – *oder vielmehr Duc Laurent* – sie durch Zeit und Raum geschleudert, um sie zu ermorden? War das hier eine Art Hindu-Magie oder üble Hexerei – oder beides?

Sie zitterte heftig, denn die Kälte drang ihr bis auf die Knochen und lähmte sie vor Taubheit. Schon nach ein paar Augenblicken konnte sie nicht mehr unterscheiden, wo ihr Körper aufhörte und der Schnee begann. Ihr Herzschlag verlangsamte sich, und ihr gefror buchstäblich das Blut in den Adern.

*Ich … sterbe,* dachte sie. Sie versuchte, sich zu bewegen. *Jer, bitte hilf mir.*

*Wo bist du?,* antwortete eine Stimme, doch das war nicht Jer. Es war Duc Laurent, an den sie nun gefesselt war. *Meine Fürstin?*

»Nein«, stieß sie hervor. »I-i-ich b-b-bin n-n-nicht …«

Dann erinnerte sie sich daran, dass sie kein hilfloses kleines Mädchen war – sie war eine mächtige Hexe und besaß magische Kräfte. Leise flüsternd krächzte sie: »Angst und Begierde, Eis und Flammen, Schutz fordere ich in der … in meinem Namen.« Ihr war bewusst, dass sie in der Vergangenheit schreckliche Handel geschlossen und dabei Teile ihrer Seele an die Göttin und an Catherine aus dem Hause Cahors verloren hatte. Sie würde sich nicht noch tiefer in deren Schuld begeben, wenn es sich irgendwie vermeiden ließ.

Sie schloss die Augen und wartete darauf, dass die Wirkung ihres Zaubers eintrat. Plötzlich hatte sie das Gefühl, in einer sich rasch drehenden weißen Kugel zu schweben, und ihre durchgefrorenen Lippen verzogen sich zu einem winzigen Lächeln. Wärme rann durch ihre Adern, und ihr Lächeln wurde breiter. »Angst und Begierde, Eis und Flammen, Zuflucht verlang ich in meinem Namen.«

Mehr köstliche Wärme durchströmte ihren Körper. Sie hätte beinahe glauben können, dass ihr Herz in ihrer Brust glühte. Und sie war sicher, dass sie sich entweder an einen sicheren Ort versetzt oder sich mit einem starken Schutz umgeben hatte.

Sie schlug die Augen auf. Die wunderschönen Lichter waren weg, und ein dicker goldener Mond stand über ihr am Himmel. Dieselbe schneebedeckte Ebene erstreckte sich in alle Richtungen. Kein Häuschen, keine Hütte, keine Höhle weit und breit, nicht einmal ein einziger Baum oder Felsen. Peitschender Wind kam auf und stieß sie rücklings um. Sie knallte hart auf den Boden, und es klingelte in ihren Ohren.

»Hilfe«, stöhnte sie, als gräulich gelbe Flecken hinter ihren halb geschlossenen Lidern erblühten.

*Ah, da bist du ja. Keine Angst. Ich komme und hole dich, Holly*, flüsterte Duc Laurent in ihrem Kopf.

Nein, widersprach sie. *Ich bin frei, frei von dir. Ich weiß auch nicht, warum. Wer hat mich hierhergeschickt? Jer?*

*Ich komme trotzdem.*

*Wie bin ich hierhergelangt?*

Alles verschwamm und wurde schwarz.

Sie musste eingenickt sein, während sie Owen in den Schlaf gewiegt hatte, denn Nicole wachte plötzlich auf. Langsam und vorsichtig stand sie auf, um Owen nicht zu wecken, und legte ihn in sein Bettchen. Im Zimmer war es warm, und sie ging zu einem der Fenster und öffnete es.

Draußen war die Luft frisch und klar, und sie atmete tief ein. Plötzlich hüpfte ein winziger Spatz aufs Fensterbrett und sah sie mit zur Seite geneigtem Kopf an. Sie lächelte und gab ein leises Pfeifen von sich. Der Vogel neigte den Kopf zur anderen Seite und flatterte auf die Rückenlehne ihres Schaukelstuhls. Während sie die kühle Luft von draußen genoss, freute er sich sichtlich über die gemütliche Wärme hier drinnen.

Er blieb einen Moment lang sitzen, sträubte das Gefieder und schüttelte sich kräftig. Nicole lächelte ihn an. Es war schon seltsam, dass so kleine Lebewesen einem dennoch solche Freude …

Der Vogel explodierte in einer Wolke aus Federn. Nicole blinzelte ungläubig, doch der Spatz war weg. In kleinen Fetzen regnete er aus der Luft herab. Einen verrückten Augenblick lang fragte sie sich, ob es daran liegen könnte, dass sie ihn nicht namentlich eingeladen hatte. Doch dann hörte sie einen Laut, bei dem ihr das Blut in den Adern stockte. Es war ein wildes, schrilles Lachen.

Langsam drehte sie sich um und sah Owen in seinem Gitterbettchen *stehen*. Er zeigte mit dem Finger auf die Überreste des Vogels, und sein Gesicht verzerrte sich zu einem Grinsen purer Bosheit.

*Er hat den Vogel getötet! Mein Baby hat den unschuldigen kleinen Vogel getötet! Owen ist das Kind, das die Welt vernichten wird.* Da wusste sie, was sie zu tun hatte. Und sie musste es rasch tun, ehe sie die Nerven verlor oder Anne-Louise oder ihr Vater sie aufhalten konnten. Sie ging zu Owen, hob ihn hoch und rannte mit ihm zu dem Geheimgang.

Sie fand den richtigen Abschnitt der Wand, bewegte die Hand über eine bestimmte Stelle, wie sie es bei Amanda gesehen hatte, und schlüpfte durch die Öffnung. Die Geheimtür schloss sich hinter ihr, doch sie hielt sich nicht damit auf, ein Licht zu beschwören, sondern rannte schnurstracks den Gang entlang auf die innerste Kammer zu. Owen krähte zufrieden in ihren Armen, und Nicole spürte, wie ihr Tränen die Wangen hinabliefen.

*Du hättest es wissen müssen, hättest es glauben müssen,* flüsterte eine Stimme ihr ins Ohr.

Ja, hätte sie.

*Beeil dich, ehe es zu spät ist, ehe er dich aufhalten kann.*

»Ich beeile mich ja!«

Sie erreichte die Kammer und blickte sich verzweifelt um. Zuvor hatte sie keine Gelegenheit gehabt, sie sich näher anzusehen. In einer Ecke stand ein Altar. Es erschien ihr nur richtig, ihn zu gebrauchen. Sie rannte hinüber und legte Owen auf die mit tiefen Rinnen und dunklen Flecken durchzogene Platte. Das Blut früherer Opfer schien ihn ihr aus den Armen zu ziehen.

Links von dem Alter war ein Schränkchen. Sie öffnete es und fand darin Kerzen, Steine und Kristalle zu verschiedensten Zwecken sowie eine Sammlung von Athamen. *Ich sollte ein Reinigungsritual abhalten … eine Zeremonie, um seine Seele zu läutern und ihn zur Göttin zu schicken,* dachte sie, und ihre Hand bewegte sich zu den weißen Kerzen.

*Keine Zeit! Tu es jetzt, ehe es zu spät ist.*

Sie nahm einen Athame, reckte ihn hoch in die Luft und drehte sich zu Owen um.

Anne-Louise wusste nicht recht, wonach sie in Sir William Moores Büchern und Unterlagen eigentlich suchte. Sie war schon mehrere Stunden lang damit beschäftigt und hatte immer noch nichts Nützliches vorzuweisen.

Und dann entdeckte Anne-Louise etwas, das irgendwie nicht stimmte. Zwischen all den ordentlich aneinandergereihten Büchern lag eines quer auf ein paar anderen, und es ragte schief aus dem Regal hervor. Es war halb in ein Seidentuch gewickelt, und die Stickerei darauf erkannte sie augenblicklich als das Symbol des Hauses Cahors.

Eine Seite war markiert, und sie schlug das Buch dort auf. Sie las von der Zerstörung des Schlosses Cahors in Frankreich, bei der viele Gegenstände von höchstem finanziellem und magischem Wert geraubt worden waren, darunter auch ein Buch mit Prophezeiungen des Schwarzmagiers Merlin.

Anne-Louise las weiter und keuchte plötzlich auf. Ein leiser Knall war zu hören, sie hob den Kopf und sah, wie der Raum sich vor ihr buchstäblich teilte wie ein Vorhang.

Sasha taumelte aus dem Riss hervor und sprang auf, als das Loch sich direkt vor Anne-Louise wieder schloss.

Schwankend stand sie da und sah sich angstvoll um. Dann entdeckte sie Anne-Louise.

»Göttin«, hauchte sie, »ich lebe.« Sie stürzte sich in Anne-Louises Arme. »Ich danke dir.«

Anne-Louise hielt ihre Zirkelschwester fest an sich gedrückt, und Erleichterung durchflutete sie. Sasha war wieder da und anscheinend unverletzt. Aber wie …?

»Sasha«, sagte sie. »Ich habe dich nicht hierhergebracht.«

Die Mutter von Jer und Eli Deveraux hob den Kopf von Anne-Louises Schulter. »Wer war es dann? Ich habe dem Tod ins Auge geblickt. Dann hat auf einmal der Boden gebebt, und ein Portal hat sich aufgetan. Durchzuspringen und sonst wo herauszukommen, war mir lieber, als von Merlin ermordet zu werden.«

Eiskaltes Grauen packte Anne-Louise. *»Was?«*

»Wo ist Nicole?«, fragte Sasha, packte Anne-Louise bei den Schultern und schüttelte sie kräftig. »Wir müssen sie aufhalten, ehe es zu spät ist!«

»Ich weiß nicht, wo sie ist.« Anne-Louise runzelte die Stirn. »Wobei sollen wir sie denn aufhalten?«

»Owen. Sie will Owen opfern«, stieß Sasha hervor. »Anne-Louise, bitte glaub mir. Womöglich ist es bereits zu spät.«

»Göttin …«, hauchte Anne-Louise entsetzt. Es gab nur einen Ort, an dem eine so grausige Tat verübt werden konnte. Sie wirbelte herum und rannte zu der Geheimtür, Sasha dicht hinter ihr.

Sobald sie den Geheimgang betraten, begann Anne-Louise zu schreien: »Nicole, halt! Tu es nicht! Das ist eine Falle!«

Das Herz schlug ihr bis zum Hals, als sie in die innere Kammer platzte und sah, wie Nicole einen Athame gegen Owen erhob. Sie schleuderte einen Schutzzauber durch den Raum, der Owen einschloss, und die Klinge prallte daran ab.

»Nicole! Es ist eine Lüge. Merlins Prophezeiungen – jede dreizehnte ist eine Lüge. Sie wurde ins Gegenteil verkehrt, um die Zeit zu manipulieren, die Geschichte zu verändern.«

Nicole schaute sie mit glasigen Augen an, und einen

Moment lang fürchtete Anne-Louise, sie könnte besessen sein.

Langsam ließ Nicole den Athame sinken und sah sie blinzelnd an. »Was hast du gesagt?«

Doch Anne-Louise konnte ihr nicht antworten, so gebannt starrte sie auf Owen, der zur Abwechslung einmal still dasaß, einen Heiligenschein um den Kopf.

*Mumbai:*
*Jer, Eve, Philippe, Pablo, Armand, Amanda und Tommy*

Jer wirbelte herum und suchte nach Holly. Eben war sie noch hier gewesen, und im nächsten Augenblick war sie verschwunden. Ein Dolch zischte an seiner Wange vorbei, und er hörte einen dumpfen Schlag, als er jemanden traf. Er fuhr gerade rechtzeitig herum, um zu sehen, wie Eve zu Boden sank.

Das Schwarze Feuer flackerte und erlosch. *Drei sind nötig, um es zu beschwören, und drei braucht es auch, um es am Brennen zu halten*, begriff er. »Vorsicht!«, schrie er und erschuf hastig eine Barriere an der Stelle, wo eben noch das Feuer gelodert hatte.

Alex durchbrach die Barriere und prallte gegen Jer. Jer wurde auf den Rücken geschleudert, und Alex rammte ihm die Fäuste ins Gesicht – offenbar wollte er ihn doch lieber eigenhändig erschlagen. Jer versuchte, sich gegen ihn zu stemmen, doch zwei geisterhafte Ritter in glühenden Rüstungen drückten seine Hände in den Schnee.

»Du Ungeheuer!«, brüllte Alex ihn an. »Wie konntest du, ein Deveraux, dein eigen Fleisch und Blut verraten!«

Er hieb mit beiden Fäusten zugleich auf Jers Nase. Der

Schmerz schoss ihm direkt ins Gehirn, er hörte in seinem Schädel etwas knirschen und wusste, dass Alex ihm die Nase gebrochen hatte. Weitere Schläge zertrümmerten noch mehr Knochen, und dann fühlte es sich an, als würde ihm die Haut in Fetzen vom Gesicht gezogen. Jer kämpfte darum, die Augen offen zu halten, und sah, wie sich das Gesicht von Alex Carruthers veränderte: Im einen Augenblick war er noch der gut aussehende Mann, der Holly und ihre Familie getäuscht hatte – im nächsten der halb verweste Leichnam des Mannes, der Jean Deveraux' Seele an die von Isabeau Cahors gefesselt hatte. Schwärzlich violette Hautfetzen hingen von Alex' Gesicht, und Maden krochen aus seinen Augenhöhlen.

»Du hättest der magischen Hochzeit mit Holly Cathers zustimmen sollen, um sie dann deiner Familie zu übergeben, den Deveraux. Aber wir haben sie doch noch bekommen. Sie ist jetzt *mir* hörig, *meine* Fürstin. Das sollte dein letzter Gedanke sein, wenn ich dich jetzt töte.«

»Sie …«, stieß Jer mühsam hervor. »Sie ist dir nicht hörig. Sie hat mich gerettet.«

»*Menteur!*«, schrie Laurent. »Lügner!« Er prügelte wie ein Verrückter auf Jers Gesicht ein. Seine Raserei war unfasslich – durch den Nebel seiner Schmerzen versuchte Jer, sie zu begreifen. Wut war ein Kind der Angst. Was fürchtete Laurent?

»Immer stehen sie mir im Weg, immerzu!« Laurent wechselte ins mittelalterliche Französisch, und Jer verstand es. Er reiste wieder rückwärts durch die Zeit, weit zurück …

Jean blieb in seinem prächtigen Hochzeitsgewand am Kopf der Treppe stehen und hörte seinen Vater mit Paul-Henri, Jeans jüngerem Bruder, sprechen.

»Sollte er es nicht schaffen, einen Sohn mit ihr zu zeugen, darfst du es als Nächster versuchen«, sagte Laurent gerade.

»Aber *mon père*, dazu müsste ich entweder sie vergewaltigen oder ihn ermorden, oder beides«, protestierte Paul-Henri. Milde.

»Pff. Hast du denn gar nichts gelernt? Du bist Franzose. Verführ sie.«

»Aber …«

»Bei den Hörnern des Gottes, Paul-Henri, das ist eine politische Zweckehe. Sie liebt ihn nicht. Meine Spione berichten mir, dass sie oft weinend an ihrem Fenster sitzt. Ihr Biest von einer Mutter opfert ihre Leibeigenen scharenweise und zwingt Isabeau, in ihrem Blut zu baden, und wozu? Das soll ihr Mut verleihen! Damit sie bei Jean liegen kann, ohne zu schreien.«

Jean lächelte boshaft. Er würde es genießen, Isabeau zum Schreien zu bringen. Und noch mehr, Paul-Henri zu töten. Beides so bald wie möglich. Dann würde er der einzige Sohn seines Vaters sein.

»Aber du hast sie geliebt«, schrie Alex/Laurent ihn an, und Speichel flog ihm von den Lippen. »Der Geist von Jean, der noch in dir steckt, hat Isabeau geliebt. *Liebe!* Mit deiner Liebe hast du unsere Familie vernichtet! Und selbst jetzt kämpfst du für die Cahors! Gegen deine eigenen Blutsverwandten!«

*Ich bin nicht Jean. Ich bin …*

Etwas Scharfes schlitzte ihm den Hals auf. Blut sprudelte, dampfte, gefror an der Luft.

*Ich bin …*

Er war im Begriff zu sterben.

*Ich würde für sie sterben. Für Isabeau …*

Mais non, *nein, nicht Isabeau …*

Isabeau wurde geboren, damit Holly …

*Warte auf mich, wohin auch immer der Gott mich schickt,* dachte er, als die Welt zu einer schmalen roten Linie zusammenschrumpfte. Dann: *Nein, nicht. Komm niemals hierher. Es wird die Hölle sein.*

*Scarborough:*
*Nicole, Anne-Louise, Richard, Sasha und Owen*

Anne-Louise, Sasha und Richard unterhielten sich leise, während Nicole Owen ins Bett brachte. Dann trank sie eine Tasse beruhigenden Kräutertee, den Sasha ihr gekocht hatte, setzte sich neben seine Wiege, schaukelte ihn sanft und betrachtete den Lichtschimmer um seinen Kopf, der leuchtete wie ein Heiligenschein. Sie stellte die rote Tasse mit dem grünen Efeu-Motiv auf seinen Wickeltisch und streichelte mit den warmen Fingern seine Wange. Während sie einmal mehr darüber staunte, wie weich seine Haut war, fragte sie sich, wer er in Wahrheit sein mochte. Kari hatte gesagt, er werde sterben, wenn er dieses Anwesen verließ. Stimmte das, oder war es nur eine von Merlins Lügen? Kari schien die Dinge anders zu sehen, jetzt, da sie tot war, und Nicole hätte sie gern gefragt, was sie sah, wenn sie Owen betrachtete.

Aber Kari war weg. Sie hatten nach ihr gesucht, doch kein Findezauber und kein Seherkristall hatten etwas genützt. Außerdem fehlte fast das gesamte Geld, das Anne-Louise dabeigehabt hatte, was zumindest bedeutete, dass Kari davongelaufen und nicht etwa entführt worden war.

Nicole hatte geglaubt, dass sie sich sicherer fühlen würde, wenn Kari nicht in der Nähe ihres Babys war, doch nicht zu wissen, wo sie steckte und weshalb sie verschwunden war, machte Nicole nur nervöser. Jetzt, als Mutter, fiel es ihr viel schwerer, mit ihrer Angst klarzukommen. Sie konnte nicht davonlaufen – sie musste Stellung beziehen und ihr Kind schützen. Angst konnte eine sehr selbstsüchtige Emotion sein, und ehe Owen in ihr Leben getreten war, war sie extrem egozentrisch gewesen. Damals war sie davongelaufen, hatte Holly und Amanda zurückgelassen und dadurch die Macht der drei gebrochen … denn die Magie war am stärksten, wenn drei Hexen sie gemeinsam wirkten.

Drei Hexen, drei Hexer, drei Magier, drei Zauberer. Das Dreieck war das stabilste aller Bilder in der Zauberei. Immerhin war ein Pentagramm nichts anderes als ein Dreieck in einem Dreieck in einem Dreieck! Dreifaltigkeit, Dreieinigkeit.

Nicole dachte daran, wie fordernd sie ihrer Mutter gegenüber stets gewesen war – jede Extrawurst, jede Bevorzugung hatte sie durchgesetzt. Und mit welcher Verachtung sie Richard begegnet war, ihrem Vater, der von der Affäre seiner Frau – mit Elis Vater! – gewusst, aber nichts unternommen hatte, als traurig und deprimiert herumzuhocken. Aber Richard Anderson war nicht gegangen. Er war geblieben … für seine Frau und seine Kinder. Die Liebe ertrug unendlich viel.

Nicole dachte wieder an Köln und überlegte dann, weshalb ihre Gedanken ständig dorthin zurückkehrten. Nachdenklich griff sie nach ihrer Tasse …

… nach ihrer Tasse …

… nach ihrer Tasse …

Die war nicht mehr da.

Und sie selbst auch nicht.

*Im Tempel der Blinden Richter: Nicole*

Nicole drehte sich taumelnd um sich selbst. Sie war von weißem Nebel umgeben, und als dieser sich lichtete, stellte sie fest, dass sie inmitten eines Kreises aus klassischen Säulen stand. Sie reichten so hoch in die wallenden Wolken über ihr, dass sie das obere Ende nicht sehen konnte. Zwischen den Säulen saßen Männer und Frauen auf thronartigen Stühlen aus weißem Marmor. Sie trugen Togen und hatten milchig weiße Augen, obwohl ihre Gesichter jugendlich und glatt waren. Manche von ihnen waren weiß wie Knochen, andere hatten einen golden angehauchten, kaffeebraunen oder blauschwarzen Hautton.

»Wo ist Owen?«, rief sie. »Wo bin ich?«

»Nicole Anderson-Moore, du stehst vor dem Blinden Gericht.«

Ihr Blick schoss von einem Gesicht zum nächsten. Sie wusste nicht, wer gesprochen hatte. Niemand hatte die Lippen bewegt.

»Wo ist mein Baby?«, schrie sie. Sie lief zum nächstsitzenden der Männer und prallte etwa anderthalb Schritte vor ihm gegen eine unsichtbare Barriere. Sie hämmerte mit den Fäusten dagegen. »Owen!«

»Das Baby hat dich hierhergebracht«, sprach die Stimme. Und wieder schien keiner dieser Richter die Lippen bewegt zu haben.

»Was soll das heißen?« Sie warf sich mit der Schulter gegen die Barriere.

»Wenn du dich beruhigst, werden wir es dir sagen.«

»Seid ihr Deveraux?«, erwiderte sie. Dann geschah etwas. Irgendetwas veränderte sich. Sie blickte nacheinander in die glatten Gesichter. Milchig weiße Augen starrten zurück.

»Wir sind weder Deveraux noch Cahors, noch tragen wir sonst irgendeinen menschlichen Namen«, erklärte die Stimme. »Wir befinden uns jenseits von alledem.«

»Owen …«

»Das ist der Name, den du ihm gegeben hast.«

Ihr stockte der Atem. »Hat er noch einen anderen Namen? Wisst ihr, wer sein Vater ist?«

»Das musst du uns sagen. Deshalb haben wir dich kommen lassen. Damit du es uns bestätigst.«

»Ihr … ihr wisst, wer es ist«, sagte sie langsam. Ihr Herz pochte. Sie schwitzte leicht, und ihr war schwindlig. »Sagt es mir.«

Nach langem Schweigen hörte sie: »Du bist hierhergerufen worden, weil dieses Kind nicht hätte sein sollen.«

Sie war sprachlos. Grauen packte sie. Die wollten Owen etwas antun.

»Doch, doch, das sollte er«, platzte sie heraus. »Natürlich ist es gut, dass er zur Welt gekommen ist.«

»Dann hast du geholfen, das Gleichgewicht der Kräfte zu manipulieren«, sagte die Stimme. »Und für dieses Verbrechen musst du büßen.«

*Ise, Japan, 1281: Nicolette, Elijah, Louis und Marie*

Kameyama, der im Kloster lebende Kaiser von Japan, legte sich im langen Gewand eines Shinto-Priesters auf den

Boden und berührte mit der Stirn die Tatami-Matte. Auf einem Tisch stand der heilige Spiegel der Göttin Amaterasu, Schutzpatronin seines Geschlechts und himmlische Gefährtin des Tenno. Er betete sie ohne Worte an, denn sie kannte jeden Winkel seines Herzens. Es wäre sehr respektlos von ihm gewesen, sie direkt anzusprechen, obwohl sie sich einmal im Jahr fleischlich miteinander vereinigten und damit Japan Segen brachten.

Außerhalb des schlichten hölzernen Schreins beteten Tausende von Kameyamas Untertanen. Dies war das größte Massengebet, das je abgehalten worden war, und der Glaube, dass Japan unter göttlichem Schutz stand, war in der riesigen Versammlung zu spüren wie ein lebendiges Wesen. Hatte Amaterasu nicht erst vor sieben Jahren ihre Feinde durch ein Unwetter zurückgeschlagen?

Doch diesmal waren die Mongolenhorden des furchterregenden Kublai Khan hundertvierzigtausend Mann stark. Sie kamen mit viertausendvierhundert Schiffen und kämpften mit neuen Waffen und neuen Strategien. Sie fochten nicht auf die traditionelle japanische Art – ein Krieger gegen den anderen in ehrenhaftem und kunstvollem Kampf. Stattdessen arbeiteten sie in riesigen Formationen zusammen, die sich wie ein seltsames, übergeordnetes Wesen bewegten. Die japanische Armee bestand aus nur vierzigtausend Kriegern, die gelernt hatten, dem Feind respektvoll Auge in Auge zu begegnen – und das brachte ihnen den Tod. Das Meer färbte sich rot von japanischem Blut.

Sieben Jahre zuvor war Japan durch heftige Unwetter auf See gerettet worden, bei denen die Hälfte der mongolischen Flotte gesunken war. Diese außergewöhnliche Wettererscheinung hatte gewiss die große Göttin Amaterasu hervorgebracht. Und wenn sie das Flehen ihrer hingebungsvollen Anhänger hörte, würde sie noch einmal ein solches Wunder wirken. Also wurden tage- und nächtelang ununterbrochen Gebete gesprochen und mit Räucherwerk, Glocken und Gesängen gen Himmel gesandt.

Aber das Wetter war auch heute schön, und überall an der Küste schlachteten die Feinde Kameyamas Männer ab. Mongolische Pfeile und mongolische Klingen mähten treue Samurai nieder wie junge Reispflanzen. Kameyama fürchtete, dass sich bald auch die japanischen Feinde der kaiserlichen Familie gegen den derart geschwächten Chrysanthementhron erheben könnten.

Also betete Kameyama zu seiner Göttin. Verborgen in den Schatten bemühten sich die mächtigste Hexe und der mächtigste Hexer der Welt, Amaterasu auf ihre Weise zu unterstützen. Diese beiden waren Nicolette aus dem Hause Cahors und ihr Mann Elijah, ein Deveraux.

Kameyama wusste nicht alles über ihre magischen Fähigkeiten, doch er wusste, dass Nicolette die Göttin anbetete und Elijah den Gehörnten Gott verehrte. Der Wind begann zu strömen wie ein Fluss, während die geheimen Worte der ältesten Sprache der Welt sich mit Latein, Griechisch und Altfranzösisch vermischten. Der Tenno kannte ihre Zauber und Beschwörungsformeln nicht, denn mit ihm sprachen sie japanisch.

Die beiden Zauberkräftigen trugen ebenso wie ihre Kinder, Marie und Louis, förmliche schwarze Kimonos, bestickt mit den Wappen von Pandion, dem Falkenweibchen, und Fantasme, dem grausamen Jäger. Auch waren darauf Monde dargestellt, Symbole der Göttin, die die gestickten Köpfe des Grünen Mannes umgaben wie Heiligenscheine. Das Blut der Opfer fiel zischend auf weiß glühende Kohlen, die in schwarzen Kohlebecken glommen. Kameyama tat so, als wüsste er nichts davon.

Elijah und Nicolette beschworen die Elemente. Den beiden war wohl bewusst, dass sie zwar ihre Kinder sehr liebten und Liebe eine Kraft des Lichts war, ihre Zauber jedoch Flüche darstellten, finster und abgründig. Sie brachten böses Wetter in diese Welt – mächtige Blitze, wilden Götterwind – und befahlen damit den Tod von Tausenden. Vielleicht würden die Cahors oder die Deveraux eines Tages im Licht wandeln. Doch die Zeit, in der sie lebten, duldete keine Gnade. Kameyama war ihr Verbündeter, wenngleich nicht ihr Freund – Hexen und Hexer hatten keine Freunde unter den nicht magischen Menschen. In den meisten Ländern und Reichen wurden jene, die man bei der Ausübung der Kunst ertappte, mit glühenden Zangen in Stücke gerissen, man brannte ihnen die Augen aus den Höhlen oder riss ihre ungeborenen Kinder der Mutter aus dem lebendigen Leib.

Erbarmen war ein Traum, den der Christengott versprach, dessen Priester die erbarmungslosesten von allen Menschen waren. Ein Versprechen, das auf ewig unerfüllt blieb – so erschien es zumindest jenen, die ihn nicht verehrten.

So setzten Nicolette und Elijah ihre ganze Kraft dazu ein, ihre Feinde zu schlagen und ihnen Tod und Vernichtung zu bringen. Während Marie am Daumen lutschte und zusah, wie die toten Opfertiere auf den Becken zu Kohle verbrannten, warf Louis einen Rattenschädel von einer Hand in die andere, und ihre Eltern brachten Unheil über die Welt.

Der Himmel verfinsterte sich, der Wind heulte und kreischte. Nicolette hörte das Gemurmel der japanischen Gläubigen vor dem heiligen Schrein und fragte sich, ob die

Leute in Panik geraten würden. Elijah sprach dermaßen böse Worte, dass sie am liebsten den Kindern die Ohren zugehalten hätte. Doch zu jener Zeit lag im Bösen eben mehr Macht als im Guten. Sollten jene, die Ohren hatten … *hören*. Das war ihr Vermächtnis, ihr Geburtsrecht. Ihre Kinder würden eines Tages noch mächtiger sein als Nicolette und Elijah.

Ein Donnerschlag zerriss die Luft, und ein Blitz erhellte den Raum. Regen prasselte herab wie Mongolenpfeile, hart und grausam. Nicolette lächelte und legte ihre Hand auf die ihres Mannes. Es war geschafft. Sie schloss die Augen und beobachtete, wie die Wolken und Strömungen untereinander die Plätze tauschten. Elijah lockte und beschwor das Chaos, in die Welt einzutreten, auf das Meer vor Japan, das wie ein Liebhaber an dessen Küsten leckte.

Die Frau von Elijah Deveraux versprach Pan Genuss und Freuden, wenn er seine Kraft dem Taifun hinzugäbe. Vor ihrer Ankunft in Japan hatte die Familie Indien besucht, und Elijah hatte der Göttin in ihrer Inkarnation als Kali, der finsteren Göttin der Zeit und des Wandels, dasselbe versprochen. Die Glanzvolle versprach ihnen eine Welt, die sich vor Cahors und Deveraux verneigte. Es gab keine tödlichere Verbindung, keine Familie, die gemeinsam mächtiger gewesen wäre. Sie waren einander hörig, Fürst und Fürstin. Japan war eine Kleinigkeit für sie – sie würden nach Belieben durch Zeit und Raum reisen und es ganz ihrem Willen unterwerfen.

»*Maman, j'ai peur*«, flüsterte Marie und zupfte am langen Ärmel von Nicolettes Kimono.

»Angst ist nichts für dich. Sie ist für die da«, entgegnete Nicolette.

Dann traf der Taifun auf die Insel – eine gewaltige

Sturmflut mit unvorstellbarer Wucht. Die Magie, die dämonische Allmacht, hatte die Elemente zum Wahnsinn aufgepeitscht. Mit einem rasenden Windstoß war der Schrein verschwunden, zu Kleinholz zerschmettert. Kameyamas Schrei ging im Lärm unter, und Nicolette wurde hochgerissen und kopfunter herumgewirbelt. Sie schrie nach ihren Kindern, nach Elijah, sie kreischte vor Angst und sah …

Sie sah eine Cahors-Hexe auf dem Scheiterhaufen brennen.

Sie sah eine Frau ertrinken, als ein Damm brach und Fluten einen Ort niederwalzten.

Sie sah einen Deveraux und eine Cahors, die bei einem Erdbeben in einem Haus verschüttet wurden.

Und dann erstarrte die Zeit innerhalb des Wirbelwinds, alles hielt inne. Nicolette war von kühlem weißem Äther umgeben und sank langsam auf einen kalten weißen Marmorboden hinab. Als sich der Nebel lichtete, sah sie Elijah ein Stück weit entfernt stehen, doch die Kinder konnte sie nirgends entdecken.

»Marie! Louis! Wo seid ihr? Elijah!«

Nicolette wollte zu ihm laufen und stellte fest, dass sie sich nicht rühren konnte. Sie war wie mit dem Erdboden verwachsen. Sie schrie … doch es drang kein Laut aus ihrem Mund. Elijahs dunkle Augen glühten, und seine Lippen bewegten sich. Sie wusste, dass er die Magie zu brechen versuchte, die sie offenbar beide fesselte.

Der letzte Rest des wallenden Dunstes löste sich auf. Weiße Säulen ragten über ihr empor und verschwanden hoch oben im Nebel. Männer und Frauen mit milchigen Augen saßen auf Thronstühlen aus weißem Marmor. Sie waren in lose fallende weiße Gewänder gehüllt, und Nicolette fürchtete sich davor, sie anzusehen.

*»Wir haben euch gerufen, Cahors und Deveraux«*, sprach eine Stimme, obwohl niemand in dem Kreis die Lippen bewegte. *»Ihr stört das Gleichgewicht. Ihr beeinflusst Raum und Zeit. Das können wir nicht zulassen.«*

*Was?*, dachte Nicolette, die noch immer nicht laut sprechen konnte.

*»Wir sind die Blinden Richter. Wir wahren das Gleichgewicht zwischen Gut und Böse. Und ihr werdet zu stark. Zwischen Cahors und Deveraux darf keine Harmonie bestehen, denn sonst kann die Welt nicht mehr bestehen. Fortan sollen eure Häuser einander als Feinde bekämpfen. Sie sollen Schlachten schlagen und Intrigen spinnen. Wo Liebe war, herrsche nun blutige Fehde.«*

*Elijah, mein Liebster*, dachte Nicolette, während ein Richter nach dem anderen in gleißendem Licht erstrahlte. Dann wurde plötzlich alle Helligkeit aus dem seltsamen Raum gesogen.

*»Verstoßen«*, sagte die Stimme. *»Vertrieben aus dem Paradies der wahren Liebe. Cahors, Deveraux, ihr werdet es niemals wieder gemeinsam betreten.«*

*Nein!*, schrie Nicolette stumm. Sie starrte Elijah an und befahl ihm in Gedanken, sie aufzuhalten, sie niederzumachen, den Zorn seines Gottes auf diese Richter herabzurufen. Seine Augen brannten, Flammen tanzten darin. Sie waren schwarz wie Ebenholz – schwarzes Feuer … und dann …

… dann sah sie eine junge Frau, die Tränen aus schwarzem Feuer weinte. Sie war ein Kind der Zukunft, sie war Holly von den Cahors, und sie liebte Jeraud Deveraux.

*Oh, meine Schwester*, rief Nicolette ihr zu. *Das darf nicht geschehen.*

Dann sah sie nichts mehr, denn sie verlor das Bewusstsein.

Nicolette, Elijah, Marie und Louis wurden nie wieder gesehen. Das Haus Deveraux gab den Cahors die Schuld an ihrem Verschwinden. Cahors-Krieger drangen auf Schloss Deveraux ein und ermordeten die sechs Kinder des herrschenden Fürsten, um Rache zu üben. Die beiden Familien hassten einander mit einer hitzigen Wut jenseits aller geistigen Gesundheit und Vernunft. Rasende Wut, so gewaltig wie die der Göttin Kali, nährte den Hass, der sie spaltete und zu Kriegen, Hass und Blutvergießen trieb.

Über Kontinente und Ozeane hinweg sorgten wissende Zauberer und Magier dafür, dass das auch so blieb. Solange die Cahors und die Deveraux eifrig aufeinander einhackten, würden sie niemand anderen attackieren.

*Scarborough: Richard, Anne-Louise, Owen und Sasha*

Richard ging unruhig auf und ab. Er war besorgt um seine Tochter und fühlte sich so hilflos wie schon lange nicht mehr. »Wäre es möglich, dass sie Amanda und Tommy gefolgt ist?«, fragte er.

Anne-Louise schüttelte den Kopf. »Ich glaube nicht, dass Nicole allein ein Portal öffnen kann, und außerdem würde sie doch Owen nicht verlassen.«

Er wusste, dass sie recht hatte, aber die Sache gefiel ihm nicht. Teile und herrsche. Das war eine alte Kriegstaktik, und geteilter, als seine Familie in den vergangenen Monaten gewesen war, konnte man kaum sein. Er hatte genug davon.

»Kannst du die Gruppe in Indien wiederfinden und eine gute Stelle, um ein Portal zu öffnen, das man in beide Richtungen passieren könnte?«

»Ich glaube schon«, antwortete Sasha. »Im Erschaffen von Portalen werde ich anscheinend richtig gut.«

»Oder jemand anders«, erwiderte er mahnend.

Sie hatte ihnen nicht viel über ihre Begegnung mit Merlin erzählt. Aber es war offensichtlich, dass sie entsetzliche Angst vor ihm hatte. Richard beschloss, die Sache vorerst auf sich beruhen zu lassen, aber früher oder später würde Sasha ihnen alles erzählen müssen, was sie wusste.

Anne-Louise ging in ihr Zimmer und kehrte kurz darauf zurück. »Eine Strähne von Pablos Haar – die wird uns helfen, sie zu finden.«

»Sollen wir zu ihnen gehen?«, fragte Sasha Richard.

»Nein. Ich gehe und hole sie hierher zurück.«

Haus Moore mochte eine Todesfalle sein, aber zumindest eine, die er inzwischen recht gut kannte.

*Mumbai*

Armand drehte sich um und tötete einen Dämon, der versucht hatte, sich unbemerkt an ihn heranzuschleichen. Neben ihm schimmerte ein Portal, und Richard Anderson trat daraus hervor. Er hielt eine Maschinenpistole in den Händen.

Der Mann grinste ihn breit an. »Die Kavallerie ist da. Raus mit euch«, sagte er und wies mit dem Daumen über die Schulter auf das Portal.

»Pablo!«, schrie Armand. Sofort war der Junge bei ihm, und sie traten zusammen hindurch.

Dämonen flogen durch die Luft und krochen über den Boden und versuchten, ihnen zu folgen. Richard schoss auf sie und stellte befriedigt fest, dass die Magie in den

Geschossen mindestens so viel Wirkung zeigte wie die Kugeln selbst.

»Dad!«

Tommy und Amanda kamen auf ihn zugerannt. Sie hatten Jer zwischen sich, den sie halb trugen, halb über den Boden schleiften. Sie verschwanden durch das Portal. Hinter ihnen kam Philippe, der eine junge Frau schleppte. Und neben ihm ging Eli.

Soweit Richard wusste, stand Eli auf der anderen Seite. Er richtete die Waffe auf ihn. Sein Finger spannte sich am Abzug, und er freute sich beinahe ein wenig darauf. Er hatte Eli schon immer gehasst.

»Nein! Er gehört zu uns!«, rief Philippe.

Richard wusste, dass er trotzdem schießen und sich dann auf einen Unfall hätte herausreden können. Stattdessen seufzte er und erschoss einen Dämon, der die drei verfolgte. Sie eilten an ihm vorbei durch das Portal. Er suchte ein letztes Mal die Umgebung ab, sah aber keine Spur von Nicole. Er wäre lieber noch geblieben, aber die anderen hatten gewiss ein paar Antworten für ihn. Also würde er mit ihnen nach Haus Moore zurückkehren und später wiederkommen, besser gerüstet – mit Waffen und Wissen.

Im großen Saal von Haus Moore kümmerten sich Anne-Louise und Sasha bereits um die Verwundeten. Die Frau hatte offenbar eine Stichwunde in der Brust, und Jer sah aus, als hätte jemand sich an seinem Gesicht die Fingerknöchel gebrochen.

Amanda stürzte sich auf Richard und schlang die Arme um ihn. Sie küsste ihn auf die Wange, trat dann zurück und wischte sich die Augen. »Wo ist Nicole?«, fragte sie.

»Ich hatte gehofft, das könntet ihr mir sagen«, erwiderte er grimmig.

# Elf

## Rosmarin

Leben erlöschen und Linien werden krumm
Zeit und Geschichte arrangieren wir um
Fürchten uns dennoch nicht vor der Nacht
Schenkt uns der Sonnengott doch seine Macht

Unserem Versteck naht die Dunkelheit
All unsere Ängste holen uns ein
Etwas im Innern beginnt uns zu treiben
Was, das muss unser Geheimnis bleiben

*Im Tempel der Blinden Richter: Nicole*

»Wie könnt ihr glauben, ich hätte mir das mit Absicht angetan!«, schrie Nicole.

*»Du bist ein Deveraux-Liebchen.«* Die Stimme schien aus allen Richtungen zugleich zu kommen.

»Schon lange nicht mehr. Oder ist euch entgangen, dass wir uns getrennt haben? Sein Vater hat meine Mom ermordet, und mich hätte er auch gern umgebracht. Owen – ich weiß nicht, wie er zu mir gekommen ist. Ich kann mich nicht einmal an die Schwangerschaft erinnern. Es war, als … sei ich eines Tages aufgewacht, im neunten Monat schwanger. Wie durch Magie.«

Nun spürte sie eine gewisse Erregung unter den Richtern. Da fiel ihr noch etwas ein. »Ich glaube, dass jemand die Zeit verändert hat.« Der Gedanke war ihr schon ein paar Mal gekommen, aber sie hatte ihn immer rasch verworfen.

Die Reaktion der Richter fiel noch stärker aus.

*»Woher weißt du das?«*

»Ich weiß es nicht. Ich weiß gar nichts«, antwortete sie. Sie war müde und fühlte sich überfordert und schwach. Vor allem aber fühlte sie sich völlig ausgelaugt. »Ich muss zurück zu meiner Schwester. Wir sind Zwillinge, und ich glaube, dass wir einander auf magischem Weg Kraft verleihen. Bitte lasst mich gehen.«

*»Glaubst du etwa, du seist die erste Tochter der Magie, die eine Zwillingsschwester hat? Ihr seid wahrlich nicht die einzigen und nicht einmal die stärksten magisch begabten Zwillinge eurer Zeit.«*

»Was? Von dem sprecht ihr?«, fragte Nicole drängend.

*»Ihr hattet Glück, dass ihr bisher zusammengeblieben seid. Nicht so die anderen. Zu stark, zu viel Macht. Gemeinsam stören sie das Gleichgewicht.«*

Sie starrte die unbewegten Münder an. Die milchigen Augen.

»Wer?«

*»Getrennt und verändert, eine versteckt sich, und die andere kennt nicht einmal ihren Namen.«*

»Warum erzählt ihr mir das?«, fragte Nicole.

Dann gab ihr eigenes Herz die Antwort. Sie hatten nicht vor, sie wieder gehen zu lassen. Deshalb sprachen sie so offen.

*Nein. Ich kann Owen und Amanda nicht im Stich lassen.*

Sie holte zittrig Atem. »Wenn ihr ohnehin nur vorhabt, mich zu töten, dann redet wenigstens vernünftig mit mir. Euer Plan war ach so genial, ja? Dann beweist es mir – sagt mir, wen ihr getrennt habt.«

*»Das eine Kind verbirgt sich voll Scham in der Dunkelheit. Das andere lebt im Licht, doch es weiß nicht, wie es heißt.«*

»Was soll das bedeuten?«, fragte Nicole.

*»Sie sind beide Deveraux.«*

Ein Schauer lief Nicole über den Rücken. Deveraux-Zwillingsschwestern. Und sie und Amanda waren Cahors-Zwillingsschwestern. Das konnte kein Zufall sein. Doch die anderen beiden waren mächtiger als sie und Amanda. *Aber wenn man Holly hinzuzählt, kann kein lebender Deveraux uns das Wasser reichen*, überlegte Nicole. *Die eine Schwester wuchs im Obersten Zirkel auf und wusste, wer sie war, hielt es aber geheim. Vor wem hatte sie Angst? Michael? Sir William? Die andere wurde im Mutterzirkel groß, ohne zu ahnen, dass sie eine Deveraux ist.*

Und plötzlich stand ihr die Schlacht im Hauptquartier des Obersten Zirkels vor Augen, und die Hexerin Eve, die Jer kannte, die ihnen geholfen hatte und selbst entkommen war. Und dann sah sie ein weiteres Gesicht vor sich, eine äußerst anmutige Frau mit auffällig ähnlichen Zügen. Anne-Louise. Anne-Louise, die so viel stärkere Banne wirken konnte als jede andere. Anne-Louise, die der Mutterzirkel im Tempel großgezogen hatte, weil sie eine *Waise* gewesen war.

Nicole fiel auf die Knie und würgte. Anne-Louise, die gerade jetzt bei Owen war.

Kari stand vor den Ruinen von Schloss Cahors. Das Böse hing in der Luft wie ein fauliger Gestank. Sie spürte die Todesqualen von tausend und abertausend Seelen. Hier hatten viele den Tod gefunden, um politischer Macht oder magischer Bezwingung willen.

*Ich höre die Toten,* dachte sie, *weil ich selbst tot bin.*

Sie wusste nicht, weshalb sie hier war. Es war, als sei sie in einen Traum hinein aufgewacht, nicht aus einem erwacht. Die Luft schimmerte, und sie taumelte ein paar Schritte zurück. Der Boden vibrierte und kitzelte ihre Fußsohlen.

*Tu es là,* sagte die Stimme. Du bist da.

»Ja«, antwortete sie auf Englisch.

*Eine wie du vollendet den Kreis. Eine ist hier, die sterben wird, wenn sie in deine Zeit kommt. Und du bist auch gestorben.*

»Ich bin gestorben«, flüsterte sie. Jemand anders wäre vielleicht außer sich gewesen vor Entsetzen, doch sie empfand … nichts.

*Es ist noch nicht so weit. Sie kommen. Warte auf sie.*

Vor ihrem geistigen Auge sah sie ein Gasthaus ein Stück weiter die Straße entlang. Hinter ihr wartete das Taxi mit laufendem Motor. Sie machte kehrt und stieg wieder ein. Eine Stunde später legte sie sich in ihrem Gästezimmer aufs Bett, und sie träumte nicht.

Drei Tage später wurde sie erneut gerufen.

Dr. Nigel Temar trat aus den Schatten der Kastanienbäume, als eine junge Frau mit braunem Haar sich der Ruine von Schloss Cahors näherte. Einen Moment lang glaubte er, es sei Kari, doch so viel Glück hatte er nicht. Dennoch funktionierte seine GPS-Ortung endlich wieder, und das Gerät hatte ihm angezeigt, dass sie hier sein müsste.

Dann entdeckte die Frau ihn, und sie wirkte ebenso verwundert, wie er vermutlich dreinschaute. Sie neigte den Kopf zur Seite. Da trat ein asiatisch aussehender junger Mann hinter sie und nahm ihre Hand.

*»Bonjour«*, sagte sie vorsichtig. Der Mann schwieg.

»Das ist eine prächtige Ruine, nicht wahr?«, entgegnete Nigel. »In meinem Kunstführer steht …«

»Sie kommt in keinem Führer vor, jedenfalls nicht in denen, die wir haben«, unterbrach sie ihn. »Wissen Sie, wie sie heißt?«

Nigel fuhr sich mit der Zunge über die Lippen. »Das ist Schloss Ca …«

Er verstummte, als er eine Bewegung auf der Straße wahrnahm und sah, dass sich ein Wagen näherte. Er beobachtete, wie das Auto stehen blieb.

Und Kari ausstieg.

»Oh Gott!«, rief er, und im selben Moment schrien die Frau und der Mann: »Kari!«

Alle drei rannten zu ihr hin. Die Frau erreichte Kari als Erste und schlang die Arme um sie. »Wir haben uns solche Sorgen um dich gemacht. Was ist passiert?«

»Wo hast du gesteckt?«, fragte Dr. Temar streng. »Warum bist du einfach verschwunden?«

Der asiatisch aussehende Mann blinzelte. »Ich kenne Sie doch. Sie sind Dr. Temar, von der Universität.«

»Ja«, sagte Nigel. »Und Sie sind Tommy Nagai. Ein Freund von Kari. Ich habe nach ihr gesucht. Und mein System …« Er deutete auf sein Ortungsgerät, ein einfaches schwarzes, rechteckiges Kästchen, und rang sich ein schwaches Lächeln ab. »Mein System hat *funktioniert.*«

»Wahrscheinlich, weil heute Wolfmond ist«, sagte Amanda. »Der richtige Tag für wilde Arbeit.« Sie holte tief Luft. »Ich bin Amanda Anderson. Ein paar von uns … haben sich öfter mit Kari getroffen.«

»Magische Rituale durchgeführt, meinst du wohl«, sagte Dr. Temar. »Mit Jer Deveraux.«

»Und Sie haben Kari zurückgebracht«, erwiderte Amanda. »Aber nicht durch Magie.«

Der Boden unter ihren Füßen bebte.

Heftig.

»Was ist los?«, rief Dr. Temar. Er packte Kari und hielt sie fest, als der Fleck Erde, auf dem er stand, sich plötzlich hochschob, so dass sie beide hinfielen. Er hörte Tommy schreien, dann begann Amanda auf Lateinisch oder in einer noch älteren Sprache zu reden. Wolken aus Staub und Erde schossen empor, und Dr. Temars linkes Bein baumelte plötzlich in der Luft. Die Arme um Kari geschlungen, stemmte er sich auf die Ellbogen und schaute über die Schulter. Ein riesiger Riss lief im Zickzack durch die Wiese auf sie zu.

»Kari!«, schrie er und stieß sie beiseite. Doch der Spalt öffnete sich noch weiter und sandte kleine Risse in ihre Richtung, als verfolgte er sie. Nigel rappelte sich auf, packte sie bei den Handgelenken und zerrte sie zur Straße.

Er spürte einen mächtigen Windstoß, gefolgt von einem Donnerschlag wie ein Überschallknall. Er wirbelte herum, und Rauch und Dampf quollen aus dem Spalt.

Die Luft waberte, der Himmel verdüsterte sich und sank tief über sie herab. Ein blauweißes Glühen brach aus dem gewaltigen Riss im Boden hervor.

Und darin stand ein Mann, umgeben von einer Kugel

aus eisigem Licht. Er trug einen mitternachtsblauen Magierumhang samt Kapuze, mit Monden und Sternen bestickt. Sein Gesicht war ledrig und alt, und ein weißer Rauschebart hing ihm auf die Brust. Seine Augen hatten einen unheimlichen Blauton.

Die Kugel verschwand, und er stand vor der Ruine von Schloss Cahors.

»*Merci*«, sagte der Mann zu Kari.

Amanda starrte ihn an. Er erinnerte sie an jemanden, an ein Bild aus einem Buch vielleicht … ein Buch … *das Buch.*

Kari sagte: »Owen.«

»Ist er hier?«, fragte der Mann und straffte die Schultern. »Ich verlange das Kind.«

»Owen?«, fragte Tommy. »Woher wissen Sie …«

»Wer sind Sie?«, fragte Dr. Temar.

»Oh Göttin«, flüsterte Amanda. »Ich weiß, wer das ist.« Sie holte tief Luft. »Merlin.«

»Merlin?«, echote Tommy mit großen Augen. »Wie der im Film?«

»*Film?*«, brüllte der Mann. »Hast du keine Augen im Kopf, Bursche?«

»Owen«, sagte Kari erneut.

Amanda starrte den Mann an. Merlin. Er war doch wohl nicht … aber wo war Nicole gefangen gehalten worden? Auf der Insel Avalon. Und was hatte sie ihnen gesagt? Dass dort etwas gewesen sei. Etwas Uraltes.

»Ich habe dir befohlen, ihn mitzubringen«, knurrte Merlin mit zusammengebissenen Zähnen. Er sprach mit Kari.

Sie schüttelte den Kopf. »Nichts gehört.«

Er ballte die Hände zu Fäusten. »Noch *immer* hintertreiben sie alles, was ich tue! Noch aus dem Grab verhöhnen sie mich! Melchior, Caspar, Balthasar, ich werde euch vernichten.«

»Die Weisen aus dem Morgenland«, murmelte Amanda.

Merlin fuhr zu ihr herum. Sein Gesicht war vor Wut verzerrt. »Weise, von wegen. Skrupellose, durchtriebene, gewissenlose Bastarde. Wo ist das Kind?«

Tommy sah Amanda an. »Was ist hier los?«

Plötzlich lächelte Merlin. Er atmete langsam aus, und seine Miene wurde weich. Er zog sich die Kapuze vom Kopf und enthüllte eine lange weiße Mähne, die er rasch mit den Fingern kämmte.

»Verzeihung. Ich war so lange fort. In Gefangenschaft. Zu Unrecht«, fügte er hinzu. Falsche Herzlichkeit klang aus seiner Stimme. Er streckte Amanda die Hand hin. »Ich spüre große Macht in dir.«

Kari hob den Kopf. »Volksmärchen«, sagte sie.

»Ja, ja«, bestätigte Dr. Temar. »Merlin war in der Kristallhöhle gefangen. Ein vaterloser Junge, dessen Name ›Raubvogel‹ bedeutete, wurde ein mächtiger Zauberer.«

»Raubvogel«, sagte Kari. »Fantasme.«

»Das Hexentier der Deveraux«, fügte Amanda hinzu. Sie neigte den Kopf zur Seite und wappnete sich für einen magischen Angriff. Merlin strahlte ganze Wogen von Finsternis aus. Er war tödlich. Gefährlich.

»*Sie* haben Sie gefangen gesetzt«, stieß Dr. Temar hervor. »Die Heiligen Drei Könige.« Merlin zog die Augenbrauen hoch. »Wie konnte das geschehen?«, fragte Dr. Temar.

»Weil ... Sie einer von ihnen waren«, dachte Amanda laut. »Sie alle waren Astrologen, Zauberer.«

»Zoroastrier«, setzte Dr. Temar hinzu.

»Unsinn«, erwiderte Merlin kopfschüttelnd. »Dürfte ich jetzt bitte Owen sehen?«

»Deshalb sind Sie hier. Um ihn zu holen«, sagte Amanda mit leiser, kalter Stimme. »Irgendwie sind Sie freigekommen, und jetzt wollen Sie ihn haben.«

»Ich will meinen Sohn«, bestätigte er. »Er ist mein Kind. Und ich werde ihn bekommen.« Er vollführte ein paar Gesten. Blitze und Donner zerrissen die Luft. Krähen krächzten. »Und niemand wird ihn mir vorenthalten.«

Der Himmel wurde schwarz, und er verschwand. Sofort kehrten alle nach Haus Moore zurück.

*Im Tempel der Blinden Richter: Nicole*

Nicole war sich vage bewusst, dass Zeit verstrich. Sie wusste, dass sie immer schwächer wurde, und konnte beinahe die Stimmen ihrer Lieben hören, die nach ihr suchten.

Dann kam Unruhe auf. »Er ist frei«, flüsterte einer der Richter.

Nur einer. Sie waren voneinander getrennt, einzelne Personen. Irgendetwas hatte sich verändert.

»Wer?«, fragte Nicole und sprang auf. »Doch nicht …«

»Der Vater des Kindes«, bestätigte ein anderer.

Nicole schüttelte den Kopf. Das schreckliche Ding auf der Insel – es war in ihr Zimmer gekommen und hatte sie auf irgendeine Weise geschwängert. So viele schreckliche Dinge waren geschehen. Wie konnte man das als Gleichgewicht bezeichnen? Sie hatte ganz den Eindruck, dass das Böse sehr viel öfter siegte als das Gute. Sie blickte in ein Gesicht nach dem anderen und suchte nach einem Verbündeten, einer Freundin. Doch alle saßen in steinernem Schweigen da, immun gegen ihren Kummer.

Bis auf einen. Der Richter auf dem Thronstuhl in der

Mitte lächelte. Sein Gewand war weiß, und dennoch umgab ihn ein dunkler Nimbus. Konnten die anderen das nicht sehen?

Sie schaute genauer hin. Er war groß und hatte hohe, hohle Wangenknochen wie William Moore. Wo hatte sie ihn schon einmal gesehen?

Ihr stockte der Atem. Einmal hatte sie Amanda beim Schlafwandeln verfolgt, und Amanda war vor einer Reihe Ahnenporträts stehen geblieben und hatte sie angestarrt. Aber nicht die ganze *Reihe.* Sondern das Porträt dieses Mannes hier.

Sie hob den Arm und zeigte auf ihn. »Sie! Sie sind derjenige, der uns allen diese Fallen gestellt hat. Sie haben mit meiner Cousine gesprochen und mich beinahe dazu gebracht, mein eigenes Baby zu ermorden.« Sie begann vor Wut zu beben. »Sie sind immer noch ein Moore. Ihrem Haus nach wie vor treu ergeben.«

*»Ist das wahr?«*, fragten die übrigen Richter wie aus einem Mund. Alle wandten sich dem Mann in der Mitte zu.

»Nein«, behauptete er und blinzelte mit den weißen Augen.

Plötzlich füllte sich die Luft um ihn herum mit Bildern. Nicole und die Richter sahen, wie er ein ums andere Mal die Cahors sabotierte und manipulierte. Sogar in die Zeit eingriff. Ja, selbst Wichtel und Geister beschwor. Den Yowie herbeirief. Und Merlin Bescheid gab, dass seine Rettung unmittelbar bevorstand.

*»Sie sagt die Wahrheit. Du bist kein Hüter des Gleichgewichts, wie man dich einst nannte, Xavier Moore. Du bist schuldig«*, verkündeten die Richter und erhoben sich von ihren marmornen Stühlen.

»Nein. Sie lügt. Sie bringt diese Bilder hervor«, erwiderte

Xavier Moore und sprang ebenfalls auf. »Um mich als Sündenbock hinzustellen. Um von ihren eigenen Übeltaten abzulenken.«

*»Schuldig.«*

»Nein, das bin ich nicht!«, rief er.

*»Schuldig!«* Sie streckten die Hände aus, wie Nicole zuvor. Gleißendes Licht flackerte auf.

Er war fort. Sein Thron war leer.

»Was ist passiert?«, fragte Nicole.

*»Schuldig. Der Verräter Xavier Moore hat das Gleichgewicht gestört. Er existiert nicht mehr.«*

Sie atmete erleichtert auf. »Oh, der Göttin sei Dank. Ihr wisst also, dass ich unschuldig bin.«

Sie hörten ein Raunen, als murmelten die Richter untereinander, aber zu leise, so dass sie nichts verstehen konnte.

*»Wir lassen dich frei. Aber seinen Platz müssen wir neu besetzen.«*

»Mit wem?«, fragte Nicole.

*»Mit einem, der ebenso oft Berührung mit dem Bösen wie mit dem Guten hatte.«*

Angst packte Nicole. »Ihr meint doch nicht …«

Und dann war sie plötzlich weg.

Sie war wieder in Haus Moore.

Und Philippe und Eli starrten ihr ins Gesicht.

Philippe hielt Nicoles Hand, während er seinen Teil der Geschichte erzählte. Als er fertig war, beugte Richard sich vor und sagte: »Wir wissen also, dass Merlin ursprünglich einer der biblischen Magi war und die anderen ihn eingeschlossen haben. Die Frage lautet: Wie haben sie das gemacht, und wie können wir das wiederholen?«

»Ich erinnere mich kaum daran, was ich gesehen und

gespürt habe, als wir im Kölner Dom waren«, erklärte Pablo. »Ich habe nach Philippe gerufen …« Er überlegte kurz. »Man hat ihnen etwas mit ins Grab gegeben. Ein Amulett.«

»Gut, Pablo. Das ist gut. Wie kommen wir daran?«, fragte Richard.

»Durch Gewalt«, antwortete Eli mit zusammengebissenen Zähnen.

*In der Eiswüste: Holly*

Holly schaffte es zwar, sich warm zu halten, aber es gelang ihr nicht, irgendetwas Essbares zu finden oder herbeizuzaubern. Ihr Magen knurrte zornig, und sie wusste, dass sie in Schwierigkeiten steckte. Ihre magischen Kräfte ließen zusehends nach, und sie wusste, dass es nur eine Frage der Zeit war, bis sie endgültig versagten. Und dann würde sie verhungern. Wenn sie nicht vorher erfror.

Plötzlich zuckte ein grelles Licht auf, und als es erlosch, war sie nicht mehr am selben Fleck. Sie stand in einem Kreis aus Säulen und mächtigen, thronartigen Stühlen. War das eine Halluzination, hervorgebracht von ihrer Schwäche und dem nahenden Tod? Langsam drehte sie sich im Kreis.

*»Holly Cathers. Wir sind die Richter. In dieser Welt und allen anderen Welten bewahren wir das Gleichgewicht zwischen Gut und Böse. Das Gericht ist nicht vollständig, und wir müssen denjenigen ersetzen, der nicht mehr ist. Wir haben dich gewählt.«*

Sie öffnete den Mund, um zu fragen, was das sollte, doch auf einmal wusste sie es … alles. Sie sah Nicole an genau dieser Stelle stehen. Sie sah die Vernichtung des Richters, der das Gleichgewicht manipuliert hatte. Sie sah die Balance selbst, die über allen Raum und alle Zeit hinweg auf einer dünnen Spitze schwankte.

Heftig schüttelte sie den Kopf. »Nein, ihr könnt mich nicht nehmen!«

Und dann stand auf einmal die Göttin neben ihr, in ihrer Gestalt als Königin der Hexen. Holly hatte sie schon zu oft gesehen, ihr zu viel geopfert, um sie nicht augenblicklich zu erkennen.

»Nichts ist umsonst, alles hat seinen Preis«, erklärte die Göttin. »Das war dir bewusst, und dennoch hast du sowohl der Dunkelheit als auch dem Licht Opfer dargebracht. Dies ist jetzt dein Schicksal. Wenn du es verweigerst, bedeutet das für alle, die du auf Erden liebst, Tod und Vernichtung.«

»Dann lasst mich ihnen helfen«, beharrte Holly. »Sie lieben Euch. Sie verehren Euch. Wie könnt Ihr mir da mit ihrem Tod drohen?«

Die Göttin betrachtete sie. Ihr Gesicht war wunderschön und schrecklich zugleich. Ihre Augen waren strahlend blau, die Lippen perlmuttrosa. Doch als sich das Licht veränderte und schließlich ihre Augen traf, verfinsterten sie sich.

»Das ist keine Drohung«, entgegnete sie. »Sondern das, was tatsächlich geschehen wird. Du könntest ihnen helfen, indem du das Gleichgewicht schützt. Mit allem anderen verdammst du sie zum Untergang.«

Holly sank auf den Marmorboden nieder. Sie hatte gewusst, dass sie einen Preis würde zahlen müssen, doch so etwas hätte sie niemals erwartet.

*Jer*, schrie sie in Gedanken auf.

*Holly.*

Sie konnte ihn hören und in ihrem Herzen und ihrem Geist spüren. Nach so langem Schweigen war er wieder bei ihr. Sie schloss die Augen und weinte.

*Comment je t'aime. Comment je t'adore.*

*»Wenn du ihn liebst und ihm nicht den Tod wünschst, musst du ihn loslassen«*, verkündeten die Richter. *»Für immer und ewig. Du wirst ihn niemals wiedersehen.«*

Da erkannte sie, dass sie die Hoffnung nie ganz aufgegeben hatte, sie könnten eines Tages doch zusammen sein. Denn sonst hätten ihr diese Worte nicht das Herz gebrochen.

*Köln, Deutschland: Die Helden*

Sie hatten den Dom ungehindert betreten können. Das allein jagte Nicole schon Angst ein. Obwohl es ihr beinahe unerträglich war, hatte sie Owen in Haus Moore zurückgelassen und Sasha unter vier Augen gebeten, besonders gut auf ihn achtzugeben. Sasha, nicht Anne-Louise. Sasha hatte sich offensichtlich gewundert, es ihr aber versprochen. Und Nicole hatte vor ihrer Abreise niemandem erzählt, was sie in der Gewalt der Richter gelernt hatte. Sie war ziemlich sicher, dass Anne-Louise nicht wusste, wer sie wirklich war – eine Deveraux. Und vielleicht war das auch eine Lüge dieses Verräters Xavier Moore, durch die er sie verwirren wollte.

Dr. Temar und Kari waren ebenfalls in Haus Moore zurückgeblieben, obwohl es geheime Debatten darüber gegeben hatte, ob sie ihn und Kari fortschicken sollten. Falls Merlin versuchen sollte, wieder Kontakt zu Kari aufzunehmen, könnte die Tote ihm wie ein Seherstein als Augen und Ohren innerhalb des Hauses dienen. Doch sie hatten es nicht über sich gebracht, die beiden im Stich zu lassen. Nicole wusste, dass Nigel Temar Kari von den Toten zurückgeholt hatte, weil er sie liebte. Sein Versuch war furchtbar schiefgegangen, aber sie wäre die Letzte, die leugnen würde, welch gewaltige Anziehungskraft die Liebe sein konnte.

Tränen traten ihr in die Augen. Sie musste hier sein, in Köln. Sie war eine der Drei. Und sie hielt sich vor Augen, dass Sasha jederzeit ein Portal öffnen konnte, falls sie den Rückzug antreten mussten. Ihre Situation konnte man bestenfalls als prekär bezeichnen. Wann waren ihr Leben und das ihrer Lieben zuletzt wirklich sicher gewesen?

*Nie. Vielleicht können wir das ändern. Durch das, was wir heute vorhaben.*

Sie hatten zwei Tage gebraucht, um den Dom zu erreichen. Magie hatten sie nicht gebrauchen wollen, um keine Aufmerksamkeit auf sich oder ihr Reiseziel zu lenken.

Als Nicole den Dom betrat, konnte sie nicht anders, als diesen Moment im Kontrast zu ihrem letzten Besuch hier zu sehen. Diesmal war sie nicht allein. Und diesmal suchte sie etwas viel Kostbareres als Zuflucht.

Gemeinsam gingen Amanda, Pablo und sie an dem schimmernden Altar und dem Schrein vorbei, der angeblich die Reliquien der Heiligen Drei Könige enthielt. Eine hübsche Fassade für die Gläubigen und Touristen. Ihr Findezauber hatten ihnen die wahre Ruhestätte offenbart – eine winzige Krypta genau unter dem Mittelschiff.

Sie schlichen vorbei an Spinnweben und huschenden Geschöpfen, und die Herzen schlugen ihnen bis zum Hals.

Statuen von Heiligen, Königinnen und Rittern ruhten auf steinernen Särgen, die mit lateinischen Gebeten für die Seele des Verstorbenen graviert waren.

Nicole roch etwas Würziges ... Weihrauch, und Myrrhe.

Und da war er ... ein schlichter Steinsarkophag, schmucklos bis auf ein Pentagramm auf einer Seite.

Der Stern von Bethlehem.

Nicole wechselte Blicke mit Amanda und Pablo. Die anderen hatten sich an günstigen Stellen überall in der Kirche platziert, warteten ab und lauschten aufmerksam auf ihr Signal. Wenn Merlin von dieser Gruft wusste, würde er zweifellos hierherkommen. Falls die Heiligen Drei Könige tatsächlich in dem einfachen Sarkophag ruhten. Sofern sie überhaupt die Macht besaßen, Merlin zurückzuschicken.

Zu viele Fragen und nicht genug Antworten.

Mit vereinten magischen Kräften gelang es den dreien, den Deckel vom Sarkophag zu heben. Nicole blickte auf die vollständigen Skelette dreier Männer hinab, dicht gedrängt und in verblassten Fetzen, offensichtlich Überreste einst sehr kostbarer Gewänder.

Sie schauderte. *Bitte helft uns*, flehte sie die toten Zauberer an.

»Schaut, sie haben da etwas am Hals«, flüsterte Amanda.

Die Skelette trugen drei angelaufene goldene Scheiben an Ketten um den Hals. Pablo nickte.

»Ja«, flüsterte er zurück und packte sie beide an den Händen. »Ja. Die habe ich gesehen, als ich zusammengebrochen bin. Aber ich weiß nicht, wie man sie zusammenfügt.«

Nicole biss die Zähne zusammen, griff in den Sarkophag und nahm dem Leichnam, der ihr am nächsten lag, die goldene Scheibe ab. Amanda und Pablo kümmerten sich um die beiden anderen. Dann sahen sie einander an, und jeder von ihnen hängte sich eine der Ketten um den Hals.

»Himmel, ich habe solche Angst«, gestand Amanda.

Die Scheibe fühlte sich so schwer an, als trüge sie das Gewicht der ganzen Welt um den Hals. Nicole nickte und nahm Amandas Hand.

»Wir sind zusammen«, ermunterte sie ihre Schwester. »Ich passe auf euch auf.«

»Und ich auf dich. Und auf dich«, fügte Amanda an Pablo gewandt hinzu.

Hastig setzten sie den Deckel wieder auf den Sarkophag und eilten zurück in den vorderen Teil des Doms.

»Wir haben sie, aber wir wissen noch nicht, was wir damit anstellen sollen«, sagte Nicole zu Jer.

Jer nickte nur, warf einen flüchtigen Blick auf die matt schimmernden Scheiben und wandte sich sofort wieder einem der Fenster zu.

»Was ist los?«, fragte Amanda mit gedämpfter Stimme.

»Wir stecken in Schwierigkeiten«, antwortete Jer.

Nicole schaute an ihm vorbei und schnappte nach Luft. Dort draußen, unmittelbar vor dem Dom, wartete eine Armee aus albtraumhaften Geschöpfen nur darauf, sie zu vernichten – Dämonen, Geister, Ungeheuer. Für viele der Schreckensgestalten, die den Dom umringten, hatte Nicole nicht einmal einen Namen.

»Warum öffnen wir nicht einfach ein Portal zurück zu Haus Moore?«, fragte Amanda.

»Der Dom selbst ist mit starken Bannen geschützt. Um ein Portal zu öffnen, müssen wir den geweihten Boden verlassen«, erklärte Armand.

»Owen«, stöhnte Nicole leise.

»Wir tun, was wir können«, versprach Philippe. Er wandte sich an Jer. »Ich stehe ganz zu deiner Verfügung.«

Rasch trafen sie ihre Vorbereitungen. Sie erschufen sich Rüstungen, Waffen und mehrere Schlachtrösser. Ihr Plan sah vor, den Belagerungsring zu durchbrechen und bei der erstbesten Gelegenheit ein Portal zu öffnen.

Zu Pferde verließen sie die Kirche und gingen unmittelbar vor dem Eingang in Stellung.

Einen Moment lang herrschte vollkommene Stille. Dann schien die Erde selbst zu stöhnen, als die Feinde auf sie zuritten, flogen und marschierten, angeführt von Merlin auf einem Drachen.

Jer spürte die Angst, die wie elektrischer Strom durch die Linie seiner Gefährten floss. Niemand rührte sich oder wagte auch nur zu atmen, während sie diesen Ansturm beobachteten. Und dann krachte ein einzelner Schuss, und der riesige Drache stürzte tot zu Boden. Wo sein linkes Auge gewesen war, klaffte eine große Wunde.

»Entschuldigung, warten wir auf irgendetwas?«, hörte er Richard rufen.

»Attacke! Vorwärts!«, brüllte Jer Deveraux, und seine Stimme hallte von den Mauern wider. Licht blitzte auf, ein Dutzend Sternschnuppen schossen in den Himmel und zerbarsten in rote, grüne, weiße und silberne Funkenregen, als Gebete und Anrufungen an Gott und Göttin emporstiegen. Pferde und Dämonen und Geister jagten aufeinander zu. Waffen klirrten.

*In einer anderen Zeit war ich ein Krieger,* dachte Jer. *Ich habe zahllose Angriffe angeführt. Ich war gefürchtet, ich war ein starker Kämpfer – ich war der junge Löwe des Hauses Deveraux. Und eine Hexe hat mich zu Fall gebracht. Eine Hexe hat mein Haus niedergemacht. Ich war ein König, und sie …*

*Sie ist nicht hier. Sie ist in Sicherheit.*

*Ich bin Jer, und sie ist Holly, und wir sind nur wir selbst.*

»Leb wohl«, sagte er.

In Rüstung und Helm eines Ritters trieb Philippe sein Pferd energisch voran. Ein Deveraux-Geist schoss auf ihn zu, so schnell, dass Philippe nur einen verschwommenen Eindruck von Knochen, Schwarz und Scharlachrot sehen konnte. Ein unirdischer Schrei quälte seine Trommelfelle. Der dunkelgrüne Umhang des Geistes flatterte hinter ihm her, schwarze Augen stierten unter der Kapuze hervor. Mit hoch erhobener Sense in einer Knochenhand fuhr er durch die Luft auf ihn zu.

Philippes Streitross galoppierte furchtlos und mit dampfendem Atem dem Feind entgegen, und Philippe richtete seine magische Lanze auf die Erscheinung aus. Er wappnete sich für den Zusammenstoß, denn er wusste, dass der Geist ihm den Kopf abschlagen könnte, ehe Philippe ihn vernichtete.

Er drängte sein Pferd noch schneller voran. Die Lanze wog mindestens dreißig Kilo, und sein Bizeps und Unterarm protestierten. Er schob den leichten Schmerz beiseite und füllte seine Gedanken mit der Erwartung, dass er siegen werde. Nicoles Bild stand ihm strahlend vor Augen. Er hörte das Blut in seinen Schläfen rauschen, das die Schreie und Explosionen um ihn herum übertönte. Er sah nichts mehr außer Nicoles Gesicht.

Der Geist war schneller, als Philippe erwartet hatte. Ein Blitz traf die Sense, und plötzlicher Regen ergoss sich wie ein Wasserfall vom Himmel. Näher, noch näher … der eisige Hauch des Todes wehte ihn an.

Die Sense fuhr herab und schlitzte Philippes Pferd den Hals auf. Es wieherte schrill vor Schmerz, seine Vorderbeine knickten ein, es stürzte, und Philippe machte sich bereit, die Lanze loszulassen und abzuspringen. Doch im entscheidenden Moment fiel sein Blick nach unten, und er sah Eli auf dem Rücken liegen. Blut rann aus einem Loch in seinem Brustharnisch. Wenn Philippe die Lanze fallen ließ, würde sie Eli treffen.

Philippe begegnete dem Blick des Geistes, und er sah sein Spiegelbild in den glänzenden schwarzen Augen. Er würde sterben.

*Nicole*, dachte er. *Wenn Eli und ich beide umkommen, wer wird sie dann beschützen? Ihr müsst auf sie achtgeben, Himmlischer Vater und Mutter Göttin. Gebt mir etwas, womit ich sie schützen, sie retten kann. Lasst mich niemals ruhen, ehe sie und Owen wahrhaftig in Sicherheit sind.*

Die kalte Klinge der Sense berührte seinen Nacken. Er würde im Gebet an seinen christlichen Gott und seine Muttergöttin sterben. Seine Lippen bewegten sich.

Und dann – sah er.

Er sah alles.

Er hörte es.

*Dies ist das Ritual, welches vollziehen müssen die drei Lilienfürstinnen: Zusammenfügen sollen sie das Amulett, Stück an Stück an Stück, gebrochen wie ihre Herzen, matt wie ihre Seelen. Und doch so machtvoll, wenn vereint und gebunden durch wahre Liebe von Schwester zu Schwester zu Schwester Hexe.*

Die Worte des Rituals tanzten um ihn herum in der Luft und flossen durch ihn hindurch.

*Lasst mich diesen Tod noch lange genug überleben*, flehte er, *damit ich es ihnen sagen kann.*

Und dann …

… fuhr die Sense herab.

*»Die Rückkehr ist verboten«*, verkündete die eine Stimme der Blinden Richter Holly. Doch inzwischen erkannte sie die einzelnen Untertöne darin. Am lautesten kam die Ablehnung von einer Richterin namens Alariel, der Richterin, die rechts von Holly saß. Sie hatten alle Namen.

Holly stand vor ihnen. Ihr marmorner Thronstuhl war leer, und sie drehte sich langsam im Kreis. Sie war nun gekleidet wie die anderen, in ein langes weißes Gewand und weiße Schleier wie eine Nonne. Weiß auf weiß auf weiß – blendend.

»Ich gehe«, erklärte sie ihnen. »Versucht nicht, mich aufzuhalten. Ich bin die mächtigste Hexe der Welt.« Ihr Herz pochte, und sie wusste, dass sie sich weniger wie eine erwachsene Frau anhörte, die selbst über ihr Schicksal entschied, als wie ein trotziges Kind. Sie hatte solche Angst um ihren Jer und ihre Cousinen, dass sie kaum sprechen konnte.

*»Nicht dieser Welt. Wir können dich aufhalten«*, erwiderte die Stimme.

»Dann … bitte ich euch, es nicht zu tun«, sagte sie und zwang sich, einen vernünftigeren Ton anzuschlagen. »Lasst mich zu ihnen gehen und es ihnen erklären. Sie kämpfen für das Gleichgewicht, aber sie sind abgelenkt, weil sie nicht wissen, was mit mir geschehen ist.«

*»Du darfst sie nicht retten.«* Das war Stephen St. John, einst ein Sterblicher wie sie. *»Du darfst nicht Partei ergreifen. Das wird das Gleichgewicht noch mehr stören. Diese Sache muss auf der sterblichen Ebene ihren Lauf nehmen.«*

»Ich werde sie nicht retten«, versprach sie.

Und dann …

*Oh, meine Göttin, so viel Blut. So viel Tod. Eli! Philippe!*

Sie befand sich in einer Stadt, womit sie nicht gerechnet hatte. Es war Köln. Der Dom ragte hoch vor dem Mondhimmel auf, und von den blinden, ahnungslosen Einwohnern war kein Einziger zu sehen. Es war, als sei eine andere Stadt über das sterbliche Köln gelegt worden, in der sich diese Schlacht zutrug.

Um die Ecke, ein Stück fortgeschleift vom Chaos des Schlachtfelds, lag Philippes Kopf neben seinem Körper. Eli neben ihm blutete heftig. Amanda hielt Nicole an der Hand, und die beiden sprachen einen Heilzauber. Nicoles Stimme brach bei jeder Silbe, so herzzerreißend weinte sie.

Tommy und Richard standen mit gesenkten Köpfen neben ihnen. Dann blickte Tommy langsam auf und entdeckte Holly. Seine Augen weiteten sich, und er riss den Mund auf.

»Holly«, krächzte er.

Die anderen hoben die Köpfe.

»Holly! Oh, Göttin!«, rief Amanda aus und wollte zu ihr laufen, doch Nicole blinzelte und riss sie zurück. Ihre Augen waren beinahe zugeschwollen, ihre Lippen bluteten.

»Holly, hilf ihnen«, sagte Nicole, ohne Fragen zu stellen oder Antworten zu brauchen. Sie schwankte, blieb aber stehen.

»Sie braucht uns«, widersprach Amanda. »Wir sind die Lilienfürstinnen. Die Macht der drei. Ach, Holly, wo warst du nur? Wir hätten dich so dringend gebraucht. Komm her, schnell!«

Hollys Cousinen streckten ihr die freien Hände hin, um einen Kreis zu bilden. Sie ging einen Schritt auf sie zu.

Dann fiel ihr das Versprechen wieder ein. Und die Erinnerung an all die schrecklichen Dinge, die sie getan hatte, um mehr Macht zu gewinnen, damit sie ihren Coven schützen konnte, traf sie wie ein tödlicher Hieb. Sie war mächtiger als ihr restlicher Zirkel zusammengenommen, und gerade deshalb konnte sie ihnen nicht helfen.

»Es tut mir leid«, sagte sie. Lichtkugeln flammten über ihnen auf, und eine Explosion ließ den Boden erzittern. Ein Schimmer umgab sie plötzlich wie eine schützende Hülle aus Licht. »Ich kann nicht. Ich kann euch nicht helfen.«

»Nein!«, schrie Nicole und warf sich zwischen Philippe und Eli auf den Boden. »Sieh dir Philippe an! Und Eli liegt im Sterben!«

Ein Geschoss traf die Mauer über Hollys Kopf, und Schuttteilchen schossen durch die Luft wie Granatsplitter. Die Kugel um Holly herum glühte heller. Amanda und Tommy murmelten einen Zauber und ließen eine unsichtbare Barriere zwischen der Gruppe und den umherfliegenden Splittern entstehen. Nicole warf sich schützend vor die beiden Männer.

»Was ist denn passiert?«, fragte Richard Holly.

»Ich … ich bin jetzt eine Blinde Richterin«, sagte sie und erkannte, dass sie es selbst erst jetzt richtig glauben konnte, da sie es laut ausgesprochen hatte. »Wir bewahren das Gleichgewicht. Ich darf mich nicht einmischen.«

»*Einmischen?*«, wiederholte Nicole und hob den Kopf. »Ich flehe dich an, Eli das Leben zu retten. Und Owen! Ach, Philippe …« Sie fing sich mühsam. »Verdammt noch mal, Holly, hilf uns!«

Es brach Holly schier das Herz. Sie spürte, wie die Kugel dicker wurde, während sie durch das Licht nach draußen spähte. Die Hülle tauchte ihre Cousinen und Freunde in ein milchig weißes, sanftes Leuchten.

»Wenn das *Jer* wäre, würdest du …«, begann Amanda, doch sie ließ den Satz unvollendet.

Jer taumelte um die Ecke in die Seitenstraße, Eves Arm um die Schultern geschlungen. Sein Gesicht war blutbeschmiert, so dass Holly nicht einmal seine Narben sehen konnte. Eves Gesichtsausdruck veränderte sich kaum, als sie Holly bemerkte. Sie wirkte ausgelaugt und völlig verstört. Sie zog vorsichtig den Arm von Jers Schultern und trat beiseite. Jer starrte Holly eine Sekunde lang an. Zwei. Drei. Dann rannte er auf sie zu, durch die Hülle hindurch, und schlang die Arme um sie. Sie drückte ihn an sich, nahm seinen Duft in sich auf, seine feste Wärme, seine Liebe.

»Holly, beim großen Gott«, hauchte er, und dann küssten sie sich. Ihre Lippen berührten sich, öffneten sich. Er sog ihr den Atem aus und flößte ihn ihr wieder ein, vermischt mit seinem. Ihre Herzen spürten den Schlag des anderen. Sie hielten einander fest, glaubten endlich, wurden eins.

»Es tut mir leid, es tut mir so leid«, stieß Jer hervor. »Holly, ich liebe dich. Heirate mich, werde meine Fürstin. Jetzt gleich. Hier.« Er winkte Amanda, Nicole und Tommy herbei. »Helft uns, wir halten einen Zirkel ab. Eve, nimm es mir nicht übel, aber du bist eine Hexerin, und …«

Ein paar Augenblicke lang konnte Holly gar nicht reagieren. Dann stieg Kummer in ihr auf, und Wut zog sie hinab in eine Tiefe, die kein Mensch je erleben, niemand durchleiden sollte …

Alles, was sie tun konnte, war – nicht zu reagieren.

»Okay«, fuhr Jer fort. »Nicole, du stellst dich hierhin. Oh Gott, wenn wir Eli heilen und das Schwarze Feuer beschwören könnten …«

Holly rührte sich immer noch nicht. Jer verstummte und sah sie an. »Holly?«

»Ich …« Sie begann zu weinen, schlug die Hände vors Gesicht, und ihre Schultern zuckten. »Kann nicht.«

»Holly, ich weiß, dass ich dir wehgetan habe«, sagte Jer, »und dass es grässlich für dich war, an Laurent gebunden zu sein. Aber ich bin bereit, und unsere Seite braucht diese Verbindung. Ich liebe dich. Und ich weiß, dass du mich auch liebst.«

»Jer«, sagte sie.

»Sie ist jetzt eine Blinde Richterin«, erklärte Amanda. »Sie darf sich nicht ›einmischen‹.« Mit den Fingern deutete sie Anführungszeichen an.

»Was? Eine was?«, fragte Jer. Holly konnte seinen Blick spüren.

»Du musst dich mit meinem Cousin vermählen. Wir brauchen Eli«, stellte Eve mit tonloser Stimme fest. »Wir werden das Schwarze Feuer beschwören.«

»Nein. Ihr wisst nicht, ob ihr es auch kontrollieren könnt«, wandte Richard ein.

Holly ließ die Hände sinken. Jer stand vor ihr, voller Blut und Narben, und er war der schönste Mann, den sie je gesehen hatte. Alles in ihr wollte mit ihm zusammen sein, Fürst und Fürstin, wollte dieses Glück mit ihrer einzigen wahren Liebe erleben.

Vor Schmerz schlang sie die Arme um sich selbst und weinte. »Du musst mich vergessen, Jer. Ihr alle«, brachte sie mühsam heraus. »Für immer.«

Jer blinzelte verblüfft und starrte die Stelle an, wo Holly eben noch gestanden hatte. Sie war verschwunden. Hatte er Halluzinationen? War er tot?

»Was ist passiert?«, fragte er.

Armand trat neben ihn. »Sie ist eine Richterin. Sie darf uns nicht helfen.«

Drei riesige Gestalten erschienen plötzlich vor ihnen. Ihre Gewänder und Gesichter strahlten wie von innen erleuchtet.

»Sie darf es nicht, aber wir werden euch helfen«, sagte die größte der drei.

Der Mann klatschte in die Hände, Licht wirbelte um sie herum, und der Dom, die Schlacht, alles war verschwunden.

Sie befanden sich wieder im Haus ihres Erzfeindes in Scarborough.

# Zwölf
# Pfeffer

Die Uhr dreh zurück, die Zeit kehre um
Willst du wahrhaftig erfahren, warum
Man hat uns lange getäuscht und belogen
Die Fehde ist alt, doch der Grund nicht verloren

Die Wahrheit zu finden, ist unser Verlangen
Um Schönheit und Jugend zurückzuerlangen
Denn das Geheimnis brächte uns allen
Die Freiheit, oder Todesqualen

*Scarborough*

Sasha war erleichtert, als die anderen wieder auftauchten, doch bald trauerte sie mit ihnen um Philippe und Holly. Sie, Anne-Louise und Amanda bemühten sich um Eli. Er war sehr schwer verletzt, und sie war nicht sicher, ob er die Nacht überleben würde.

Nicole sprach während alledem kein Wort, außer, um Anwalt Derek einzulassen, als der am Tor erschien.

Derek betrat den Raum und blieb abrupt stehen, als er die bunt gemischte Versammlung vor sich sah. »Jeraud

Deveraux? Wie … Was ist passiert?«, fragte er. Sein Blick huschte nervös zwischen Eve und Anne-Louise hin und her.

»Gut und Böse, Leben und Tod, Sie wissen schon – das Übliche«, antwortete Jer sarkastisch.

Derek ignorierte ihn und wandte sich stattdessen Eve zu. »Geht es dir gut?«, fragte er. Seine Stimme und Miene wurden dabei weich und verrieten Sasha, dass Derek in Eve verliebt war. Natürlich kannten sie einander – beide dienten dem Obersten Zirkel.

Sehnsüchtig dachte sie an die Zeit zurück, da Michael sie so angesehen hatte. Aber irgendetwas sagte ihr, dass Derek ein viel besserer Mann war, Hexer hin oder her, als Michael je hätte sein können.

Anne-Louise fühlte sich nicht wohl in ihrer Haut. Die Wesen, vielleicht Engel, die ihnen zur Flucht verholfen hatten, waren nicht mit ihnen zum Haus Moore gekommen. Falls doch, konnte sie sie jedenfalls nicht mehr sehen. Armand und Pablo saßen zusammen ein wenig abseits, trauerten um Philippe und beteten für seine Seele.

Sie bemühte sich bis spät in die Nacht, Elis Zustand zu stabilisieren, und als der Morgen graute, setzte die Heilung ein. Sie ging in die Küche, um sich einen Kaffee zu kochen, und stellte fest, dass mehrere andere ebenfalls wach waren – darunter auch Eve. Die Hexerin kam ihr irgendwie so bekannt vor, aber sie kam nicht darauf, woher.

Eves Blick war verschlossen, beunruhigt. »Du hast irgendetwas an dir«, sagte sie.

Anne-Louise nickte. »Du spürst das also auch?«

Eine kurze Pause entstand.

Dann fragte Derek: »Ihr beiden wisst es immer noch nicht?«

Anne-Louise wandte sich zu ihm um. Es überraschte sie, dass er noch hier war.

»Was denn?«, fragte Eve.

»Ihr seid Zwillingsschwestern«, sagte Nicole von ihrem Barhocker aus.

»Zwillinge?«, echoten Eve und Anne-Louise wie aus einem Munde.

»Ja, das habe ich von den Blinden Richtern erfahren. Anscheinend wärt ihr beide zusammen zu mächtig, und um das Gleichgewicht nicht zu gefährden, hat man euch deshalb gleich nach der Geburt getrennt.«

»*Was?*«, stieß Anne-Louise hervor. »Unsere Eltern …«

»Sie waren Deveraux«, unterbrach Eve sie.

Anne-Louise war übel. *Deveraux*. »Du irrst dich«, sagte sie. Doch als Derek reglos sitzen blieb, fügte sie hinzu: »Woher weißt du das alles?«

Derek zuckte mit den Schultern, als sei die Antwort ganz offensichtlich. »Als Michael Deveraux starb, konnten wir alle Mitglieder der Familie Deveraux aufspüren.«

»Familien-Findezauber«, brummte Amanda.

Jer straffte die Schultern. »Dann komme ich wohl im Testament meines guten alten Dads nicht vor, denn sonst hätte ich ja schon von euch Anwälten gehört.«

Derek lächelte. »Er hat alles Eli vermacht.«

Jer nickte.

»Du bist meine Schwester?«, platzte Anne-Louise plötzlich heraus.

Eve nickte langsam. »Sieht so aus.« Sie tat den ersten Schritt, und gleich darauf lagen sich die beiden in den Armen.

*Ruine von Schloss Cahors, Frankreich*

Merlin lief immer noch frei herum.

Der neu gegründete Zirkel der Überlebenden war sich einig, dass die letzte Schlacht sich nicht auf Sir Williams Familienstammsitz abspielen sollte. Das war ein allzu großer Heimvorteil. Nach langen Diskussionen einigten sie sich auf die Ruine von Schloss Cahors, wo Merlin wieder in ihre Welt eingetreten war. Dorthin würden sie den Kampf tragen.

Richard war immer noch nicht ganz klar, was in Köln geschehen war. Eben noch waren sie dort in einen heftigen Kampf verwickelt gewesen, und im nächsten Moment waren sie nicht einmal mehr auf dem Festland. Seit drei Tagen waren sie wieder in Scarborough, ruhten sich aus und erholten sich. Eli war vollständig genesen, wie auch alle anderen, die verwundet worden waren.

Philippe allerdings blieb tot.

Mit Sashas Hilfe erschufen Jer und Eli ein Portal, durch das sie zur Ruine von Schloss Cahors gelangten. Die drei Gestalten – Engel? – warteten dort auf sie und halfen Anne-Louise, eine schützende Barriere zu errichten, die sie verbergen würde, bis sie bereit waren.

Der Morgen brach an. Richard wusste, dass dies der letzte Sonnenaufgang war, den die meisten von ihnen je sehen würden. Er stand ein Stück abseits von den anderen, genoss den heraufziehenden Morgen und prägte sich jede Nuance des farbenprächtigen Schauspiels ein. Pablo gesellte sich zu ihm, und gemeinsam betrachteten sie den Sonnenaufgang, atmeten ruhig und versuchten, sich diesen Moment nicht von den bevorstehenden Schrecken nehmen zu lassen.

»Du denkst oft ans Angeln«, sagte Pablo.

Richard blickte überrascht drein, dann lächelte er. »Ja, das stimmt wohl.«

»Ich war noch nie angeln.« Pablo sah so jung aus und so allein. Mitgefühl packte Richard.

»Wir gehen zusammen angeln, wenn das hier vorbei ist.«

»*Gracias*. Das wäre schön«, entgegnete Pablo.

Schließlich wandten sie sich ab und kehrten zu den anderen zurück. Eine weitere Endschlacht. Schon beinahe ironisch. Vielleicht gab es so etwas wie eine letzte oder entscheidende Schlacht gar nicht, nur immer schwerere, beängstigendere Kämpfe. Richard fürchtete, dass dieser hier selbst verglichen mit dem Angriff auf das Hauptquartier des Obersten Zirkels ein Albtraum werden würde.

Einige, die damals auf ihrer Seite gestanden hatten, waren inzwischen tot, doch das hatte nicht unbedingt etwas zu bedeuten. Er lächelte Kari aufmunternd zu. Beim letzten Mal hatten sich ihnen andere in den Weg gestellt. Er warf Eli einen stählernen Blick zu, dem dieser standhielt, ohne mit der Wimper zu zucken.

Er wünschte so sehr, Holly wäre bei ihnen. Sie war gefährlich und unberechenbar, aber auch mächtig, und sie würde für seine Töchter alles tun. Die wiederum würden ohne Holly niemals zu den drei Lilienfürstinnen werden.

Die Zeit war beinahe gekommen. Jer konnte es fühlen, es hören, als spräche die Ruine von Isabeaus Heim zu ihm. Er schritt die Frontlinie ab und inspizierte seine Truppen.

Tommy und Amanda standen Hand in Hand, Fürst und Fürstin. Nicole stand neben ihrer Schwester, dann kam Eli. Hexe und Hexer, weiblich und männlich – beider

Magie würde gut zusammenwirken. Eve und ihre Zwillingsschwester Anne-Louise standen beieinander, die eine Meisterin des Angriffs, die andere Meisterin der Verteidigung. Die Macht, welche die beiden jetzt schon ausstrahlten, war unglaublich.

Anne-Louise hatte Luna, die Hohepriesterin des Mutterzirkels, durch einen Anruf so beschämt, dass sie mit einer Gruppe kampferprobter Hexen gekommen war. Auch Rose war da. Sie alle standen bereit und warteten auf Jers Zeichen. Luna, Sasha und Rose bildeten ein weiteres Dreigestirn.

Wieder andere waren auf ihr Bitten von Zirkeln der Göttin auf der ganzen Welt hergeschickt worden. Sie hielten sich im Hintergrund als zweite Angriffswelle bereit. Wenn es so weit kam, glaubte Jer, würden sie allerdings kaum mehr tun können, als die erste Reihe zu begraben.

Derek hatte sich zu einer geheimen Faszination für den katholischen Glauben bekannt und stand nun bei Pablo und Armand. Alle drei trugen Kreuze, sogar Derek, und Armand war von Kopf bis Fuß mit Symbolen sämtlicher Religionen bedeckt, von denen Jer je gehört hatte. Wenn es so lief wie bisher, würden die meisten Dämonen ihn zuerst angreifen.

Hinter diesen dreien standen die drei Engel. Das war Jer sehr unheimlich, und er bereute seine boshaften Gedanken über die Männer des europäischen Covens und ihre Verehrung des Christengottes. Der Engel, der offenbar der Anführer war, sah Jer an und neigte leicht den Kopf, nicht ehrerbietig, sondern als Zeichen dafür, dass sie bereit waren. Jer wusste nicht, woran er den Unterschied erkannte, doch er spürte es in den Knochen, genauso stark, wie er sie als nicht menschlich empfand.

*Die Dämonen müssen wohl auch ihr Gegenstück haben. Schließlich geht das Gleichgewicht angeblich über alles.* Derek starrte die Engel ebenfalls an, nackte Angst in den Augen. Pablo und Armand beteten mit gesenkten Köpfen, und der Engel hinter Armand schien ihm etwas ins Ohr zu flüstern.

Jer wandte sich ab, ging weiter und zwang sich, die Gedanken dem Rest seiner Leute zuzuwenden. Wenn es so weit war, würde er an Karis Seite stehen. Sie hatten einst viel füreinander empfunden und müssten gemeinsam recht mächtige Magie wirken können, obwohl ein Teil dieses Teams tot war. Wer konnte da wissen, was geschehen würde? Vielleicht würden sie eine wilde, überraschende Art von Magie hervorbringen. Und auf sein Zeichen hin würden er, Eli und Eve das Schwarze Feuer manifestieren.

Katzen spazierten zwischen den Gruppen und einzelnen Hexen umher. Jer verstand nicht, wie das möglich war, aber offenbar hatte sich jede Katze, die irgendwann einmal eine der Fürstinnen geliebt oder unterstützt hatte, hier eingefunden. Bast, Freya und Astarte schienen gesund und munter zu sein. Hecate und Osiris waren munter, aber ganz gewiss nicht gesund. Wisper, die Katze der Göttin, gab auf sie alle acht.

Am Himmel über ihnen umkreisten sich Fantasme und Pandion argwöhnisch, während sie Ausschau nach Gefahr hielten. Die beiden hätten nichts lieber getan, als sich gegenseitig zu zerfleischen, doch der Wille ihrer Herren hielt sie davon ab.

Owen war einigermaßen sicher bei Nigel Temar. Der Mann machte Jer schaudern, aber er war ein guter Arzt, und er würde als Anlaufstelle und Lazarettarzt dienen. Allerdings vermutete Jer, dass sie seine Dienste erst dann brauchen würden, wenn alles vorbei war. Jer hatte Nigel eingeschärft, die Leute nur zu heilen, aber niemanden wiederauferstehen zu lassen. Er sah ja, wie es Kari ging, und das wünschte er niemandem.

Blieb nur noch Richard. Jer beobachtete ihn schon den ganzen Vormittag. Der Mann war ein kleines Wunder. Dass er als Einziger ihrer Krieger keine magischen Kräfte besaß, machte seinen Mut umso erstaunlicher. Er trug ein halbes Arsenal mit sich herum, und Derek hatte ihm geholfen und alle seine Waffen und sämtliche Munition verzaubert. Diese Banne würden verhindern, dass irgendjemand außer Richard die Waffen abfeuern konnte. Jer fand diese letzte Kleinigkeit besonders genial.

Richard drehte sich um, als spürte er, dass ihn jemand beobachtete. Er schenkte Jer ein knappes Lächeln. *Er ist bereit, so bereit, wie wir übrigen es nie sein werden.* Es war fast an der Zeit, die Toten wachzurufen. Er zitterte unwillkürlich und wünschte wieder einmal, Holly wäre bei ihm. Sie fühlte sich als Kommandantin von Geisterarmeen wesentlich wohler als er selbst.

»Jer?«

Er wandte sich um und blickte in das lächelnde Gesicht seiner Mutter. Die Göttin selbst hätte schöner nicht sein können. Er streckte die Arme aus und drückte sie fest an sich in dem Bewusstsein, dass dies das letzte Mal sein könnte.

»Was ist, Mom?«

»Ich möchte Richard etwas schenken, aber dazu brauche ich deine Hilfe.«

»Was genau stellst du dir denn vor?«

Richard überprüfte seine Waffen zum letzten Mal und ließ dann wartend die Gedanken schweifen. Sosehr er sich auch wünschte, Holly wäre hier, er war sehr erfreut darüber, wie Jer Deveraux sich gemacht hatte. Der Junge war endlich zum Mann geworden, und es war schön, das zu sehen. Er hatte nie viel von dem Burschen gehalten, obwohl Amanda ihn jahrelang angeschmachtet hatte. Er war nichts weiter als ein selbstsüchtiger, grüblerischer Junge gewesen. Richard war froh, dass sich offensichtlich vieles geändert hatte. Er würde es gern sehen, wenn eines seiner Mädchen sich mit diesem neuen Jer zusammentat.

»Richard?«

Er fuhr zusammen, als er die leise Stimme seinen Namen sagen hörte. Wie im Traum drehte er sich um. Seine verstorbene Frau Marie-Claire stand hinter ihm, als weicher Schimmer im Morgenlicht. Es schnürte ihm die Kehle zu. Sie war ein Geist, aber viel mehr als eine bloße Erinnerung.

»Marie«, flüsterte er.

Tränen liefen ihr über die Wangen. »Es tut mir leid, Richard, es tut mir so furchtbar leid.«

Dass sie ihn mit Michael Deveraux betrogen hatte, meinte sie wohl. Und nicht erkannt hatte, dass hinter seinem friedvollen Äußeren der Krieger wartete.

Er schüttelte den Kopf. »Verschwende keine Zeit auf Reue, Liebling.«

Sie nickte. »Da ist so viel, was ich gern mit dir geteilt und erlebt hätte. Es war meine Schuld …«

»Nein, meine. Er war ein Hexer.«

Sie seufzte. »Ich habe dich geliebt. Ich liebe dich auch jetzt noch. Ich werde dich immer lieben.«

»Ich liebe dich auch, Marie.«

»Die Mädchen …«

»Ich sorge dafür, dass sie das hier überstehen. Sie sind fantastische Frauen. Wie ihre Mutter.« Seine Stimme brach.

»Du musst diesen Kampf überleben«, flehte sie ihn an. »Du musst es schaffen. Richard, komm zu mir.«

Er schloss die Augen und spürte ihre weichen Lippen, roch ihren duftenden Atem und erlaubte sich die Illusion, sie sei tatsächlich da. Etwas knisterte zwischen ihnen, und plötzlich spürte er eine seltsame Energie auf seiner Haut kribbeln.

»Was war das?«, fragte er, nachdem sie zurückgetreten war.

Sie lächelte. »Ich habe dir meine Magie gegeben. Als ich noch am Leben war, wusste ich sie nicht zu gebrauchen.«

»Marie«, sagte er. Er fühlte sich anders. Stärker.

»Ich werde in der Schlacht bei dir sein, und auch danach. Wenn ich gehen muss, hole ich sie mir wieder.«

Er fand keine Worte, also sah er stumm zu, wie sie sich abwandte und sich einer Armee von Geistern anschloss, die sich auf der ebenen Wiese vor der Ruine versammelten. Ein paar von ihnen erkannte er – Dan und Kialish aus Seattle zum Beispiel. Dutzende andere hatte er noch nie gesehen.

Er blickte auf seine Hand hinab und stellte sich vor, wie ein Feuerball daraus hervorsprang, und da war er. Lächelnd schleuderte er das Geschoss auf einen alten Mauerrest und sah zu, wie die Flammen daran erloschen. Im Wesentlichen war es also wie in der australischen Traumzeit, aus der er Jer einst hatte retten müssen. Was er sich vorzustellen vermochte, konnte er auch erschaffen. Er verlagerte das Maschinengewehr in die linke Hand.

»Das wird ein Spaß.«

Nicoles Hände zitterten. Sie stand zwischen Amanda und Eli und hielt sich mit beiden an den Händen. Sie hatte das Gefühl, dass ihre Welt um sie herum zusammenstürzte und die Zeit sich verflüssigt hatte. Die Nicole, die jetzt so viel mit ihrer Schwester gemeinsam hatte, war nicht die Nicole, die damals mit dem wilden Eli ausgegangen war. Es war beinahe, als kollidierten ihre Vergangenheit und Gegenwart – und sie steckte in der Mitte und betete darum, nicht zerquetscht zu werden.

»Hab keine Angst«, sagte Eli.

»Du hast leicht reden«, flüsterte sie.

»Kann man so nicht sagen.« Er grinste sie schief an.

Sie wandte den Kopf, um ihm ins Gesicht blicken zu können. »Was soll das heißen?«

»Ich habe jeden Tag meines Lebens in Angst verbracht.«

Sie wollte laut herauslachen, merkte jedoch, dass es ihm ernst war. »Das verbirgst du aber wirklich gut.«

Er zuckte mit den Schultern. »Schwäche zu zeigen kann man sich nicht leisten, wenn man mit Nachnamen Deveraux heißt. Das wäre der kürzeste Weg in ein frühes Grab.«

»Zumindest einer der kürzesten«, sagte Nicole, die daran dachte, was vor ihnen lag.

Er fing ihren Blick auf. »Philippe war ein guter Mann.«

Frische Tränen brannten in ihren Augen. »Ja, das war er.«

»Ich bin kein guter Mann.«

»Nein. Aber ich glaube, du könntest einer werden.«

Seine Miene wurde weich, und er wirkte beinahe … sanft. Beinahe liebevoll. Beinahe … wie Philippe.

»Allmählich glaube ich, dass mit deiner Hilfe alles möglich ist.«

Sie hätte nicht gedacht, dass sie noch erröten könnte, doch nun stieg ihr die Hitze in die Wangen. »Ich habe Philippe geliebt. Das verstehst du doch, oder? Ich habe ihn geliebt und liebe ihn immer noch.«

»Ich weiß. Hast du mich geliebt?«

»Früher«, gestand sie ihm. »Ich wollte dich.«

Er wandte sich ihr zu und legte die Hand unter ihr Kinn. »Und, willst du mich noch?«

Schlagartig war sie wieder vierzehn. Sie fuhr sich mit der Zunge über die Lippen, während sie in seine dunklen Augen blickte. Was sie darin einst geliebt hatte, fürchtete sie inzwischen. Sie hatte in dieser langen Zeit so viel erlebt, dass beide Gefühle jetzt gemildert waren. »Ich weiß es nicht.«

Er nickte langsam. »Schon gut. Wenn wir das hier überleben, Nicole, werde ich deine Liebe zurückgewinnen.«

Sie lächelte. Es kam ihr so vor, als hätte Philippe in eigenartiger Weise auf Eli abgefärbt. Aber später würde sie noch Zeit genug haben, darüber nachzudenken – über sie beide.

Amanda drückte ihre Hand, und sie erwiderte den sanften Druck. Dann erst wurde ihr klar, dass ihre Schwester diese Unterhaltung zwangsweise hatte mit anhören müssen.

Jer wandte seine Aufmerksamkeit der restlichen Streitmacht zu, die sich im Lauf der Nacht versammelt hatte. Seine Armee kniete vor ihm nieder, und er sprach einen Schutzzauber. Seine Leute trugen Rüstungen, geschmiedet aus Erinnerungen des Mittelalters und der Magie der modernen Welt. Die silbrig schimmernden schwarzen Kampfanzüge erinnerten an Catsuits, und metallene Brustharnische und Helme schützten ihre lebenswichtigen Organe. Sie waren mit Maschinengewehren und Lanzen bewaffnet, mit Pistolen und Armbrüsten. Armand und Pablo hielten Kreuze in den Händen, und Jer musste ein verächtliches

Schnauben über ihren altmodischen Aberglauben an den Christengott unterdrücken.

Magische Nebelschwaden wallten zwischen den vielen vertrauten Gesichtern, als sich die Armee erhob und ihn als obersten Anführer grüßte. Die Geister gefallener Krieger erschienen und verschwammen immer wieder: Kialish, Eddie, Dan, Barbara, Tante Cecile, Silvana, Alonzo, José Luís, Josh, Marie-Claire und Hollys Vater Daniel. Cahors aus früheren Jahrhunderten, manche noch intakten Geistes, blickten verwirrt auf ihren Anführer – einen der verhassten Deveraux. Er konnte sich ihrer Loyalität nicht gewiss sein. Er hatte Hunderte von Golems geschaffen und ihnen die Namen von Merlin, Laurent und Catherine in die Münder gelegt. Drei Drachen kreisten über ihnen am Himmel, große Silhouetten vor dem Mond. Er hörte Höllenhunde bellen, die beliebtesten magischen Begleiter der Hexer.

Der Boden bebte, als Terrakotta-Soldaten aus China und Zombies aus Haiti sich Jers Truppen anschlossen. Löwen, Greife und Mantikore nahmen Aufstellung.

Die Ruine des Schlosses ragte kahl und unerbittlich vor dem Nachthimmel auf. Vor dem bröckelnden Stein und Mörtel der Mauern wirkte Nicole völlig fehl am Platz. Jer konnte die aufrechte, wahre Liebe zu Nicole im Herzen seines Bruders fühlen, und das beunruhigte ihn. Der Gedanke, dass ein Hexer, der sich früher ganz und gar der Schwarzen Kunst verschrieben hatte, solche Liebe empfinden konnte … Da musste eine Macht am Werk sein, die Jer nicht kontrollieren, ja nicht einmal verstehen konnte. Würde sie sich gegen ihn wenden?

Hatte sie ihm Holly genommen, für immer?

Es drehte ihm den Magen um. Seine Gedanken überschlugen sich. Wie Holly, so hatte auch er grausige Opfer dargebracht und Teile seiner Seele gegen die Macht eingetauscht, seinen Zirkel zu schützen. Er trug Narben äußerlicher wie innerlicher Art, doch er wusste, dass ihre Verletzungen ebenso tief reichten. Vielleicht hatten die Wunden, die bei ihr diese Narben hinterlassen hatten, sie überfordert. Er wusste es nicht. Er wusste nur eines: Wenn er heute sterben sollte, dann deshalb, weil er sie liebte, und die Mitglieder ihres Covens, und seine eigenen Leute.

*Ich hätte ihr Angebot, mich mit ihr zu vermählen, nicht ablehnen dürfen*, dachte er und ballte die vernarbten Hände zu Fäusten, als ihm ein kalter Wind ins Gesicht fuhr. Regentropfen klatschten auf seinen kahlen Kopf. *Ich habe meine einzige Chance vertan, glücklich zu werden. Außerdem war es dumm, diese Chance nicht zu nutzen, um unsere Leute besser schützen zu können. Unsere vereinte Macht hätte das hier verhindert.*

Er schüttelte den Kopf, um diese Gedanken zu vertreiben. Reue war etwas für Schwächlinge. Wieder betrachtete er Nicole und staunte darüber, wie sehr sie sich verändert hatte. Die Trauer um ihren toten Philippe stand ihr so deutlich ins Gesicht geschrieben, dass man kaum hinschauen mochte. Philippe hatte das verrückte, wilde Mädchen nie gekannt, das bei Jer und Eli zu Hause herumgehangen hatte in der Hoffnung, irgendeinen großen bösen Zauber mitzuerleben. Böse Mädchen mögen böse Jungs, und Nicole war ganz naiv davon ausgegangen, dass alle Deveraux so waren. Sie hatte ja nicht ahnen können, dass sie böse *Männer* waren. Darin lag ein gewaltiger Unterschied.

Holly hatte das gewusst. Sie hatte es gesehen. Und sich abgewandt.

Jer holte tief Luft. Es war an der Zeit. Sie waren so gut

wie nur möglich vorbereitet. Er spürte, wie Laurent nach seinen Gedanken tastete, ihn zu finden versuchte. Schmerzhaft drehte es ihm den Magen um. Er streckte die Hand aus und nahm Karis kalte Finger zwischen seine.

»Sind alle bereit?« Ein Murmeln lief durch die Reihen.

»Los.« Anne-Louise wedelte mit der Hand, und die Barriere, bei deren Erschaffung die Engel ihr geholfen hatten und die sie vor den Augen der Welt abschirmte, fiel in sich zusammen.

»Beim großen Gott, Jer«, keuchte Eve. »Sieh nur.«

Jer drehte sich um und entdeckte Merlin, den Zauberer, auf einem weißen Hengst, der ebenfalls eine Art Rüstung trug. Das Pferd war sogar noch mächtiger als Duc Laurents schwarzer Hengst. Flammen schossen aus seinen Nüstern. Wenn seine Hufe donnernd den Boden berührten, schossen Funken hinauf in den Nachthimmel.

Dahinter waren dämonische Wesen aufgestellt, sämtlich Geister und Deveraux-Schemen aus vielen Jahrhunderten, die schon lange ihre Seelen verkauft und bei ihrem schlagenden Herzen geschworen hatten, den Cahors den Untergang zu bringen. Tausende waren gekommen. Darunter entdeckte Jer auch seinen Vater Michael, und er fühlte sich schrecklich elend. Manche waren nicht mehr als bleiche Skelette, an anderen hing noch gräuliche Haut. Das Licht des Lebens funkelte in einigen Augen, während andere noch toter als Kari erschienen. Zombies – ganze Legionen.

Ganz hinten thronte über der riesigen Armee die tief verschleierte Catherine aus dem Hause Cahors, die das Komplott geschmiedet hatte, Duc Laurent, seine Söhne Jean und Paul-Henri und jeden anderen Deveraux zu ermorden. Sie trug eine schwarze, mit Silber ziselierte Rüstung, und schwarze Handschuhe hielten die Zügel. Die blutigen Köpfe jüngst dargebrachter Menschenopfer baumelten an ihrem Sattel. Jer zählte sechs auf der einen Seite, sieben auf der anderen. In ihrer schrecklichen Pracht erinnerte sie an die uralte Manifestation der Göttin als Kali, die Vernichterin. Kali trug Menschenschädel um den Hals und die Taille.

Obwohl ihr Gesicht hinter Schleiern verborgen war, wusste er, dass sie ihn anstarrte, denn er spürte diesen Blick wie das Laser-Visier eines Scharfschützen, direkt auf sein Herz gerichtet. Laurent und Merlin lächelten, und er wusste, dass sie sich nur noch mühsam vom Angriff zurückhielten.

*Die Fronten sind abgesteckt, und wie merkwürdig sie doch sind,* dachte er. *Cahors und Deveraux haben die Seiten gewechselt, sich gespalten, sich neu eingefügt. Bei dieser Schlacht geht es um mehr als unsere Blutfehde. Wofür kämpfe ich hier?*

Holly stand ihm plötzlich vor Augen, und sein Herz setzte ein paar Schläge aus. Einen Moment lang glaubte er, er werde sterben. Er murmelte einen weiteren Schutzzauber und berührte seinen Brustharnisch. Amulette waren in das Metall eingelassen und auch in das einfache Hemd eingenäht, das er unter seinem Kampfanzug trug.

*Holly, ich hoffe, es geht dir gut. Lebe, lebe ewig,* dachte er und ertappte sich dabei, dass er die Hand zur Faust ballte und den ausgestreckten Daumen küsste, wie er es bei den katholischen Anhängern der Göttin gesehen hatte. Er dankte Pan dafür, dass Holly nicht hier war. Und doch – sollte er heute sterben, ohne sie noch einmal zu sehen …

*… dann werde ich sie als Geist verfolgen. Durch Raum und Zeit werde ich nach ihr suchen.*

Ein Blitz zuckte über den Himmel und fuhr wenige

Meter vor ihm in den Boden. Schreie erhoben sich, als Bäume in Flammen aufgingen. Er machte sich bereit und tänzelte ein paar Schritte zurück, wobei er den Boden scharf im Auge behielt, falls sich dort ein Portal auftun sollte. Seine Seite hatte ihre Stellungen mit starken Bannen gegen so etwas geschützt, doch er wusste, dass er nie sicher wissen konnte, wozu die andere Seite in der Lage war.

Nichts geschah. Der Regen löschte die brennenden Bäume. Der nächste Blitz zischte über ihre Köpfe hinweg und ließ Jers Brauen knistern, aber das war schon alles. Seine Leute blieben ruhig und gefasst, doch er spürte ihre Angst, ihre Aufregung. Und es war klug von ihnen, sich zu fürchten. Das Gleichgewicht der Kräfte war verschoben, und nicht zu ihren Gunsten.

»Ich werde sauer, wenn du stirbst«, brummte Eli. Dann lächelte er sein hartes, kaltes Lächeln. »Aber stinksauer, wenn *ich* hier draufgehe.«

Eve kicherte dumpf. »Ein wahrer Deveraux bis zum Schluss.« Ihr Gesicht war blass, und sie senkte die Stimme zu einem heiseren Flüstern. »Sie haben viel mehr Kämpfer als wir.«

»Es ist nicht wichtig, wie viele, sondern wie mächtig sie sind«, entgegnete Jer, aber sie hatte recht. Der Feind war ihnen zahlenmäßig haushoch überlegen.

Der Boden unter seinen Füßen erbebte wieder, und Flammen schossen aus dem Spalt. Schwarzlicht erblühte daraus wie dichter Qualm. Sogleich beschworen Jer, Eli und Eve Feuerbälle und schleuderten sie in flammendem Bogen. Die Feuerbälle prallten gegen eine gigantische, schwarz geschuppte Dämonengestalt, ganz Zähne, Klauen und Hornspitzen. Es war Sir William Moore, jedenfalls seine jetzige Gestalt. Jer hatte mit eigenen Augen gesehen, wie dieses Geschöpf aus Sir Williams menschlichem Körper hervorgebrochen war. Nun entfaltete es seine Schwingen und blickte auf das Trio hinab. Schauer liefen Jer über den Rücken, doch er hielt den Kopf hoch erhoben.

»Sir William«, rief er mit donnernder Stimme, »ich bin Jeraud Deveraux.«

Das riesige Maul des Dämons teilte sich zu einem sabbernden Grinsen. Blutiger Geifer troff von seinen rasiermesserscharfen Fangzähnen, die Schwingen peitschten durch den Regen. Er ballte die Klauenfüße und lockerte sie wieder. Mächtige Augen glommen scharlachrot.

»Sir William!«, rief eine andere Stimme. Es war Laurent. Er hob die linke Hand, die in einem Panzerhandschuh aus rotem Metall steckte. »Willkommen! Wir haben auf Euch gewartet!«

Der Dämon verneigte sich hoheitsvoll vor Jer, Eli und Eve und kehrte Laurent das Hinterteil zu. Jer blieb vor Staunen der Mund offen stehen.

»Ich bin hier. Ich stehe auf eurer Seite, Jeraud«, zischelte er, und die Stimme ließ Jer schaudern. »Ich werde euch helfen, eure Ahnen und ihre Verbündeten zu vernichten. *Merlin.* Ich werde ihm das Rückgrat von den Rippen reißen.« Er geiferte und schlug die Zähne zusammen, als könnte er das Gemetzel kaum erwarten.

Jer straffte die Schultern. Er war sich bewusst, dass Eli und Eve Feuerbälle bereithielten und auf sein Zeichen warteten, sie auf den Dämon zu schleudern. Sie würden sehr viel stärkere Magie brauchen, falls Sir William sich auf die andere Seite schlug.

Sein Blick huschte zur Armee der Gegner hinüber. Als wollte sie ihren Augen nicht trauen, hob Catherine die schweren schwarzen Schleier vor ihrem Gesicht. Im Dunkeln konnte er ihr Gesicht nicht sehen, und er hatte das Gefühl, dass das auch besser war.

»Ich habe deinen Vater verabscheut. Ich verabscheue deine Familie. Die Deveraux sind den Moores seit Jahrhunderten eine Plage.« Sir William richtete sich auf den muskulösen Hinterbeinen auf, die denen eines Schlachtrosses ähnelten. Hoch ragte er über Jer, seinem Bruder und seiner Cousine auf. Schwefel und Qualm verpesteten die Luft. »Doch Merlin hasse ich noch mehr.« Die Stimme des Dämons troff vor Abscheu und Bösartigkeit. »Ich weiß, was er ist. Was er dieser Welt antun kann. Und das würde euch nicht gefallen.«

»Dann werdet Ihr auf unserer Seite kämpfen«, vergewisserte sich Jer.

Der Dämon senkte den Kopf. »Ja, das werde ich.« Ein mächtiges, vieldeutiges Lächeln breitete sich über sein Gesicht. »Heute.«

*»Merci bien«*, sagte Jer.

»Ich werde es mit euren Feinden aufnehmen, aber werdet nicht übermütig. Mehr als ein Mann mag ich sein, doch auch ich bin nur ein Krieger.«

»Wir sind dankbar für Eure Hilfe, Sir William«, erklärte Eve mit fester Stimme.

»Eine Deveraux-Meuchlerin, dankbar«, schnaubte der Dämon. Er warf Jer einen strengen Blick zu. »Caspar, Balthasar und Melchior haben der Welt einen großen Dienst erwiesen, als sie Merlin einschlossen. Wenn es euch nicht gelingt, ihn wieder in die Kristallhöhle zu bannen, ist alles verloren. Er wird eure Welt in Stücke schlagen. *Unsere* Welt. Es muss euch *jetzt* gelingen, ihn zu besiegen.«

»Das haben wir vor«, erklärte Jer kühn.

*Wenn wir nur wüssten, wie.*

# Dreizehn

# Thymian

Grauen erfüllt die finstersten Herzen
Wir trennen uns unter Tränen und Schmerzen
Wie es einst war, wird es wieder sein
Nur der Tod kann uns wahrhaft befreien

So viele sind rings um uns gefallen
Wir riechen Blut und Feuer und Qualen
Es klaffen Wunden, Herzen gehen entzwei
Und nun ist es endlich, endlich vorbei

*In der Ewigkeit*

Es gibt einen Augenblick nach dem Tod, der einen Scheideweg darstellt. Seelen können sich vermischen und wieder vereinen – oder auf ewig getrennt werden. Das Schicksal wirft die Runen, und Herzen werden geheilt oder zerrissen. Was neigt die Waage zu unseren Gunsten? Ist es Barmherzigkeit, Gnade oder Gerechtigkeit – die Namen der drei strahlendsten Engel?

Oder ist es Liebe, der Name des Einen Wahrhaftigen Wesens?

*Vor der Ruine von Schloss Cahors, Frankreich*

Jer starrte die Streitkräfte an, die sich gegen sie verbündet hatten, und riss den Arm hoch. Da waren Tausende von Dämonen, und wenn es so lief, wie er erwartete, würden sie hauptsächlich Armand angreifen.

Er musste darauf vertrauen, dass der Hexenpriester und seine Gefährten damit fertig wurden. Richard und die Hexenkrieger, die ihm als Kampftruppe zugeteilt worden waren, würden das Ihre tun müssen.

Jer gab das Signal, und seine eigene Geisterarmee rückte gegen die Toten der anderen Seite vor. Es blieben also noch die Feinde aus Fleisch und Blut.

*Es ist so weit*, dachte er. *Mein Leben lang bin ich mir so überflüssig vorgekommen. Nutzlos. Dies ist meine edelste, beste Aufgabe. Falls ich heute sterbe, habe ich ein gutes Leben geführt.*

Er nahm sich einen Moment Zeit, um seinen Dank an … wen zu schicken? Er wusste nicht mehr, wem er eigentlich folgte. Den Gehörnten Gott betete er schon lange nicht mehr an. Doch die Göttin war ihm fremd.

*Danke, Holly*, dachte er. *Danke, dass du mich liebst und an mich glaubst.*

Er wünschte, sie wäre hier … und war doch froh, dass sie nicht dabei sein musste.

*Ich hoffe, es geht dir gut, wo du auch sein magst.*

»Jetzt!«, brüllte er, und das Geschrei auf seiner Seite toste wie ein Inferno schierer Willenskraft.

Donnernde Hufschläge, Herzen und Trommeln, das Kreischen von Banshees, Phantomen und Schreckgestalten, das Gebrüll von Männern, und der wilde Schlachtruf von Richard Anderson, den Eli wie ein Echo erwiderte.

Jer schleuderte die Hand in die Höhe, und ein Dutzend

Wurfsterne zischten von seinen Fingerspitzen auf die Feinde zu, zerfetzten Fleisch und Knochen. Und aus dem Augenwinkel stellte er fest, dass er recht gehabt hatte – sämtliche Dämonen hielten direkt auf Armand zu.

Er klammerte sich an Karis Hand wie an eine Rettungsleine, während er Laurent eine Woge tödlicher Magie nach der anderen entgegenschickte. Nicole und Eli stürmten gemeinsam vor, in Merlins Richtung.

*Wir schaffen es! Wir können siegen!*, dachte Amanda, als ein weiterer von Laurents Fußsoldaten vor ihr explodierte. Neben ihr wirbelte Tommy wie ein verrückter Derwisch herum. Von seinen Fingerspitzen flog der Tod, erst in Form von Flammen, dann von Dolchen aus Eis.

Sie kämpften stundenlang, oder fünf Sekunden – alles geschah so schnell, dass die Zeit verschwamm. Wind fauchte um sie herum und peitschte ihr das Haar ins Gesicht. Er war wie ein Wirbelsturm, ein Tornado, eindeutig magischen Ursprungs, und er riss sie von den Füßen.

»Amanda!«, schrie Tommy. Auch er wurde herumgeweht, genau wie sie – zwei Blätter im Wind.

Duc Laurent stand in der Mitte seines Wirbelsturms und ließ die Hände immer schneller kreisen.

Sobald Tommy Amanda wieder auf die Beine helfen konnte, schleuderte sie einen Feuerball auf Laurent. Das Geschoss kam nicht einmal in seine Nähe: Es erlosch in dem Wirbel, der immer noch um ihn kreiselte. Tommy versuchte es mit mehreren Eisdolchen, doch die wurden von dem Sturmwind, der immer mehr Kraft aufbaute, zu Staub zerblasen.

Amanda sah Jer auf seinen Ahnherrn zustürmen und erschuf rasch ein paar schützende Schilde um ihn. Er hatte

Laurent schon beinahe erreicht, als ein Erdbeben die Kämpfer beider Seiten von den Füßen schleuderte. Der Boden vibrierte grollend, und die ganze Welt schien kleine Wellen zu schlagen.

Amanda fiel zur Seite, als sich der Erdboden unter ihr aufbäumte. Dann brach er in gut dreißig Metern Entfernung plötzlich auf, und ein schrilles Heulen drang aus dem Spalt. Rauch und Feuer quollen hervor, und dann erhob sich eine Gestalt daraus.

Der Gehörnte Gott reckte sich dem Himmel entgegen und brüllte vor rasender Wut. Er trug Gold und Grün in seiner Erscheinung als Grüner Mann. Hoheitsvoll, schreckenerregend war er, und er schien bei jedem Schritt Laub, Gras und Insekten mit seinem Umhang aufzunehmen. Auf dem Kopf trug er die Geweihkrone, und aus seinen Augen glomm Feuer.

Er wandte sich Amanda zu, und sie krabbelte rückwärts über den unebenen Boden. Dann streckte er die Hand aus, und neben ihr sank Luna tot zu Boden.

Amanda schrie und wich weiter zurück. Sie betete darum, dass er sie einfach übersehen würde, damit sie entkommen konnte.

Ein ohrenbetäubendes Kreischen zerriss die Luft, und nun manifestierte sich schimmernd die Göttin. Sie schleuderte etwas, das wie ein Strahl Mondlicht aussah. Es schlang sich um den Kopf des dämonischen Sir William. Sie schnippte mit dem Handgelenk, und der seilartige Lichtstrahl zog sich so plötzlich und kraftvoll zusammen, dass er den Dämon köpfte.

»Nein, das dürft ihr nicht!«, schrie Rose auf und stürzte hinzu. »Das ist nicht unsere Art, so etwas tun wir nicht!«

Die Göttin wandte sich um, nahm Roses Kinn in die

Hand und brach ihr seelenruhig das Genick. Als wollte sie ihre eigene Rolle verhöhnen, war sie als die Heilige Jungfrau erschienen, in weißen und blauen Gewändern und mit einem Diadem aus Sternen.

Amanda begann vor Angst hilflos zu schlottern. Die Göttin hatte gerade einen ihrer eigenen Anhänger getötet. Sir William war ihr Verbündeter gewesen. Jetzt konnte sie nichts mehr retten, wenn *Notre Dame* und der Gehörnte Gott keinen Gedanken daran verschwendeten, wen sie töteten. Der Gehörnte nahm eine neue Gestalt an – er war der mythische Begründer der Familie Deveraux. Als wollte er der verräterischen Familie, die sich auf die Seite seines Erzfeindes geschlagen hatte, eine lange Nase drehen. Er hatte den Kopf einer Ziege mit zwei geschwungenen Hörnern neben den halbmondförmigen Augen. Unter dem zotteligen Ziegenbart diente die aufgestellte Haube einer Kobra als Hals. Der Torso war der eines Jaguars, die Vorderbeine die irgendeines namenlosen Raubtiers mit Klauen, die halb so lang waren wie der ganze Körper. Die Hinterbeine und der Schwanz ähnelten denen eines Krokodils.

Auch die Göttin nahm eine andere Gestalt an, die der Kali, Göttin der Zeit und des Wandels: vierarmig, schlammfarben, mit bis über die nackte Brust heraushängender Zunge. Sie trug nichts als eine klappernde Kette aus menschlichen Schädeln und Kettchen aus Knochen an Fuß- und Handgelenken.

Aus ihrem offenen Mund schossen Flammen und Feuerbälle auf den Gehörnten Gott zu, gefolgt von Eisdolchen. Blitze zuckten aus seinen Augen und wüteten um sie herum. Sie fuhren in den Boden, die Bäume, den Himmel.

Katastrophe. Chaos. Apokalypse.

Die Göttin erschien in immer neuen Aspekten: als

Athene, Bast, Durga, Circe, die Heilige Jungfrau, sie verschwammen miteinander, vereinigten, vervielfältigten sich …

»Halt! Oh, bitte, hört auf!«, kreischte Amanda und warf sich hinter einen Mauerrest des Schlosses. Der große Stein explodierte vor ihr. Sie riss die Hände hoch, wandte das Gesicht ab –

– und sah einen Feuerball auf Elis Brust zuzischen.

»Vorsicht!«, schrie sie.

Eli duckte sich zur Seite, als er Amandas Warnung hörte. Der Feuerball, der ihn ansonsten getötet hätte, streifte ihn nur. Er warf die schmauchenden Überreste seines Hemds von sich und schaute auf seine Brust hinab, wo das schützende Symbol … nur noch ein Fleck angesengter Haut war.

»Nein!«, brüllte er.

Es war zu spät. Eli Deveraux begann den Schrei, doch Jean Deveraux beendete ihn. »Isabeau!«

Er drehte sich um und sah die Cathers-Hexe Nicole. In diesem Moment veränderte sich ihr Gesicht, und die Züge seiner Isabeau setzten sich darauf durch.

»Verräterisches, mörderisches Miststück!«, brüllte er und rannte auf sie zu.

Sie lief nicht davon, sondern stellte sich ihm mutig entgegen, die stolze Tochter der Cahors bis zum letzten Augenblick.

Seine Lippen fanden die ihren, und die vertrauten Kurven ihres Körpers schmiegten sich an ihn. Um ihn herum tobte die Schlacht, doch das scherte ihn nicht. Es gab nur diesen Augenblick, nur sie, und die Liebe und den Hass, die ihn erfüllten und zittern ließen.

*Ma femme. Ma vie.* Meine Frau, mein Leben.

Ineinander verschlungen sanken sie zu Boden.

*Ma mort*. Mein Tod.

Jean sah sie an, seine Braut, seine Liebe, seine Feindin. Er zog seinen Athame und rammte ihn ihr im selben Augenblick ins Herz, da ihre Klinge in seines fuhr. Er brach auf ihr zusammen, und ihrer beider Blut rann aus ihren Körpern und vermischte sich im Tod, wie bei der Zeremonie ihrer Vermählung. Blut an Blut, Haut an Haut.

»Ich habe meinen Schwur erfüllt. Ich habe dich getötet, Hexe«, flüsterte er mit seinem letzten Atemzug.

»Und ich dich, mein Mann, mein Geliebter«, schluchzte sie.

Um sie herum wütete die Schlacht. Krieger fielen. Phantome explodierten. Die Erde brach auf und bekam erste Risse.

Nicole starb zuerst, und Isabeau war gezwungen, sie loszulassen. Einen Augenblick lang schwebte sie über dem Leichnam, während ihr Geist wartete. Sie sah zu, wie das Licht in Jeans … nein, Elis Augen erlosch. Dann starb sein Körper, und Jean kam zu ihr.

*»Isabeau«*, flüsterte Jean. *»Nous sommes libres.«*

Wir sind frei.

Frei wie die Vögel.

Endlich war es vorbei. Der Fluch, der sie an die Erde und aneinander gefesselt hatte, war gebrochen. Und es war an der Zeit zu gehen. Doch Isabeau wusste, dass sie diese Welt nicht allein verlassen würde. Denn nicht nur ein Fluch band sie an Jean. Sie würde überallhin gehen, wo auch er war. Sie gehörte ihm und er ihr.

*Wohin du auch gehst …*

… für immer und ewig.

Amanda kreischte vor Entsetzen und robbte zum reglosen Körper ihrer Schwester hinüber. Nicoles Augen waren offen, blicklos. »Du darfst nicht sterben!«, schrie sie und schüttelte die Tote. »Niki! Du musst leben, für Owen, für mich.«

Nicole zeigte keine Reaktion. Mit tränenverschleiertem Blick drehte Amanda sich um und sah Derek, der hinter einem großen Mauerstein Deckung genommen hatte. Halb robbte, halb rannte sie zu ihm hinüber.

»Wir brauchen Holly!«, schrie sie ihm ins Gesicht.

»Holly ist nicht hier. Sie ist im Tempel.«

»Sie hat aber noch einen realen Körper. Also muss der Tempel auch ein realer Ort sein! Finde ihn. Du kannst doch sonst jeden finden! Finde sie!«

»Es gibt keine Möglichkeit, den Tempel zu finden, selbst wenn sie dort sein sollte!«, rief er zurück.

Sie packte eine Faust voll von seinem Haar und riss seinen Kopf herum, so dass er Nicoles leblosen Körper sehen musste. »Sie ist tot, was bedeutet, dass ihr Testament aktiviert sein muss. Also dann, Derek, sag mir, wo alle ihre Verwandten sind.«

Seine Miene zeigte ihr, dass er begriff. Er holte mehrere kleine Beutelchen aus seinen Taschen und begann, den Inhalt auf dem Boden zu vermischen.

Sasha trat zu ihm. »Wir brauchen Holly«, keuchte sie.

»Wir versuchen gerade, sie zu finden«, erklärte Amanda.

»Selbst wenn wir sie finden können – ich wüsste nicht, wie du zu ihr gelangen solltest«, warf Derek ein.

»Überlasst das mir«, sagte Sasha.

Gleich darauf hatten sie ihre Antwort, und einen Augenblick später war Sasha verschwunden. Sekunden danach war sie wieder da, und sie hatte Holly bei sich.

Holly betrachtete die Zerstörung ringsumher und die Göttin und den Gehörnten Gott, die ihre Schlacht ausfochten. »Darf nicht eingreifen«, murmelte sie wie in Trance.

Amanda schlug ihr ins Gesicht. »Mach die Augen auf, Holly. Hier sterben Menschen. Die Göttin hat einen ihrer eigenen Anhänger getötet. Was hat das mit Gleichgewicht zu tun? Siehst du hier irgendetwas anderes als Chaos?«

Holly wandte sich um, und ihr Blick fand Jer. Ein Dutzend geisterhafte Krieger umkreisten ihn und versuchten, eine magische Barriere zu durchbrechen, die er um sich herum errichtet hatte. Er hielt sich stark nach vorn gebeugt – entweder war er schwer verletzt, oder er schützte irgendetwas.

*Owen*. Jer hielt Owen in den Armen und versuchte, ihn zu beschützen. Holly wusste, dass er es nicht schaffen, dass die beiden sterben würden. Sie wusste, dass ihr das nicht gleichgültig sein sollte. Und es *war* ihr nicht gleichgültig.

Sie drehte sich gerade rechtzeitig nach Sasha um, um zu sehen, wie deren Augen im Kopf zurückrollten. Sie fiel Holly direkt in die Arme, und ein Dutzend Eisdolche ragten aus ihrem Rücken. Holly ließ die Tote fallen und starrte einen Moment lang auf sie hinab. Jers Mutter, die sie so oft verloren hatten, war nun wahrhaftig tot. Und wofür war sie gestorben? Sie war nicht von einem Feind getötet worden, sondern von der Gottheit, die sie verehrte.

Holly drehte sich um und hob die Arme. »Halt!«, schrie sie.

Augenblicklich herrschte Stille. Gott und Göttin wandten sich ihr zu, die Waffen schon zum nächsten Schlag erhoben. »Ich binde euch, beide!«, verkündete sie.

Wolken jagten über den Himmel. Die Sonne erlosch, plötzlich vom Mond verdeckt, und die Welt hielt den Atem an, als die beiden Giganten erstarrten.

Und Kari, die Tote, die Jer einst geliebt hatte, drehte sich zu Holly um. Sie öffnete den Mund.

»*Damit ist es nicht zu Ende.*« Eine seltsame, hallende Stimme drang zwischen ihren unbewegten Lippen hervor. Sie klang wie die Richter, doch das waren nicht sie, die da sprachen.

»*Es ging gar nicht um Jean und Isabeau oder Laurent und Catherine oder sonst irgendeinen von uns. Es ging immer nur um sie.*«

Karis Arm hob sich langsam, und sie deutete auf den Gehörnten Gott und die Göttin.

»*In uralten Zeiten drehte sich alles um das Gleichgewicht. Diese beiden wurden zusammen verehrt, gleichberechtigt Seite an Seite, Mann und Frau, Bruder und Schwester. Viele Menschen beten heute noch so zu ihnen. Doch irgendetwas geschah, worauf sie nicht mehr damit zufrieden waren, Gleiche zu sein. Also begannen sie ihre Fehde, indem sie magisch begabte Familien dazu verleiteten, sich für die eine oder andere Seite zu entscheiden. Und wir sind diejenigen, die bezahlen in ihrem persönlichen kleinen Krieg.*«

»Das Haus Deveraux hat den Gott gewählt und Cahors die Göttin«, sagte Holly.

»*Nein! Beide haben sich auf die Seite des Gehörnten gestellt, aber gemeinsam waren sie zu mächtig. Das Gleichgewicht kippte, die Blinden Richter griffen ein. Als Cahors und Deveraux einander zu bekämpfen begannen, wechselte das Haus Cahors die Seiten.*«

»Woher weißt du das?«, fragte Holly scharf. »Wer bist du?«

Kari drehte sich langsam um und deutete auf die Armeen der Geister. *»Sie erzählen es mir. Sie können alles bezeugen.«*

Da entdeckte Holly eine flammende Macht, die sich hoch über den Willen der Richter erhob: Das Gleichgewicht war alles, das Gleichgewicht musste gewahrt werden, und der Gott und die Göttin handelten nicht so, wie sie sollten, töteten nicht diejenigen, die sie töten sollten.

*»Es liegt bei dir«*, sagte die Stimme – die Stimme des Einen Höchsten Wesens, dem Holly in Wahrheit diente.

Demütig neigte Holly den Kopf. Dann hob sie die Arme und verkündete ihr letztes Urteil. »Gott und Göttin, ich binde euch und verbanne euch von diesem Schlachtfeld. Ihr dürft niemals zurückkehren. Geht.«

Jer hob den Kopf und sah gerade noch, wie der Gehörnte Gott und die Göttin verschwanden. Dann starrte er Holly an, die in ihren weißen Gewändern mit flatterndem Haar und leuchtenden Augen einen prachtvollen Anblick bot. Vielleicht waren sie nun alle gerettet.

Aber sie ließ die Arme sinken und wandte sich ab. In diesem Augenblick durchbrachen Laurents Ritter seine Barriere. »Holly, hilf uns!«, schrie Jer.

Sie hatte ihn wohl nicht gehört, denn sie ging weiter, weg von ihm.

»Holly, bitte! Verlass mich nicht.«

Sie blieb stehen und drehte sich langsam um. »Warum bittest du mich einzugreifen?«, fragte sie mit hohler Stimme.

»Weil nur eines wichtiger ist als das Gleichgewicht«, antwortete er.

»Und das wäre?«

»Liebe. Holly Cathers, ich liebe dich, und ich werde dich durch diese Welt und die nächste verfolgen.«

Da lächelte sie. »Das wird nicht nötig sein«, flüsterte sie.

Sie riss erneut die Arme hoch, und die Geisterkrieger, die ihn umringt hatten, zerfielen zu Staub. Richard stürzte vor und nahm ihm Owen ab.

Isabeau und Jean gingen. Sie wusste nicht, wohin – sie wusste nur, dass sie weitergingen. Sie hörte schrille Schreie und blickte hinab auf die Leichen derer, die sie besessen hatten.

»Wir verdanken ihnen unsere Freiheit«, sagte sie zu Jean.

»Ich habe noch etwas zu erledigen. Wirst du auf mich warten?«, fragte er sie.

Sie nickte und schwebte zu den Leichen.

*»Merci, et adieu, mes braves.* Für das, was ihr uns geschenkt habt, will ich euch etwas zurückgeben.« Mit geisterhaften Fingern berührte sie erst Nicole, dann Eli. Beide erwachten und schnappten nach Luft.

Isabeau wandte sich ab und suchte nach ihrem Gemahl.

Jean schritt über das Schlachtfeld, so prächtig und kraftvoll wie an jenem Tag, da er Isabeau zur Frau genommen hatte. Alle, die ihn sahen, wichen voller Angst zurück. Er würdigte sie keines zweiten Blickes. Er suchte nur eine.

Und dann war er bei ihr, bei Catherine aus dem Hause Cahors. Ihre Geistergestalt war beinahe ebenso imposant, wie sie im Leben gewesen war. Sie wandte sich um, und als sie ihn erblickte, flackerte Angst in ihren Augen auf. Er zauberte ein Fläschchen mit einem feinen Pulver herbei, eine besondere Mixtur, an der er jahrhundertelang gearbeitet hatte. Oft hatte er daran gedacht, sie für sich selbst zu benutzen, doch dies war ein viel besserer Verwendungszweck.

»Zur Hölle mit dir«, fauchte er und schüttete ihr das Pulver ins Gesicht.

Sie kreischte vor Qual, und einen Moment später war sie weg.

Verschwunden.

Auf ewig. Verflucht sollte sie sein.

Er machte kehrt, um nach Isabeau zu suchen, doch sein Vater, Duc Laurent, wundersamerweise lebendig und aus Fleisch und Blut, hielt ihn zurück. In diesen kleinen Trick hatte der alte Herr seine Kinder nie eingeweiht.

»Jean«, begann Laurent. »Entmannt von dieser …«

Ehe er den Satz beenden konnte, trat Jer Deveraux, sein ferner Nachfahre, hinter den mächtigen Herzog und schlitzte ihm mit einem Athame die Kehle auf. Blut sprudelte hervor. Der Herzog versuchte verzweifelt, die Wunde mit den Händen zu verschließen, doch er kippte vornüber und schlug tot auf dem Boden auf. Blut bildete eine Pfütze um seinen reglosen Körper und sickerte ins Gras.

Jean und Jer starrten einander einen Moment lang an. So oft hatte Jean Jers Körper geteilt, und doch waren sie sich nie begegnet.

Jean neigte ehrerbietig den Kopf, und Jer erwiderte den Gruß. Sie standen sich einen Augenblick lang gegenüber, und dann lächelte Jean.

»Gib besser auf deine Hexe acht als ich auf meine«, sagte Jean.

»Das werde ich«, schwor Jer.

Jean drehte sich um und sah Isabeau, die geduldig auf ihn wartete. Er ging zu ihr, schlang seine Seele um ihre, und gemeinsam ließen sie alles hinter sich, was sie je gekannt hatten.

Nicole zog den Dolch aus Elis Brust und schrie auf, als er das Gleiche für sie tat. Die Wunden verheilten augenblicklich, und sie lagen sich zitternd, erschöpft und erschüttert in den Armen.

Sie erinnerte sich an alles, alles. Als sie mit Eli zusammengekommen war, hatte Isabeau sich schon in sie eingeschlichen, und deshalb waren ihre eigenen Erinnerungen so verschwommen. Jean und Isabeau hatten versucht, von ihr und Eli Besitz zu ergreifen, lange bevor sie ihre Aufmerksamkeit Jer und Holly zugewandt hatten. Elis Schutzzeichen hatten gewirkt.

Sie begann zu weinen. Eli legte die Arme um sie, und sie hielten einander fest umschlungen, während um sie herum immer noch gekämpft wurde.

Als sie Hände an ihren Schultern spürte, versuchte sie, sie abzuschütteln.

»Nicole!«

Amanda und Holly standen vor ihr, jede mit einem Stück des Amuletts in der Hand. Genau für diesen Augenblick waren die Stücke den drei Cahors-Hexen gegeben worden. »Es ist so weit«, sagte Holly.

Mit Elis Hilfe stand Nicole auf. Sie holte ihr Stück des Amuletts hervor.

»Wir wissen immer noch nicht, was wir damit anstellen sollen«, sagte Amanda, die müde und verängstigt klang.

»Ich glaube, da ist jemand, der es weiß«, sagte Eli, und seine Stimme brach.

Nicole drehte sich zu ihm um, und da, neben ihm, stand der Geist von Philippe.

»Philippe!«, rief sie und streckte weinend die Arme aus.

»Nicole, ich habe mein Leben für diese eine Information geopfert, die euch retten kann«, sagte er.

Nicole hörte den Lärm und die Schreie von Sterbenden und brauchte sich nicht umzublicken, um zu begreifen, dass Merlin nicht mehr weit war. »Was müssen wir tun?«

»Legt die Stücke aufeinander, deines ganz unten und Amandas in der Mitte. Hollys Stück muss oben liegen. Dann dreht das oberste im Uhrzeigersinn und das unterste Stück andersherum.«

Sie taten, was er gesagt hatte. Amanda, Nicole und Holly, die drei Lilienfürstinnen. Der Himmel über ihnen verdüsterte sich, und dann lugten scharlachrote Splitter durch die Wolkendecke, als blutete die ganze Welt.

Die Scheiben verbanden sich mit einem Klicken, und Macht pulsierte in dem Amulett.

»Ihr müsst zu dritt sein, damit es funktioniert. Hört zu, ihr müsst noch etwas sagen, eine nach der anderen.«

Nicole lauschte angestrengt, um seine Worte trotz ihres hämmernden Herzschlags und der Todesschreie um sie herum zu verstehen. Der Boden grollte und bebte. Ihr war schwindlig und übel.

Philippes Bild waberte in der Luft. »Schnell!«, drängte er. »Merlin wird alles verändern. Wenn es euch nicht gelingt, ihn aufzuhalten, werden Millionen den Tod finden.«

Und da sah auch sie, was geschehen würde: Auf der ganzen Welt starben Menschen – alte Menschen und Babys, auch Tiere und Pflanzen. Die Welt wurde verwüstet, und wenn erst alles tot war, würde Merlin ganz von vorn beginnen und sie nach seinen Wünschen neu formen. So wahnsinnig, so abgrundtief böse war er. Vor langer Zeit war er mit seinen Brüdern aufgebrochen, um das Christuskind aufzusuchen, nicht, um es anzubeten, sondern um es mit Silber zu binden, damit es niemals die Welt retten würde, die Merlin zu zerstören suchte.

Holly sah flammende Säulen, sah Folter und hörte Schreie. Merlin war ein Wahnsinniger mit ungeheurer Macht. Ein wahrhaft böses Geschöpf.

Vielleicht war er sogar der Fleisch gewordene Satan.

Nicole verhaspelte sich, doch Amanda setzte den lateinischen Spruch fließend fort. Holly öffnete den Mund, als sie an der Reihe war, und ein Feuerball explodierte direkt vor ihrem Gesicht.

Sie brach schreiend zusammen. Nicole drehte sich um und sah Merlin wie in Zeitlupe auf sie zugaloppieren – glühend, lachend und größer als zuvor.

»Ihr müsst von vorn anfangen!«, drängte Philippe, dessen Bild heftig flackerte.

Nicole holte tief Luft und zog Amanda mit sich hinab.

»Ich kann nichts sehen«, wimmerte Holly.

»Du brauchst nichts zu sehen«, entgegnete Nicole und führte Hollys Hand zu der Scheibe.

»Was denn, meine Damen? Haben wir etwa Schwierigkeiten, uns einen einfachen Zauber zu merken?« Merlin lachte. Jedes Lachen brach Stücke aus dem Himmel, und der Mond begann schief zu kreiseln.

Kari warf sich auf Merlin und brachte ihn aus dem Gleichgewicht. Nicole begann mit ihrem Teil des Spruchs.

Merlin stieß Kari seinen Athame durchs Herz, doch sie blieb aufrecht stehen. Überraschung zeichnete sich auf seinem Gesicht ab.

Amanda knüpfte mit ihrem Teil des Zaubers an.

»Tot«, sagte Kari. »Ich. Und du.«

»Wie kannst du es wagen«, fuhr Merlin auf. »Ich bin nicht tot. Ich bin ewig, so wie der Gott.«

Merlin hieb mit seinem Dolch nach ihr und trennte ihr den Arm ab. Totes, fauliges Blut bespritzte alle Umstehenden, und Nicole musste würgen.

Holly begann mit ihrem Teil des Spruchs.

Da schlug Merlin Kari den Kopf ab. Er fiel neben Nicole auf den Boden, und die toten Augen starrten zu Merlin empor.

»Dank …«

Und Kari, das tote Mädchen, war wieder wahrhaftig tot.

»Höchstes Wesen, mach mich zu deinem Instrument, zur rettenden Macht. Lass mich Frieden sein. Lass mich Macht sein. Lass mich nach deinem Bild erscheinen.«

Merlin wandte sich Holly zu und hob seinen Athame, und sie sprach das letzte Wort.

»Selah.«

Licht flammte um Merlin auf wie ein leuchtender Pilz. Er schlug die Hände vors Gesicht und brüllte, als das Licht zu einem strahlenden Strudel wurde, der ihn emporriss. Höher und immer höher stieg der Strudel in den Himmel und entführte Merlin in die Dunkelheit, die heller wurde, als der Wirbelwind sich dem Mond näherte. Und noch höher.

Plötzlich blitzte weißes Licht auf, und der Wirbel war verschwunden.

Merlin ebenso.

Genau wie die feindlichen Streitkräfte.

Binnen eines Augenblicks.

Einen Moment lang herrschte Stille.

Dann sprang Nicole auf und blieb vor Philippe stehen. Er lächelte sie an.

»Ich wusste, dass ihr es schafft«, sagte er. »Ich habe immer an dich geglaubt, Nicole.«

»Ich liebe dich«, sagte sie, und Tränen rannen ihr über die Wangen.

»Ich liebe dich auch. Ich werde immer auf dich achtgeben, solange du auf Erden wandelst.« Sein Lächeln erlosch langsam, und dann war er fort.

Amanda half Holly auf. Zusammen drehten sie sich um. Die Feinde waren verschwunden – vollständig.

Jer kam auf sie zu, und allmählich verließen auch die Geister, die auf ihrer Seite gekämpft hatten, das Schlachtfeld. Einer jedoch ging neben Jer einher. Er kam Nicole irgendwie bekannt vor, obwohl sie ihn noch nie gesehen hatte.

»Holly, mein Schatz«, sagte der Geist.

»Dad?«, rief Holly, brach in Tränen aus und lief an Nicole vorbei.

»Nicht weinen, Süße. Du hast dich gut geschlagen. Deine Mom und ich haben unseren Frieden gefunden, und du und ich, wir werden uns wiedersehen.« Er schien ein wenig mehr Substanz zu bekommen, als Jer ihm eine Hand auf die Schulter legte. Danny Cathers trat vor, nahm seine Tochter in die Arme und verabschiedete sich von ihr.

Nicole wandte sich ab und vergoss Tränen um der beiden willen. Dann stockte ihr der Atem. Zehn Meter vor ihr küsste ihre Mutter ihren Vater. Sie wollte zu ihnen gehen, aber irgendetwas in ihrem Inneren sagte ihr, dass ihr Vater diesen Augenblick mehr brauchte als sie selbst. Sie stupste Amanda an, ihre Schwester wandte sich um, und dann weinte auch sie.

Es war kaum zu fassen, dass alles vorbei war. So viel Blut war vergossen, so viel Zerstörung angerichtet worden. Nicole konnte sich nicht vorstellen, wie sie sich wieder an Frieden gewöhnen sollte, aber sie freute sich schon darauf, es zu versuchen.

Nachdem Hollys Vater verschwunden war, gab Jer ihr einen raschen Kuss und versprach, gleich wieder bei ihr zu sein, sobald er nach den anderen gesehen hatte. Er ging über das Schlachtfeld und wappnete sich für das, was er finden würde.

Kari und Sasha waren tot. Heiße Tränen brannten in seinen Augen. Rose und Luna vom Mutterzirkel waren ebenfalls nicht mehr am Leben. Dass Dr. Nigel Temar tot war, hatte er schon gewusst – er hatte dem Arzt Owen abgenommen, als dieser tödlich verwundet worden war.

Owen und Richard waren unversehrt. Anne-Louise blutete, war aber mit dem Leben davongekommen. Ihre Schwester Eve saß neben ihr auf dem Boden und schien nicht zu spüren, dass sie sich beide Beine gebrochen hatte, denn sie küsste Derek. Jer fand auch Pablo und Armand, beide am Leben, aber verletzt. Sie wurden von den drei Engeln versorgt – Barmherzigkeit, Gnade und Gerechtigkeit –, und um sie herum lagen die Leichen Hunderter Dämonen.

Schließlich wandte sich Jer wieder Holly und ihren Cousinen zu. Eli hatte schützend einen Arm um Nicole geschlungen, während Tommy Amanda an sich drückte. Langsam kamen sie alle aufeinander zu.

Stunden später versammelten sich die Überlebenden in einem privaten Zimmer im Tempel des Mutterzirkels, nachdem sie sich gewaschen hatten und ihre Wunden versorgt worden waren. Anne-Louise konnte nicht anders, als sich ein wenig über die unbehaglichen Mienen der vier Hexer in der Gruppe zu amüsieren. Aber jetzt, da sie die wahre Natur des Gehörnten Gottes sowie der Göttin gesehen hatten, mussten sie alte Feindschaften begraben und aufhören, sich gegenseitig zu bekämpfen.

Sie räusperte sich. »Die heutigen Ereignisse haben selbstverständlich vieles geändert, nicht nur für uns, sondern für alle, die dem Pfad der Magie folgen.«

»Wer wird jetzt Hohepriesterin des Mutterzirkels?«, fragte Amanda.

»So wie es aussieht – ich«, antwortete Anne-Louise.

Sie blickte in lächelnde Gesichter. »Ich finde, das ist eine sehr kluge Wahl«, erklärte Armand.

»Ich gratuliere – glaube ich«, sagte Eli.

»Und wie werden die Mitglieder des Mutterzirkels damit fertig, dass ihre Hohepriesterin aus einer Hexerfamilie stammt?«, fragte Jer.

Anne-Louise lächelte grimmig. »Wie alle Organisationen müssen wir uns veränderten Gegebenheiten anpassen oder untergehen. In der modernen Welt geht es nicht länger um Namen und Familien, das ist nicht mehr möglich. Es geht um Individuen. Ich glaube, dass man sein Schicksal selbst in der Hand hat, ganz gleich, wie die Karten bei der Geburt verteilt wurden.«

»Gut gesprochen, Schwesterherz«, zog Eve sie auf.

Anne-Louise sah Eve und Derek an. »Ihr beiden seid willkommen, euch diesem Zirkel anzuschließen, wenn das euer Wunsch ist.«

»Darüber werden wir erst mal nachdenken müssen«, antwortete Derek für sie beide. »Aber ich will ehrlich sein: Im Augenblick interessiert mich nichts außer dieser wunderschönen Frau hier.«

Eve errötete. »Wir gehen nirgendwohin, Anne-Louise«, erklärte sie bestimmt.

Anne-Louise neigte den Kopf. »Danke. Es wird nicht leicht, aber ich glaube, wir können viel erreichen – so vieles muss sich ändern. Also lautet meine Frage an alle anderen: Wie soll es für euch weitergehen?«

Armand lächelte. »Ich werde mich wieder dem Priesteramt zuwenden. Gerüchteweise heißt es, der Vatikan wolle wieder Exorzisten ausbilden. Dabei werden sie Hilfe brauchen.«

»Ich kann mir niemanden vorstellen, dem ich mehr zutraue, wenn es darum geht, die Welt vor Dämonen zu schützen«, erklärte Holly ernst. Sie küsste ihn auf die Wange. »Ich verdanke dir mein Leben.«

»Wir alle«, warf Richard ein.

»Ich muss zurück in den Tempel. Ich bin immer noch eine Richterin«, fuhr Holly fort und räusperte sich. Sie war inzwischen erblindet, wie die anderen Richter. Das war ein kleiner Preis, aber dennoch …

Anne-Louise empfand großes Mitgefühl für sie. »Wenn du nicht eingegriffen hättest, hätte sich die Prophezeiung nicht erfüllt. Owen hat tatsächlich die Welt gerettet – er hat dich dazu gebracht, uns zu helfen, weil du ihn retten wolltest.«

Holly nickte. »Das stimmt, aber um ehrlich zu sein, war er nicht der Einzige, den ich retten wollte.«

Jer beugte sich vor und küsste Holly. »Ich gehe mit ihr. Ich bin so lange davor weggelaufen, wer ich bin und für wen ich bestimmt bin.«

»Freut mich, dass du endlich aufgehört hast, so ein Idiot zu sein«, sagte Nicole und verdrehte die Augen.

»Wir wollen doch fair bleiben«, entgegnete Eli sarkastisch. »Die meisten Deveraux-Männer sind nun mal Vollidioten. Ich bin nicht gerne hier, da will ich euch nichts vormachen.«

Nicole fuhr herum und funkelte ihn an. »Was hält dich dann noch auf?«, fragte sie scharf und setzte Owen auf ihrer Hüfte zurecht.

Eli sagte: »Du. Der Bursche da braucht einen Vater, und du brauchst einen Mann, und da sämtliche Konkurrenz offenbar von der Bildfläche verschwunden ist ...«

Nicole versetzte ihm einen Klaps, und Eli grinste. Anne-Louise schüttelte den Kopf. Das würde eine turbulente Ehe geben. Aber sie erkannte die aufrichtige, zärtliche Zuneigung zwischen den beiden, und sie sah den Mann, zu dem Eli mit der Zeit werden konnte.

»Und was ist mit dem Haus Cathers?«, fragte Anne-Louise und wandte sich Amanda zu.

Amanda lief rot an. »Also, das heißt jetzt Haus Nagai.« Sie verschränkte die Finger mit Tommys.

Tommy lächelte seine Braut an. »Wir möchten unser Zuhause zu einer Zuflucht für alle machen, die sie brauchen. Eine Art sicheren Hafen für alle, die Magie praktizieren.«

»Und ihre Liebsten«, fügte Amanda betont hinzu.

»Das ist eine wunderbare Idee«, sagte Anne-Louise. »Ich hoffe, wir können hin und wieder auch eines unserer Mitglieder zu euch schicken.«

»Natürlich«, versicherte ihr Amanda.

»Aber erst in ein paar Monaten«, erklärte Tommy hastig. »Amanda und ich planen sehr lange, sehr private Flitterwochen.«

»Die habt ihr euch allerdings verdient«, sagte Anne-Louise. »Ich finde, ihr solltet das ganze erste Jahr eure

Ruhe haben, damit ihr euch aneinander und an euer neues Leben gewöhnen könnt. Danach werdet ihr von mir hören.«

»Abgemacht«, sagte Amanda.

Während sich die anderen unterhielten, stand Richard ein wenig abseits und beobachtete sie. Alle hatten etwas oder jemanden. Alle außer ihm und Pablo.

Pablo wandte den Kopf und sah ihn an, dann stand er leise auf, kam zu ihm herüber und blieb neben ihm stehen. Richard musterte den Jungen. Er war so jung und hatte so viel verloren. Er würde jemanden brauchen, der sich um ihn kümmerte. Dass er Armand folgte und die Priesterschaft anstrebte, war nicht wahrscheinlich, und Nicole und Amanda hatten bereits alle Hände voll zu tun. Er lächelte in sich hinein. Sosehr er seine Töchter liebte, er hatte sich schon immer einen Sohn gewünscht – jemanden, mit dem er angeln gehen konnte.

»Kanada«, sagte er zu Pablo. »Da oben gibt es wunderschöne Landstriche, wild und unverdorben. Und ich kenne ein paar tolle Angelstellen.«

Pablo schlang die Arme um ihn, und Richard blutete das Herz für den Jungen. Keine richtige Familie, keine Chance, einfach nur ein Kind zu sein. Er würde dafür sorgen, dass sich das änderte. »Ich habe mir überlegt – natürlich nur, wenn du das möchtest –, dass ich es gern offiziell machen würde. Dich adoptieren, meine ich.«

»Werden wir oft angeln gehen?«, fragte Pablo ein wenig unsicher.

»Sooft du willst … mein Sohn.«

Und dann weinten sie beide.

Es war beinahe Zeit zu gehen. Holly spürte, wie die anderen Richter an ihrem Geist zupften. Jetzt erkannte sie, dass es ihr bestimmt gewesen war, hierher zurückzukommen und etwas zu verändern ... zu begreifen, dass es eine höhere Macht gab als den Gehörnten Gott und die Göttin. Jetzt konnte sie dieser Einen Macht wahrhaftig als Oberste Richterin dienen, als Anführerin. Hatte sie wirklich vor knapp drei Jahren nicht einmal geahnt, dass sie eine Hexe war?

Sie streckte die Hand aus. Zwar konnte sie Jer nicht sehen, aber sie spürte seine Nähe. Die Berührung seiner Hand sandte ein köstliches Kribbeln durch ihren Körper. So viel Tod und Trauer. Aber jetzt waren sie zusammen, und im tiefsten Herzen war sie sich gewiss, dass es das alles wert gewesen war.

»Ich habe eine Menge gutzumachen – was war ich doch für ein Idiot«, flüsterte Jer ihr ins Ohr.

»Ja, allerdings«, entgegnete sie.

Er küsste sie, und das Versprechen in diesem Kuss entlockte ihr ein Seufzen.

Als Holly und Jer aufbrachen, sagten Nicole und Amanda ihnen Lebewohl. Nicole hatte einen Kloß im Hals, und Tränen brannten ihr in den Augen, aber sie wusste, dass es so am besten war. Und wenn Holly auf die Welt achtgab, würde sich vieles zum Guten wenden.

Als die beiden gegangen waren, trat Derek zu Amanda und Nicole und nahm sie beiseite. Er wollte unter sechs Augen mit ihnen sprechen.

»Geht es um das Testament?«, fragte Nicole argwöhnisch. »Denn wie du siehst, bin ich nicht tot.«

»Das warst du aber, streng genommen. Und Amanda ...«

Amanda schnaubte gereizt. »Ich habe ihr schon gesagt, dass ich diesen Familien-Findezauber benutzen musste, um Kontakt zu Holly aufzunehmen.«

Nicole lächelte. Verbündeter hin oder her, Amanda würde Derek nie leiden können. Vielleicht hatte es gar nichts damit zu tun, dass er ein Hexer war. Vielleicht hatte sie grundsätzlich etwas gegen Anwälte.

»Tja, was das angeht, muss ich tatsächlich etwas mit euch beiden besprechen.«

»Was denn?«, fragte Nicole.

Derek holte tief Luft. »Wenn man den Findezauber wirkt, sucht er nach Verwandten … allen Verwandten.«

»Und?«, fragte Amanda.

Er hob leicht die Schultern, als wollte er sich für die Neuigkeit entschuldigen. »Es gibt noch mehr Cathers da draußen.«

Nicole wechselte einen verblüfften Blick mit ihrer Schwester.

»Die Frage lautet: Wollt ihr sie ausfindig machen?«, fuhr Derek fort.

Nicole sah wieder Amanda an und wandte sich dann Derek zu. Sie schüttelte den Kopf. »Auf keinen Fall.«

Dann seufzte sie und nahm sich zusammen. Familie war schließlich doch … Familie.

*Reich der Ewigkeit*

Im ewigen mystischen Wald, nahe dem Tempel der Blinden Richter, ging die Sonne auf wie ein Wunder. Segen funkelten auf Gräsern und Blättern wie Tau. Begleitet vom Trällern der Lerchen ritten der Fürst und seine Fürstin

Seite an Seite auf ihren prachtvollen Hengsten durch den Morgen. Pandion saß auf Hollys Arm, und die Glöckchen an Fantasmes Geschüh klingelten leise, als er sich hoch zwischen die silbrigen Wolken emporschwang. Er glitt durch die ersten Sonnenstrahlen, kam dann in großem Bogen zurück und ließ sich auf Jers Schulter nieder.

Einige Herzschläge, ein paar Umdrehungen des Planeten lang war das Gleichgewicht gesichert – jedenfalls lang genug für einen morgendlichen Ausritt. Die Pferde schnaubten, und der magische Bussard und der verzauberte Falke verließen Herrn und Herrin und flogen gemeinsam zu ihrem Nest. Darin piepsten drei Nestlinge schon nach ihrem Frühstück, und der stolze Vater und die liebliche Mutter machten sich daran, ihre Jungen zu versorgen.

Jer lächelte seine wahre Liebe an. Und Holly konnte zwar nichts sehen, doch sie spürte Jers Lächeln. Sie streckte die Hand aus und strich über seine Wange. Ihre Finger staunten über die glatte, makellose Haut. Ihre Liebe hatte ihn von seinen Narben befreit.

*Liebe macht blind*, dachte sie. *Die Liebe sieht alles. Ach, Jer Deveraux, ich liebe dich von ganzem Herzen und aus voller Seele. Und ich werde dich ewig lieben.*

»Woran denkst du?« Seine Stimme klang weich und zärtlich. Glücklich.

»Was glaubst du denn?«, entgegnete sie.

Jer lenkte sein Pferd dicht an Hollys heran und beugte sich aus dem Sattel hinüber. Er zog sie in seine Arme und küsste sie mit allem Glück und aller Leidenschaft, die das Universum zu bieten hatte.

Dann schimmerte plötzlich die Luft, irgendetwas geschah, und ein gleißendes Licht fiel ihm ins Gesicht. Hollys Kopf war in einen goldenen Schein gehüllt, und hinter ihr auf einem Hügel stand ein glänzendes Schloss. Seine Türme und Dächer funkelten im rosigen Morgenlicht, und er hörte Flöten und Trommeln und roch gegrilltes Fleisch.

*»Ein Geschenk, zum Dank.«* Das waren die Richter. Er hielt den Atem an.

Holly sagte: »Ich habe es auch gehört.«

*»Lasst es euch wohl ergehen«*, sagten sie, *»und dann kehrt zu uns zurück.«*

Jer setzte Holly vor sich aufs Pferd, und sie galoppierten auf das Schloss zu. Pandion und Fantasme ermunterten ihre Jungen zum Fliegen, und alle zusammen folgten den beiden Liebenden …

… zum Jahrmarkt von Scarborough.

*Remember me …*

*… parsley, sage, rosemary and thyme.*

# Danksagungen

Danke, Debbie – du bist meine Freundin, meine kreative Partnerin und mein Fels in der Brandung. Und danke, Michael del Rosario, für deine heldenhafte Unterstützung. Dieses Buch ist für euch beide, und für meine Tochter Belle, den lebenden Beweis dafür, dass wir Menschen aus Magie und Wundern bestehen.

N.H.

Ich danke Nancy, der besten Co-Autorin und Freundin, die man sich nur wünschen kann. Mein besonderer Dank gilt dem großartigen Lektor Michael del Rosario, der an dieses Buch geglaubt hat. Und schließlich danke ich den Menschen in meinem Leben, die mich stets ermutigt haben: meinem Mann, meinen Eltern und Schwestern, und Schrodinger, der kleinen schwarzen Katze, die auf meinem Schoß saß und mir beim Tippen »geholfen« hat.

D.V.